HEIKE MARIA FRITSCH

Blindes Blut

GEHEIMNISVOLL Miriams Großmutter rettet als Blutgruppenforscherin in den letzten Tagen des Dritten Reichs eine Kindergruppe aus dem Konzentrationslager und gründet mit diesen Kindern eine Gemeinschaft. Ihre Tochter, Miriams Mutter, flüchtet in den siebziger Jahren mit ihren Kindern, Miriam und Boris, aus eben dieser Gemeinschaft und macht sich auf die Suche nach ihrem Vater, die sie bis ins Baskenland führt. Wieder in Deutschland lässt sie Miriam und Boris eines Abends alleine und kehrt nicht zurück. Erst als Erwachsene erfahren die Geschwister, dass ihre Mutter damals ermordet wurde. Außerdem wird ein Mann vor ihrer Wohnung überfahren, der sich als unbekannter jüngerer Bruder herausstellt. Die Buchstaben »rh«, die sie als Symbol auf einem Foto ihrer Mutter sieht und als Tattoo des Unbekannten wiedererkennt, bringen Miriam auf die rassische Bedeutung, die im Dritten Reich den Blutgruppen zugeschrieben wurde. Beides führt sie auf die Spur einer Gemeinschaft, die immer noch gefährlich werden kann …

Heike Maria Fritsch wurde in Osnabrück geboren, hat dort Abitur gemacht und in der Nachbarstadt Münster studiert. Das erste Geld verdiente sie neben dem Studium in Musikclubs und Schallplattenläden. Direkt nach dem Studium absolvierte sie eine Journalistenschule. Sie hat in einer Werbeagentur und in Journalistenbüros gearbeitet, bevor sie sich als Journalistin bei einer Stadtverwaltung bewarb. Sie arbeitet in der Pressestelle dieser Großstadt. Sie hat eine Tochter allein großgezogen und zwei Bücher geschrieben, von denen das zweite jetzt vorliegt und das erste auf ewig in der Schublade bleibt.

HEIKE MARIA FRITSCH

Blindes Blut

Kriminalroman

GMEINER *Original*

Besuchen Sie uns im Internet:
www.gmeiner-verlag.de

Im Ehnried 5, 88605 Meßkirch
Telefon 07575/2095-0
info@gmeiner-verlag.de

1. Auflage 2014

Lektorat: Claudia Senghaas, Kirchardt
Herstellung: Mirjam Hecht
Umschlaggestaltung: U.O.R.G. Lutz Eberle, Stuttgart
unter Verwendung eines Fotos von: © vadim yerofeyev – Fotolia.com
und © Brigitte Bohnhorst – Fotolia.com
Druck: GGP Media GmbH, Pößneck
Printed in Germany
ISBN 978-3-8392-1594-4

Personen und Handlung sind frei erfunden.
Ähnlichkeiten mit lebenden oder toten Personen
sind rein zufällig und nicht beabsichtigt.

Liste 1,
Transportliste des abgehenden Transportes
Vom 30. März 145

Lfd. No.	*Kart. No.*	*Name*	*Vorname*	*Geb.-datum*	*Geburtsort*
1.	730	Antonov	Fjodor	4.9.36	Kiew
2.	731	Antonov	Michail	4.9.36	Kiew
3.	639	de Val	Pepijn	18.8.41	Amsterdam
4.	2845	Kees	Frank	5.7.36	Amsterdam
5.	3965	de Boer	Ruth	5.10.36	Antwerpen
6.	3689	Wessels	Rosie	27.2.37	Westerbork
7.	906	Vlasman	Flora	14.1.35	Amsterdam
8.	369	Koopman	Gerhard	5.12.39	Amsterdam
9.	2568	Koopman	Gerrit	6.9.35	Amsterdam
10.	235	Fischer	Anneliese	9.5.36	Berlin
11.	568	Rijkman	Marianne	18.12.43	Amsterdam
12.	2356	Schmidt	Erika	30.4.40	Hamburg
13.	956	Rabeneck	Cornelia	5.7.39	Münster
14.	836	Goldmann	Helena	14.3.39	Leverkusen
15.	268	Becker	Thomas	9.4.34	Hamburg
16.	2778	Becker	Simon	23.6.38	Hamburg
17.	2367	Lohmann	Klara	29.10.38	Antwerpen
18.	2368	Lohmann	Marion	17.6.40	Antwerpen
19.	1346	Cohen	Greta	31.3.33	Hamburg
20.	1935	Lohgerber	Renate	12.7.38	Münster
21.	467	Chamier	Isabel	3.9.37	Brüssel
22.	2789	Cohen	Samuel	9.3.40	Berlin
23.	3458	Nicev	Philipp	8.3.41	Prag

24.	2358	Koslowski	Leonard	6.12.37	Breslau
25.	3859	Meier	Maurice	22.5.39	Perpignan
26	3659	Schuberth	Lovis	17.11.36	Budapest
27.	859	Schumacher	Jonta	4.5.37	Hamburg
28.	580	Schumacher	Isaac	25.338	Hamburg
29.	3566	Milosevic	Adele	7.11.34	Prag
30.	857	Bakker	Thea	19.9.34	Herleen

ERSTER TEIL [GROSSMUTTER]

Elisabeth, Karfreitag 1945

Hundskalt war es wieder geworden und die Häftlingsschreibstube nachts nicht geheizt. Elisabeth rieb sich die Hände und spannte Papier und Durchschlag ein weiteres Mal in die Maschine. Schon auf zwei Bögen hatte sie sich vertippt, das durfte jetzt nicht wieder passieren. Sie kam ohnehin in Erklärungsnotstand, wenn man sie hier fand. Als Ärztin des Reichsgesundheitsamtes stand sie zwar unter niemandes Befehl, aber nachts in der Schreibstube würde auch sie Fragen beantworten müssen. Außerdem war die SS nervös, denn die Engländer standen schon bei Osnabrück, keine 200 Kilometer vor Bergen-Belsen. In den letzten Wochen waren immer wieder englische Luftaufklärungsflugzeuge über das Lager geflogen. Inzwischen herrschte hier völliges Chaos. Es gab Blocks und neuerdings auch Zelte, in denen waren Menschen wie Sardinen in der Dose eingepfercht, dicht an dicht, zum Teil auf dem nackten Boden, so geschwächt, dass sie ihre Notdurft unter sich verrichteten. Wenn sie morgens hier das Lager betrat, schlug ihr der Geruch eines Affenhauses entgegen. Ein paar Stunden später, so wie jetzt, hatte sie sich daran gewöhnt. Aber nachts, zurück in ihrem Zimmer, musste sie die Nase spülen, sonst verfolgte sie der Gestank. Sie träumte ohnehin immer wieder davon, über die Lagerstraße zu fahren, auf den Ausgang zu, ohne ihn je zu erreichen. Festzustecken.

Nur einige Häftlinge versuchten, noch so etwas wie Ordnung herzustellen, lüfteten, säuberten die Baracken, entlausten die Kleidung, isolierten die Kranken. Besonders Kinder wurden so weit als möglich von Häftlingen versorgt, die in der Küche oder im Krankenrevier arbeiteten, so wie Xavier. Der Häftlingsarzt war stolz darauf, dass dieser Rest Menschlichkeit gelang. Es hielt ihn am Leben. Deshalb konnte sie ihm nicht die ganze Wahrheit sagen.

Um wieder warm zu werden, stand sie noch mal auf und prüfte, ob die Decke am Fenster so befestigt war, dass kein Lichtschein hindurchdrang. Dann rückte sie den Stuhl wieder an die Schreibmaschine. Ihr letzter Versuch lag noch da, getarnt von Listen mit Blutgruppenbestimmungen. Sie legte das Blatt neben die schwere *Triumph* und fing zu tippen an:

Liste 1, Transportliste des abgehenden Transportes vom 30. März 1945

Und jetzt musste sie sich konzentrieren.

Wenn sie Glück hatte, würde morgen nur die Liste geprüft und kaum ein Blick auf die Kinder hinten im Pritschenwagen geworfen. Deshalb sollte die Aufstellung einwandfrei sein. Sie tippte langsam und bedächtig Namen für Namen ihren handschriftlichen Entwurf ab. Es war nicht leicht gewesen, sich die Namen auszudenken. Bei falschen Namen neigte wohl jeder zu Stereotypen. Aber die Namen mussten falsch sein, denn mit ihren Geburtsnamen wären die Kinder nachzuverfolgen. Die Kennkarten mit dem Blutgruppenstempel waren schließlich noch hier. Sie war schon bei Jonathan angelangt, da verdrehte sie die Buchstaben. *Jonta* stand da. Mist. Mit letzter Willenskraft kämpfte sie den Impuls nieder, auf die Maschine einzuschlagen und das Blatt herauszureißen. In ihrem Rockbund steckten schon zu viele Versuche.

Sie legte ihre Hände bewusst in den Schoß, atmete tief durch und wartete, bis sie sich wieder beruhigt hatte. Sie konnte nicht die ganze Nacht hier verbringen, das wurde immer gefährlicher und außerdem brauchte sie wenigstens ein bisschen Schlaf. Der Tag morgen würde anstrengend genug. Also stand da jetzt Jonta. War das wirklich so schlimm? Sie tippte den Geburtsort Amsterdam dahinter. Die Holländer hatten oft seltsame Namen. Das würde schon gehen. Es war wichtiger, fertig zu werden. Ihre Liste konnte so perfekt sein, wie sie wollte. Es war trotzdem Wahnsinn, was sie vorhatte.

Die Liste in einem Aktendeckel unter die Jacke gesteckt, ging sie gegen Mitternacht über die Lagerstraße zurück zu der Baracke mit ihren Schützlingen. Zum Glück fror es heute Nacht ein bisschen, da versank man hier wenigstens nicht mehr bei jedem Schritt. Fäkalien bedeckten fast überall den Boden. Seit sie im Oktober zum ersten Mal im Lager gewesen war, war aus Bergen-Belsen eine stinkende Suhle geworden. Je weiter die Front nach Westen rückte, desto mehr Transporte kamen aus anderen Lagern, desto mehr Menschen wurden hier zusammengepfercht. Inzwischen standen für über 20.000 Häftlinge so viele Toiletten und Waschräume zur Verfügung wie ein Jahr zuvor für 2.000. Und das ganze Lager war an Ruhr, Typhus und Fleckfieber erkrankt.

Sie bog in das Wäldchen ein, das den Beginn des großen Frauenlagers markierte. Zwischen jungen Kiefern schimmerte das Mondlicht auf nackten Leichen am Wegesrand. So wie woanders gefällte Baumstämme aufgeschichtet waren, stapelten sich hier neuerdings die Toten. Die Gefangenen kamen kaum mit dem Ausheben von Massengräbern hinterher und das Verbrennen war eingestellt worden, nachdem sich die Offiziere der nahe gelegenen Wehrmachtskaserne über die Geruchsbelästigung beschwert hatten. Seit Januar war dieser neue Teil des Lagers, früher Kriegsgefangenenlager und Lazarett und noch heute durch Stacheldraht und Sichtmatten vom Stammlager getrennt, für Frauen und Kinder geöffnet worden. Die 36 Baracken waren inzwischen zwar auch längst überfüllt, aber immerhin waren Bettgestelle vorhanden. Außerdem wuchs hier noch Heidekraut zwischen den Bäumen, das man sich statt des verlausten Strohs als Unterlage ins Bett legen konnte. Solche Dinge machten schon Komfort aus.

Mit Xaviers Hilfe hatte sie es geschafft, ihre 30 Kinder gemeinsam in einer kleinen Baracke unterzubringen. Der SS gegenüber hatte sie angegeben, für medizinische Versuche wäre das unabdingbar. Nur in einer weitgehend keimfreien Umgebung könne sie die Korrelation eines negativen Rhesusfaktors mit der Empfindlichkeit für Tuberkulosebakterien und Streptokokken überprüfen. So ein Blech, als gäbe es hier noch irgendwo eine keimfreie Umgebung. Trotzdem nützte die Abgeschiedenheit und relative Ruhe dem Gesundheitszustand ihrer Schützlinge, ihrer kostbaren Rhesus-Versuchsgruppe. Inzwischen waren ihr die Kinder fast wichtiger als Xavier. Dabei hatte sie sich nur wegen Xavier hierhin abordnen lassen. Doktor Vahl hatte nach langem Zögern zugestimmt. Tausende von Menschen aller Nationalitäten bedeuteten auch typisierbares Blut aus aller Herren Länder. Wann bekam man schon noch einmal so viele Daten. Ihr Forschungsfeld waren nun mal die Blutgruppen und deren Bedeutung als Rassemerkmal.

Ein frischer Lufthauch wehte aus der Heide nebenan. Das Frauenlager markierte den nördlichen Rand des Lagers Bergen-Belsen. Seine Holzgebäude unter den Fichten erinnerten auf den ersten Blick an ein schwedisches Sommerlager. Sie war bei der Kinderbaracke angelangt, trat sich die Füße ab, öffnete die Eingangstür und tastete sich im Stockdunklen langsam zur nächsten Tür. Vorsichtig, um niemanden zu wecken oder zu erschrecken, drückte sie die Klinke herunter und schob das Türblatt auf. Der Raum dahinter war so groß wie ein Klassenzimmer, beleuchtet vom Mondlicht. Rechts standen die Etagenbetten der Kinder, links standen ein Tisch und ein paar Stühle.

Schwester Luzia schlief sitzend an die Wand gelehnt. Als Elisabeth sich einen Stuhl zurechtrückte, schreckte sie auf.

»Ach, Sie sind es.«

»Schlafen alle?«

»Ja, nur Pipo ist sehr unruhig, ich hoffe, er brütet nichts aus.«

»Morgen um sechs sind aber alle so weit reisefertig?«

»Muss das wirklich sein?«

Elisabeth nickte nachdrücklich. »Die Briten rücken an und wir wissen nicht, was der SS als Nächstes einfällt. In dem Chaos werden sie unberechenbar. Die Kinder müssen hier weg.«

»Ja, aber die Kinder ohne SS-Begleitung aus dem Lager zu bringen …«

»Mit dem Schreiben des Reichgesundheitsamtes wird es gehen. Die SS hat ihre eigenen Probleme. Angeblich beginnen einige bereits, sich Zivilkleidung und Rucksäcke zu besorgen, um sich abzusetzen. Das wird schon gut gehen.«

»Ihr Wort in Gottes Ohr.« Luzia war immer noch nicht überzeugt, das wusste Elisabeth, und sie würde es auch nie sein. Zu Recht, denn was sie vorhatte, war höchst ungewöhnlich. Als Ärztin, nur legitimiert durch eine Order des Reichsgesundheitsamtes, in der sie angewiesen wurde, die Kontrollgruppe nach Neuengamme zu überstellen, durfte ihr normalerweise kein Transport anvertraut werden. Sie konnte nur darauf hoffen, dass die Transportliste mit unbekanntem Ziel die Kontrollposten von weiteren Fragen abhalten würde. Keine Angabe eines Zieles galt als Fahrt in die Unendlichkeit, meinte die anonyme Vernichtung außerhalb des Lagers. Da fragte oft nicht einmal die SS. Das Schreiben des Reichsgesundheitsamtes half der SS-Leitung außerdem, sich intern abzusichern. Man lernte sehr viel, wenn man sich als neutrale Person zwischen SS-Lagerleitung und Häftlingsfunktionären bewegen konnte. Elisabeth war ziemlich sicher, verstanden zu haben, wie die Lagerleitung durch ihre Bürokratie Verantwortung und Schuld delegierte, und dieses System würde sie jetzt ausnutzen.

Mit den Armen auf dem Tisch schlief sie ein und hatte das Gefühl, kaum eine Sekunde später aufzuwachen. Das trog, denn die Kindergruppe wartete schon am Lastwagen. Sie mussten sich alle mucksmäuschenstill angezogen haben, um sie nicht zu wecken. Diszipliniert stiegen die Kinder auf die Ladefläche des Lastwagens. Die größeren Mädchen halfen den kleineren Kindern, die großen Jungs warfen das Gepäck hinauf. Sie sah mehr als ein ängstliches Gesicht. Mit Transporten hatten alle bisher keine guten Erfahrungen gemacht. Schwester Luzia verabschiedete sich mit einem Winken, klappte die Luke zu, zog die Plane zurecht und knöpfte sie mit kleinen Stiften in die Ösen am Rahmen.

Elisabeth setzte sich in das Fahrerhaus und glühte den Dieselmotor vor. In der erzwungenen Wartezeit drehte sie den Rückspiegel zu sich und prüfte ihr Aussehen, strich die losen Strähnen in den Knoten und kniff sich in die Wangen, um ihnen ein bisschen Farbe zu geben. Bei den SS-Leuten machten ihr blondes Haar und die blauen Augen immer etwas her. Nur ihr etwas zu breit geratener Mund wirkte ein bisschen semitisch. Aber die Männer mochten ihr Lächeln. Das half.

Sie startete und fuhr auf den rumpligen Wegen zum ersten Tor in Richtung Neutralenlager, die ersten Wachen kamen in Sicht. Eine Hand vom Steuer, winken! Die Hand zitterte nicht. Sie durfte passieren. Es war fast noch dunkel. Rechts lag still der Appellplatz. Noch vor Wochen hatten hier zum Skelett abgemagerte Gestalten in vor Dreck starrender Zivilkleidung vor Kälte gezittert. Vor Kurzem aber hatten auch die morgendlichen

Appelle aufgehört. In den Baracken links hausten die spanischen Juden, von denen Xavier einige kannte, in Baracke 310 die türkischen Juden, 309 war das Krankenrevier und in Baracke 308 waren angeblich ein französischer Conseiller mit seiner Frau untergebracht, ebenso ein ungarischer Baron mit seiner Schwester. Latrine und Waschraum des Neutralenlagers kamen am nördlichen Lagerrand in Sicht, wobei der Waschraum eine Holzrinne mit darüberliegendem Wasserrohr war. Elisabeth bog ab zur Lagerstraße. Sie kuppelte aus und ließ hinter dem Entlausungsgebäude den Lastwagen nur noch rollen. Sie wollte die Kinder nicht durch abruptes Abbremsen erschrecken. Ihr Weinen hätte nur unnötige Aufmerksamkeit auf die Fracht gerichtet.

An der Schranke kurbelte sie das Fenster herunter und reichte die Papiere dem diensthabenden Wachposten. Glücklicherweise kannte sie ihn. Vonderheide hieß er. Er studierte das Schreiben des Reichsgesundheitsamtes.

»Sie fahren nach Neuengamme?«

»Ja.« Er blätterte weiter.

Sie beherrschte sich, irgendetwas erklären zu wollen, Erklärungen würden nur Fragen nach sich ziehen. Entweder gab er sich mit den Papieren zufrieden oder die Fahrt war hier zu Ende.

Miriam, 9. März 2006

Der Schlüssel fasste schon wieder nicht, weil Boris seinen von innen hatte stecken lassen. Miriam klingelte Sturm. Sie hörte Schritte, trat trotzdem gegen die Tür. Boris öffnete mit verschlafenem Gesicht. »Spinnst …« Er kam nicht weiter. Miriam, fast zwei Kopf kleiner als er, stieß mit aller Kraft gegen seinen Brustkorb.

»Schöne Grüße.« Noch ein Schubs.

Boris wich irritiert zurück.

»Du sollst den Kommissar, diesen Otten, anrufen.« Nächster Schubs. »Wegen … unserer Mutter!« Ihre Fäuste bearbeiteten seinen Brustkorb. Boris nahm sie in die Arme, provozierte damit aber nur die nächste Wutattacke. »Seit wann weißt du, dass unsere Mutter tot ist? Unbekannte Tote. Ich glaub, ich spinne.« Erschöpft lehnte sie sich an die Wand und ließ sich auf den Fußboden rutschen.

Boris setzte sich neben sie und schwieg. Draußen hörte sie Kinder laut rufen. Von oben sickerte Musik durch die Decke. Alice hörte Morrissey.

Boris räusperte sich. »Ich weiß es auch noch nicht lange. Vor einer Woche rief Sven Otten an und meinte, sie hätten den Hinweis darauf bekommen, dass eine in den 70er Jahren aufgefundene Leiche mit unserer verschwundenen Mutter identisch sein könnte. Da sich bei den Asservaten noch Blutflecken auf der Kleidung und Haare mit intakten Wurzeln befanden, bestand die Möglichkeit, die DNS zu extrahieren, und er bat mich, für einen DNS-Vergleich vorbeizukommen.«

»Und warum hast du mir nichts davon erzählt?«

»Ich wollte dich nicht beunruhigen. Erst recht nicht, weil du wegen des Unfalls vor unserem Haus schon so durcheinander warst.«

Eine Woche zuvor hatte Miriam abends gerade das Rollo herunterziehen wollen, als sie wegen eines laut röhrenden Automotors noch mal auf die Straße schaute. Bevor sie überhaupt realisiert hatte, was sie da sah, hatte der PKW einen Mann auf der Fahrbahn gerammt und ihn hoch in die Luft geschleudert. Er war gegen die Windschutzscheibe geprallt und auf dem Grünstreifen neben dem Bürgersteig gelandet. Die Geräusche bekam Miriam bis heute nicht aus dem Kopf, genauso wenig wie das Bild des Mannes, der wie tot dagelegen hatte. Noch mit dem Handy am Ohr und mit der Leitstelle der Feuerwehr sprechend, war sie auf die Straße gelaufen, um zu helfen. Dort hatte sie aber nicht gewagt, den Verletzten, der nur mühsam atmete, zu bewegen. Nachher beschädigte sie ein ohnehin angeknackstes Genick noch irreparabel. So war sie nur in die Hocke gegangen und hatte immer wieder geflüstert: »Hilfe kommt gleich.«

Zu diesem Unfall war sie heute Morgen noch mal befragt worden. Aber sie hatte nichts weiter zur Identifizierung des Fahrzeugs beitragen können als unmittelbar am Unfallort. Schon fast aus dem Gebäude, hatte sie auf der Treppe Kommissar Otten getroffen, der mit einem Kollegen an ihr vorbeieilte und wohl in der Annahme, sie wisse Bescheid, ihr zurief, ihr Bruder möge sich wegen des DNS-Abgleichs mal melden. Auf ihre Nachfrage »DNS-Abgleich?« hatte er sich kurz umgedreht und erklärt, die unbekannte Tote sei tatsächlich ihre Mutter. Dann hatte der Kollege ihn gerufen.

Sie wusste kaum noch, wie sie nach Hause gekommen war.

Abermals packte sie die Wut. Sie sprang auf und sah auf ihren Bruder herunter. »Warum behandelst du mich immer noch wie ein Kind?«

»Ach, Miriam.« Boris streckte ihr eine Hand entgegen und ließ sich von ihr hochhieven. Er zog seinen Bademantel zusammen und ging in die Küche.

Miriam folgte ihm. Ihr Herz schlug so heftig, dass ihr ganz schwindelig wurde. Sie fröstelte trotzdem. »Und da gibt es noch mehr, was du mir nicht erzählst.«

»Miriam, ich weiß nicht …«

»Was weißt du nicht?«, fragte sie spitz. »Du weißt wohl nicht, ob mein zartes Seelchen noch mehr Informationen verträgt?«

Boris hielt eine große Tasse unter den Wasserhahn. »Ich weiß nicht, was ich sagen soll, Mann! Ich erzähl dir ja alles, was du wissen willst. Lass mich aber doch bitte erst mal Luft holen.«

Miriam setzte sich mit verschränkten Armen an den Küchentisch und wartete auf seine Erklärungen; starrte aus dem Fenster. Was für ein bizarres Gespräch. Was für eine bizarre Situation. Sie verstand zwar, worüber sie gerade sprachen, realisierte aber erst jetzt, was das bedeutete. Ihre Mutter war schon lange tot. So wie sich beim Kaleidoskop plötzlich durch Drehen ein anderes Bild ergibt, ordneten sich ihre Erinnerungen zu einem neuen Muster. Ihre Hände und Füße wurden plötzlich wieder warm. »Sie ist vielleicht gar nicht freiwillig gegangen, Boris. Sie hat uns geliebt, sie wollte zurückkommen.«

»Kann sein.«

Die Härchen an ihren Armen stellten sich auf: »Woran ist sie gestorben?«

»Möchtest du auch einen Kaffee …?«

»Boris!«

»… mit aufgeschäumter Milch?«

»Verdammt, Boris, ich will jetzt keinen verfickten Kaffee. Ich will wissen, wie sie gestorben ist.«

Boris' slawische Gesichtszüge versteinerten. »Es war nicht mehr exakt festzustellen, woran, nicht mal, wann genau sie gestorben ist. Es war nur klar, dass sie nicht erst seit gestern dort lag und dass sie wohl durch mehrere Stichwunden zu Tode gekommen sein muss.«

»Ermordet.« Miriams Zwerchfell begann so zu zittern, dass sie ihre Hand daraufpressen musste. »Wann wolltest du mir das eigentlich sagen?«

»Sobald das Ergebnis da gewesen wäre. Also im Prinzip heute, wie wir beide inzwischen wissen. Ich hab' einen Grund gebraucht, dir alles zu erzählen – und wollte wohl dem Schock über den Mord an unserer Mutter wenigstens so etwas wie Genugtuung über eine neu aufgerollte Ermittlung folgen lassen. Die Fahndung nach dem Täter kann ja jetzt erst richtig beginnen. Da gibt es wohl noch andere verwertbare Spuren auf ihrer Kleidung.«

Das Gesicht des Unfallopfers sah ihr entgegen. »Wer kennt diesen Mann?«, fragte die Überschrift. Auf Alices

Tischdecke lag die Zeitung von heute, haarscharf neben der Butter. Miriam hatte sich bei der Freundin ein Stockwerk drüber zum Frühstück eingeladen. Boris musste in sein Musiklokal, ins GANG, um Getränkelieferungen anzunehmen, und sie wollte mit ihrer Erschütterung nicht allein sein. Alice stellte gerade Kimmie, ihrer Ältesten, das Frühstücksgeschirr hin und versuchte, der achtjährigen Gioia das Handy ihrer großen Schwester abzuschwatzen. Kim maulte, der Akku sei dauernd leer, weil die Kurze immer damit zugange sei. Der Wasserkessel pfiff dazu.

Miriam setzte sich dazu, begrüßte die Mädchen und überlegte kurz, ob sie Alice von ihrer Mutter erzählen sollte. Beim Blick auf die Mädchen hielt sie sich aber zurück. So richtig bekam sie auch noch nicht auf die Reihe, was sie da eben gehört hatte. Bei der Arbeit hatte sie sich ohnehin freigenommen. Alice hatte inzwischen das heiße Wasser auf das Kaffeepulver gegossen, die Schwebstoffe in der Glaskanne heruntergedrückt, gab Miriam eine Tasse und schenkte ihr und sich ein. Miriam nahm den gläsernen Zuckerstreuer und ließ die weißen Kristalle in ihren Kaffee rieseln.

»Und was ist mit mir?«, fragte Kimmie.

»Verzeihung, Sweety.«

Alice füllte Kimmies Becher, setzte sich und nahm die Zeitung zur Hand.

»Das ist der Unfall vor deinem Fenster, oder?«

Sie gab Miriam den zusammengefalteten Lokalteil. Miriam betrachtete prüfend das Gesicht. Ein vielleicht 30-jähriger Mann mit dunklen Haaren, geschlossenen

Augen, schrecklich verschwollen. Außer einem Schädel-Hirn-Trauma hatte er erstaunlicherweise nur leichte Verletzungen davongetragen, hieß es. »Die Polizei hat bei ihm keinerlei Hinweise auf seine Identität gefunden. Keinen Perso, keinen Führerschein, keine Brieftasche. Und er taucht auch in keiner Vermisstendatei auf.«

»Mama, kann ich mit Kimmie fernsehen?«, quengelte Gioia.

»Ja, haut ab, aber weckt Papa nicht. Er ist gestern erst spät aus dem Theater gekommen.«

Die Mädchen verließen die Küche und einigten sich im Flur auf Gioias Lieblingssendung.

Alice nahm ein Croissant aus der Brötchentüte und riss es entzwei. »Irgendwann wird es so etwas nicht mehr geben. Dann sind wir direkt ab Geburt mit unserem persönlichen DNS-Muster gespeichert. Und einen Knopfdruck später weiß die Polizei, wer so ein Unbekannter ist.«

»Wieso ist das denn heute noch nicht so?«

»Oh, Miriam, bitte, lies doch mal ab und zu die Zeitung. Es gibt doch schon massiven Widerstand dagegen, dass DNS-Muster von Straftätern gespeichert werden. So etwas registrieren dürfen wir in der Bundesrepublik nur, wenn die Schwere der Straftat das rechtfertigt und außerdem Wiederholungsgefahr besteht.« Sie tunkte die Croissanthälfte in ihren Kaffee. Alice hatte lange als Journalistin gearbeitet, bevor sie vorletztes Jahr eine halbe Stelle beim Kulturamt angenommen hatte, und wenig Verständnis für Schöngeister, die höchstens das Feuilleton aufschlugen. Das wusste Miriam.

»Meine Mutter ist gerade mithilfe von Boris' DNS identifiziert worden.«

Alice erstarrte in ihrer Bewegung. Die inzwischen vollgesogene Seite des Croissants löste sich und fiel mit einem Plumps in den Kaffee.

»Du hast ein paar echt unappetitliche Angewohnheiten, Alice«, grinste Miriam.

»Ich weiß, man muss mich eben trotzdem mögen«, lächelte Alice zurück. »Aber jetzt, bitte, was heißt das, deine Mutter ist identifiziert worden? Und das erzählst du mir so nebenbei?«

»Ich habe das selbst gerade erst erfahren.« Sie berichtete, was Boris ihr mitgeteilt hatte, von dem Hinweis, Boris' DNS-Probe, ihrer Begegnung mit Otten. »Eine nicht-identifizierte Tote aus den 70er-Jahren, und auf deren Identität es erst heute einen Hinweis gab, ist mithilfe von Boris' DNS jetzt als die Leiche unserer Mutter bestätigt worden. Wahrscheinlich stehe ich immer noch unter Schock.« Alice beugte sich vor und ergriff Miriams Handgelenk, die grünen Mandelaugen dunkel vor Mitgefühl. Das brachte irgendetwas in ihrem Inneren in Bewegung. Miriam schluckte mühsam, blinzelte und wischte ein paar Tränen weg, während Alice ihr ein Glas Orangensaft eingoss.

»Hier, trink erst mal.«

Miriam trank das Glas fast leer, überraschend durstig. Derweil stand Alice auf, spülte ihre croissantkontaminierte Tasse sauber, setzte sich wieder an den Tisch, tat sich drei gehäufte Teelöffel Zucker in ihre Tasse, gab Kondensmilch darauf und schüttete wieder Kaffee dazu. »Komisch, ich weiß eigentlich gar nichts über deine Mutter. Nur, dass ihr im Heim aufgewachsen seid. Ich dachte immer, sie ist gestorben und dann seid ihr erst ins Heim gekommen?« Alice machte Anstalten, auch Miriams Kaffeetasse wieder aufzufüllen.

»Nee, sie ist nur verschwunden!«

Die Kaffeekanne in Alices Hand verharrte einen Moment über Miriams Tasse. »Wie, einfach spurlos verschwunden? Hat euer Vater sie geprügelt?« Alice besann sich auf die Kanne in ihrer Hand. »Willst du eigentlich auch noch was?«

Miriam nickte abwesend.

»Keine Ahnung, ich erinnere mich an keinen Vater. Boris sagt, wir seien vor ihm geflüchtet, bevor wir hierher kamen.«

»Und andere Verwandte? Tanten, Onkel, Großeltern?«

»Nichts, nur eine ganz verschwommene Vorstellung, dass da noch mal andere Personen waren.«

»Das ist merkwürdig. Ich habe das schon immer eigenartig gefunden, dass in euren Erzählungen nie irgendeine Familie auftaucht. Aber ich habe gedacht, ihr habt mit ihr gebrochen, weil sie sich nie um euch gekümmert hat.«

»Ich habe Boris' und meine Geschichte nie an die große Glocke gehängt, weil sie echt zu krass war.«

»Es wussten aber trotzdem alle, dass ihr Waisen seid«, entgegnete Alice. »Darum wundert sich auch niemand, dass ihr immer noch zusammen wohnt.«

»Ja, aber keiner kannte die Details. Meine früheste Erinnerung ist, dass ich und Boris Papier einweichen und essen. Ich habe das lange für ein Kinderspiel gehalten. Erst später hat Boris mir erzählt, dass wir damals fast verhungert wären und er mit solcher Ersatznahrung verzweifelt versucht hatte, uns beide am Leben zu halten, bevor uns nach Tagen jemand zu Hilfe kam. Unsere Mutter hatte abends die Tür abgeschlossen, war weggegangen und nie mehr wiedergekommen.«

»Puh.«

»Ich erinnere mich nicht mal richtig an Mama. Eigentlich nur daran, dass sie mir fehlte.« Die Bilder aus dem Heim: lange Flure, hohe Türen, Christdorn auf den Fensterbänken. Eine Schwester, die sie an die Hand nimmt. Schwester Maria hatte immer peinlich berührt geschwiegen, wenn sie nach ihrer Mama fragte.

»Und Boris, der muss damals doch schon verhältnismäßig groß gewesen sein?«

»Boris und ich reden nicht darüber. Er hat mir gerade erst erzählt, dass wir, bevor wir hierherzogen, in einer Art Dorf gelebt haben und unser Vater ebenfalls verschwunden ist.«

»Das heißt, da war vermutlich eine ganze Menge, vor dem er seine kleine Schwester beschützen wollte.«

Miriam wollte nicht weiter darauf eingehen und faltete die Zeitung auseinander. Unter dem Falz war ein weiteres Identifikationsmerkmal des Toten abgebildet: ein Kreis mit zwei verschlungenen Buchstaben. »Guck mal, was ist das?« Miriam deutete auf die Abbildung. »Sieht aus wie Sütterlin. Aber was soll das heißen: nf, af oder was?« Alice zuckte mit den Schultern. »Spielt das eine Rolle?«

Miriam vertiefte sich in das Bild des ungewöhnlichen Tattoos. Es löste eine unangenehme Assoziation aus, zu flüchtig, als dass sie der Spur hätte folgen können.

»Wieso behandelt dieser Otten dich überhaupt so bevorzugt?« Miriam lehnte an der Kellertür, während Boris das Zapfschwert in ein großes Fass schob. Dabei musste man sehr vorsichtig sein, sonst schoss eine Fontäne Bier heraus, bevor der Verschluss wieder verschraubt war. Miriam war doch noch zu Boris ins GANG gefahren. Alice hatte recht. Da waren noch ein paar Fragen offen.

»Persönliches Interesse? Schon Ende der 80er-Jahre hat der Kommissar, der diesen Mordfall bearbeitete, versucht, aus den Spuren an der Jacke DNS zu analysieren. Deshalb war wohl auch alles so professionell konserviert. Damals brauchte man aber noch größere Proben. Der Kommissar war der Vater von Jens Otten. Und der kennt wiederum mich. Er hat ja Alices Fall damals bearbeitet und ist ab und zu im GANG.« Boris schraubte das Ventil fest. »Was hat er dir denn eigentlich gesagt?«

»Nichts, du solltest ihn doch anrufen. Das habe ich dir heute Morgen schon gesagt.«

Sofort holte Boris sein Handy aus der Tasche und ging damit nach oben. Miriam folgte ihm in den Schankraum. Er hatte sich offenbar schon verbinden lassen, lächelte Miriam zu und hob belustigt die Augenbrauen: »Nee, davon hat sie mir noch nichts erzählt. Ihr habt also einen eurer Anwärter auf sie losgelassen …« Kumpelhaftes Lachen. Boris hielt das Telefon etwas von seinem Mund weg. »Jens sagt, der junge Mann sei immer noch ganz durcheinander.« Miriam drehte die Augen zur Decke. Nett, dass die Jungs Spaß auf ihre Kosten hatten. Unvermittelt wurde Boris ernst: »Ja und, hat 's was gebracht?« Aufmerksam hörte er zu und setzte sich. Sein Gesicht nahm einen verdatterten Ausdruck an. Er schüttelte den Kopf, als er auflegte.

»Und?«

»Sie haben meine DNS auswerten können und es ist tatsächlich unsere Mutter. Sie haben auch die anderen Blutspuren analysiert, haben aber keine DNS gefunden, die auf einen Täter hinweist.«

»Das heißt?«

»Das heißt, der Täter ist noch nie mit seiner DNS aktenkundig geworden. Aber das ist nicht alles.«

Miriams Herz flatterte wie ein Fremdkörper in ihrer Brust. »Was denn noch?«

»Otten hat ja Mutters DNS mit meiner DNS verglichen, um ihre Identität nachzuweisen, und wie erwartet hatten wir 50 Prozent Übereinstimmung. Dann hat er ihre DNS aber noch mal mit der BKA-Datenbank *Vermisste / Unbekannte Tote* abgeglichen. Sozusagen als Gegenprobe, um sicherzugehen, dass nicht irgendwo jemand mit dieser genetischen Struktur vermisst gemeldet wurde. Außerdem hat die Polizeidirektion im Moment wohl einen Modellversuch laufen, bei dem auch Verwandtschaftsindikatoren abgeglichen werden. Dabei gab es noch einen Treffer.«

»Wie?«

»Wir sollen diese Info aber erst einmal für uns behalten, dieser offensichtliche Zusammenhang der zwei Straftaten wird als Täterwissen eingestuft.«

»Was denn nun?«

»Der Mann, der vor unserer Haustür angefahren wurde, hat mit unserer Mutter ebenfalls eine 50-prozentige genetische Übereinstimmung – und nicht nur mit ihr, sondern auch mit mir.«

Miriam schnappte nach Luft. »Wie geht das denn?«

»Er ist ein Verwandter ersten Grades, sowohl von Mutter als auch von mir. Otten sagt, das heißt, er ist unser Bruder.«

Elisabeth, Karfreitag 1945

Die Morgendämmerung ging langsam in milchiges Tageslicht über. Wie Scherenschnitte huschten die Bäume der Allee an ihr vorbei, dahinter sah sie winterbraune Heidelandschaft. Hoffentlich zog es dahinten nicht so stark. Sie machte sich Sorgen um Pipo. Normalerweise lebhaft und lustig, war der Kleine nur ein kümmerlicher Schatten seiner selbst. Aber es half nichts. Sie musste ihm die Strapaze zumuten. Alles war besser, als im Lager zu bleiben. Dort konnte sie niemanden mehr schützen. Die SS wusste, dass bald alles vorbei war, und den Intelligenteren war klar, dass sie sich binnen kurzer Zeit würden verantworten müssen. Das führte zu einer

Reihe hektischer Aktivitäten mit dem Ziel, Spuren zu verwischen. Was angesichts von Leichenbergen nicht so einfach war. Der tschechische Baukapo hatte vor Kurzem erzählt, dass eine große, halb unter der Erde befindliche Baracke gebaut werden solle, eine Gaskammer. Der Bauplan sei schon fertig, die Bauleute hätten ihre Aufträge. Für sie war das der endgültige Anstoß gewesen, die Flucht zu organisieren. Darüber nachgedacht hatte sie schon lange, denn wenn die Kinder nach Kriegsende bei ihr bleiben sollten, musste es einen Grund dafür geben. Der einfachste war, dass sie ohnehin schon bei ihr waren, Waisen, ohne auffindbare Verwandte. Außerdem würde ihr Mut, die Kinder aus dem Lager zu bringen, für sich sprechen. Wäre sie hingegen als Ärztin des Reichsgesundheitsamtes bei Kriegsende noch innerhalb des Lagers, würde sie wohl kaum ungeschoren davonkommen. Auch deshalb hatte sie mit Hilfe von Xavier und seinen Lagerkontakten die Flucht geplant. Gestern war ihr Bruder als Lieferant der SS mit einem vollgetankten Lastwagen ins Lager gekommen und mit einem anderen Lieferanten wieder gefahren. Die Politischen hatten den Hanomag in einer leeren Garage am Rande des Geländes versteckt, damit sie ihn heute Morgen holen konnte. Wie treffend sie doch die SS eingeschätzt hatte, indem sie darauf setzte, dass der Totenkopforden zum Ende des Krieges eine Gruppe elternloser Kinder ziehen lassen würde, wenn eine andere Behörde die Verantwortung dafür übernahm.

Sie passierten kleine Orte mit Fachwerkhäusern. Alles blitzsauber und aufgeräumt. Zwischen Nadelbäumen sah sie den Anfang einer Militärstraße, die typischen Betonplatten. Plötzlich zitternd, hatte sie Mühe, den Wagen weiterzufahren. Sie nahm den Fuß vom Gas und brach in Tränen aus. Für eine kurze Schrecksekunde meinte sie, wieder in Belsen zu sein. Unentrinnbar im Kreis gefahren. Sie schalt sich eine dumme Gans. Jetzt, wo die unmittelbare Gefahr vorbei war, drohten ihre Nerven zu versagen. Den letzten Teil dieser Flucht würde sie doch wohl auch noch schaffen. Kaum zu glauben, dass sie wirklich die Kinder dort herausgeholt hatte. Es war fast zu leicht gewesen.

An der Abzweigung zu einem Feldweg hielt sie den Wagen an und sah nach den Kindern. Die meisten lagen auf dem Boden ausgestreckt und schliefen, den Kopf auf ihren Bündeln, dicht aneinandergedrängt. Diese Kinder konnten inzwischen schlafen, wo immer man sie hinlegte. Komfort brauchten sie nicht – nur ein bisschen Sicherheit. Friedhelm und Gretel saßen an der Ladeluke und hielten Wache. Neun und zwölf waren die beiden, aber so verantwortungsbewusst wie mancher Erwachsene nicht. Jetzt, wo der Wagen stand, hoben sich auch ein paar andere Köpfe.

»Sind wir da?«, fragte der vierjährige Phil.

»Nein, noch lange nicht. Ich wollte nur sehen, ob alles in Ordnung ist.«

»Pipo geht es schlecht«, deutete Greta auf das Bündel Kind, das sich frierend auf ihrem Schoß zusammengekrümmt hatte. Elisabeth fühlte die Stirn des Dreijährigen und holte schnell ihren Tornister aus dem Fahrerhaus. Darin waren einige kostbare Aspirin und eine Kanne mit

Tee. Sie goss die dampfende Flüssigkeit in den Becher, bröselte die Tablette hinein und reichte ihn Greta, die das Getränk dem kleinen Jungen an die Lippen hielt. Seine Augen glänzten hochfiebrig. »Langsam schlucken, Pip«, mahnte Greta.

»Ik kan niet«, fiepte es aus der Decke, die um den kleinen Kerl gewickelt war.

»Trink einfach, dann wird es besser«, versprach Elisabeth.

Pipo, gewohnt, fraglos zu gehorchen, trank den Inhalt des Bechers in kleinen Schlucken und ließ sich erschöpft wieder in die Arme Gretas sinken.

Elisabeth machte Friedhelm und Michael, die ukrainischen Zwillinge, auf eine Tasche in der Ecke des Wagens aufmerksam. Sie waren hier die Ältesten und hatten so etwas wie Autorität. »Darin ist Brot. Ich lass euch den Tee hier, falls noch jemand etwas trinken will. Wenn es wichtig ist, dass ich anhalte, muss einer von euch an das Fahrerhaus klopfen.« Friedhelm und Michael nickten. »Gut, ich fahr dann jetzt weiter. Wenn alles gut geht, sind wir spätestens heute Abend in Göttingen.«

Sorgfältig nestelte Elisabeth die Plane wieder zu. Besorgt schwang sie sich zurück hinter das Lenkrad. Den Wagen hatte sie im Leerlauf weiterdieseln lassen, damit sie keine Zeit verlor. Sie wollte so bald wie möglich in Göttingen ankommen. Ihr Vorgesetzter und Mentor, Doktor Vahl, hatte dort am Hygiene-Institut eine Anstellung gefunden. Sie wusste, dass er mit seiner Familie auf einem Gutshof in der Nähe von Göttingen untergekommen war und dass dort noch weitere

Flüchtlinge aus dem Osten lebten. Das ließ sie hoffen, dort ebenfalls ein Plätzchen für ihre Kinder zu finden und sie unter den anderen Flüchtlingen tarnen zu können. Auf jeden Fall waren sie dort sicherer, denn sie fuhr quasi parallel zur Front. Was wusste sie, wann hier die ersten Militärfahrzeuge auftauchen würden.

Die Straße wurde zu Kopfsteinpflaster. Sie passierte das Ortseingangsschild von Celle. Hier sah es fast noch aus wie vor dem Krieg. Bürgerhäuser mit reich verziertem Fachwerk säumten die Straße. Ein kleiner blonder Junge in kurzen Hosen mit dicken Wollstrümpfen darunter lief an der Hand seiner Mutter. Er sah neugierig hoch, als der Lastwagen angerumpelt kam, und blieb kurz stehen, um zu winken. Seine Mutter zog ihn ungeduldig fort. Elisabeth hoffte, dass sich nicht noch eine Bombe hierhin verirrte, die Fachwerkhäuser würden brennen wie Zunder. Wieder aus dem Ort heraus, beschleunigte sie auf 60 Stundenkilometer. Ab hier führte eine Reichsstraße nach Göttingen und nicht nur eine schmale Landstraße, auf der kaum zwei Fahrzeuge aneinander vorbei passten. Sie schaltete in den dritten Gang, musste aber bald schon wieder den Fuß vom Gas nehmen, weil ein Pferdekarren vor ihr herzockelte.

Vorsichtig überholte sie Pferd und Wagen und schaltete wieder hoch. Ob es wohl mal eine Zeit geben würde, in der solche Fuhrwerke die Fahrt nicht mehr behinderten? Nur auf den Autobahnen waren Fahrzeuge verboten, die nicht mehr als 50 Stundenkilometer schafften. Autobahn war sie erst einmal gefahren, damals auf der Fahrt nach Frankreich. Der gerade eröffnete Abschnitt bei Remscheid hatte leider noch nicht sehr weit geführt. War das eine andere Zeit gewesen! Deutschland im Aufbruch und sie mittendrin. Hatte gerade beim Kaiser-Wilhelm-Institut für Anthropologie, menschliche Erblehre und Eugenik angefangen, stolz darauf, dass dieses renommierte Institut sie wollte. Sie war von Doktor Fischer 1938 auf dem Anthropologenkongress in Kopenhagen angeworben worden. Das erste Jahr unter den ganzen hochrangigen Kollegen hatte sie sich allerdings durchbeißen müssen. Es war für die Männer schwer, eine Frau als Kollegin und nicht nur als wissenschaftliche Hilfskraft zu akzeptieren. Ein bisschen hatte sie sich deshalb in die Rolle der fleißigen Mitarbeiterin geschickt, die all das machte, was den Kollegen zu mühsam erschien oder zu wenig Möglichkeiten bot, gelehrte Abhandlungen zu schreiben. Deshalb hatte sie sich auf Blutgruppenuntersuchungen spezialisiert. Sie hatte schon Erfahrungen damit und besaß die Sorgfalt und Gründlichkeit, die man dabei an den Tag legen musste.

Das alles hatte ihr im Sommer 1940 die Reise nach Frankreich beschert. Denn dort sollten im Internierungslager Gurs Reihenuntersuchungen vorgenommen werden. In der Nähe der französischen Pyrenäen wurden viele Kämpfer aus dem Spanischen Bürgerkrieg gefangen gehalten und das passte in das Forschungsprojekt *Die serologischen Rassen beim Menschen*. Von den osteuropäischen Stämmen und Völkern hatten Ludwig und Hanna Hirszfeld im Ersten Weltkrieg schon an der mazedonischen Front viele Proben und Daten gewonnen. Dank ihrer Arbeit war deutlich geworden, dass in der nordeuropäischen Bevölkerung die Blutgruppen A und 0 vorherrschten und nach Osten B und AB immer stärker zutage traten. Einen deutlicheren Beleg für Unterschiede der slawischen und arischen Rassen konnte es gar nicht geben. Deshalb stand die Blutgruppenforschung hoch im Kurs. Die südeuropäischen Völker waren auf der Karte der Blutgruppenverteilungen allerdings noch etwas unterrepräsentiert. In Gurs hatte sie die Aufgabe, genügend Material zu sammeln, um fundierte Aussagen über die rassische Zugehörigkeit der Südeuropäer zu ermöglichen.

Nach Südfrankreich war sie von Doktor Schäfer mitgenommen worden, einem Rot-Kreuz-Arzt, der einen funkelnagelneuen NSU fuhr. Sie waren früh am Morgen aufgebrochen und erst spät in der Nacht angekommen. Nur wenige Stunden später stellte sich ihr Leben auf den Kopf.

Sie hatte morgens gerade die Kochsalzlösung aufgezogen, um jedem Reagenzglas die vorgesehenen einen ccm zuzusetzen, als Doktor Schäfer mit zwei Personen, einem Mann und einer Frau, das Zelt betrat. Die Frau trug die weiße Rot-Kreuz-Uniform, der dunkelhaarige Mann Zivilkleidung, Tweedhose, Hemd und einen fadenscheinigen Pullover mit Lederflicken an den Ärmeln. Doktor Schäfer stellte ihn als Doktor Mitxelenah vor, einen baskischen Arzt, der bei den Untersuchungen assistieren würde. Elisabeth war sofort klar, dass es sich um einen Häftling handelte, Doktor Schäfer aber zu höflich war, um es auszusprechen. Gleichgültig, sie brauchte qualifizierte Hände, um die Analysen sorgfältig durchzuführen. Die Blechschachteln für Massentests waren schon aufgeklappt und die Reagenzgläser steckten reihenweise in den dafür vorgesehenen Aussparungen. Die Häftlinge würden gleich in Schlangen anstehen, um Blutproben abzugeben.

Am sinnvollsten war es, wenn der erste Gehilfe den Finger mit Äther abtupfte, ein zweiter mit einer Franck'schen Nadel einstach, der dritte das Blut in das zuvor präparierte Reagenzglas abstreifte und ein vierter ein Stück Watte gab. Der Untersuchte brachte dann das Reagenzglas mit seiner Blutprobe zu ihr und sie notierte dazu Namen, Heimat und dergleichen. Am Ende der Reihe stand schließlich eine zweite Blechschachtel, in die alle Blutproben so sortiert wurden, dass keine Verwechslung möglich war. Nur so kam man nicht durcheinander. Schließlich sollten in einer Stunde ungefähr 100 Personen abgefertigt werden. Nun waren sie zu viert, das ging zur Not auch, dann musste halt einer sowohl stechen als auch Blut gewinnen. Das überließ sie am besten Doktor Schäfer, sonst wäre er gekränkt, weil er sich sicher als Ranghöchster betrachtete. Doktor Mitxelenah konnte desinfizieren, die Schwester die Watte aushändigen.

Elisabeth bat, ihr zu helfen, den Tisch entsprechend einzurichten, die Utensilien zu sortieren. Unterdessen würde sie weiter die Gläser mit Natriumchlorid präparieren. Doktor Schäfer wollte übersetzen, aber Doktor Mitxelenah schüttelte lächelnd den Kopf: »Ich verstehe ein bisschen Deutsch.« Schweigend machten sie sich an die Arbeit. Hanna, die Rot-Kreuz-Schwester, holte die Kartons mit Watte, Dr. Schäfer breitete Nadeln in Wachspapier auf einem sterilen Leinentuch vor sich aus. Die gebrauchten wanderten in ein Glas mit reinem Alkohol. Doktor Mitxelenah öffnete die Flasche mit Äther. Als er den Kopf nach vorne beugte, fiel ihm eine Haarsträhne ins Gesicht. Er strich sie nach hinten und sah ihr direkt in die Augen. Verunsichert ließ sie den Inhalt ihrer Pipette prompt neben das Reagenzglas laufen. Der Baske bemerkte das und lächelte sie an. Es war, als hätte sich plötzlich die Luft elektrisch aufgeladen. So unbedingt und unvermittelt, so intensiv hatte sie sich noch nie für einen Menschen interessiert.

Stunden später, als die Reihe der zu Untersuchenden dünner geworden war, bot der Baske an, ihr bei der Bluttypisierung zu helfen. Doktor Schäfer war das recht. Er ging, um sich mit Schwester Hanna der medizinischen Versorgung der Häftlinge zu widmen. Eine Zeit lang tauschten sie nur das Nötigste aus, verständigten sich darüber, was jeder von ihnen zu tun hatte. Doktor Mitxelenah teilte die Proben jedes einzelnen Spenders in zwei Reagenzgläser auf und Elisabeth setzte die Blutkörperchensuspension hinzu. In das erste Röhrchen kam Serum der Gruppe B, das entsprechend Anti-A-Körperchen enthielt und Blut der Gruppe A verklumpen würde, in das zweite Röhrchen träufelte sie Serum der Gruppe A, das Anti-B-Körperchen enthielt und Blut der Gruppe B verklumpen lassen würde. In frühestens einer Stunde wäre aus der Reaktion sehr eindeutig abzulesen, welcher Blutgruppe der Spender angehörte –

die Gruppe A wäre durch B verklumpt, die Gruppe B durch A, AB verklumpte überhaupt nicht, 0 verklumpte in beiden Röhrchen. Wenn die letzten Proben präpariert waren, zeigten die ersten eventuell schon eine Reaktion.

Sie arbeiteten harmonisch Hand in Hand, glichen sich sehr schnell im Tempo an. Langsam wurde das Schweigen zwischen ihnen jedoch anstrengend. Elisabeth räusperte sich: »Woher können Sie eigentlich so gut Deutsch?«

»Oh, in Spanien können einige gebildete Menschen Deutsch, um die Jahrhundertwende war es sehr in Mode, Nietzsche zu lesen.«

»Das heißt, Sie kommen aus guter Familie?«

»Nein, das nicht.«

Elisabeth wunderte sich über die schroffe Antwort und arbeitete eingeschnappt weiter.

»Perdone, ich wollte nicht«, der Arzt suchte nach Worten, »nicht unhöflich sein.«

Elisabeth nickte, schwieg aber weiterhin.

Zögernd hob der Mann wieder an: »Ich bin – meine Mutter ist nicht, äh, nicht verheiratet.« Das Geständnis machte ihn sichtlich verlegen.

Elisabeth hatte das Gefühl, sich für seine Offenheit revanchieren zu müssen, und wartete mit einem eigenen Geständnis auf. »Unsere Familienverhältnisse sind auch nicht sehr ordentlich. Mein kleiner Bruder kam zur gleichen Zeit zur Welt wie meine älteste Halbschwester. Ihre Mutter war unser Hausmädchen. Nur weil meine Mutter bei der Geburt meines Bruders starb, konnte mein Vater seine Geliebte heiraten.« Elisabeth staunte über sich selbst. So viel redete sie normalerweise nicht und so schnell hatte sie noch nie jemandem anvertraut, was sie als den größten Verrat in ihrem Leben betrachtete.

»Woran ist Ihre Mutter denn gestorben?«

»Plazentaablösung während der Geburt. Da sie drohte zu verbluten, hat sie eine Bluttransfusion bekommen. Das war ihr Todesurteil. Transfusionsunfälle sind ja immer noch nicht ganz auszuschließen.«

»Deshalb also jetzt Ihr Interesse an Blutgruppen?«

Elisabeth nickte nachdrücklich. »Ja. Ich vermute, dass längst noch nicht alle Faktoren für Unverträglichkeiten entdeckt sind.«

Doktor Mitxelenah sah auf. »Manchmal scheint auch das Blut der Eltern nicht verträglich in der Vererbung. In der Familie meiner Mutter gab es viele Totgeburten. Meine Tante Maite hatte sich schon damit abgefunden, dass sie bis auf das älteste alle anderen Kinder verlieren würde, – da stirbt mein Onkel und sie heiratet wieder und hat drei gesunde Kinder mit dem anderen Mann. Da passte doch ihr Blut nicht mit dem meines Onkels.«

»Haben Sie Kinder?«

Doktor Mitxelenah presste die Lippen aufeinander. Nach einer langen Pause antwortete er. »Meine Frau ist kurz nach unserer Hochzeit von Francos Putschisten eingesperrt worden und im Gefängnis gestorben.«

Elisabeth schämte sich, ihn gefragt zu haben, und arbeitete schweigend weiter. Das Franco-Regime hatte im Spanischen Bürgerkrieg mit deutsch-italienischer Waffenhilfe gesiegt und zurzeit wurde sogar über den spanischen Kriegseintritt aufseiten der Achsenmächte spekuliert. Indirekt war sie also an seinem Elend schuld. Außerdem hatte sie sich durch diese Bemerkung in Nullkommanix von der interessierten und interessanten Kollegin in eine Feindin verwandelt. Zu dumm. Mal sehen, was die ersten Proben machten. Erfreulicherweise war es lange hell, sodass sie um acht Uhr abends noch so gut sehen konnten wie tagsüber. Mit dem flackernden Gaslampenlicht hätte sie keine Blutgruppenreaktion mehr richtig bestimmen können. So aber ließen die ersten Röhrchen tatsächlich schon etwas erkennen. Dazu brauchte man kein Mikroskop. Dort, wo keine Reaktion eingetreten war, war das Blut noch gleichmäßig rot, in den anderen Proben waren die zusammengeklumpten roten Blutkörperchen zu Boden gesunken. Es hatten aber längst noch nicht alle Proben reagiert. Elisabeth holte ein Päckchen mit Büchsenfleisch, Brot und Tubenmarmelade hervor. »Machen Sie mir die Freude, mir beim Essen Gesellschaft zu leisten?«

Die Gier, die in Doktor Mitxelenahs Miene aufblitzte, sprach für sich. Die Ernährungssituation im Lager schien mehr als dürftig zu sein. Er setzte sich zu ihr an eine Ecke des Tisches, die nicht mehr durch medizinisches Gerät beschlagnahmt war, und wartete gesittet, bis sie Blechteller und -tassen aufgetischt und die Büchsen geöffnet hatte. Elisabeth beobachtete ihn, während er aß. Er schlang nicht, sondern kaute jeden Bissen so gründlich, als wolle er noch die letzten Nährstoffe herausmahlen. Später sollte er ihr erzählen, dass er schon als Kind gelernt habe, gerade wegen des Hungers dem Essen die nötige Andacht zu widmen. Hunger war das

Thema seines Lebens, auch das sollte sie noch erfahren. Damals aber hatte sie Xavier gerade erst kennengelernt.

Elisabeth bremste abrupt ab. Vor ihr war ein Soldat auf die Straße getaumelt. Er hatte wohl in den Straßengraben springen wollen, um sich vor dem herannahenden Fahrzeug zu verstecken, war dabei gestolpert und nach vorn gefallen. Elisabeth konnte ihm gerade noch ausweichen. Sie nahm kurz den Fuß vom Gas, überlegte, ob sie ihn mitnehmen sollte, beschleunigte aber wieder. Das war zu gefährlich. Dieser Soldat in seiner grauen Felduniform konnte nur ein Deserteur sein. Wenn sie sich den Wehrmachtsbericht und die Informationen des englischen Senders richtig zusammenreimte, fuhr sie quasi parallel zur Front. Die Briten standen am Dortmund-Ems-Kanal, die Amerikaner bei Paderborn und Kassel. Da war es mehr als wahrscheinlich, dass sich erste Soldaten, die die Aussichtslosigkeit der Rückzugsgefechte erkannt hatten, absetzten. Noch aber war das ebenso lebensgefährlich, wie in Stellung zu bleiben. Deserteure wurden ohne Pardon aufgeknüpft und Menschen, die ihnen halfen, ebenfalls. Dazu wollte sie keinesfalls gehören. Zumal sie Verantwortung für die Kinder trug. Sie sah in den Rückspiegel. Der Deserteur guckte ihr sehnsüchtig nach. Entschieden schüttelte sie den Kopf. Ganz sicher blieb sie hier nicht stehen, das brachte nur Komplikationen mit sich.

Langsam erreichte sie die Vororte Hannovers.

Je weiter sie zur Innenstadt vordrang, desto mehr glich die Stadt einem Trümmerfeld. Wie Totenmasken ragten ausgebrannte Ruinen zwischen Steinhaufen und verkohltem Holz am Straßenrand. Mal niedriger, mal höher erhoben sich die Trümmerberge. Nur anhand der Straßenschilder konnte sie sich noch halbwegs orientieren. Wiedererkannt hätte sie hier nichts. Im Bereich der Marktkirche waren noch einige Gebäude stehen geblieben. Die Marktkirche selbst allerdings bot einen jämmerlichen Anblick, sah aus wie aufgeplatzt, als würden die Fassadenteile, die noch standen, bald auch nach hinten kippen. Nur wenige Menschen waren zu sehen. Die größeren Angriffe waren schon 1943 erfolgt. Wahrscheinlich waren die Überlebenden inzwischen in die Außenbezirke gezogen oder hatten die Stadt ganz verlassen. Ob hier je wieder eine Stadt entstehen würde? Und wenn ja, welche Gestalt würde sie dann haben? Dieser Krieg hatte nicht nur Menschen vernichtet und Werte, er hatte auch die reiche Kulturgeschichte Deutschlands dem Erdboden gleichgemacht. Bedrückt fuhr Elisabeth weiter.

In Hildesheim erwartete sie eine ähnliche Zerstörung. Hier aber war das Entsetzen noch frisch. Vor einer Woche war in nur 15 Minuten ein Großteil der Innenstadt zerbombt worden. Ihr kamen fast die Tränen, als sie durch die vormals schöne Stadt fuhr. Der Dom ragte wie ein kariöser Zahn aus den Trümmern der Umgebung. Sie war froh, als sie wieder auf dem freien Land war. Langsam ging die norddeutsche Tiefebene in hügeliges Gelände über. Die Sonne kam durch. Schon vor dem Kälteeinbruch hatte der Frühling erste zarte Blätter an die Bäume gezaubert. Jetzt glitzerte Tau darauf. Elisabeth kurbelte das Fenster herunter und hörte Lerchen singen. Ein Glücksgefühl durchströmte sie, als habe das Leben gerade erst angefangen.

Vor Alfeld hielt sie am Ufer der Leine an und nötigte alle Kinder auszusteigen, um Pipi zu machen. Die kräftigeren unter ihnen liefen nach ihrem Ausflug in die Büsche sofort zum Wasser und fingen an zu spielen. Die schwächeren kamen artig zum Lastwagen zurück und setzten sich auf die Ladefläche.

Jeweils drei leere Flaschen zwischen den gespreizten Fingern einer Hand haltend, ging sie hinunter zum Fluss, um sie auszuspülen und neu zu befüllen. Sie mahnte Frank, Gerd, Rike und Natie, die sich gerade kreischend mit Wasser bespritzten, etwas leiser zu sein. Außerdem gebe es jetzt Essen. Das ließen sich die vier nicht zweimal sagen und rannten sofort auf den Wagen zu. Sorgsam verteilte sie das restliche Brot und ließ die Flaschen kreisen. Eine Kirchturmuhr schlug, als sie den Wagen zurück auf die Straße lenkte. Dr. Vahl in Göttingen wartete in Wahrheit nicht gerade auf sie. Die Papiere des Reichsgesundheitsamtes waren gefälscht gewesen. Sie hatte keine Ahnung, wie er heute Abend reagieren würde, wenn sie unangemeldet vor der Tür stand, mit 30 Kindern, die es unterzubringen galt.

Miriam, 10. März 2006

»Da staunt der Experte, und der Laie wundert sich.« Miriams Kollege Kristian stand neben ihr und freute sich darüber, dass sie soeben aus einer Bildvorlage, die ihnen als ein von Bakterien befallenes Dia geliefert worden war, eine nahezu tiefenscharfe, brillante Abbildung gezaubert hatte. Erschöpft strich sich Miriam die Haare aus dem Gesicht. Es war spät geworden. Aber sie musste die Festschrift für das Umweltbundesamt heute noch unbedingt auf Stand bringen und dazu gehörten historische Aufnahmen. Das Atelier war längst leer. Nur die Bildschirmschoner waren noch aktiv – kleine, niedliche Teufelchen, die regelmäßig in Flammen aufgingen. Sie waren das Logo der Agentur, die sich *style.de.ville* nannte. Ein etwas bemühter Name, fand Miriam, aber er funktionierte, und besonders städtische Angestellte fuhren auf das putzige Artwork ab, das ihr Chef en masse produzierte.

Umständlich räumte Kristian seine Siebensachen zusammen. Wahrscheinlich wollte er sie noch überreden, mit ihm essen zu gehen. Sie stöhnte innerlich. Kristian war lieb, aber interessierte sich für nichts anderes als Grafik und Computerspiele, konnte stundenlang von irgendwelchen Levels erzählen, die er mit seiner *Queen of Irgendwas* erreicht hatte. Deshalb waren die Gespräche mit ihm nicht gerade abendfüllend. Und heute Abend wollte sie einfach nur, dass er verschwand. Boris hatte ihr das einzige Foto gegeben, das er von ihrer Mutter besaß. Miriam hatte vor Wut kaum atmen können, als sie feststellte, dass er ihr selbst das bisher vorenthalten hatte.

Doch sobald sie das Foto sah, war sie enttäuscht. Ihre Mutter war überhaupt nicht zu erkennen, war nur eine schemenhafte Gestalt. Es war in der Souterrainwohnung aufgenommen, in der sie nach der Flucht vor ihrem

Vater gewohnt hatten – offenbar an einem strahlend hellen Tag, denn das Licht aus dem kleinen Fenster durchschnitt die Dunkelheit der Wohnung. Ihre Mutter stand im Gegenlicht. Der Fotograf hatte sie nicht nur dort hingestellt, sondern auch noch das Objektiv auf den hellen Fleck eingestellt. So floss ein viereckiges Lichtbündel durch die Umrisse einer Frau. Keine Frage, ein interessantes Foto. Leider konnte man aber weder Mutters Gesicht noch ihren Körper noch das restliche Zimmer erkennen. Alles außerhalb des Lichtstrahls war hoffnungslos unterbelichtet. Miriam hoffte, dass der neue Computer noch etwas rausholen konnte. »Sag mal, ist der Scanner noch an?«, fragte sie Kristian.

»Wollte ich gerade ausmachen. Willst du heute denn gar nicht mehr nach Hause?«

»Später. Ich hab hier noch gut eine Stunde zu tun.«

»Na gut, dann a domani.« Kristian schulterte seinen Rucksack, strich ihr kurz über die Schulter und ließ sie allein.

Miriam scannte das Bild und schickte die Datei auf ihren Computer. Langsam baute sich das Foto auf ihrem Bildschirm auf. Allein durch die Größe waren jetzt mehr Details erkennbar. Ihre Mutter hatte halblange Haare, trug einen fast bodenlangen Rock und eine Bluse mit Trompetenärmeln. Späthippielook. Sie stand an einen Tisch gelehnt, der von dem Lichtstreifen diagonal durchschnitten wurde. Miriam markierte den Kopf, veränderte die Kontraste und zog die Auflösung hoch. Irgendeine schwache Lichtquelle musste ihre Mutter doch noch von der Seite beleuchtet haben. Denn in der Vergrößerung löste sich ihr Halbprofil aus dem Dunkel. Hübsch, zaghaft lächelnd, den Kopf schief geneigt – eine ganz junge Frau. Hellbraune Locken, schwarze Augenbrauen, tief liegende runde Augen, eine schmale Nase, die in der Spitze fleischig wurde, und ein breiter Mund, schmale Oberlippe, volle Unterlippe. Als hätte man Boris' schmale Lippen und ihre vollen auseinandergeschnitten und versetzt wieder zusammengeklebt. Ein Schauer durchlief ihren Körper. Das war also ihre Mutter Waltraud. Sie sah ihr ähnlich und doch nicht. Miriams Haare waren dunkler und krauser. Und das, obwohl Boris dunkelblond war. Irgendwo in der Verwandtschaft musste es also jemanden mit fast schwarzen Haaren geben.

Sie verschränkte die Hände unter dem Kinn und betrachtete sie. Dieses Gesicht. Miriam wusste nicht, ob sie sich daran erinnerte oder ob sie glaubte, sich zu erinnern. Es war ihr vertraut, aber es stellte sich kein Erkennen ein, keine Szene, die sie damit verbinden konnte. Ihre Gefühle verwirrten sie, eine merkwürdige Mischung aus Rührung, Trauer und Neugier – und Angst. Sie konnte nicht glauben, dass sie sie so brutal verlassen hatte. Aber wenn das Unfallopfer ihr Bruder war, musste sie ja noch zumindest so lange gelebt haben, dass sie ihn noch auf die Welt bringen konnte. Dass es in dem Dorf, das sie zuvor verlassen hatten, noch ein Geschwisterkind gegeben haben könnte, hatte Boris kategorisch ausgeschlossen.

Sie hellte jetzt die Kleidung auf, stellte fest, dass der Rock geblümt war, die Bluse weiß mit eingestickten Blumen. Miriam lächelte. Sie war sicher, dass sie ihre Mutter als kleines Mädchen wunderschön gefunden hatte. Ihre Nase begann zu kribbeln und die Augen wurden feucht. Mühsam schluckte sie den Kloß in ihrem Hals herunter. Sie wollte nicht hier im Büro sitzen und heulen. Um sich abzulenken, nahm sie sich die anderen Bereiche des Bildes vor und bearbeitete sie Abschnitt für Abschnitt. Auf dem Tisch lag eine DIN-A5-Karteikarte – in einem der wenigen Bildabschnitte, die richtig belichtet waren. Mal sehen, das konnte man ja vielleicht noch mal richtig hochziehen. Miriam markierte es und vergrößerte es als Bild im Bild. Unwillkürlich richteten sich die Härchen auf ihren Armen auf. Die Karte war vergilbt, sah aus wie eine Art Kennkarte aus dem Dritten Reich mit Angaben zu Namen, Geburtsort, Gesundheitszustand, gedruckt in Fraktur mit altertümlich geschwungenen handschriftlichen Eintragungen. Den Daten nach handelte es sich um ein Kind. Ein Porträt in der unteren Ecke war so weit abgeschnitten, dass man nichts erkennen konnte. Daneben aber prangte ein Stempel. Zwei geschwungene Sütterlinzeichen in einem Kreis. Das Zeichen hatte sie schon einmal gesehen. Als Tattoo.

Elisabeth, 1. April 1945

Dieser Sonntagmorgen war ruhig, fast zu ruhig, das Haus anscheinend menschenleer. Elisabeth tappte mit nackten Füßen über den Steinboden im Flur, schaute die Treppe hoch. Kein Geräusch von oben. Sollte dieses Haus nicht ein einziger Bienenschwarm sein? Hier waren doch angeblich Flüchtlinge untergebracht? Die Türen im Flur waren geschlossen. Eine davon war die zur Küche, daran konnte sie sich von gestern Nacht noch erinnern. Vorsichtig schob sie die Tür auf. Doktor Vahl sah von seiner Zeitung hoch. »Guten Morgen. Wo sind denn die anderen?«

»Ihre Kinderschar macht zusammen mit meiner Brut das Gelände unsicher. Meine Frau stillt unseren Jüngsten.« Der fast kahlköpfige Mann hob eine Tasse hoch: »Kaffee?«

»Kaffee?«

»Zichorie. Tun Sie einfach so, als sei es Kaffee.«

Elisabeth setzte sich und ließ sich eine Tasse eingießen. Neugierig sah sie sich in der Küche um. Ein großer Raum mit Terrazzofußboden. Hinter ihr schien die Sonne durch ein nicht ganz sauberes Fenster. Links auf dem Herd kochte etwas in einem großen Topf. Kohl dem Geruch nach. Darüber hing eine Wäscheleine mit Handtüchern. In der Steinspüle daneben standen Eimer mit Rüben. »Können Sie hier Nahrungsmittel so offen liegen lassen? Haben Sie keine Angst vor Diebstahl?«

»Die anderen Flüchtlinge sind im Nebengebäude. Dort haben sie eine eigene Küche. Ist zwar eigentlich eine Tierfutterküche. Tut's aber auch.« Doktor Vahl widmete sich wieder seiner Zeitung. Sie und die Kinder waren seit gestern Nacht hier. Die letzten Tage hatten sie im Keller des Instituts verbracht, mehr schlecht als recht, aber immerhin in Sicherheit. Unvorbereitet in seinem Labor überfallen, war Dr. Vahl am Karfreitag über ihre mitgebrachte Kindergruppe alles andere als erfreut gewesen, hatte sie dann aber widerstrebend im Keller versteckt. Denn auf dem Gutshof hier war bis gestern die SS stationiert gewesen. Mit der näher rückenden Front aber war auch sie abgezogen worden und Dr. Vahl konnte sie hierher holen. Dem Gutsverwalter hatten sie erzählt, die Kinder seien aus der Kinderlandverschickung aus Clausthal-Zellerfeld nur knapp einem Bombenangriff auf den Bahnhof entgangen und müssten hier vorübergehend untergebracht werden. Er hatte ausgesehen, als glaubte er das zwar nicht, sei aber froh über die plausible Lüge.

Elisabeth nahm die anderen Blätter zur Hand, die über einer Stuhllehne hingen. *Volk in härtester Abwehr*, titelte die Südhannoversche Zeitung. Elisabeth sah, dass sie die Osterausgabe in der Hand hatte, schon ein paar Tage alt. Sie las den pathetischen Leitartikel. *Wir durchdenken die Gefährlichkeit unserer Lage bis zum Ende und rechnen damit, daß es hart zugehen wird, daß große Opfer von uns verlangt und Stunden von höchstem Ernst an uns herantreten werden.* Sie versuchte, sich höchst ernste Stunden vorzustellen, die an sie herantreten würden, und musste grinsen. Was für ein Mist. Heroisches Gebrabbel. Das konnte sie unmöglich weiterlesen. Sie überflog die anderen Überschriften. Der von den Briten eingesetzte Bürgermeister von Aachen war hingerichtet worden, von *Deutschen Freiheitskämpfern*, wie es hier hieß. Es gab also auch in den besetzten Gebieten noch Unbelehrbare, die nicht einsahen, dass das Spiel aus war.

Na ja, diese Zeitungsschreiber taten ja auch noch unbezwingbar. Pfeifen im Dunkeln. Dabei standen die Amerikaner schon vor der Haustür. Sogar der Wehrmachtsbericht auf der zweiten Seite las sich auf den ersten Blick wie Siegesmeldungen. Das Oberkommando der Wehrmacht gab bekannt: *Im Rücken des vorgeprellten Feindes halten unsere Truppen stand.* Die Rede aber war von Ungarn, der Hohen Tatra, Kurland, strategisch unwichtigem Gebiet. Auch Berlin und Süddeutschland waren aufgeführt. Elisabeth kannte das Gerücht, Hitler wolle sich in einer Alpenfestung verschanzen.

Las man aber die Berichte vom Niederrhein, wurde deutlich, dass es sich um reine Rückzugsgefechte handelte. Dort hieß es: *Am Niederrhein ist es den Engländern und Amerikanern erst nach sechstägigen blutigen Anstrengungen und nach verlustreichem Einsatz von zwei Luftlandedivisionen im Rücken unserer Front gelungen, ihren Brückenkopf bis Borken und Dorsten zu erweitern und in Hamborn einzudringen. Die schweren Kämpfe gegen den Feind, der seine Angriffe an der gesamten Front von Emmerich bis zur unteren Ruhr fortsetzt, dauern an.* Das hieß nichts anderes, als dass das Ruhrgebiet eingekesselt war. Außerdem informierte der Wehrmachtsbericht, die feindlichen Truppen seien über den Westerwald und Wetzlar bis Gießen-Marburg und Hanau vorgedrungen. Nichts über die Truppen, die kurz vor Kassel standen. Eigenartig, denn das ging die Menschen hier doch weiß Gott etwas an. Und dass die Truppen nicht mehr weit entfernt waren, hörte jeder, der nicht taub war oder es sein wollte.

Außerdem hatte sie vor einer Woche in ihrer letzten Nacht im Lager noch BBC London gehört. Mit Herzklopfen und so leise, wie es irgend ging. Seine Erkennungsmelodie war eine fallende Terz, gespielt von zwei dumpfen Pauken: bom bom bom / bom. »This is London calling!« Wenn das jemand mitbekam, war man verloren. Auf Hören des Feindsenders stand die Todesstrafe. Xavier und seine Genossen hatten dennoch ein selbst gebautes Radio in der Häftlingsschreibstube versteckt. Sie hörten es unter einer Decke. Von Xavier hatte sie gelernt, die Informationen der BBC mit den offiziellen Wehrmachtsberichten zu vergleichen und sich ihren Reim darauf zu machen. Fest stand jedenfalls, hier war es nur noch eine Frage von Tagen, vielleicht von Stunden, bis die Amerikaner einmarschierten. Dass die SS hier abgezogen war, sprach ebenfalls dafür, denn die Schwarzröcke wollten sicher nicht dem Feind in die Hände fallen. Der Gutsverwalter hatte außerdem gestern Nacht noch erzählt, dass abends – während Doktor Vahl bei ihr im Institut war – der Ortsgruppenleiter geklingelt und den Abmarsch aller Zivilisten in den Hainberg befohlen hatte. Hier vom Gut sei allerdings niemand dieser Aufforderung nachgekommen. Der Bombardierung des Stadtgebietes um den Bahnhof herum waren auch keine weiteren Bombenangriffe mehr gefolgt.

Nachdem sie am Gutshof angekommen waren, hatte der Verwalter sie durch das Tor hereingewinkt und den Kindern von der Ladefläche geholfen. Zu einem großen Scheunentor voranhumpelnd erklärte er, die einquartierten Flüchtlinge hätten längst die zuvor von der SS belegten Räume in Beschlag genommen und er könne ihnen nur den Heuboden anbieten. Dort hinaufgeklettert, fanden sie Strohhaufen vor, die zusammen mit ihren Decken bald ein gemütliches Nachtlager ergaben. Die Kinder schliefen auf der Stelle ein. Ihr zeigte der Verwalter die Kammer an der Treppe im Hauptgebäude. In der Küche boten ihr die beiden Männer noch einen Aufgesetzten auf die Schrecken der Fahrt an. Über die Herkunft der Kinder sprach niemand. Ohne sich zu waschen, ging sie bald schlafen und wachte erst wieder auf, als die Sonne schon hell ins Fenster schien. Die Sonne, die auch jetzt die Staubteilchen am Küchenfenster wirbeln ließ. Auf dem Herd köchelte es leise und ihre zweite Tasse Muckefuck dampfte. Doktor Vahl schmierte ihr ein Korinthenbrot mit echter Butter. Elisabeth fühlte sich so wohl wie schon lange nicht mehr.

»Erzählen Sie doch mal von Bergen-Belsen.«

Ihr Magen verkrampfte. Warum musste er sie mit dieser Frage aus ihrem Seelenfrieden holen?

»Schlimm. Es spottet jeder Beschreibung.« Mehr wollte sie nicht erzählen. Vieles blieb heutzutage lieber ungesagt. Wie sollte man in diesem System denn noch arbeiten, wenn man alles wusste.

»Warum sind Sie dann so lange geblieben? Die Daten, die Sie mir geschickt haben, waren doch schon sehr aussagekräftig.«

Elisabeth wies mit dem Kinn in Richtung Scheune, in der die Kinder untergebracht waren. »Ich konnte immerhin diese paar Kinder isolieren.« Sie lachte auf.

»Ich habe schlicht behauptet, ich wollte die Korrelation von negativem Rhesus-Faktor und Infektionskrankheiten untersuchen.«

Doktor Vahl sah sie alarmiert an. »Haben Sie das?« Er bedauerte augenscheinlich, seine Kinder ohne Bedenken mit den Neuankömmlingen spielen lassen zu haben.

»Nein, das wäre in der verseuchten Umgebung ohnehin nicht sinnvoll gewesen. Dort grassieren Typhus, Fleckfieber, Ruhr.«

»Und die Kinder sind nicht krank?«

»Wenn sie sich angesteckt hätten, wären sie in der vergangenen Woche erkrankt. Wenn Sie so wollen, war der Keller des Instituts unsere Quarantänestation. Außerdem habe ich in der letzten Woche nach und nach alle Kleidung ausgekocht.« Neben dem Heizungskeller im Institut hatte sie eine Waschküche gefunden. Kurz entschlossen hatte sie alle Kinder ausgezogen und erst sie und dann alle Kleidung in den Waschzuber gesteckt, der so groß wie ein Brunnen im Stadtpark war. Wenigstens gab es fließendes Wasser im Institut. Außerdem waren noch ein bisschen Brennholz, Streichhölzer und Waschpulver da gewesen, sodass sie große Wäsche machen konnte, während die Kinder schliefen.

»Sie wissen, dass die Inkubationszeit für beide Krankheiten länger als eine Woche sein kann.« Doktor Vahl spitzte ärgerlich die Lippen, lächelte aber, als die Tür aufging und seine Frau mit dem neugeborenen Kind im Arm erschien. Doktor Vahls Ehefrau Elfriede war hübsch, blond, gescheit, freundlich und aufrichtig. Manchmal hatte man das Gefühl, sie vor ihrer Arglosigkeit schützen zu müssen, stellte dann aber fest, dass sie zu intelligent war, um naiv zu sein. Elisabeth freute sich, sie wiederzusehen.

Elfriede Vahl gab ihr die Hand. »Hallo, Fräulein Elisabeth, sind Sie endlich zu uns gestoßen?« Elisabeth nickte und betrachtete den Säugling. »Schläft er?«

»Ja, tief und fest.«

Das Kindchen war noch weit entfernt davon, niedlich zu sein. Neugeboren und runzlig, löste es eher Rührung als Entzücken aus. Sanft strich Elisabeth mit dem kleinen Finger über seine Wange.

»Möchten Sie ihn mal halten?«, fragte die Doktorengattin und legte ihr das Bündel, ohne eine Antwort abzuwarten, in den Arm. Augenscheinlich war sie froh, sich mal unbeschwert bewegen zu können. Sie beugte sich zu ihrem Mann und küsste ihn auf die Wange. »Was macht unser Essen?«

»Kocht«, antwortete er und putzte seine Brille mit dem Tischtuch.

Die Frau eilte zum Herd. »Sag bloß, du hast nicht mal umgerührt.«

»Nein«, gab er betreten zu, »hab nicht daran gedacht.«

Elfriede zwinkerte Elisabeth zu. »Männer! Können die gelehrtesten Abhandlungen schreiben, aber dass Essen anbrennt, wenn zu viel Wasser verdunstet ist, geht über ihren Horizont.« Sie ging zum Herd, nahm den Deckel hoch, nickte befriedigt und hob den Topf vom Feuer. »Das war aber höchste Zeit.« Schnell nahm sie mit einem Schürhaken zwei gusseiserne Ringe auf, schob sie in die Mitte der offenen Feuerstelle und regulierte so die Wärmezufuhr. Dann hievte sie den Topf zurück. »Jetzt kann er bis heute Mittag noch ein bisschen weiterkochen. Dann ist das Fleisch hoffentlich auch weich.«

»Fleisch?« Elisabeth floss der Speichel so schnell im Mund zusammen, dass sie schlucken musste. »Woher bekommen Sie denn Fleisch dieser Tage?«

»Ach, das sind Schlachtabfälle«, winkte die Professorengattin ab, »deshalb müssen sie auch so lange kochen, sonst kaut man endlos darauf rum. Sie essen doch mit uns?«

»Wenn ich darf?«

»Ja, natürlich. Ihre Kindergruppe bekommt auch was. Uns geht es hier verhältnismäßig gut. Erich hat die Blutvergiftung der Bauersfrau nebenan erfolgreich behandelt. Seitdem leiden wir keine Not. Das werden Sie auch noch feststellen. Ärzte kann man hier gebrauchen. In der Stadt sind einige große Lazarette.« Elfriede holte sich Tasse und Teller aus dem Buffet und setzte sich zu ihnen an den Tisch.

Der Säugling in Elisabeths Arm war inzwischen wach geworden. Gespannt verfolgte sie den Blick des frischen Erdenbürgers. »Wie heißt er denn?«

»Peter, Peterle.« Elfriede nahm den Warmhaltebezug von der Kanne und goss sich den Rest der Flüssigkeit in die Tasse. »Warum haben Sie eigentlich nie Kinder bekommen? Sie mögen Kinder doch ganz offensichtlich.«

Elisabeth zuckte mit den Schultern. »Nicht den Richtigen gefunden. Vielleicht bin ich den Männern auch zu blaustrümpfig. Außerdem habe ich eine komplizierte Blutgruppe. Da würde es schwierig, den passenden Mann zu finden.«

»Wieso?«

»Inwieweit sind Sie mit der Forschungsarbeit Ihres Mannes vertraut?«

»Haben Sie vergessen, dass ich Laborantin bin? Zumindest im Groben verstehe ich alles, was er arbeitet. Die Systematik der Blutgruppen, ihre Vererbung, den Rhesus-Faktor, alles.«

Elisabeth wunderte sich. Die Rhesus-Faktor-Forschung war noch verhältnismäßig neu. Erst 1940 hatten Landsteiner und Wiener den zusätzlichen Faktor entdeckt. Elfriede aber hatte die letzten Jahre eher im Kindbett als im Labor verbracht. Aber umso besser. Sie als Frau würde verstehen, warum Kinder für sie nicht infrage kamen. »Dann wissen Sie ja, dass ein negativer Rhesus-Faktor verantwortlich für die Neugeborenen-Erythroblastose ist. Na ja und ich habe mich getestet und festgestellt, dass mein Blut Rhesus negativ ist.«

»Das heißt ein Leben mit Fehl- und Totgeburten, wenn Sie Pech haben.«

»Genau, wenn mein Mann positiv wäre, könnte ich ein gesundes Kind bekommen, alle weiteren würden vermutlich sterben.«

Elfriede wirkte betroffen. Elisabeth sah ihr an, dass sie begriff, weshalb das tatsächlich ein Argument gegen die Ehe sein konnte. Welcher Mann würde sich schon nach der ersten Geburt in Abstinenz üben, um ihr das niemals endende Elend von Fehl- und Totgeburten zu ersparen.

»Aber Sie könnten doch mit Rhesus-negativen Männern Kinder bekommen, so viele Sie wollen?«

Elisabeth nickte und verschwieg, dass es durchaus einen geeigneten Kandidaten dafür gäbe. Leider zurzeit inhaftiert.

Doktor Vahl bemerkte belustigt: »Fräulein Hofmann hatte schon die Idee, eine neue Rasse aufzubauen.«

Elfriede guckte sie fragend an.

Elisabeth runzelte die Stirn. »Hören Sie nicht auf Ihren Mann. Manchmal fantasiert er.«

»Nein«, beharrte Doktor Vahl. »Ich kann mich doch noch gut an Ihr Konzept erinnern. Seien Sie froh, dass ich Sie davon abgebracht habe, es offiziell einzureichen. Es dürften jetzt Zeiten kommen, da gereichen Ihnen solche Ideen nicht zum Vorteil.«

»Das ist doch Unsinn«, widersprach Elisabeth. »Die Idee von Rasse ist doch keine deutsche und erst recht keine nationalsozialistische Erfindung. Selbst die Rockefeller-Stiftung hat bis 1939 entsprechende Forschungsprojekte am Kaiser-Wilhelm-Institut unterstützt.«

»Und was hat der Rhesus-Faktor mit Rasse zu tun?«, fragte die Arztfrau.

»Ich bin drauf gekommen, als ich mir einen Stammbaum mit fiktiven Paaren in unterschiedlicher Faktorenkombination gezeichnet habe, also homozygot und heterozygot. Wenn die Erbanlagen der Mutter rein Rhesus negativ sind und die des Vaters ausschließlich Rhesus positiv, zeitigt diese Verbindung mit großer Wahrscheinlichkeit nur ein Kind. Es sprießt aus der Verbindung also nur ein neuer Ast, und wenn dieses eine Kind früh stirbt oder sich nicht fortpflanzt, ist der Ast verdorrt. Umgekehrt würde die Ehe mit einem Mann gleichen Blutes viele Nachkommen hervorbringen und über einige Generationen eine ganze Dynastie. Von da bis zu der Erkenntnis, dass die Natur das vielleicht mit Absicht so eingerichtet hat, damit diese Blutgruppenfaktoren sich nicht vermischen, ist nur ein kurzer Weg.«

Doktor Vahl ergänzte: »Fräulein Elisabeth hat dann postuliert, dass Rhesus-Negativität ein Rassemerkmal ist, eines, das auf eine europäische Urbevölkerung zurückgeht.«

»Auch dafür sprechen verschiedene Faktoren«, erklärte Elisabeth, »die ältesten Relikte eines modernen Menschen, die 1868 gefunden wurden, stammen aus den Höhlen von Cro Magnon in der Dordogne. Das ist in Südfrankreich, ganz in der Nähe des Baskenlandes. Dort aber, im Baskenland, gibt es überdurchschnittlich viele Menschen mit negativem Rhesus Faktor. Geht man dann davon aus, dass sie direkte Nachfahren der Ureuropäer sind, wird diese Unverträglichkeit sinnvoll.«

»Fräulein Elisabeth meint, dass der negative Rhesus-Faktor eine biologische Barriere ist, letztlich etwas, das für Rassereinheit sorgt.«

»Leider konnte ich das bisher nicht überprüfen, weil ich keinen Forschungsauftrag bekommen habe.« Diese Spitze ging an Doktor Vahl.

»Ich habe Sie daran gehindert, dieses Konzept einzureichen, weil es völlig konträr zu nationalsozialistischen Vorstellungen von Ariern ist. Sie hätten sich damit selbst ins Aus katapultiert.«

»Warum«, fragte seine Frau, »es wäre doch nur eine neue Theorie gewesen?«

»Aber eine Theorie, in der der Ursprung der Rasse an der falschen Stelle in Europa liegt«, antwortete ihr Mann. »Selbst die Herkunft der Arier ist letztlich der Ideologie angepasst worden. Eigentlich steht dieser Begriff für die Nachkommen der indogermanischen Völkerwanderung. Das Wort beinhaltet doch schon, dass die Ursprünge dieser Rasse aus dem Orient kommen. Das rassische Idealbild des Nationalsozialisten ist aber hochgewachsen, blond und blauäugig, also nordisch. So haben die völkischen Theoretiker den Ursprung dieser Rasse kurzerhand nach Norddeutschland und Skandinavien verlegt. Und da das irgendwann keinerlei wissenschaftliche Grundlage mehr hatte …«

»… forschte man in den letzten Jahren auf diesem Gebiet nicht mehr ernsthaft«, ergänzte Elisabeth. »Anthropologische Projekte dienten nur noch dazu, die Unterschiede von Herrenrassen und semitischen Rassen zu dokumentieren. Auch deshalb bin ich ja irgendwann vom Kaiser-Wilhelm-Institut wieder zu Ihrem Mann ins Reichsgesundheitsamt gewechselt. Ich habe mich bei der anwendungsorientierten Forschung wohler gefühlt.« Das Wickelkind jammerte. Elisabeth steckte ihm den kleinen Finger in den Mund, an dem der Junge sofort zu saugen begann.

»Kannst du mir ein Glas Wasser bringen?«, bat Elfriede ihren Mann. »Ich glaube, ich sollte ihn noch mal stillen. Aber vorher muss ich etwas trinken.«

Erich Vahl stand auf, nahm ein Glas von der Spüle,

füllte aus einem Krug Wasser hinein und brachte es ihr. Elfriede trank und nahm das Kind wieder entgegen, knöpfte ihre Bluse ein Stück weit auf und legte es an. Das geschah so rasch, dass Elisabeth kaum einen Blick auf den Busen hätte werfen können, selbst wenn sie gewollt hätte. »Welche Blutgruppe haben wir eigentlich?«, fragte die Doktorengattin.

»Ich bin B / positiv, du 0 / positiv.«

»Das heißt, unser Junge ist mit ziemlicher Sicherheit B / positiv, weil B dominant ist.« Sie wandte sich an Elisabeth: »Dann gehören wir aber nicht zu Ihrer neu gefundenen Herrenrasse.«

»Das stimmt. Ich würde allerdings eine solche Rasse nicht als Herrenrasse bezeichnen. Nur eben als eine Rasse, die älter ist als die zugewanderten Gene der Indogermanen – und, die es sich vielleicht lohnen würde ...« Ein lang gezogener Alarmton unterbrach sie.

Doktor Vahl sprang auf: »Feindalarm. Wir müssen die Kinder zusammenholen. Ab in den Keller.«

Noch ehe sie alle unten waren, donnerten in der Nähe die Geschütze los und ein Granatsplitter flog durch das Flurfenster, haarscharf an Elisabeth vorbei. Sie drückte sich an die Wand, scheuchte die Zwillinge Michael und Friedhelm auf die Kellertreppe und zog die Tür hinter sich zu. Ihre 30 Kinder hatte sie vorher schnell abgezählt. Der Gutsverwalter, Doktor Vahl und Familie waren schon unten. Sie verriegelte die Tür und stieg die Treppe hinunter.

Dort erwartete sie kein Luftschutzkeller, sondern ein Vorratskeller wie vor dem Krieg. Es roch nach Äpfeln und Kartoffeln. In den Regalen stapelten sich Gläser mit Eingemachtem: halbe Birnen mit Zimt, Rote Beete, die in Pfefferkörnern und Bohnenkraut schwammen, diverse Fruchtgelees und Leberwurst im Glas. Am Boden standen große Lattenkisten mit der letzten Äpfel- und Kartoffelernte. Ein wahres Schlaraffenland. Kein Wunder, dass hier unten keiner der anderen Flüchtlinge Zutritt hatte. Es sprach für Doktor Vahls Einfluss auf den Gutsverwalter, dass sie mit ihren Schützlingen hier hineindurfte. Oder war es Elfriede Vahls Wirken? Just steckten die junge Mutter und der kriegsversehrte Mann die Köpfe zusammen. Die Kinder scharten sich um sie.

»Wenn ihr ganz still seid, bekommt jeder einen Apfel«, kündigte der Gutsverwalter an.

Kurzer Jubel, gedämpft durch Kinderhände, die sich erschrocken auf die kleinen Münder legten. Nach einem kurzen Seitenblick auf den Gutsverwalter nahm sich Gretel einen Apfel. Die anderen taten es ihr nach. Wer Platz fand, hockte sich auf den Rand der Kisten. Die Größeren lehnten an der Kellerwand. Elisabeth setzte sich zu Doktor Vahl, der auf einer steinernen Waschrinne hockte. »Haben die Flüchtlinge im Nebengebäude ebenfalls Anweisung, in den Keller zu gehen?«

»Das werden sie schon tun, so wie es da draußen brummt. Es gibt hier auf dem Gelände auch noch einen Erdbunker. Der steht ihnen zur Verfügung.«

»Und warum sind wir da nicht? Wäre das nicht sicherer?«

»Das sind doch keine Bomben, nur Artillerie mit Gewehren und Granaten. Davon geht kein Haus mehr kaputt. Außerdem ist es unter der Erde ziemlich kalt. Das wollte ich auch unserem Peterchen nicht zumuten. Wir werden sowieso wieder nach oben gehen müssen, sobald der Beschuss vorbei ist. Besser, wir gehen den Amerikanern entgegen.«

»Haben Sie keine Angst?«

»Ich hätte große Angst, wenn hier noch SS stationiert wäre. Das hieße Abwehrgefechte. Außerdem würden wir alle mit ihnen in einen Topf geworfen werden. So kommt es, glaube ich, aber darauf an, wie man ihnen entgegentritt.«

»Und wie?«

Doktor Vahl drehte nervös an seinem Ehering. »Als Zivilist, als Familienvater, als Wissenschaftler mit internationalen Kontakten. Mal sehen, worauf die Offiziere auf der anderen Seite ansprechen.«

»Und wenn wir es gar nicht mit Offizieren zu tun haben, sondern uns einfache Soldaten über den Haufen schießen?«

»Es gibt ja noch so etwas wie das Haager Abkommen. Das dürften sie nicht.«

»Haager Abkommen«, prustete Elisabeth, »daran haben *wir* uns ja buchstabengetreu gehalten.«

»Deshalb müssen wir dennoch an ihren Anstand appellieren.« Vahl beugte sich vor. »Die Amerikaner haben kaum schlechte Erfahrungen mit uns gemacht. Jedenfalls nicht hautnah. Da dürfen wir wahrscheinlich noch am ehesten auf faire Behandlung hoffen.«

Elisabeth widersprach nicht. Die Amerikaner hatten keine Zivilbevölkerung verloren, ihre Städte waren im

Unterschied zu den englischen nicht bombardiert worden, und sie hatten nicht, wie die Russen, deutsche Truppen ihre Dörfer niederbrennen und ihre Frauen vergewaltigen sehen. Sie wusste von Nikolai, einem Sanitäter im Lager, wie die Deutschen in Russland gewütet hatten. Tatsächlich. Sie konnten froh sein, dass hier die Amerikaner vordrangen. Jetzt kam es darauf an, die Nerven zu bewahren.

Draußen wurde es ruhiger, die Abstände zwischen den Einschlägen größer. Die Kinder waren ruhig und diszipliniert, wie immer, wenn Gefahr drohte. Sie wussten, dass Unsichtbarkeit in solchen Momenten über Leben und Tod entscheiden konnte. Manchmal fragte sie sich, wohin sie innerlich gingen, wenn sie mit leerem Gesichtsausdruck ihres Schicksals harrten. Aber auch die beiden Vahl-Mädchen Irmi und Lotte waren sehr still, die eine flocht der anderen gerade die Zöpfe. Bei ihnen war es wahrscheinlich eine Mischung aus Angst und Wohlerzogenheit, die sie lenkbar machte. Elfriede Vahl unterhielt sich immer noch angeregt mit dem Gutsverwalter.

Erich Vahl sortierte neben ihr Papiere. Eilsabeth deutete auf eines der Schreiben. »Was ist das?«

»Habe ich neuerdings immer bei mir. Das sind Briefe von Landsteiner und Hirszfeld. Ich hoffe, meine Korrespondenz mit jüdischen Forschern im Ausland kann belegen, dass ich kein Judenfeind bin.«

Elisabeth war schlagartig klar, dass Doktor Vahl eine ziemlich genaue Vorstellung davon hatte, was in Konzentrationslagern vor sich ging. Mancher Deutsche meinte ja noch, den Juden sei nichts Schlimmeres geschehen als soziale Ausgrenzung, von ein paar Pogromen wie in der Reichskristallnacht abgesehen. Doktor Vahl aber wusste anscheinend, dass jeder Deutsche sich bald würde rechtfertigen müssen. Wahrscheinlich hatte er Radio London gehört und die Empörung mitbekommen, die durch den Äther gegangen war, als die Amerikaner im Januar Auschwitz-Birkenau befreit hatten. Seitdem wusste die Welt von ihrer deutschen Schande.

Seine nächste Aufforderung bestätigte sie darin. »Wenn sie kommen, sollten Sie sofort betonen, dass Sie die Kinder aus Bergen-Belsen geholt haben.«

»Ich weiß nicht. Bergen-Belsen ist wahrscheinlich noch nicht befreit. Oder haben Sie etwas anderes gehört?«

Ihr Chef verneinte.

»Also existiert es noch. Solange das so ist, möchte ich vermeiden, dass die Kinder aus irgendeinem falsch verstandenen Ordnungssinn dorthin zurückgeschickt werden.«

Doktor Vahl wiegte den Kopf. »Wir müssen abwarten, mit wem wir es zu tun bekommen. Aber spätestens, wenn sie uns offiziell registrieren, werden Sie wohl die Herkunft der Kinder bekennen müssen.«

Die Geschütze schwiegen jetzt schon eine ganze Weile. Die beiden Männer besprachen sich kurz. Doktor Vahl ging nachsehen und kam fast postwendend zurück in den Keller. »Alles ruhig. Wenn sie anrücken, ist es besser, wir sind sichtbar. Wir sollten die erste Begegnung nicht dem Zufall überlassen. Die Kinder gehen auf ihre Zimmer oder auf den Heuboden. Also hopp, hopp, nach oben.« Die Kinder ließen sich das nicht zweimal sagen. Ihre kostbaren Äpfel in der Hand, polterten sie die Treppe hoch. Die Männer und Elfriede mit dem Säugling hinterher.

Nur die sechsjährige Helena, Holle genannt, trödelte noch herum und schichtete Äpfel aufeinander.

»Und du? Willst du nicht nach oben?«

»Nein, ich will hierbleiben.« Das Mädchen setzte sich auf eine Kiste und ließ den Kopf hängen. »Ich krieg Herzklopfen, sobald ich vor die Tür gehe. Das hatte ich heute Morgen schon.« Elisabeth setzte sich neben sie und umarmte das Mädchen mit den blonden Locken. Holle war ausgesprochen niedlich und immer eine der Tapfersten gewesen.

»Ich kann das gut verstehen, dass du Angst hast. Ich hab auch oft Angst.«

Der schmale Rücken der Kleinen bebte. »Aber wie kommt das, ich hab doch gestern keine Angst gehabt?«, flüsterte sie und wischte ihre Tränen mit beiden Händen ungeduldig weg.

»So was kommt manchmal verspätet. Du kannst die Angst nicht gebrauchen, wenn es wirklich gefährlich ist, und dann kommt sie, wenn alles vorbei scheint. Sie war nämlich die ganze Zeit da, hat sich nur versteckt.«

Das Mädchen sah Elisabeth ins Gesicht. »Und wann geht sie wieder?«

»Wenn du sie gehen lässt. Solange du dich vor ihr versteckst, bleibt sie bei dir.« Elisabeth stand auf. »Komm, nimm meine Hand, ich gehe mit dir nach draußen. Dann ist es leichter.« Sie kletterte mit dem Kind die Kellertreppe hinauf, blieb aber auf der Schwelle stehen. Die Zähne der Kleinen klapperten so hörbar, dass ihr fast das Herz brach. »Meinst du, du schaffst noch einen Schritt?« Holle presste die Lippen zusammen, setzte einen Fuß nach vorne, schreckte aber sofort wieder zurück. Elisabeth wartete und die Kleine ging jetzt ein paar Schritte, als würde sie auf einem schmalen Steg über einen Abgrund wandern. Elisabeth lief neben ihr her, fasste sie aber nicht mehr an. Langsam erreichten sie die Tür zum Hof. Nur wenige Meter entfernt spielte ein Kätzchen mit einer Kartoffel. Holle guckte entzückt zu und griff Elisabeths Hand.

»Meinen Sie, ich darf es streicheln?«

»Probier' es aus.«

Elisabeth hinter sich her ziehend, ging Holle auf das Kätzchen zu und hockte sich neben es. Strahlend sah sie hoch. »Das hat auch keine Angst.«

»Na, siehst du.« Elisabeth blieb stehen und nahm die Hofanlage zum ersten Mal bewusst wahr. Gestern war es schon stockdunkel gewesen, sodass sie nur eine schemenhafte Vorstellung von ihrem neuen Zuhause bekommen hatte. Links war die Scheune, in der ihre Kinder schliefen, gegenüber zog sich ein niedriges Fachwerkhaus mit Remise bis zu einer Mauer. Rechts ging ein Tor zur Straße. Sie drehte sich zum Haupthaus um, das hinter ihr lag. Es war ein schmuckloser Kasten aus Backstein. Das einzig Herrschaftliche daran war eine kleine Freitreppe in den ersten Stock. Die Küche und ihre Räume lagen im Souterrain. Sie waren eben aus dem seitlichen Dienstboteneingang im Erdgeschoss gekommen.

Ein Lastwagen hielt vor dem Tor. Das Gewehr im Anschlag, sprangen amerikanische Soldaten von der Ladefläche und schlichen auf den Hof. Elisabeth spürte, wie ihr Herzschlag für einen Sekundenbruchteil aussetzte. Holle nahm ihre Hand. Drei Soldaten wandten sich mit ihren Gewehren nach links und nach rechts und verschwanden dann im Eingang zum Haupthaus. Das war wohl die Vorhut, die das Gelände sichern sollte. Weitere Soldaten strömten herein und durchsuchten die anderen Gebäude. Aus dem Dienstboteneingang trat Doktor Vahl mit einem weißen Tuch, das an einen Teppichklopfer geknüpft war. Auch er blieb abwartend stehen.

Die Zeit dehnte sich wie in Zeitlupe. Später hatte sie keine Vorstellung mehr davon, ob es Minuten oder Stunden gedauert hatte, bis alle Gebäude durchsucht waren. Sie fühlte sich, als sei sie nicht mehr Teil des Geschehens, seltsam entrückt, als beobachte sie Bilder auf einer Kinoleinwand. Ein Offizier fuhr mit einem Jeep vor, kam herausgesprungen und ging direkt auf Elisabeth zu. Sie spürte den Boden unter ihren Füßen wieder.

»Any German soldiers in here?«

»No.« Elisabeth war froh, wenigstens in Bruchstücken des Englischen mächtig zu sein. »We are just civilians, a lot of children from Bergen-Belsen.«

Ein Ruck ging durch den Körper des Offiziers. »How dare you?« Elisabeth sah ihn verständnislos an. Der Offizier wechselte in ein akzentfreies Deutsch. »Sie sind eine Außenstelle des Lagers Bergen-Belsen?«

»Nein. Um Gottes willen. Ich habe einige Kinder von dort befreit.«

Der Offizier sah sie noch misstrauischer an als vorher. »Wie wollen Sie das denn geschafft haben?«

»Frau Doktor Hofmann hat uns einfach in einen Lastwagen gesetzt und ist losgefahren«, meldete sich Holle. »Erst waren wir dann in einem Keller. Dann kamen Bomben und seit gestern sind wir hier.«

Der Offizier ging in die Knie. »Und die Frau Doktor ist gut zu euch?«

Die blonden Locken flogen, so nachdrücklich nickte das Kind. »Sie ist nur manchmal ein bisschen streng.« Der Offizier guckte misstrauisch hoch, baute sich wieder vor Elisabeth auf. Das Kind sah das und merkte, dass es etwas sehr Eindrucksvolles finden musste, wenn der Mann überzeugt werden sollte. »Sie können alle fragen. Wenn Frau Doktor uns nicht aus der Garage geholt hätte, wären wir jetzt alle tot.«

Elisabeth beschrieb dem Mann in kurzen Zügen, dass Holles Eltern vor etwa einem Jahr mit einem Transport nach Theresienstadt transportiert worden seien, und sie und einige andere Kinder von den Wärtern aus unerfindlichen Gründen unbeaufsichtigt in einer Garage zurückgelassen worden waren, auf gepackten Koffern sitzend, als sollten auch sie abtransportiert werden. Sie und ein Häftlingsarzt hätten die Kinder kurzerhand in eine Baracke gebracht und vor der SS versteckt. Später habe sie dann die Gruppe als medizinische Versuchsgruppe deklariert und so retten können.

Doktor Vahl hatte sich inzwischen zu ihnen gesellt.

Immer noch nicht völlig überzeugt, fragte der Offizier: »Wenn Sie Ärztin sind, was haben Sie dann im Konzentrationslager gemacht?«

»Ich war keine Lagerärztin, falls Sie das meinen.«

Doktor Vahl ergänzte: »Sie war im Auftrag des Reichsgesundheitsamtes da, um Blutgruppen zu untersuchen.«

Der Uniformierte fragte: »Und Sie sind?«

»Ihr Vorgesetzter. Doktor Erich Vahl.« Er gab dem Offizier die Hand und machte einen Diener. »Ich habe schon vor dem Krieg Grundlagenforschung betrieben. Vielleicht sagt Ihnen der Name Landsteiner etwas. Ich kann Ihnen meine Korrespondenz mit ihm zeigen.«

»Zeigen Sie! Das ist leicht nachzuprüfen.«

Elisabeth, 20. April (Führergeburtstag) 1945

Elisabeth stand am Tor und beschattete ihre Augen mit der rechten Hand, um dem Jeep nachzusehen. Das bei ihnen einquartierte amerikanische Filmteam rückte zum dritten Mal aus, um im befreiten Lager Bergen-Belsen zu filmen. Vergeblich hatte sie darauf gedrungen, mitfahren zu dürfen. Aber die Filmleute wollten partout keine Deutsche dabei haben. Vorgestern war das Filmteam zum ersten Mal mit Bildern aus Bergen-Belsen zurückgekehrt. Bildern von nackten Leichen, die mit Baggern zu großen Halden zusammengeschoben waren, fast verhungerten Jugendlichen mit wildem Blick, Frauen, die in einer Baracke im Dreck kauerten. Weil sie sich auskannte, wurde Elisabeth zum Sichten dazugerufen. So gut sie konnte, erklärte sie zunächst die Struktur des Lagers, zeigte auf einem Plan Sternlager, Ungarnlager, Großes und Kleines Frauenlager, Männerlager und Neutralenlager und erklärte, dass Bergen-Belsen 1940 als Aufenthaltslager für Juden anderer Staaten eingerichtet worden war, die gegen im Ausland internierte Deutsche ausgetauscht werden sollten. Deshalb seien die Zustände dort lange Zeit noch erträglich gewesen.

»Das kann nicht sein«, widersprach der Kameramann und deutete auf die Bilder von Leichenhaufen. »Wie können Sie das erträglich finden? Das sieht aus wie der überhäufte Ladentisch eines riesenhaften Schlachters und riecht wie der Eimer, in dem meine Mutter ihre gebrauchten Binden aufbewahrt.«

»Das ist nicht das gleiche Lager wie noch 1944«, erklärte Elisabeth betont ruhig. »Bei meinem ersten Besuch vor einem Jahr waren die Baracken neu und sauber, die Anlage gepflegt und die Menschen dort bekamen genug zu essen. Schließlich sollten sie noch gegen deutsche Kriegsgefangene ausgetauscht werden. Je mehr der Krieg dann aber verloren ging, desto unerträglicher wurden die Zustände.«

»Wollen Sie damit sagen, die Alliierten seien schuld an diesem Elend?«, brauste der Kameramann auf.

»Nein! Ich will damit nur sagen, dass immer mehr Menschen in das Lager gebracht wurden. Je mehr die Front zurückwich, desto mehr Konzentrationslager wurden aufgelöst und deren Insassen nach Bergen-Belsen transportiert.« Elisabeth spürte den Druck der Abneigung gegen sie wie ein zu stramm geschnürtes Korsett. Natürlich klang alles, was sie sagte, wie eine Rechtfertigung. Obwohl nicht verantwortlich für diese Zustände, war sie eben doch dabei gewesen. Trotzdem führte sie tapfer weiter aus: »Erst ab Januar 1945 wurde es richtig schlimm. Hunger, die Krankheiten, dann der Tod. Die Verwahrlosung ging rasend schnell. Was Sie da sehen, hat in ein paar Monaten stattgefunden.«

Der Kameramann und die zwei Reporter schwiegen. Indessen trat der Colonel an den Tisch.

Elisabeth seufzte: »Ich weiß, wie das auf Sie wirkt. Und da gibt es auch gar nichts zu beschönigen. Aber was soll ich sagen. Ich bin auch Deutsche.« Sie zuckte hilflos mit den Schultern.

»Für Sie spricht ja, dass Sie sich dem immerhin ausgesetzt und im Rahmen Ihrer Möglichkeiten geholfen haben«, lenkte der Colonel ein. Er bot ihr eine Tasse echten Kaffees an. Elisabeth nahm sie dankbar an. Bisher hatte sie solche Fraternisierung vermieden. Diese Crew war schon die zweite Einquartierung von amerikanischen Soldaten in das Haupthaus. Ihr erster Kontakt, der deutschstämmige Offizier und seine Kohorte, hatten bald dieser neuen Gruppe Platz gemacht. Vorher hatte er ihnen aber den Umgang mit den Besatzern sehr erleichtert. Sein Telegramm in die USA war schnell vom Blutgruppenforscher Landsteiner beantwortet worden und hatte Dr. Vahls Seriosität bestätigt. Nachdem Elisabeth einige Namen von Lagerinsassen als Leumundszeugen abgegeben hatte, stufte der Offizier auch sie als politisch unbedenklich ein. Außerdem bestätigten die größeren Kinder Elisabeths Schilderung der Flucht aus Bergen-Belsen. Ab diesem Moment wurden sie von den Besatzern anständig behandelt und brauchten ihre Zimmer nicht zu räumen. Der Verwalter allerdings musste als ehemaliges NSDAP-Parteimitglied sein Quartier bei den Flüchtlingen im Nebengebäude aufschlagen. Im Wortsinne, denn die früheren Pferdeställe waren nur mit Decken voneinander abgeteilt. Die Gutsverwalterwohnung und die leer stehenden Herrschaftsräume wurden requiriert. Die Kinder freundeten sich mit den amerikanischen Soldaten an. Bei näherer Betrachtung erinnerten die meisten GIs Elisabeth inzwischen an große, gutmütige Jungs. Sie waren durch die Bank freundlich, entspannt und so naschhaft wie junge Bären. Sie brachten Unmengen von Nahrungsmitteln mit und tauschten die Konserven gegen das, was die Bauern zu bieten hatten. Besonders versessen waren sie auf frische Eier. Rasch hatte sich ihre Speisekammer mit Eierkörben, Speckseiten, Kanistern mit Orangen- und Grapefruitsaft, Butter, Wurst, Käse und weißem Brot gefüllt. Durch das Haus zog der Duft von echtem Kaffee und die Frauen wurden ermuntert, für sich und die Kinder von den Vorräten zu nehmen. Bis gestern hatte sie immer dankend abgelehnt.

Ihre aktuellen amerikanischen Untermieter gehörten zum Signal Corps, einer Einheit, die die Truppen begleitete und benachrichtigt wurde, wenn wieder ein Konzentrationslager oder eine Außenstelle entdeckt worden war. Sie machten Filmaufnahmen und Fotos, die in den amerikanischen Wochenschauen gezeigt wurden und die Titelseiten amerikanischer Zeitschriften dominierten. Diese Zeitschriften belegten jetzt den Boden der guten Stube des Hauses zusammen mit den Originalfotos. Elisabeth versuchte, den Kindern diesen Anblick zu ersparen. Sie kannten zwar alles aus eigener Anschauung – aber da lagen ja auch Fotos anderer Lager. Womöglich erkannten sie Verwandte oder Bekannte darauf.

Vorgestern hatte sie sich zum ersten Mal getraut zu fragen, ob sie mit nach Bergen-Belsen kommen könne, gestern ein zweites Mal – immer vergeblich. Sie machte sich Sorgen. Sorgen um Xavier, aber auch Sorgen darum, dass ihr die Kinder doch wieder abgenommen werden würden. Sie galten jetzt als *displaced persons*, so viel hatte sie schon mitbekommen. Das hieß, sobald irgendwo Verwandte gefunden waren, würden sie zurück in ihre Heimat gebracht werden. Ihre Transportliste hatte sie schon abgeben müssen. Zwar würden wegen der falschen Nachnamen schwerlich die wirklichen Verwandten herausgefunden werden, so vorausschauend war sie immerhin gewesen. Schlimmer aber wäre noch, wenn die Kinder nachher Familien zugeführt würden, die sie gar nicht kannten, nur weil eine zufällige Namensgleichheit bestand. Vorsichtig hatte sie abends den Colonel ausgefragt, wie denn so eine Familienzusammenführung stattfände. Seine Schilderung beruhigte sie, denn er beschrieb ihr, wie die Listen der Lagerinsassen mit den Vermisstenlisten abgeglichen wurden. Ihre Kinder würden auf keinen Fall einfach Familien gegeben werden, die den gleichen Nachnamen führten. Diese Familien müssten schon sehr genau angeben, wen sie suchten, also mit Vornamen, Geburtsdatum und Geburtsort, die Kinder genau bezeichnen und, soweit möglich, Fotos beibringen. Da seien das Rote Kreuz und der Internationale Suchdienst sehr gründlich. Sie brauche sich keine Sorgen zu machen, die Kinder kämen nicht in die falschen Hände.

Der letzte Jeep war außer Sicht. Elisabeth strich sich über die Arme. Es war zwar ein sonniger Vorfrühlingstag, aber sie hatte einen ärmellosen Kittel an, weil sie eigentlich Elfriede bei der großen Wäsche hatte helfen wollen. Zuvor wollte sie sich aber vergewissern, dass wirklich alle abgefahren waren. Sie musste ein Bild an sich nehmen, das sie eben im Salon der Villa entdeckt hatte.

Das Bild lag oben auf einem Stapel mit Fotos von verwüsteten Verwaltungsgebäuden. Die Amerikaner hatten ein Foto von mehreren Dutzend halb verbrannter Kennkarten des Lagers gemacht. Dabei waren auch die von Jonathan und Holle, beide auf den Bildern gut erkennbar. Von den persönlichen Daten waren nur die Vornamen verbrannt. Die Nachnamen aber nicht und darauf kam es an. Mit ihren echten Nachnamen waren sie am Ende auch ihrer echten Verwandtschaft zuzuordnen, und das durfte nicht geschehen. Außerdem würde auffallen, dass auf ihrer Liste falsche Namen waren, wenn einer der GIs das Bild näher unter die Lupe nahm. Ihr schlechtes Gewissen beruhigte sie damit, dass sie so den Kindern ersparte, endgültig zu erfahren, dass ihre Eltern gestorben waren. Das war mehr als wahrscheinlich. Ob aber Onkel und Tante oder noch weiter entfernte Verwandte sich so gut um sie kümmern würden wie sie, das wagte sie zu bezweifeln. Sie nahm das Foto an sich, knickte es, steckte es in die Tasche ihres Kittels, durchsuchte hastig den Stapel nach weiteren kompromittierenden Abzügen und stellte erleichtert fest, dass es der einzige war. Eigentlich sollte sie jetzt noch versuchen, das Negativ zu finden. Ein Blick aber in das mit Rotlicht beleuchtete und zur Dunkelkammer umfunktionierte Badezimmer überzeugte sie davon, dass das ein hoffnungsloses Unterfangen war. In dem Licht konnte sie kaum die Hand vor Augen sehen, geschweige denn, in Hunderten von Filmspulen die richtige identifizieren.

Sie stieg hinunter in den Keller, um endlich Elfriede bei der großen Wäsche zu helfen. Körperliche Arbeit entspannte. In der dampfenden Waschküche sah Elfriede nur kurz auf, meinte: »Dann kannst du dich ja jetzt um die Kochwäsche kümmern«, und widmete sich wieder dem Scheuern und Wringen am Waschbrett. Schweigend arbeiteten sie Hand in Hand.

»Der Colonel sieht eigentlich ziemlich gut aus, findest du nicht?«, sinnierte Elfriede, während sie die gewaschenen Laken durch die Mangel drehte. Die beiden Frauen hatten sich inzwischen angefreundet und duzten sich. Das allgegenwärtige »you« der Amerikaner steckte an.

»Weiß nicht. Er sieht nett aus, aber auch so, als hätte er in fünf Jahren eine Glatze.« Elisabeth beugte sich über den dampfenden Kessel und rührte die Weißwäsche mit einem großen Holzlöffel im Seifenwasser. Angestrengt wischte sie sich die Schweißperlen von der Stirn. Vorwitzige Haarsträhnen klebten an ihrer Stirn, den Rest hatte sie sich unter ein Kopftuch gebunden. »Außerdem glaube ich nicht, dass er etwas an mir findet. Ich hab ja auch schon mal besser ausgesehen.«

»Das haben wir alle mal. Aber gerade im Moment bist du sehr hübsch. Man hat einen netten Blick auf deine Schultern und Arme. Wäre ich ein Mann, ich fände dich zum Anbeißen.«

»Mensch, Elfriede, hast du auch etwas anderes im Kopf? Du tust ja gerade so, als hätten wir keine größeren Probleme, als die Garderobe für den nächsten Tanztee auszuwählen.«

»Gerade weil das nicht so ist, sollten wir uns ab und zu den angenehmen Seiten des Lebens zuwenden und das Flirten gehört allemal dazu.«

Elisabeth fischte die helle Wäsche heraus und warf sie in einen Zuber mit warmem Wasser. »Ja, ich weiß, und dein Mann leidet jedes Mal und tut so, als würde er nichts merken.«

»Ach, der kann das schon richtig einschätzen. Außerdem haben wir doch alle etwas davon, wenn uns die Herren gewogen sind.«

»Das ist wohl wahr.« Elisabeth kippte frisches Wasser in den Sud, gab Seifenbrei hinzu, feuerte den Kessel noch mal an, warf die dunklen Wäscheteile hinein und tunkte sie unter, bis alle mit Wasser bedeckt waren. Als sei das ihr Signal, nahm Elfriede die Weißwäsche aus dem warmen Spülwasser und seifte Krägen und Manschetten ein. Dann wusch sie die Teile auf einem Waschbrett aus und brachte sie zur Mangel.

Von der Treppe waren Schritte zu hören. Der soeben besprochene Colonel Wagner kam herunter.

»Was machen Sie denn hier unten bei den niederen Chargen?«, wunderte sich Elfriede.

»Ich suche Fräulein Elisabeth.« Der Colonel wirkte sehr ernst.

Elisabeth legte sofort den Holzlöffel auf den Rand des Bottichs, wischte sich die Hände am Kittel ab und folgte dem Colonel in die Küche.

Auf dem Stuhl am Fenster saß Xavier, die Hände im Schoß. Hemmungslos schluchzend fand sie sich auf den Knien wieder, die Arme um seine Beine geschlungen. Xavier sah so schwach und verloren aus. Seine Hand strich beruhigend über ihre Haare. »Canéla, wir haben uns doch vor drei Wochen noch gesehen. Was ist denn?«

Sie war nicht imstande zu antworten, so heftig wurde sie von Schluchzern geschüttelt. Canéla war in Gurs sein Kosename für sie gewesen, weil er behauptete, ihre Haut dufte nach Zimt. In diesem Namen lag die gesamte Traumwelt ihrer Liebe, die so unvermittelt und intensiv angefangen hatte, so viele Leidensstationen überdauert hatte und bis heute völlig aussichtslos gewesen war. Sie sah ihn kurz an und schmiegte ihren Kopf wieder in seine Hände. Im hellen Morgenlicht fiel auf, wie sehr er sich in den fünf Jahren der Haft verändert hatte. Im Lager unter den vielen Elendsgestalten schien er noch verhältnismäßig gut beisammen zu sein. Jetzt wirkte er geradezu erbarmungswürdig. Der damals in Gurs so gut aussehende Spanier war zu einem klapperdürren älteren Mann geschrumpft. Sie nahm jetzt wahr, dass die Kamera surrte. Tatsächlich, da stand doch der Kameramann und hielt auf sie beide.

Abrupt stand sie auf und hielt die Hand vor die Linse. »Das wollen Sie ja wohl nicht verwenden, oder?«

»Warum nicht? Es ist doch eine bewegende Szene.« Er schwenkte seine Kamera an ihr vorbei.

Sie stellte sich mit dem Rücken vor das Objektiv. »Unterstehen Sie sich, das ist unsere Privatsache.«

»Ist einer von Ihnen verheiratet?«

»Nein«, antworteten sie unisono.

»Dann: Where is the Problem? Das Publikum braucht zwischen diesen ganzen Horrorgeschichten auch etwas Rührendes.«

Elisabeth lehnte sich an den Küchentisch. »Ich will aber nicht dazu beitragen, dass sich irgendwelche Menschen im Kino die Nase putzen. Das hier ist mein ganz ureigenes Leben. Das geht niemanden etwas an.«

Xavier hatte sich den Disput mit wachsendem Vergnügen angehört. »Also, wenn ich zum Dank anständige Kleidung bekomme, mache ich auch einen Kopfstand. Mal abgesehen davon: Warum sollen die Menschen da draußen nicht auch sehen, dass es Deutsche gibt, die mit den KZ-Häftlingen gelitten haben.«

Elisabeth zog sich einen Stuhl heran und setzte sich ihm gegenüber. »Und was soll das nützen?«

Seine Augen waren so braun und eindringlich wie eh und je. Er nahm ihre Hand. »Wenn du die Chance bekommst, auch Deutsche ein bisschen menschlich zu zeigen, solltest du sie annehmen.«

Der Colonel, der sich das ganze Geschehen vom Türrahmen her angesehen hatte, mischte sich ein. »Er hat recht. Das ist eine Chance. Ich erwarte in der nächsten Zeit einen Hearst-Korrespondenten. Wenn Ihnen diese Aufnahmen zu oberflächlich erscheinen, erzählen Sie doch Ihre Geschichte ihm.«

Elisabeth gab sich geschlagen. »Gut, wenn ihr alle meint.« Sie sah zum Kameramann hoch. »Also meinetwegen, verwenden Sie die Aufnahmen.«

»Great. Mir sind eben fast die Tränen gekommen. Die gesamten United States werden euch lieben.«

Neue Kleidung für den befreiten KZ-Häftling war von den hilfsbereiten Amerikanern schnell besorgt. Elfriede Vahl heizte den Badeofen an und Doktor Vahl untersuchte den Basken im Badezimmer, während das heiße Wasser einlief. Xavier lehnte es ab, auch Elisabeth als Ärztin hinzuzuziehen. Nach dem Bad bekam er sein eigenes Zimmer im ersten Stock und zog sich zurück. Er sei so müde, würde wahrscheinlich erst Weihnachten wieder aufwachen, verabschiedete er sich von Elisabeth, plötzlich reserviert, fast abweisend. Doktor Vahl meinte am Abend, er habe sich wohl geschämt. Xaviers Körper sei voller Narben, seine Knochen stünden hervor und eine Wunde am Fuß schwärte und heilte schon seit Monaten nicht. Zudem fehlten zwei Backenzähne, eine chronische Stirnhöhlenentzündung behindere dauerhaft die Nasenatmung und seine Mandeln seien in erbarmenswertem Zustand. Ansonsten sei er in Anbetracht der

Umstände erstaunlich gesund. Xavier schlief die ersten Tage fast so lange wie das Neugeborene der Vahls. Nach einer Woche fast ausschließlich in Morpheus' Armen aber sah er schon sehr viel erholter aus. Der Frühling blühte inzwischen in voller Pracht, die Luft war lau, sie alle hatten dank der Amerikaner genug zu essen und die Kinder erkundeten glücklich ihre neue Umgebung.

Sie hatten sich angewöhnt, jeden Abend mit dem Hofhund, einem Setter, im Abendsonnenschein am Fluss spazieren zu gehen. Der Hund liebte die ungewohnte Bewegung und Xavier war weniger spröde, wenn er sich bewegte. Heute roch es zum ersten Mal nach Sommer. Die Vögel zwitscherten und das warme Licht malte die Wiesen sattgrün. Ein Fischreiher stand reglos im Wasser, bis der Hund ihn verbellte. Würdevoll breitete er seine Flügel weit aus und stieg mit einem lauten »Chräik« in die Luft. Xavier hob einen Ast auf und warf ihn den Weg hinunter, der Hund guckte ihn fragend an. Xavier nahm einen zweiten Ast, spuckte darauf und rief: »Hol!« Jetzt begriff der Setter und setzte los. In Windeseile war er wieder da und präsentierte den Ast. Xavier ergriff ihn und warf ihn wieder voraus, der Hund rannte hinterher. »Wir hatten früher auch so einen.«

»Du und deine Frau?«

»Nein, meine Mutter und ich. Im Haus hat er uns beschützt und auf dem Weg zum Markt in San Sebastian hat er einen kleinen Karren gezogen. Wenn wir dann abends zurückgingen, hab ich das Geschirr losgemacht und meine Mutter hat den leeren Handwagen gezogen.

Dann durften ich und der Hund toben. Das waren oft die besten Stunden der Woche.«

Elisabeth stellte sich eine dunkelhaarige Frau vor und ihren kleinen Jungen, eine verschworene Gemeinschaft. »War das schwer, dass sie nicht verheiratet war?«

»Das war mehr als ungewöhnlich, denn bei uns hält die Familie normalerweise eng zusammen. Meine Mutter aber hat getan, als gäbe es keine Familie. Nur eine Tante besuchte uns ab und zu. Dass die Großeltern sie verstoßen hatten, habe ich erst sehr viel später erfahren. Wohl, als ich mit zehn Jahren zum ersten Mal meinem Vater gegenübergestanden habe.« Der Hund kam zurück und brachte schwanzwedelnd den eingespeichelten Stock. Ohne Zögern nahm Xavier ihn und schmiss ihn abermals in die Luft. Der Hund überschlug sich fast. »Ich hatte ihr soeben geholfen, den Stand aufzubauen – den Karren umgedreht, zwei Stäbe in die Metallrohre des Rahmens gesteckt und ein paar Leinentücher dazwischengespannt. Auf den Boden des Karrens kamen die Körbe mit den Backwaren, auf die Räder Papiermanschetten. Meine Mutter hatte sich das ganz allein ausgedacht.«

»Begabte Frau.«

»Meine Mutter ist einmalig. Ich habe bei meinen Sachen ein Foto von uns beiden. Das zeige ich dir nachher.« Der Hund trottete heran, schwanzwedelnd, den Stock inzwischen so abgekaut, dass kaum noch Rinde darauf war. Xavier nahm den Stock, behielt ihn in der Hand, der Hund guckte erwartungsvoll, bellte auffordernd, gab aber schnell auf, als er merkte, dass sein Spielkamerad nicht mehr bei der Sache war. Er trollte sich und verbellte Enten am Ufer, die daraufhin laut platschend ins Wasser stürzten, eine piepsende Kükenschar vorneweg. »Es ist erstaunlich, in wie kurzer Zeit sich das Leben grundlegend ändern kann.« Xavier sah den Entenfamilien nach. »Das darf man nie vergessen, wenn es gerade so aussieht, als sei alles dunkel und freudlos. Oft sind es Frauen, die den ungeheuren Mut aufbringen, etwas zu wagen, damit das Leben weitergehen kann.« Auf Elisabeths fragenden Blick erklärte er: »Das, was du für die Kinder getan hast, zum Beispiel. Aber Frauen allgemein. Frauen sind anders, aber bestimmt nicht weniger mutig als Männer. Männer können für Ideen sterben, Frauen riskieren vor allem etwas für andere Menschen. So wie meine Mutter.«

Er erinnerte sich an den Stock in seiner Hand und warf ihn. Der Hund jagte wieder hinterher. »Damals, als mein Vater ins Spiel kam. Ich weiß noch, dass ich auf dem Hinweg zum Markt die ganze Zeit über maulig war. Mein Lehrer war ein paar Wochen vorher bei Mutter gewesen und hatte ihr ans Herz gelegt, Wege zu finden, mich auf die Oberschule zu schicken. Auf die Oberschule! Als wäre das in unseren Kreisen überhaupt denkbar gewesen. Das kostete Geld. Allein die Bücher hätte sich meine Mutter niemals leisten können. Das war mir klar. Aber ich war wütend, dass ich stattdessen arbeiten sollte. Bäcker sollte ich werden, um vier Uhr morgens aufstehen und außer Rechnen und Schreiben nichts von dem benutzen, was ich gelernt hatte.« Der Hund kam zurück und Xavier wiederholte das Spielchen, während er weitersprach. »Auf dem Markt in

San Sebastian stand dann da ein gut gekleideter Herr, der mich lange ausfragte. Irgendwie begriff ich, dass er wichtig sein musste, und habe höflich geantwortet. Der Mann war mein Vater. Das hat sie mir nachher erzählt. Meine Mutter hatte mich mit ihm zusammengebracht, weil er mir eine Ausbildung an der Klosterschule ermöglichen sollte. Ich muss wohl einen guten Eindruck gemacht haben, denn er hat zugestimmt, übrigens unter der Bedingung, dass ich Deutsch lerne. Keine Ahnung, warum ihm das so wichtig war. Aber meine Deutschkenntnisse haben mir vermutlich in den letzten Jahren das Leben gerettet.«

Xavier war stehen geblieben und sah auf das Wasser. Weit entfernt bellte ein Hund. »Diese Begegnung hat nicht nur mein Leben verändert, sondern mich auch die Vergangenheit mit neuen Augen sehen lassen. Wie alle anderen im Dorf habe ich geglaubt, dass meine Mutter Witwe sei und mein Vater ihr eine Bäckerei hinterlassen habe. Jetzt wurde mir klar, dass dieser Mann, der mich da prüfend an unserem Marktstand betrachtete, ihr dazu die Mittel gegeben hatte, anstatt sie zu heiraten. Immerhin. Für damalige Verhältnisse war das ungewöhnlich anständig. Wenn früher ein Großbürgersohn das Dienstmädchen schwängerte – und nichts anderes war sie im Haushalt seiner Eltern gewesen –, wenn also der junge Herr sich nicht folgenlos austobte, setzte man die Schwangere einfach vor die Tür. Er musste Himmel und Hölle in Bewegung gesetzt haben, um ihr eine Apanage zu sichern. Sie kann ihm also nicht völlig gleichgültig gewesen sein. Nur deshalb hatte meine Mutter wohl den Mut, ihn noch mal um einen Gefallen zu bitten.« Er sah sich suchend um. »Sag mal, wo ist denn der Hund?«

Elisabeth zuckte die Schultern. »Der kommt schon wieder.«

»Wieso hat er eigentlich keinen Namen?«

»Haben Hofhunde oft nicht.«

»Das ist bei uns ähnlich. Sie gehören zum Haus, aber eher wie Inventar, nicht wie ein Familienmitglied.« Trotzdem sah er sich jetzt besorgt um. In der Ferne bellte es. »Ich wette, das ist er.« Xavier lachte. »Die Töle klingt, als würde sie hysterisch vor einem Kaninchenbau rumbuddeln. Ich hol ihn da mal weg.« Er lief in die Richtung, aus der das Bellen kam.

Elisabeth schlenderte weiter.

Es freute sie, wie respektvoll Xavier von seiner Mutter sprach. Ein bisschen plagte sie aber auch Verlustangst. Xavier vermisste seine Mutter spürbar und fragte sich, ob sie noch lebte, sorgte sich, wie sie die Jahre ohne ihn überstanden hatte. Elisabeth wollte nicht, dass er zurück nach Spanien ging, wusste aber auch nicht, wie sie ihn halten sollte. Was war sie schon für ihn? Wenn sich ihre Hände berührten, zuckten sie zwar beide zurück wie vom Schlag getroffen. Aber keiner von ihnen machte den ersten Schritt. Damals in Gurs hatte ihre Geschichte mit einem Blitzschlag begonnen. Als sei alles zwischen ihnen beschlossen, ohne dass sie sich auch nur einen Gedanken darüber machen konnte, ob sie das überhaupt wollte. Ein *Coup de Foudre*. Dabei war es in dem südfranzösischen Lager gerade mal zu einem Kuss gekommen. Das war aber genug gewesen. Sie hatte plötzlich jedes Liebeslied verstanden, auch die, die sie vorher für Kitsch gehalten hatte. Nach der Trennung von Xavier hatte sich ihr Herz wirklich schwer angefühlt, monatelang. Das hatte ihr Leben grundlegend verändert. Denn es machte sie zum Außenseiter. Wieder zu Hause in Berlin, erst recht am Kaiser-Wilhelm-Institut, hatte sie niemandem von ihm erzählen können. Verliebt in einen Spanienkämpfer, das war im nationalsozialistischen Deutschland das Letzte, worüber man sein Herz ausschütten konnte. Damals hatte mit ihrer Einsamkeit die Distanz zum System begonnen. Und dann hatte sie ihn im KZ Natzweiler wiedergesehen, abgemagert, matt. Es war ihr dort schwergefallen, in Xavier noch den begehrten Mann zu sehen. Ihre Liebe war zuletzt eine Gewissheit ohne jede Erotik geworden, ihre Gesprächsthemen die herannahende Front und die Lagerpolitik. Das, worüber sich Menschen normalerweise unterhalten, wenn sie sich füreinander interessieren, war immer zu kurz gekommen. Diese Abendspaziergänge hatten sie einander nun wieder nähergebracht. Aber der eine Kuss war lange her, und jetzt wusste sie nicht einmal mehr, wie sie wieder an diesen Punkt kommen sollte. Dabei baute sich, je mehr Xavier gesundete, diese Spannung immer stärker zwischen ihr und ihm auf. Aber ihn schien das hilflos und schüchtern zu machen und Elisabeth hatte nicht den Mut, eventuellen Widerstand zu überwinden. Hektische Fummeleien während des Studiums mit ihrem inzwischen längst aus den Augen verlorenen ehemaligen Verlobten waren alles, was sie kannte. Und damals hatte der sie immer in dunkle Ecken gezerrt. Den ersten Schritt zu machen, war undenkbar. Das schickte sich nicht für eine Frau. So gingen sie halt spazieren, jeden Abend.

Ein plötzliches Fieber änderte alles. Zwei Wochen nach seiner Ankunft schüttelten Xavier ohne Vorwarnung abends lebensbedrohliche 41 Grad. Sofortige Bettruhe und Wadenwickel ließen zwar die Temperatur wieder sinken, aber Elisabeth befürchtete, dass sein Herz durch die lange Haft geschädigt war. Schlimmstenfalls konnte der Abwehrkampf, der in Xavier tobte, ihn das Leben kosten. Unermüdlich wachte sie bei ihm, erneuerte die Wickel, wenn es nötig war, kühlte seine Stirn und hörte ihn delirieren, Namen rufen, die sie nicht kannte. Unter den Decken zuckte sein Körper in Todesangst. Dann lag er wieder so ruhig da, dass sie das Ohr über seinen Mund hielt, um zu hören, ob er noch atmete. Ab und zu löste Elfriede sie für ein paar Stunden ab. Länger als eine Tiefschlafphase aber schaffte sie es nicht, außerhalb des Krankenzimmers zu sein.

Drei Tage und drei Nächte ging das so. In der dritten Nacht sank die Temperatur rapide und Elisabeth war so erleichtert, dass sie sich erschöpft zu Xavier auf das Bett legte, um auf der Stelle einzuschlafen. Sie wurde wach, als sie eine Hand auf ihrem Bauch spürte. Xavier hatte sich zu ihr gedreht und lächelte sie an.

»Hola, Canéla! Ich glaube, mir ist ein neues Leben geschenkt worden.« Sein Atem roch frisch, anscheinend war er inzwischen aufgestanden, um sich die Zähne zu putzen.

Noch schlaftrunken, drehte sie ihren Kopf zum Nachttisch, sechs Uhr zeigte der Wecker.

Er rutschte an sie heran, ließ seine Hand zwischen ihre Brüste gleiten und legte die noch rauen, vom Fieber aufgesprungenen Lippen auf ihren Mund. Seine Zunge leckte ihre Lippen. Hart presste sich sein Unterleib an ihre Hüften. Eine Welle von Wärme durchströmte ihren ganzen Körper. Ohne dass sie es sich vorgenommen hatte, öffnete sich ihr Mund. Xaviers Zunge schlüpfte hinein und suchte ihre. Sie antwortete sofort. Ihr Körper führte ein Eigenleben. Xavier hatte inzwischen ihre Unterhose bis zu den Knien gestreift. Erstaunt stellte sie fest, dass seine Finger in feuchte Wärme griffen. Sie fühlte sich, als könnte sie schmelzen. Als er in sie hineinglitt, hörte sie sich seufzen. Xavier keuchte laut.

Zusammengefügt blieben sie liegen. Sie sah heimlich auf den Nachttisch. Der Wecker zeigte, dass gerade fünf Minuten vergangen waren. Aber was für fünf Minuten.

Die nächsten Stunden schliefen sie, wachten auf, liebten sich langsam und zärtlich, schliefen wieder ein. Elfriede schaute kurz herein und schloss diskret wieder die Tür. Erst nachmittags stand Elisabeth auf und ging in die Küche, um ein paar Brote zu schmieren. Die Freundin grinste bis über beide Ohren. »Jetzt weiß ich endlich, warum Krankenschwestern einen so schlechten Ruf haben.«

Elisabeth spürte, wie sie rot wurde. Verlegen nestelte sie den Leinensack auf, der das Brot vor Schimmel schützte.

»Mach dir nichts draus«, tröstete Elfriede, »ich hab mich schon gefragt, ob du heimlich ein Keuschheitsgelübde abgelegt hast. Es ist Krieg, da muss man nicht verheiratet sein.«

»Es ist kein Krieg mehr – und wir haben nie über das Heiraten nachgedacht. Ich bin Deutsche, er Spanier, vermutlich würde das ohnehin nicht gut gehen.«

»Jetzt werd' doch nicht gleich wieder so erdenschwer. Genieß dein Leben. Wir wissen doch alle inzwischen, wie schnell es vorbei sein kann.« Mit diesem profanen Segen, ein paar Wurstbroten und einer schnell abgefüllten Flasche Wasser versehen, ging Elisabeth zurück zu Xavier. Denn Rest des Tages verbrachten sie im Bett. Nach ihrem gescheiterten Verlöbnis war ihr außer Xavier kein Mann mehr nahegekommen. Wie sich bei diesem jungfräulichen Leben ihr Hymen verflüchtigt hatte, war Elisabeth nicht ganz klar. Blut war jedenfalls keines auf dem Bettlaken und wehgetan hatte auch nichts. Aber als Ärztin wusste sie, dass diese Häutchen reißen konnten, und je älter man mit ihnen wurde, desto wahrscheinlicher war das. Jetzt war sie froh darum. Mit 36 noch als Jungfrau erkennbar zu sein, wäre ihr peinlich gewesen. Erstaunlich war, dass diese mangelnde Erfahrung sie nun nicht gehemmt machte. Im Gegenteil, sie spürte eine solche Nähe und solches Vertrauen zu Xavier, dass diese körperlichen Intimitäten völlig selbstverständlich waren. Was sie nicht weniger aufregend machten. Von da an nutzten Xavier und sie jede heimliche Stunde und jede unbeobachtete Ecke, um sich an die Wäsche zu gehen. Da sie aber doch nicht offiziell sein Zimmer teilen mochte, war das eher heimlich und verstohlen, schnell und aufregend auf eine gröbere Weise. In diesen zwei Monaten holte sie alles nach, was ihr das Leben bis dahin verwehrt hatte.

Miriam, 13. März 2006

Wütend zog Miriam den Wasserabstreifer über das Fenster und versuchte, die dunkelbraune Brühe mit einem Lappen aufzufangen, bevor sie auf das Sims tropfte. Bei professionellen Fensterputzern sah das immer so einfach aus. Sie aber war schon nass geschwitzt und der Boden schwamm. Trotzdem, sauber zu machen half ihr immer, Spannung abzubauen. Hausfrauentherapie. Dass gleich alle Wollmäuse in den Ecken doppelt auffallen würden, kümmerte sie im Moment noch nicht. Die letzten Tage waren frustrierend gewesen. Wegen des Sütterlinsymbols hatte sie als Erstes versucht, Jens Otten zu erreichen. Vielleicht interessierte ihn ja, dass das Tattoo des Unfallopfers, ihres Bruders, wie es aussah, sich als Stempel auf einer KZ-Kennkarte und auf einem Foto ihrer Mutter wiederfand. Aber Jens Otten hatte wohl frei und zu den anderen Polizisten hatte sie kein Vertrauen. Ihren neu entdeckten Bruder im Krankenhaus zu besuchen, hatte auch nichts gebracht. Er lag immer noch im Koma, allerdings in einem, in dem es Hoffnung gab, wieder das Bewusstsein zu erlangen. Körperlich war er inzwischen glücklicherweise in so gutem Zustand, dass er jederzeit aufwachen konnte. So viel hatte sie aus der Erklärung des Arztes verstanden. Er wurde allerdings immer noch künstlich beatmet und lag nur da, konnte ihr nicht erzählen, woher er kam. Umso verbissener hatte sie nach der Bedeutung und Herkunft dieses Zeichens gesucht. Sogar bei einem Tätowierer war sie gewesen. Herausgekommen war bei alldem nichts. Das Internet hatte als Bildersuche auch in keiner Weise helfen können. Dann war sie auf die Idee gekommen, sich den Sütterlinzeichensatz herunterzuladen, und festgestellt, dass die Buchstabenkombination *rh* bedeutete. Bei Google eingetippt, erbrachte das Kürzel *Rhodium* genauso wie die *Rhesus-Site*.

Sie legte das Putzzeug ab und stieg, einen Vierkantschlüssel in der Hand, die Sprossen der Leiter wieder herauf. Vorsichtig öffnete sie die Scharniere am Oberlicht und klappte den schweren Holzrahmen zu sich herunter. Das war immer kniffelig, weil ihr sehr viel Gewicht entgegenkam, und wenn das zu schwungvoll geschah, sie auf der Leiter am offenen Fenster aus der Balance gebracht werden konnte. Angeblich passierten ja die schlimmsten Unfälle im Haushalt. In dieser Statistik wollte sie sich nicht wiederfinden. Sachte legte sie das Oberlicht auf dem geöffneten unteren Fensterflügel ab und stieg die Leiter wieder herunter, um Schwamm und Abstreifer zu holen.

»He, fall da nicht raus!«, rief Alice von unten. Alice stand da, in jeder Hand eine Einkaufstüte, und sah zu ihr hoch. Gioia neben ihr befreite sich von ihrem Schulranzen. »Ist das nicht schön heute? Man könnte meinen, der Sommer kommt bald. Warum bist du denn schon zu Hause?«

»Ich hab mir freigenommen, musste zum Straßenverkehrsamt, mein Auto ummelden, und war schneller fertig als gedacht.«

»Na dann. Komm doch nach oben. Ich mach Kaffee.«

Miriam schüttelte den Kopf. »Ich will noch laufen gehen.«

»Oh, gut. Ich komme mit. Der kleine Quälgeist hier ist sowieso gleich bei seiner Freundin.«

Gioia nickte eifrig. »Lara darf zu ihrem Geburtstag mit acht Mädchen ins Kino – und ich kann mit.«

»Was gibt es denn?«, fragte Miriam neugierig. Sie liebte Kinderfilme. Gioia und sie hatten schon ganze DVD-Nachmittage vor dem Fernseher verbracht.

»Bibi Blocksberg«, entgegnete die Achtjährige.

»Wahrscheinlich glaubt sie danach wieder, ein Zauberspruch würde genügen, um ihr Zimmer aufzuräumen«, seufzte Alice. Sie zog ihre Tochter in den Eingang. »Komm, Mäuschen. Das wolltest du vorher noch machen.«

Gioia verdrehte hinter dem Rücken ihrer Mutter die Augen und grinste Miriam zu.

Eine Stunde später stellten Alice und sie den Peugeot an den Forellenteichen ab. Hier ging es zwar sogleich mit einer Steigung los. Aber wenn sie die langsam nahmen, waren sie aufgewärmt, und auf dem Kamm des Hügels wurden sie mit dem ersten schönen Blick über Felder, sanft ansteigende Wiesen und dichten Laubwald belohnt. Beide schwiegen, bis der Hügel hinter ihnen lag. Sie liefen auf einen großen Hof zu. Der Regen hatte den sandfarbenen Bruchstein der ländlichen Gebäude grau nachgedunkelt. Ein Traktor kam ihnen aus der Hofeinfahrt entgegen. Sie wichen aus und trabten weiter. Miriam erzählte von der Übereinstimmung des Tattoos des Unbekannten mit dem Zeichen auf dem Foto ihrer Mutter.

»Also dieser Kreis umschließt ein r und ein h und Wikipedia sagt, Rhodium?«, fragte Alice.

»Oder Rhesus Faktor. Das erscheint mir aber abwegig.«

»Wieso?«

»Na ja, Rhesus-Faktor heißt Tania.« Tania, ihr Baby. Es war buchstäblich eingegangen. Nur beim Gedanken daran schwammen ihre Augen schon in Tränen. Alice sah sie an, sagte aber nichts. Miriam war dankbar dafür. Alice hatte sie damals mit dem Neugeborenen ins Krankenhaus gefahren. Aber da war es schon zu spät gewesen. Ganz aufgedunsen war das Kind, der Bauch gespannt wie eine Trommel. Verloren lag es auf dem riesigen Untersuchungstisch, ruderte schwach mit Armen und Beinen. Ein junger Arzt wies sofort an, das Blut auszutauschen, die Schwestern knöpften den Strampler auf, stachen und pflasterten mit professionellen Bewegungen die Schläuche fest. Die Transfusionsmaschine begann zu arbeiten, der Winzling krampfte. Wie von weither hatte Miriam die Hektik registriert. Herzstillstand, Wiederbelebung, Fachjargon, Medikamentenspritzen. Die Zeit schrumpfte und dehnte sich aus und fand erst wieder in einen normalen Rhythmus, als es hieß: »Tut mir leid. Wir können leider nichts mehr für Ihre Tochter tun.«

Damals hatte sie erfahren, dass ihr Blut Rhesus negativ war und eine Fehlgeburt ein paar Jahre vorher in ihrem Blut Antikörper gegen Rhesus positives Blut hatte entstehen lassen, und die zerstörten nun die roten Blutkörperchen des Babys. Eigentlich war das heutzutage nicht mehr nötig, es gab Medikamente und Therapien dagegen. Sie aber hatte wegen ihrer beknackten Arztphobie zu Hause entbunden.

»Sind das *r* und *h* in Sütterlin Klein- oder Großbuchstaben?«, schnaufte Alice. Der Weg stieg wieder an.

»Ein kleines r und h. Wieso?«

Alice schürzte die Lippen. »Nur so eine Idee.«

Miriam kam gerade aus der Dusche, da klingelte es schon und Alice wedelte mit ihrem blauen Mutterpass. Sie legte den Pass auf den Tisch in der Küche und blätterte zur zweiten Seite, wo unter *Serologische Untersuchungen* mehrere Aufkleber prangten. »Da.« Energisch tippte sie auf das erste Schildchen, auf dem unter Blutgruppenzugehörigkeit *orh* eingestempelt war mit dem Zusatz *negativ Anti-D (ccddee)*. »Siehst du. Ein kleines r und ein kleines h. Das hatte ich doch richtig in Erinnerung. Ich hab damals, als dein Kind gestorben ist, einen Beitrag über den Sinn und Zweck moderner Vorsorgeuntersuchungen gemacht. Ausgehend von meinem eigenen Mutterpass. So nach dem Motto: Was verbirgt sich eigentlich hinter diesen Stempeln und Einträgen? Ich hatte ja nun gerade dein Kind noch vor Augen und konnte mit dem Bericht darauf hinweisen, dass wir inzwischen schon gar nicht mehr wissen, was unseren Babys alles passieren könnte, wenn die Ärzte nicht wüssten, was sie tun. Ich hatte damals so eine bekloppte Kollegin, die Impfungen für eine Verschwörung der Pharmaindustrie hielt.«

»Und was beweist das?«

»Das Symbol für Rhesus negatives Blut ist ein kleines *rh*. Positiv auf den Rhesusfaktor getestetes Blut wird groß geschrieben, also *Rh*.«

Miriam lehnte sich auf ihrem Stuhl zurück. »Und?«

»Mensch, Miri, ist doch klar. Das Symbol, das der Unbekannte tätowiert hat und das sich auf dieser Kennkarte wiederfindet, ist tatsächlich das Zeichen für *Rhesus- negativ*.«

»Du meinst, das ist einfach irgendein Blutspendesymbol wie die Blutspendenadel des Roten Kreuzes?«

»Nee, das glaube ich nicht, dann würde ja die Blutgruppe dazugeschrieben, eine 0, das A, B, oder AB.« Alice blätterte gedankenverloren in ihrem Mutterpass. »Hast du nicht erzählt, Boris sagt, ihr hättet in einer Dorfgemeinschaft gelebt, so mit gemeinsamem Essen im Speisesaal, einer Art Kollektiv?«

Miriam nickte.

»Und wenn diese Blutgruppeneigenschaft in dieser Gemeinschaft nun eine besondere Rolle gespielt hätte?«

Elisabeth, 15. April 1946

Die Hölle ist zugefroren

Von Thomas E. Grant

Wenn ein Krieg verloren ist, gibt es Sieger und Besiegte, Befreier und Befreite. Manchmal aber sind die Befreiten zugleich die Besiegten und werden die Besiegten befreit – auch in Deutschland, heutzutage. Deutschland ist von Natur aus widersprüchlich. Seine vorwiegend liebliche Landschaft wird begrenzt von rauer See und schroffen Gebirgszügen, dort gedeihen große Philosophen neben Menschenquälern. Dort erblühen aber auch Liebesgeschichten, durch die die wichtigsten Verwerfungen und Themen des bisherigen Jahrhunderts gehen: Spanischer Bürgerkrieg, Weltkrieg, Blut und Rasse, Kräfte, die zerstörend wüten und die Liebe, die alles wieder zusammenfügt.

Ein aus dem KZ Bergen-Belsen befreiter Spanienkämpfer war mir angekündigt worden, ein gebrochener Mann, der nach Jahren der Trennung seine große Liebe, ausgerechnet eine Deutsche, wiedergetroffen hat. Das klang vielversprechend – zumal ich ohnehin beim Signal Force in Göttingen Station machen wollte und dieses Paar unter einem Dach mit meinem alten Freund Colonel Paul Wagner wohnte. Ich weiß nicht, was ich erwartete, vermutlich einen abgemagerten Mann in gestreifter Häftlingskleidung, daneben ein deutsches Fräulein, blond und adrett.

Lachend erklärt mir die Frau, vor drei Wochen hätte ich genau das angetroffen. Jetzt aber sitzt mir ein Paar gegenüber, das in Hollywood die Rollen des Freiheitskämpfers und der britischen Agentin besetzen könnte – sie strahlend wie die junge Marlene Dietrich, er gut aussehend und charmant wie Gregory Peck, der neue Star am amerikanischen Kinohimmel.

»Gute amerikanische Kost und eine erstaunlich robuste Natur«, erklärt die Frau die Wandlung ihres Liebsten, »als er hier ankam, sah er noch aus wie ein verhungertes Vögelchen.«

»Nurrr Luft und Liebe«, ergänzt der Spanier in erstaunlich gutem Deutsch – nur rollt er das *R* womöglich noch stärker, als die Deutsche es tut.

Ein Deutscher artikuliert in der Regel drei verschiedene R-Laute. Das macht diese Sprache manchmal so knurrend. Wobei – wenn man sich daran gewöhnt hat, hört man auch Unterschiede: a) ein R bei Beginn einer Silbe oder direkt nach einem Konsonanten. Es wird gebildet durch Vibrationen der Zäpfchen wie in Rollen, WaRe, schReiben, b) ein fast vibrationsloses R am Ende eines Wortes oder einer Silbe und vor Konsonanten wie in füR, staRk, c) ein stark vokalisiertes R in einer unbetonten Endsilbe wie in LehRer.

Ich muss mir das Deutsche zwar noch übersetzen lassen, höre aber, dass die Ärztin aus Berlin kommt, unverkennbar dieser Singsang, auch wenn er so dezent ist wie bei dieser hochgebildeten Frau.

Eine frische Liebe ist ja für die meisten Mitmenschen eine erfreuliche Sache. Aber diese Liebe ist darüber hinaus der Beweis dafür, dass das Leben manchmal eben doch den Tod besiegt.

Als 1940 Fräulein Doktor Elisabeth Hofmann den baskischen Arzt Xavier Mitxelenah kennenlernt, hat er gerade seine Frau durch Francos Schergen verloren, sich vermutlich auch deshalb den Internationalen Brigaden angeschlossen und ist beim Kampf um Teruel gefangen genommen worden. Sie hingegen hatte durch Nazideutschland eine Karriere gemacht, die ihr als Frau in der Weimarer Republik sicher nicht offengestanden hätte. Beide hätten also Veranlassung gehabt, sich zu verabscheuen.

Doch was geschieht? Es ist Liebe auf den ersten Blick. Ein Phänomen, das nur Menschen glauben, die es schon erlebt haben. Liebe gegen jede Wahrscheinlichkeit, wider jede Vernunft. Einige wenige Tage dürfen sie sich kennenlernen, während sie die Blutgruppen der Lagerinsassen bestimmten.

»Als alle Untersuchungen durchgeführt waren, musste sie zurück nach Deutschland. Und ich blieb mit gebrochenem Herzen zurück«, lächelt der inzwischen 38-jährige Baske. Sie ergänzt: »Mir ging es nicht besser. Ich hatte das Gefühl, ein Teil von mir würde zurückbleiben, und den Teil, den ich mitnehme, muss ich tief in meinem Herzen verbergen, weil ich mich mit dieser Liebe zu einer Verräterin machte.«

Beide waren sicher: Sie würden sich nie wiedersehen.

Aber der Krieg führt die Menschen manchmal an den unmöglichsten Orten wieder zusammen.

Drei Jahre später im Konzentrationslager Natzweiler-Struthof:

»Von Gurs war ich zuerst nach Sachsenhausen transportiert worden«, erzählt Xavier Mitxelenah, »hab dort erst als Sanitäter, dann als Häftlingsarzt im Krankenrevier gearbeitet und bekam gute Kontakte zu den politischen Häftlingen, alten Hasen, die zum Teil schon seit 1936 einsaßen. Anständige Kameraden. Das zeigte sich, als ich durch einen blöden Zufall bei einem SS-Mann in Ungnade fiel. Der Lagerälteste, ein Politischer, rettete mir das Leben, indem er mich auf eine Transportliste nach Natzweiler-Struthof setzen ließ, ein Lager in der Nähe von Straßburg. Wunderschöne Umgebung und primitivste Verhältnisse.«

Das System der deutschen Konzentrationslager dürfte nicht jedem Leser so bekannt sein. Deshalb hier ein kurzer Abriss: Bewacht wurde jedes KZ von der deutschen SS, innerhalb des Zaunes allmächtig und Herr über Leben und Tod. Daneben gab es aber so etwas wie eine Häftlingsselbstverwaltung, Lagerälteste und andere Funktionäre ohne jede Macht, aber mit vielen Pflichten, vor allem der, so etwas wie Ruhe und Ordnung unter den Häftlingen aufrechtzuerhalten. Ein undankbarer Job, der von einigen vorbildlich, von anderen als Komplizen der SS ausgeführt wurde. Aber lassen wir Xavier weitererzählen.

»Mit uns 400 Sachsenhausenern zu je 50 in einem Viehwaggon zusammengepresst, ratterte der Zug im März 1942 durch halb Deutschland bis in das Elsass. Mit übereinandergestreckten Beinen hockten und lagen wir dort eng zusammen bei schneidender Kälte. Die Notdurft wurde auf ein Stück Papier gelegt, mit den Händen platt gedrückt und durch die Ritzen des Wagens geschoben.«

Seine Liebste verzieht das Gesicht, hört aber gebannt zu, anscheinend kennt sie diesen Teil der Geschichte noch nicht.

»Die SS scheuchte uns aus den Waggons, der Lagerälteste nahm uns in Empfang. Er war ein vollgefressener dicker Schlauch mit verkniffenen Gaunerzügen, schwarzer Winkel, asozial. Hundserbärmliche Zustände. Schwere Arbeit, Hunger, Kälte, Willkür. Wir Politischen aber hielten gut zusammen auch mit den Buchenwaldern. Nach und nach verabredeten wir, wie wir den Gangsterkurs der Alten ändern konnten. Es galt, die wichtigen Positionen zu erobern, die Schreibstube, das Krankenrevier, die Posten der Blockältesten. Mit der Zeit gelang das. Ich arbeitete als Häftlingsarzt. 1943 …«

»… da komme ich ins Spiel«, unterbricht die Ärztin.

»1943 wurde in der Revierbaracke II eine pathologische und Versuchsabteilung gebaut. Ein großes Laboratorium, ein

Behandlungsraum und zwei Krankenzimmer. Eine Menge Chemikalien kamen von der Pathologie in Straßburg, ein Abzugskasten aus Glas für Gase wurde eingebaut und eine Reihe kostbarer Apparate, Mikrotome und Mikroskope, Beleuchtungskörper kam. Uns war klar, dass das nichts Gutes bedeutete, und wir wurden bald darin bestätigt, weil die Gefangenen als Versuchskaninchen benutzt wurden. Ja, und dann wurde uns eine hochrangige Wissenschaftlerin des Kaiser-Wilhelm-Instituts angekündigt und kurz darauf stand Elisabeth im weißen Kittel vor mir.«

»Ich habe noch nie jemanden so schockiert gesehen bei meinem Anblick«, ergänzt die Frau. »Xavier war gerade dabei, eine eitrige Wunde zu säubern, eine nicht sehr angenehme Tätigkeit, bei der selbst die erfahrensten Pfleger das Gesicht verziehen. Xaviers Ausdruck wechselte, als ich durch die Abteilung geführt wurde, in Sekundenbruchteilen von leichtem Ekel über gleichgültiges Hochsehen zu leerer Kälte.«

»Ich hab natürlich gedacht, sie gehört zu dem Ärztepack, das Gelbkreuz aufträgt, um dann zu beobachten, wie sich durch diesen chemischen Kampfstoff tiefe Löcher in die Haut fressen. So eine Wunde versorgte ich ja gerade. Es stellte sich dann aber heraus, dass sie nur gekommen war, um wieder Blutproben zu nehmen. Diesmal, um das Blut auf den Rhesus-Faktor zu testen.«

Ein kleiner medizinischer Exkurs: Dass es unterschiedliche Blutgruppen gibt, ist inzwischen Allgemeinwissen. 1940 entdeckten Landsteiner und Wiener aber noch einen weiteren Blutgruppenfaktor, der zu den bekannten Gruppen A, B, AB und 0 kommt, den Rhesus-Faktor, der nicht nur bei Blutübertragungen wichtig ist, sondern auch in der Schwangerschaft. Letzteres war auch dem Autor bis dahin neu, aber die beiden Ärzte klärten mich auf, dass eine Rhesus-Faktor-Unverträglichkeit den Fötus schädigt. Ins Lager war die KWI-Forscherin nun geschickt worden, um die Verteilung dieses Faktors unter den verschiedenen Nationalitäten zu ermitteln.

»Mein Hauptforschungsgebiet waren die serologischen (blutgruppenspezifischen, d. Verfass.) Rassen beim Menschen. Die geografisch unterschiedlich verteilte Häufigkeit der Eigenschaften A und B, die Ähnlichkeit der Gruppenzusammensetzung bei den gleichen Volksstämmen, die in verschiedenen Gegenden leben, sprechen schon lange für ihre Bedeutung als Rassenmerkmal. Zumal auch die Erblichkeit von Blutgruppen nachgewiesen und der Erbgang weitgehend untersucht war. Meine Aufgabe war es jetzt, das Gleiche für den Rhesus-Faktor nachzuweisen. Dazu brauchte ich zunächst mal viel Material von möglichst unterschiedlichen Völkern.«

»Da kamen ich und einige andere Spanier mit baskischer Abstammung ihr gerade recht.«

»Ja, die Basken sind aus verschiedenen Gründen für Forscher besonders interessant. Zum einen sprechen sie eine Sprache, die keine Verwandtschaft mit den anderen Sprachen der Welt hat. Was schon Wilhelm von Humboldt auf die Idee brachte, dass die Basken andere Wurzeln haben als die meisten von uns. Außerdem haben sie diese Sprache und ihre Kultur über Jahrhunderte verteidigt, was vermuten lässt, dass sie auch ihr Blut rein gehalten haben.«

»Was natürlich so nicht richtig ist«, ergänzt der Baske, »es gibt eine Menge Basken, die kein Euskara sprechen, wie ich zum Beispiel, und auch mit dieser ganzen Baskenmythologie nicht viel anfangen können.«

»Aber ein vererbliches Merkmal gibt es im Baskenland überdurchschnittlich häufig – und das ist der negative Rhesus-Faktor«, widerspricht die Forscherin. »Das ist nämlich das bisherige Ergebnis unserer Reihenuntersuchungen: Wo in der europäischen Bevölkerung im Schnitt etwa 15 Prozent Rhesus negativ sind, findet man unter den Basken fast 25 Prozent.«

»Ja, aber was soll das denn beweisen?«, kontert Mitxelenah.

Anscheinend ist dieser Streit schon ein eingeübtes Ritual des Paares. »Ein negativer Rhesus-Faktor macht uns doch nicht gleich zu etwas Besonderem.«

»Sag ich doch gar nicht. Die überdurchschnittliche Häufigkeit lässt aber darauf schließen, dass tatsächlich darauf geachtet wurde, nur untereinander zu heiraten. Sie müssen wissen«, jetzt wendet sie sich an mich und der Dolmetscher kommt kaum mit dem Übersetzen nach, »ein negativer Rhesus-Faktor ist rezessiv. Die Wahrscheinlichkeit, Rhesus negativ zu sein, ist demnach nicht sehr hoch und eigentlich müsste dieses Gen längst ausgestorben sein. Da aber Rhesus negative Mütter mit Rhesus positiven Vätern niemals viele Kinder haben werden, weil in der ersten Schwangerschaft gebildete Antikörper alle weiteren Kinder schädigen und oft töten, ist der Fortpflanzung mit fremdem Blut in diesem Fall Grenzen gesetzt. Pflanzen sie sich aber innerhalb der Art fort, sind die Nachkommen nicht gefährdet.

Das gibt der Tendenz der Basken, unter sich zu bleiben, einen biologischen Sinn und bestätigt gleichzeitig die relative Reinheit dieser Volksgruppe.«

Mein Dolmetscher rutscht unruhig hin und her und auch mir wird unbehaglich, schließlich hat der Nationalsozialismus gerade erst gezeigt, wohin die Vorstellung einer reinen Rasse führen kann. Das führe ich jetzt an und werde mit heftigem Kopfnicken bestätigt.

»Das habe ich ihr auch gesagt, als sie mir im Lager diese Theorie auseinandergesetzt hat«, meint Mitxelenah. »Aber sie hat mir erklärt, dass das, was die Nazis hier anrichten, nichts mit Wissenschaft zu tun hat, sondern mehr mit einem aus Demütigung gezüchteten Überlegenheitswahn.«

»Die Vorstellung von der Überlegenheit einer Rasse ist ja schon absurd«, sekundiert die Deutsche. »Wieso sollen blaue Augen den braunen überlegen sein, helle Hautfarbe der dunklen? Nein, nicht deshalb ist das Rassekonzept interessant, eher unter anthropologischen Gesichtspunkten. Sie müssen wissen, dass die Anthropologie bisher nur äußerliche Rassemerkmale verglichen hat. Diese sind häufig nur ungenau voneinander abzugrenzen und der Erbgang ist komplex und schwer zu beobachten. Blutgruppenfaktoren hingegen sind eine äußerst trennscharfe Kategorie, die eindeutig ausmendelt. Ich glaube, in Zukunft wird die Forschung mehr und mehr dahin gehen, solche unsichtbaren genetischen Faktoren zu suchen. Ich kann mir sogar vorstellen, dass sich dann herausstellen wird, dass äußerliche Ähnlichkeit, also etwa dunkle Haut, wenig mit tatsächlicher genetischer Verwandtschaft zu tun hat. Dieser theoretische Ansatz ist ziemlich weit entfernt von der nationalsozialistischen Verehrung des nordischen Menschen«, verteidigt sie sich. »Dennoch ist es für einen Wissenschaftler natürlich faszinierend, nach unseren Wurzeln zu suchen.«

In dieser Frau brennt die Leidenschaft des Forschers, das wird ganz plötzlich deutlich, fast könnte sie dem Zuhörer Angst machen, wäre da nicht die Liebe, die sie wieder erdet.

»So stand sie auch vor mir im Lager, stolz und hochfahrend. Ich habe sie gehasst und nicht verstanden, dass sie mitmachte in diesem mörderischen und unmenschlichen Staat.«

»Was blieb mir übrig? Ich konnte ja nicht viel mehr tun, als mich auf einen Forschungsgegenstand konzentrieren, bei dessen Untersuchungen wenigstens keine Menschen zu Schaden kommen«, sagt sie jetzt kleinlaut.

»Und sie hat uns auch geholfen, hat Medikamente für die Gefangenen lockergemacht, die wir sonst nie bekommen hätten, hat sich dafür eingesetzt, dass wir Häftlingsärzte operieren durften. Mein Hass hat sich nicht lange gehalten.«

Das sieht man und ist verwundert, dass sie nie denunziert wurden. Auf diese Gefahr angesprochen, antwortet sie: »Sie dürfen sich jetzt nicht vorstellen, dass wir in Natzweiler-Struthof romantische Empfindungen und Stunden erlebt hätten. In so einer Umgebung stirbt jede Romantik. Das höchste der Gefühle war eine gemeinsame Tasse Kaffee, die ich organisiert hatte.«

»Aber wir wussten, dass da noch etwas war. Wie eine Blumenzwiebel im tiefsten Winter, schlief diese Liebe. Es musste nur der Frühling kommen, um sie wieder in voller Pracht zu sehen«, strahlt der Mann.

Bis dieser Frühling kam, musste aber zuvor noch die

Hölle zufrieren. Dieses thermische Wunder hatte zwar schon im Winter in Stalingrad begonnen, noch loderten aber die Flammen am Rand, und zwar heftig. Die Qualen der KZ-Häftlinge sollten bis Kriegsende immer schlimmer werden. Unser Paar verlor sich aber nicht wieder aus den Augen. Die KWI-Ärztin hatte ihren Auftrag in Natzweiler-Struthof natürlich bald erfüllt und wurde abkommandiert, hielt aber Kontakt mit ihrem Geliebten und erfuhr, dass er im Februar 1944 nach Bergen-Belsen deportiert wurde. Sie, inzwischen beim Blutgruppenforschungsinstitut des Reichsgesundheitsamtes angestellt, ließ sich dorthin abkommandieren und setzte durch, nach jedem Schwung von Neuankömmlingen wieder dorthin geschickt zu werden. Im Dezember 1944 blieb sie dort, denn im Institut wurde die Arbeit langsam unmöglich, die Front rückte näher und auch ihr Chef bereitete mit Familie und einigen Mitarbeiterinnen seine Flucht vor.

In Bergen-Belsen gelang es der Ärztin, 30 Kinder vom Lagerleben so zu isolieren, um deren Überleben zu sichern. Kurz vor der Befreiung des Lagers wagte sie, diese Kinder mit einem fingierten Transport zu befreien. Diese 30 Jungen und Mädchen leben heute mit Elisabeth Hofmann auf diesem Gutshof. Genauso wie ihr unauffällig sympathischer Chef, Doktor Vahl, mit seiner Familie.

Und vor drei Wochen hat Xavier Mitxelenah hier seine große Liebe wiedergefunden.

Inzwischen haben die Amerikaner das Ruhrgebiet besetzt, sind über den Harz bis an die Elbe vorgedrungen und bei Torgau mit den Russen zusammengetroffen. Im Süden haben sie, flankiert von französischen Einheiten, die Wehrmacht hinter die Donau zurückgedrängt. Nur noch Randgebiete sind in deutscher Hand. Der Führer des großdeutschen Reiches hat sich am 30. April das Leben genommen, Großadmiral Dönitz für Nordwestdeutschland am 4. Mai die Teilkapitulation angeboten und Generaloberst Jodl schließlich am 7. Mai die Gesamtkapitulation der Wehrmacht erklären müssen – von Generalfeldmarschall Wilhelm Keitel am Morgen des 9. Mai um 0.16 Uhr mit den Russen ratifiziert.

Seit drei Tagen ruhen überall in Deutschland die Waffen, das Land ist besetzt – aber in Flensburg tagt noch ein gespenstisches deutsches Regierungskabinett aus Dönitz, Speer, Stuckart und Dorpmüller. Noch rechtfertigt Churchill diese Restexistenz des Deutschen Reiches pragmatisch: »Wollen Sie einen Stock haben, mit dem sie dieses besiegte Volk lenken können, oder wollen Sie Ihre Hände in einen aufgescheuchten Ameisenhaufen stecken.« Bei Drucklegung dieses Artikels wird aber auch dieses Kabinett Dönitz Geschichte sein. Diese Prognose wage ich.

Der Krieg ist vorbei, hier in Göttingen ist schon fast wieder so etwas wie Alltag eingekehrt. Die Geschäfte haben geöffnet, die Sparkassen auch, die Telefone funktionieren wieder. Die Stadt ist wie durch ein Wunder in weiten Teilen nicht zerstört. Noch weiß hier niemand so recht, wie es weitergeht. Eines aber ist sicher, diese Liebe hat überwintert. Sie ist wieder aufgeblüht, genauso wie die vor Kurzem noch todgeweihten 30 Mädchen und Jungen. Man hört ihre Stimmen und ihr Lachen von draußen. Es ist Frühling und es gibt Hoffnung in diesem Land.

Sie klappte die *Newsweek* vom letzten Jahr zu und schob die Zeitschrift beiseite. Was hatte sie sich gefreut, als das Magazin hier im Lager angekommen war und Chaim sofort bereit gewesen war, den Artikel für sie zu übersetzen. Und jetzt saß sie hier und heulte. In dieser Zeit war selbst großes Glück nicht stark genug, dem Leben eine neue Wende zu geben. Dazu war das Unglück noch zu mächtig. Nie hätte sie geglaubt, dass sie ein knappes Jahr nach ihrer Flucht wieder im Lager landen würden. Elisabeth konnte sich immer noch nicht angewöhnen, Bergen-Hohne zu sagen, wie die Briten verlangten. Für sie blieb das Lager Bergen-Belsen, auch wenn sie von ihrem Schreibtisch aus die roten Backsteinhäuser der früheren Wehrmachtskasernen sah. Eine Träne fiel auf das Titelblatt der *Newsweek* und hinterließ eine hässliche Spur auf dem Papier mit dem Foto von GIs, die gerade durch die pagodenhaften Mauern des Hirohito-Palastes schlenderten.

Strahlend vor Verliebtheit, hatten Xavier und sie vor einem Jahr dem Hearst-Korrespondenten bereitwillig Auskunft gegeben. Der etwa 30-jährige Mann war an einem schönen Maitag von Colonel Wagner zu ihnen in die Küche geleitet worden. Er hatte sich als Thomas Grant vorgestellt und eine Visitenkarte überreicht, die ihn als *Manager for Germany* des *International News Service* auswies. Er sprach britisches Oberschichtenglisch, kein breites Amerikanisch. Auf Elisabeths verwunderte Frage, warum ein Brite für den amerikanischen Hearst-Konzern arbeite, erklärte er, die US-Medien würden gerne Engländer als Leiter ihrer Büros im europäischen Kriegsgebiet anheuern. »So kommen keine extraordinary Kosten im Falle eines transatlantischen Leichentransportes auf sie zu.« Sein trockener Humor half ihnen durch die ungewohnte Situation, interviewt zu werden. Das Gespräch hatte lange gedauert, den ganzen Vormittag. Dennoch überraschte Elisabeth es heute, wie viel sie dem Journalisten erzählt hatte. Sie war für ihre Verhältnisse erstaunlich zugänglich gewesen. Ganz erfüllt von ihrer gerade wiederentdeckten Liebe, hatte sie sich offensichtlich gar keine Gedanken über die Wirkung des Erzählten gemacht.

Sie nahm die amerikanische Zeitung noch einmal zur Hand. Im Text war ein Bild von Xavier und ihr abgedruckt, auf dem sie inmitten der Kinder im Hof standen, rechts das Remisengebäude, im Hintergrund die Scheune. Tränen stiegen abermals in ihre Augen. Wie glücklich sie damals ausgesehen hatte. Plötzlich schluchzend, zog sie ein Bein auf den Stuhl, umschlang es und wiegte sich. Wie konnte man bloß so sehr leiden, bloß weil ein Mensch fehlte? Sie spürte ihre Trauer um das verlorene Glück am ganzen Körper. Jede Zelle sehnte sich nach Xavier.

Wenige Wochen hatte ihr Liebesglück gedauert, dann waren erste Schatten aufgezogen. Zunächst kamen die Scherereien von außen. Im Juni 1945 wurde Göttingen Teil der britischen Besatzungszone. Die Briten waren anders als die Amerikaner, weniger gutmütig, sehr ordnungsliebend und hatten sofort gefordert, die 30 Kinder aus Bergen-Belsen im DP-Camp unterzubringen. Xavier hatte sie noch zum Town-Major begleitet und erreicht, dass die Schar bei ihr auf dem Gutshof bleiben konnte. Die Fürsprache eines ehemaligen KZ-Häftlings galt etwas bei den Besatzern. Im Juli aber war Xavier unruhig geworden. Die Gedanken an seine Mutter ließen ihn nicht mehr los. Seine Briefe waren als unzustellbar zurückgekommen. Ihn quälte die Vorstellung, dass sie irgendwo verarmt, auf die Gnade anderer angewiesen, vegetieren musste, nicht wissend, ob ihr einziger Sohn noch lebte. Obwohl Spanien unter Franco für ihn vermintes Gelände war, brach er auf. Elisabeth machte sich schreckliche Sorgen, dass die Spanier ihn als ehemaligen Kämpfer für die republikanische Seite verhaften würden. Xavier versprach ihr deshalb, sich regelmäßig zu melden, auch wenn er lange nach einem Telefon suchen musste. Aber sein letzter Anruf war aus dem französischen Hendaye gekommen. Das war im September 1945 gewesen. Kurz darauf hatte sie gemerkt, dass sie schwanger war. Dann zog der Winter ins Land. Ein harter, kalter Winter. Die Kinder konnten nicht mehr auf dem Heuboden schlafen, die Nahrungsmittelzuteilung wurde knapp, seit die Amerikaner abgezogen waren. Ihre späte erste Schwangerschaft mit 37 Jahren zehrte sehr an ihren Kräften. Als ihr dann die Briten abermals anboten, die 30 Kinder im DP-Camp Bergen-Hohne aufzunehmen, und ihr dort eine Stelle als Ärztin in Aussicht stellten, hatte sie schweren Herzens eingewilligt. Aber schon bei der Geburt der Zwillinge war sie froh, so entschieden zu haben, denn ohne Kaiserschnitt hätte sie die Niederkunft von Waltraut und Hildegard wahrscheinlich nicht überlebt. Sie lebten nun in einem der dreistöckigen Backsteingebäude, in denen sie damals als Ärztin des Reichsgesundheitsamtes einquartiert gewesen war. Die verseuchten Baracken in der benachbarten Heide waren längst abgefackelt. Bergen war inzwischen ein Camp für Displaced Persons, kurz DPs, ein Lager für die Übriggebliebenen.

Waltraut quäkte. Sie schob die Blätter der Übersetzung zusammen, legte sie in die Zeitung, schlug sie zu und verschloss beides in der Schublade ihres Schreibtisches. Dann nahm sie die Kleine aus der Wiege und beruhigte sie. Waltraut war ein Schatz, so lieb und pflegeleicht. Hildegard war viel komplizierter. Gretel tat ihr gerade den Gefallen, mit ihr spazieren zu gehen. Die Briten hatten sogar einen Kinderwagen besorgt. Sie sollte mit Waltraut aber auch mal vor die Tür, sonst bekamen sie beide hier einen Koller. Sie wickelte Waltraut warm in eine kleine Wolldecke ein, legte das Bündel wieder kurz in die Wiege und zog ihren Mantel an. Dann steckte sie den Säugling durch den oben noch geöffneten Mantel, fasste den kleinen Körper durch den Stoff und zog den Gürtel unter dem Bündel eng. So saß die Kleine fest im Futter. Das hatten sie schon ein paar Mal ausprobiert.

Draußen war es kalt für April und der Wind pfiff um die Häuser. Sie schlug den Weg von ihrer früheren Offizierswohnung in Camp 4 zur Belser Mühle ein. Jedes Mal, wenn sie um eine Ecke bog, warf sie der Wind fast um. Deshalb waren heute auch so wenige Menschen auf der Straße. Nicht einmal die Kinder. Hinter dem früheren Offizierscasino, in dem sich zurzeit eine Kantine für alle befand, lag die Jacob-Edelstein-Schule. Dort wurden auch ihre Kinder unterrichtet. Obwohl sechs der Jungen und fünf der Mädchen schon im Oberschulalter waren, besuchten alle ausnahmslos die Volksschule, denn die langen Monate im Lager, der Hunger und der dauernde Stress im KZ hatten ihre Merkfähigkeit beeinträchtigt. Besonders Gretel und Michael hatten große Probleme, bei einer Sache zu bleiben. Normalerweise stromerte der eine oder andere von ihnen um diese Zeit hier herum und sie musste schimpfen. Heute aber waren alle wohl freiwillig in der Schule geblieben. Da musste nachher wenigstens keiner aufstehen und seine Sünden bekennen. Um den Zusammenhalt der Gruppe und ihre Autorität zu erhalten, holte Elisabeth ihre 30 Kinder einmal täglich im ehemaligen Casino zusammen. Dabei wurden Probleme und positive Entwicklungen besprochen, Streit geschlichtet und Aufgaben verteilt. Manchmal wehten sie trotzdem Zweifel an, ob sie ihr Projekt unter diesen Bedingungen würde verwirklichen können. Aber erst einmal musste sie die Entscheidung, wie es weitergehen sollte, vertagen. Dass die Kinder repatriiert wurden, hatte die gefälschte Liste anscheinend verhindert. Bei den fiktiven persönlichen Daten fand niemand Verwandte und die echten Namen der Kinder waren mit ihren Karteikarten verbrannt. Die SS hatte die gesamte Lagerregistratur vor der Übergabe des KZs vernichtet. Das hatte sie bei ihrer Ankunft hier erleichtert erfahren.

In der Vitrine des Casinos hing die Einladung zu einem Tanzabend. Daneben die Ankündigung des Films mit Hildegard Knef *Die Mörder sind unter uns*. Sie las die Zusammenfassung der Handlung kurz durch. Die

Knef spielte eine KZ-Überlebende. Deshalb wurde der Film hier vor dem eigentlichen Filmstart gezeigt. Die Macher wollten wohl ihre Reaktionen sehen, um eventuell noch einiges rausschneiden zu können. Kulturell war hier mehr los als in den Dörfern um sie herum. Ein britischer Journalist hatte im August 1945 Bergen-Belsen mit seinen 5.000 Einwohnern im Daily Express sogar als *Germany's Gayest and Happiest Town – Deutschlands fröhlichste und glücklichste Stadt* bezeichnet, »wo lachende Männer und Mädchen auf den Straßen spazieren, schwimmen, angeln, Boot fahren, reiten, tanzen, ins Theater oder ins Kino gehen, rauschende Hochzeitsfeiern und Konzerte unter freiem Himmel abhalten und jede vorstellbare Art von Spielen betreiben.« Natürlich hatte dieser Artikel für empörte Reaktionen gesorgt.

Waltraut war eingeschlafen, Elisabeth ging weiter, wollte im Schlafsaal der Jungen nach Lovis sehen. Er hatte Fieber. Als sie ankam, herrschte große Betriebsamkeit im Mädchenschlafsaal. Nach einem kurzen Abstecher zu den Jungen, um bei Lovis Fieber zu messen, folgte sie dem Aufruhr. Die Mädchen hatten sich alle um Gretels Bett geschart, ihre besten Freundinnen neben ihr, die anderen auf den Bettgestellen darum und darüber. Alle beteuerten mit heiligen Schwüren, Gretel zu schreiben. Die saß weinend auf dem Bett und schaute erst auf, als Elisabeth in ihr Blickfeld trat. »Frau Doktor, sie wollen mich nach Amerika holen. Können Sie das nicht verhindern?«

Elisabeth setzte sich neben das Kind. Die anderen machten bereitwillig Platz. Bevor sie antworten konnte, erschien eine Frau im Zimmer und stürzte auf Elisabeth zu: »Sie müssen Frau Dr. Hofmann sein. Ich kann Ihnen gar nicht genug danken, dass Sie unsere Nichte gerettet haben.« Elisabeth erhob sich, strich den Mantel glatt und gab der Frau die Hand. Sie kam sich gegenüber der eleganten Erscheinung in Kostüm, schicken Schuhen und Pelzkragen schäbig vor.

»Sie sind Gretels Tante?«

»Ja, Greta ist das Kind meiner Schwester und beinahe hätte ich das Foto übersehen, aber mein Mann …«, sie lotste einen vierschrötigen Mann aus der Tür an ihre Seite, »Robert hat mich darauf aufmerksam gemacht, dass in der Newsweek etwas über Göttingen steht.« Sie schmiegte sich in seinen Arm.

»Wir kommen ursprünglich aus Göttingen«, sekundierte er.

»Ja, und dann habe ich Greta sofort erkannt. Sie müssen wissen«, wandte sie sich an einen britischen Offizier, der zu der kleinen Gruppe trat, »Greta sieht genauso aus wie meine Schwester als Kind.« Dann beugte sie sich zu Greta. »Ich weiß, das kommt ein bisschen plötzlich, Kind. Es tut mir auch leid, dich jetzt hier so herausreißen zu müssen. Aber wir müssen dich leider schon heute mitnehmen.« Sie ging in die Hocke. »Hast du denn deine Sachen schon gepackt?«

Greta nickte und zeigte auf einen kleinen Lederkoffer zu ihren Füßen. »Ich hab ja nicht so viel.«

Elisabeth und alle Kinder begleiteten die kleine Gruppe noch mit zur Kommandantur. Die Kleinen weinten hemmungslos und auch Gretel schien gar nicht froh, nun Verwandte in der neuen Welt zu haben. Wie sollte sie auch, schließlich war ihr Zuhause bei ihnen. Während sich Gretas Tante mit langem Händeschütteln von den britischen Offizieren verabschiedete, nahm Elisabeth Greta in den Arm, vorsichtig, um Waltraut nicht zu wecken, die immer noch unter dem Mantel schlummerte. »Sie werden dich lieben. Du bist ein gutes Kind.« Dann stieg Greta zu Onkel und Tante ins Auto und Elisabeth konnte nur noch winkend dem Auto hinterhersehen.

Waltraut strampelte und Elisabeth erschrak. Wo war denn eigentlich Hildegard? Gretel hatte doch mit ihr spazieren gehen wollen. Durchdringendes Wimmern kam ihr aus dem Schlafsaal entgegen. Gretel hatte den Kinderwagen hinter der Tür abgestellt. Elisabeth zog den Wagen zu sich heran und erstarrte. Hilde war wach, statt aber munter hin und her zu gucken, hingen ihre Lider so, dass man nur noch das Weiße sah. Elisabeth legte Waltraut, die eben munter geworden war, ab und nahm Hilde hoch. Der Säugling reagierte kaum, war heiß und fiebrig. Sie fühlte die Fontanelle. Hochgewölbt. Das war gar kein gutes Zeichen. Mit wackligen Beinen stakste sie mit dem Kind zum Fenster und zog seine Augenlider hoch. Sofort verdrehten sich die Pupillen des Babys. Eine Klammer legte sich um ihre Brust. Das sah nach Hirnhautentzündung aus. Hastig packte sie Hildegard in ein Kopfkissen, um sie vor der Kälte draußen zu schützen, und verließ mit dem Kind auf dem Arm das Gebäude. Ihre Knie zitterten auf dem Weg zum Glyn-Hughes-Hospital, es war schwer, den Muskeln zu befehlen. Sie zitterte am ganzen Körper, so sehr, dass sie Angst hatte, das Kind fallen zu lassen. Glücklicherweise lag das Hospital auf dem Lagergelände.

Als sie Stunden später die Tür zum Kinderhaus wieder aufschob, kam ihr Friedhelm entgegen. Er trug die heulende Waltraut, drückte sie ihr aber sofort in den Arm. »Gott sei Dank! Sie jammert schon seit Stunden vor Hunger.« Elisabeth nahm das Kind auf den Arm, öffnete ihre Bluse und schob Waltraut wieder unter den Mantel. Gierig suchte das Mündchen nach der Nahrungsquelle und saugte sich mit voller Kraft fest. Elisabeth schnappte vor Schmerz nach Luft und merkte jetzt erst, dass Friedhelm von einem Bein auf das andere trat, schamhaft den Blick gesenkt. »Ich geh dann mal.«

Elisabeth nickte. Sie hätte zwar gerne jemandem von ihren Sorgen erzählt, aber der Junge hatte schon genug getan und sie wollte ihn auch nicht überfordern. Langsam ging sie zur Wohnung zurück, den Kinderwagen konnte sie morgen holen. Hildegard lag im Krankenhaus am Tropf. Sie litt tatsächlich an einer bakteriellen Hirnhautentzündung, das hatte die Lumbalpunktion ergeben. Allerdings war es in diesem Fall ein Glück, dass das Glyn-Hughes-Hospital ein Militärkrankenhaus war, denn hier stand Penicillin zur Verfügung. Das neue Wundermittel gegen Bakterien war so selten und kostbar, dass es sogar auf dem Schwarzmarkt gehandelt wurde. Elisabeth wagte dennoch kaum zu glauben, dass Hildegards Leben zu retten war. Hirnhautentzündung, noch dazu eine bakterielle, war normalerweise ein Todesurteil, erst recht bei einem kaum zehn Wochen alten Säugling. Elisabeth schloss die Wohnungstür auf. Waltraut war an der Brust eingeschlafen. Hoffentlich hatte sie sich nicht bei ihrer Schwester angesteckt. Dieses Baby war das Einzige, was ihr noch von Xavier geblieben war. Darauf musste sie gut aufpassen. Plötzlich todmüde, nahm sie das schlafende Kind, bettete es an ihre Seite und legte sich hin. Ihr Kopf hatte kaum das Kissen berührt, da war sie schon eingeschlafen.

Mittags wachte sie wieder auf. Im Schlaf hatte sie liegend das Mädchen zweimal kurz gestillt, ohne dabei wirklich wach zu werden. Jetzt stürzte die Realität wieder auf sie ein. Gretel war bald weg, Hildegard im Krankenhaus. Xavier jemals lebend wiederzusehen, mochte sie kaum noch glauben. Sie stand auf und setzte sich sofort wieder hin, weil ihr schwindlig wurde. Auf dem Schreibtisch lag noch die Newsweek mit den losen Blättern darin. Und wieder brachte sie der Artikel zum Weinen. Diesmal vor Wut. Warum hatte sie diese Berichterstattung bloß zugelassen, besonders das Foto? Da versuchte sie, die Namen der Kinder geheim zu halten, um dann nichts Besseres zu tun zu haben, als ihre Gesichter der ganzen Welt zu zeigen. Vielleicht war es doch ein Fehler gewesen, hierherzuziehen. In Göttingen hätte sie Gretel verstecken können, bei Nachforschungen einfach erzählen, sie sei in den letzten Kriegstagen gestorben. Hier ging das natürlich nicht. Sie mochte sich gar nicht vorstellen, wie es ohne die Zwölfjährige mit der Gruppe weitergehen sollte. Gretel war ein so starkes Kind, hatte sich um die Kleinen gekümmert und von den größeren Jungs besonders die Rabauken im Griff gehabt.

Ewig konnte sie hier nicht bleiben. Sie mochte auch nicht mehr dem Goodwill und der Bevormundung der Briten ausgeliefert sein. Aber sie war so kraftlos. Sie legte sich wieder zu Waltraut, die immer noch schlief. Ihre langen schwarzen Wimpern beschatteten die vollen Babywangen. Wenn sie ausatmete, blies sie ein winziges Milchbläschen auf. Schon allein ihretwegen durfte sie sich nicht länger in Trauer und Angst verlieren. Wie konnte sie sich selbstständig machen? Sie und ihr Bruder Anton hatten ein bisschen von Onkel und Tante geerbt, wenig Bares zwar, aber das war zurzeit ohnehin nichts wert. Dafür besaßen sie eine kleine Fabrik für landwirtschaftliches Gerät. Die Werkshalle lag in der Nähe von Kassel an einem Flüsschen, einige der Maschinen wurden noch mit Wasserkraft betrieben. Die Umstände hatten Anton und sie zu den einzigen Erben des Geländes gemacht. Denn die Familie des Onkels gab es nicht mehr – die Cousins gefallen, der Onkel auf dem Betriebsgelände vom Maschinengewehr eines verirrten Tieffliegers getötet. Die Tante hatte sich noch am gleichen Tag selbst erschossen. Elisabeth setzte sich auf. Sie musste Anton von der Kommandantur aus anrufen und um Hilfe bitten.

Vor der Tür erwartete sie ein Meer von blau-weißen Fahnen mit dem Davidstern. Sie setzten sich gerade vom Freiheitsplatz in Richtung ehemaliges KZ-Gelände in Bewegung. Stimmt, das hatte sie über die Aufregung gestern völlig vergessen. Heute war der Jahrestag der Befreiung des Lagers Bergen-Belsen durch die britische Rheinarmee, der 15. April. Für alle hier ein Datum, das sie nie vergessen würden. Waltraut auf dem Arm, ließ sie sich mitziehen. In der Solidarität mit den ehemaligen Lagerinsassen fühlte sie sich Xavier plötzlich wieder ganz nah.

Chajm, der Redakteur von *Unzer Stzyme* schob sich neben sie. »Lange nicht mehr gesehen. Wie geht es den Babys?«

Elisabeth wies mit dem Kinn auf Waltraut. »Ihre Schwester ist in der Klinik, Hirnhautentzündung.«

»Das ist schlimm.«

»Das ist sogar sehr schlimm.«

Sein Blick wanderte prüfend über ihr Gesicht. »Kann ich irgendetwas tun?«

»Nein, ich kann ja selbst nichts tun, außer abzuwarten.« Sie zog die Decke über Waltraut fester zusammen. »Ich fürchte, ich werde meine Liebe auf dieses Kind konzentrieren müssen.« Sie zögerte, wollte noch einen Nachsatz zur Erklärung liefern, brach dann aber ab und zuckte die Schultern. »Du hast viel Schlimmeres mitgemacht, was soll ich da klagen.« Chajm hatte mit ansehen müssen, wie seine Frau und seine zwei kleinen Kinder zur Gaskammer geführt wurden.

»Du musst klagen, sonst stirbt dein Herz an der Stelle, die für dieses Baby reserviert war«, erwiderte der schlaksige Mann. »Das ist das Problem mit euch Deutschen, ihr haltet Gefühlskälte für Stärke. Wenn du dieses Gefühl leugnest, entsteht dafür in deiner Seele Narbengewebe, taub und gefühllos. Es tut dir nichts mehr weh, aber du kannst auch nicht mehr mitempfinden, wenn du diesen Schmerz bei anderen siehst.«

»Doktor Freud lässt grüßen.«

»Genau. Doktor Freud war Jude. Wir haben als Volk viel Erfahrung mit Leiden. Man kann von uns lernen, wie man trotzdem Mensch bleibt.«

Elisabeth seufzte. »Vermutlich hast du recht. Aber ich bin nun einmal Deutsche. Bei uns löst man Probleme mit Disziplin.«

»Das ist es ja«, murmelte er halblaut.

Die Menge war inzwischen an einem der früheren Appellplätze des KZs Bergen-Belsen angelangt. Ein mit einem Tuch abgedecktes Denkmal wartete dort auf seine Enthüllung. Josef Rosensaft, Vorsitzender des jüdischen Zentralkomitees, ging zum Rednerpult. Er stellte das Mikrofon an und löste damit eine Reihe von Rückkopplungen aus. Der schrille Ton weckte Waltraut und ließ sie bitterlich weinen. Elisabeth versuchte, das Kind mit sachtem Wiegen wieder zu beruhigen. So entgingen ihr die ersten Worte der Rede. Sie bekam nur mit, dass Rosensaft an die Befreiung vor einem Jahr erinnerte und die besonderen Verdienste der britischen Armee hervorhob. Er schloss mit der Mahnung, die *Scheerit HaPlejta* aus ihrem elenden Zustand zu befreien und es ihr zu ermöglichen, nach Hause, nach Erez Israel, zu gehen.

»Was heißt *Scheerit HaPlejta*?«, raunte sie Chajm zu.

»Rest der Geretteten«, flüsterte er zurück.

»Und Erez Israel?«

»Ist hebräisch für das Land Israel.«

»Das wird den Briten aber gar nicht passen, dass er die Rede so beendet.«

»Wart's ab, es wird noch deutlicher.«

»Ladies and Gentlemen«, jetzt ergriff Norbert Wollheim, der Stellvertreter Rosensafts, das Wort. Er hielt seine weitere Ansprache in Englisch, sodass Elisabeth nur vage verstand, um was es ging. Sie kapierte aber, dass diese Rede wirklich Ärger bedeutete. Wollheim ging so weit, die Rolle der Briten während des Zweiten Weltkriegs zu kritisieren. Er warf ihnen vor, zu wenig unternommen zu haben, um die Juden vor der nationalsozialistischen Vernichtung zu retten. Daher seien die Briten an der Vernichtung der Juden mitschuldig. Die Rede endete in Schweigen. Waltraut quengelte und Elisabeth schob sich aus der Menge. Chajm folgte ihr.

»Solltest du nicht hierbleiben, um nachher darüber zu schreiben?«

»Wir haben die Redemanuskripte in der Redaktion. Deswegen muss ich nicht hierbleiben. Ich würde lieber mit dir sprechen.«

»Wieso?« Plötzlich alarmiert, merkte Elisabeth, dass sich Misstrauen in ihre Stimme schlich.

»Ich hab mitbekommen, dass Gretel von Verwandten abgeholt wurde. Und als ich mich auf der Kommandantur danach erkundigt habe, hat man mir gesagt, Gretel heiße in Wirklichkeit anders, als auf der Transportliste angegeben. Kannst du mir das erklären?«

Elisabeth zuckte mit den Schultern.

»Außerdem hat mich der Friseur auf deine Kinder angesprochen, weil ich dich näher kenne. Er hat so ein merkwürdiges Symbol im Nacken von mehreren deiner Jungen gefunden. Eine Tätowierung.«

»Ich weiß. Das ist ein *rh* in Sütterlinschrift, nichts Bedeutsames, nur eine Kennzeichnung der Blutgruppe.«

»Hatten Blutgruppenkennzeichnungen nicht nur SS-Leute?«

»Ja, die hatten so etwas auf dem Oberarm, damit bei Transfusionen die richtige Konserve gegeben wurde.«

»Und warum haben deine Kinder so etwas?«

Elisabeth erklärte ihm, dass dieses *rh* für Rhesus negativ stünde, eine relativ neu entdeckte Blutgruppeneigenschaft, und dass sie die Kinder nur wegen dieser Eigenart damals im Lager von den anderen hatte isolieren und damit letztlich retten können. Chajm war immer noch skeptisch. Das sah sie ihm an.

»Kann ich denn mal die Transportliste sehen, mit der du die Kinder aus dem Lager gebracht hast?«

»Na sicher«, antwortete sie forsch. »Ich habe sie den Besatzern zur Identifizierung und Nahrungsmittelzuteilung gegeben.«

»Das heißt, sie müsste hier bei den Unterlagen sein?«

»Exakt. Ich will ohnehin zur Kommandantur, um zu telefonieren. Komm doch mit. Vielleicht suchen sie sie dir heraus.« Elisabeth spürte, dass ihre offensive Strategie ihn besänftigte. Gut. Dann blieb sie besser dabei. Im Büro des Kommandanten bat sie die Sekretärin an der Anmeldetheke, die Akte ihrer Schützlinge herauszusuchen sowie eine Verbindung zu ihrem Bruder herzustellen. Wenige Minuten später klingelte es in einer der Holzkabinen. Sie schlüpfte hinein und zog die Glastür fest hinter sich zu.

»Hofmann?«

»Hier auch.«

»Elisabeth, wie geht es dir? Schön, dass du anrufst. Ich wollte dich in den nächsten Tagen besuchen. Wir haben eine Lieferung, die in deine Nähe geht.«

»Das wäre gut. Ich habe auch etwas mit dir zu besprechen.«

»Was ist denn los? Deine Stimme klingt so merkwürdig.«

Elisabeth spürte, wie sich ein Kloß in ihrem Hals bildete. »Ach, zurzeit ist hier alles furchtbar.«

»Dann komm zu mir. Das alte Haus hat genug Platz. Hier ist alles verhältnismäßig heil geblieben. Selbst die Rohrpost von einem Gebäude ins andere funktioniert noch.«

»Ich würde ja, aber ich glaube nicht, dass mich die Engländer überhaupt gehen lassen würden, jedenfalls nicht mit den ganzen Kindern.«

»Also, wenn es darum geht, habe ich wohl eine Idee.«

»Inwiefern?«

»Ich habe einen Kontakt zu einem Bürgermeister im Weserbergland. Der Mann will mir unbedingt eine der Dampfmaschinen abkaufen. Er bietet mir dafür Immobilien, darunter eine Jugendherberge, die sogar noch gut in Schuss ist, weil bisher dort Militär einquartiert war.«

Elisabeth beobachtete durch die Scheibe, wie Chajm Goldregen am Empfangsschalter die Akte mit der Transportliste vorgelegt wurde. Er studierte sie sorgfältig. Mühsam richtete sie ihre Aufmerksamkeit wieder auf den Bruder. »Wieso Jugendherberge?«

»Das wäre doch perfekt für dich und deine Schützlinge. Große Gebäude mit Gemeinschaftsküche und Speisesaal,

Schlafsäle, Außengelände. Ich will es mir auf der Fahrt zu dir mal ansehen.«

»Und das alles bekommst du für eine Dampfmaschine? Warum werden denn da nicht Flüchtlinge untergebracht?«

»Dieser Bürgermeister will partout seine Textilproduktion wieder ans Laufen bringen, meint, er braucht Arbeitsplätze für seine Bürger. Er hat auch gute Kontakte zu den Besatzern, die ihm Aufträge versprochen haben. Wenn du es schaffst, die Briten dazu zu bewegen, dort eine Art Außenstelle mit deinen Kindern einzurichten, könnte das klappen.« Ihr Bruder war richtiggehend euphorisch, deshalb wollte sie ihn nicht bremsen. Elisabeth sah dennoch eher Probleme. Die Idee war gut, aber es war sicher einfacher, ihren Besitz, also Villa, Werkhalle und Arbeiterhäuser, für die Kinder umzubauen. Chajm bedeutete ihr durch die Glastür, dass er eine Frage habe, tippte auf die Akte vor ihm. Schnell beendete sie das Gespräch, nachdem sie sich mit ihrem Bruder verabredet hatte.

Über den blanken Holztresen schob ihr Chajm die Transportliste zu. Es war das Original, das sie vor einem Jahr in der Häftlingsschreibstube getippt hatte. »Welches von diesen Kindern ist denn Gretel?«

Elisabeth tippte auf die Nummer 19 der Mädchen. »Hier, das ist Greta Cohen.«

»Die Verwandten aus Amerika haben sie, soweit ich weiß, als Greta Weißgerber identifiziert. Wieso heißt sie denn hier Cohen?«

Elisabeth zuckte betont beiläufig die Schultern. »Keine Ahnung. Vielleicht haben die Eltern einen anderen Namen angenommen?«

»Ausgerechnet.« Der ehemalige Lehrer lachte freudlos. »Sie haben gewiss einen Namen wie Weißgerber gegen den urjüdischen Namen Cohen eingetauscht. 1a Tarnung.«

Elisabeth lachte mit. »Chajm, ich weiß es nicht. Ist denn das wichtig?«

Chajm verzog den Mund. »Hinter solchen Kleinigkeiten steckt oft mehr, als man glaubt. Ich habe im Laufe dieser Jahre einen Blick dafür entwickelt. Ich glaube, es würde sich lohnen, die Namen aller Kinder mal mit den Akten der SS zu vergleichen. Ich möchte wetten, ich finde von keinem einzigen Kind eine Entsprechung mit dem gleichen Nachnamen.«

»Die SS hat die Registratur hier kurz vor Kriegsende vernichtet. Das dürfte dir bekannt sein.«

»Ja, aber diese Kinder waren ja oft nicht nur in diesem Konzentrationslager, sondern auch noch in anderen. Die ganzen kleinen Niederländer zum Beispiel dürften vorher in Westerbork gewesen sein«, widersprach Chajm. »Wenn sie denn wirklich Niederländer sind«, murmelte er mehr für sich.

Überfordert starrte Elisabeth über die Schreibtische der Sekretärinnen hinweg durch das Fenster. Draußen jagten Wolken über den Himmel. Merkwürdig, denn hier unten war es nahezu windstill. Abwesend antwortete sie: »Tu, was du nicht lassen kannst. Ich muss nach Hause.«

Miriam, 18. März 2006

Im Schaufenster wurden jede Menge blau-weißer Bücher präsentiert. Medizinische Fachliteratur. Mit der leichten Unsicherheit desjenigen, der in diesem Fachgebiet nichts zu suchen hat, betrat sie den Laden und ging auf den Verkaufstresen zu. »Guten Tag, ich suche ein Buch über Blutgruppen.«

»Blutgruppendiät, hinten links bei der Naturheilkunde.« Die Frau sah nicht mal hoch.

»Entschuldigung, ich suche nichts über eine Diät, ich suche etwas über Blutgruppen.«

Die grauhaarige Verkäuferin sah sie flüchtig an. »Erstsemester?«

Miriam schüttelte irritiert den Kopf. »Nein, ich interessiere mich einfach für Blutgruppen.«

»Kein Mensch interessiert sich heutzutage mehr für Blutgruppen. Mediziner fragen nach Transfusionsmedizin oder Hämatologie.«

Na toll, diese Buchhändlerin kam sich als etwas Besseres vor, weil etwas vom Glanz der Medizin auf sie fiel. Miriam wollte gerade auf dem Absatz kehrtmachen, als die Frau hinter dem Tresen hervorkam und ihr winkte, sie solle ihr folgen. Durch einen schmalen Verbindungsflur wurde sie in einen großen Raum mit Holzregalen und alten Büchern geführt.

»Hier im Antiquariat werden Sie vielleicht etwas finden. Die Blutgruppen waren zu Beginn des 20. Jahrhunderts ein großes Thema. Aus den 20er- und 30er-Jahren gibt es eine ganze Reihe Veröffentlichungen. Was interessiert Sie denn an den Blutgruppen?«

»Der Rhesus-Faktor.«

Die Frau führte sie zu einem Regal in der Nähe des Fensters und zeigte auf eine Reihe. »Hier finden Sie alles über Blutgruppen und ab 1940 etwas zum Rhesus-Faktor. Wenn Sie etwas nicht verstehen, fragen Sie mich ruhig. Ich hab in den 60er-Jahren Medizin studiert und damals befasste man sich noch eingehender damit.« Miriam sah die Frau überrascht an. Wenn sie in den 60er-Jahren studiert hatte, musste sie heute an die 70 sein. Das sah man ihr nicht an. Sie hatte zwar kurze stahlgraue Haare, dabei aber verhältnismäßig glatte Haut und strahlend blaue Augen. Miriam hätte sie auf Ende 50 geschätzt. Wieso arbeitete sie in ihrem Alter noch?

Anscheinend hatte die Buchhändlerin ihren forschenden Blick bemerkt, denn sie erklärte selbstironisch: »Ich hab nie einen Doktor gemacht, sondern einen Doktor geheiratet. Erst als die Kinder groß waren, konnte ich wieder arbeiten und diese Buchhandlung aufbauen. Deshalb reagiere ich wahrscheinlich so unwirsch, wenn ich vermute, jemand interessiert sich nicht für Medizin, sondern nur für diesen nicht nachprüfbaren Quatsch medizinischer Randbereiche.« Sie lächelte. »Bei Ihnen war ich noch freundlich. Richtig herablassend werde ich, wenn ich *Bachblüten* höre.«

Miriam lächelte zurück. Die alte Dame wurde ihr doch sympathisch. Vielleicht konnte sie ihr weiterhelfen. Bevor sie aber halbwegs intelligent fragen konnte, musste sie erst einmal wissen, was sie suchen wollte.

Sie hockte sich vor das Regal. »Darf ich ein bisschen stöbern?«

»Ja, natürlich. Melden Sie sich, wenn Sie mich brauchen.«

Miriam kniete sich auf den Boden und sah sich die Buchrücken an. Die meisten waren in Leder gebunden. Sie nahm das erste Buch in die Hand. Sein Titel: *Untersuchungen über die Blutgruppen bei den Nordfinnen und Lappen* von Eero Mustakallio, geschrieben 1938. Das nächste hieß *Der Kropf und die verschiedenen Blutgruppen*, Autorin Jorma Lindgren, Erscheinungsdatum 1934. Ähnliche Erscheinungsdaten bei den anderen Büchern. Von 1937 waren die *Beiträge zur Verteilung der Blutgruppen bei den Finnen*, 1936 untersuchte Karl Olof Spring die Frage *Gibt es eine Korrelation zwischen den Blutgruppen und dem Diameter der Erythrozyten? Die Blutgruppen und ihre Anwendungsgebiete* machte Fritz Schiff 1933 zum Thema, und *Konstitutionsserologie und Blutgruppenforschung* war 1928 der Forschungsgegenstand von Ludwik Hirszfeld. Sie nahm das Buch von Hirszfeld zur Hand und las in der Einleitung: »Die Blutgruppenserologie stellt im gegenwärtigen Augenblick die vielseitigste und vielleicht tiefste Anwendung der Immunitätsforschung dar …« Wieso Immunitätsforschung? Sie blätterte weiter. Endlose Tabellen, es ging anscheinend um die Vererbung von Blutgruppen, zu der es 1928 verschiedene Modelle gab. So viel verstand sie.

Kapitel 4 fesselte ihre Aufmerksamkeit. Es war überschrieben mit *Die serologischen Rassen bei Menschen.* Bei einem Diagramm auf Seite 104 blieb ihr Blick hängen. Der Autor hatte gesperrt drucken lassen und damit hervorgehoben, dass alle Blutgruppen bei allen Völkern der Welt vorkamen, aber – und das war das Entscheidende – in unterschiedlicher Verteilung. So kam bei den Engländern die Blutgruppe A sehr häufig vor, B hingegen selten. Bei den Indern, die hier noch Indier hießen, war es genau umgekehrt. Der Autor führte aus, wie seine Untersuchungen gezeigt hätten, dass die Blutgruppe A in Nord- und Westeuropa sehr stark vertreten sei, gegen Süden und Osten aber immer seltener werde, wohingegen B in fast gleicher Proportion zunehme. Das war hochinteressant. Ob es solche Verknüpfungen mit der Rasse auch bei dem Rhesus-Faktor gab? Enttäuscht stellte sie fest, dass zwischen 1940 und 1980 sehr viel weniger Bücher über Blutgruppen vorhanden waren. Wahllos griff sie sich eines aus dem Regal. Ein schlichtes *rh* war in den schwarzen Leineneinband geprägt. Sie schlug es auf. »rh… its relation to congenital hemolytic disease & to intragroup transfusion reactions«, las sie. Das Buch war von Edith Louise Potter, verfasst 1948. Ein medizinpraktisches Buch. Nicht mehr und nicht weniger. Dennoch nahm sie es in die Hand und ging wieder nach vorne.

Die ältere Dame bediente gerade einen jungen Mann vom Typ Brit-Popper. Er sah sie interessiert an, als sie den Raum betrat. Das Buch nach vorne gestreckt, ging Miriam zum Tresen. »Das hier möchte ich.« Der junge Mann verabschiedete sich und die Buchhändlerin nahm das Buch, schlug die erste Seite auf und bonierte 3,45 Euro ein. Miriam gab ihr einen Fünf-

Euro-Schein und packte ihre Lektüre in ihre Umhängetasche. »Warum gibt es eigentlich ab 1940 nur noch so wenig Literatur über Blutgruppenforschung, davor aber so viel?«

»Die gibt es schon. Aber sie ist im Grunde nicht mehr bahnbrechend. Mit dem Rhesus-Faktor wurde 1940 die letzte entscheidende Größe entdeckt. Danach wurde das Blutgruppensystem zwar noch differenziert. Mit dem Kell-System, dem Duffy-System. Außerdem wurden natürlich die biochemischen Grundlagen und Genloci der Blutgruppen erforscht. Die Grundlagen aber stehen seit 1940 fest. Deshalb werden Blutgruppen heutzutage im Medizinstudium nur noch anwendungsorientiert gelehrt. In der Forschung kann man sich dann natürlich wieder darauf spezialisieren.« Mit schnellen Schritten ging die Buchhändlerin zu einem mit Hämatologie gekennzeichneten Regal. Miriam folgte ihr. Die Ladenbesitzerin hielt ihr ein Büchlein im Pappeinband entgegen: *Die Aktivitäten von CA-19-9-Antigen im Magensaft in Abhängigkeit von den Lewis-Blutgruppen (CA-19-9-Expression bei Le(A-B-)-Individuen)*

Miriam prustete: »Ich verstehe kein Wort.«

»So sehen die neueren Forschungen im Zusammenhang mit Blutgruppen aus. Selbst für manchen Mediziner ist das zu hoch.« Die Buchhändlerin griff zu dem Buch daneben. »Untersuchung von Kopplungsungleichgewichten zwischen Fc-Rezeptoren für Immunglobulin G und Duffy-Blutgruppen-Antigenen aus Populationsdaten«, las sie vor.

Miriam hob die Hände, als wollte sie sich ergeben.

»Danke, Frau …«, sie sah auf das Schildchen am Blusenrevers, »… Frau Clasen. Sie haben mich davon überzeugt, dass ich hier auf fremdem Terrain wildere. Ich will Ihre Zeit nicht länger in Anspruch nehmen.«

»Ach, das tun Sie nicht. Ich will Sie nicht entmutigen. Es wäre aber hilfreich, wenn ich wüsste, warum Sie sich für Blutgruppen interessieren.«

Miriam überlegte, ob sie ihr von dem Symbol, dem Sütterlin-rh im Kreis, erzählen sollte, scheute sich aber. Das war zu persönlich und klang albern. Plötzlich fiel ihr ein, was Alice an diesem Thema interessant gefunden hatte. Sie verließ sich auf den journalistischen Instinkt der Freundin und fragte: »Hat Rhesus-Negativität noch andere Bedeutungen? In einem anderen Zusammenhang? Nicht nur als Blutgruppeneigenschaft?«

»Es ist eine Blutgruppeneigenschaft und hat als solche große Bedeutung bei Transfusionen und in der Geburtshilfe. Was meinen Sie mit Nebenbedeutung?«

»In einem Buch dahinten war die Rede von Rassemerkmalen.«

»Ja, das Lieblingsthema der 20er- und 30er-Jahre.« Frau Clasen zog spöttisch Augenbrauen und Mundwinkel hoch. »Wie Sie wissen, ist die Rassenforschung danach ein bisschen in Misskredit geraten.«

»Ja, natürlich weiß ich das.« Sie war doch keine Idiotin. »Aber wenn ich das eben richtig gesehen habe, war einer der Forscher damals Jude, das heißt, das Interesse an Rassemerkmalen war keine Domäne der Nazis. Oder täusche ich mich da?«

»Nein, Sie täuschen sich überhaupt nicht. Die wichtigsten Blutgruppenforscher waren Juden: Landsteiner, Wiener, Hirszfeld, in Deutschland Fritz Schiff. Allerdings waren deren Forschungen weitgehend ideologiefrei. Zum Beispiel konnte Hirszfeld keine Übereinstimmung von Blutgruppen und Hautpigmentierung feststellen. Seine Forschung war ergebnisoffen, wie sich das gehört. Wohingegen die Erkenntnisse der Nazis immer nur dazu dienten, die Überlegenheit der nordischen Rasse zu beweisen. Und was nicht passte, wurde passend gemacht.«

»Hat denn der Rhesus-Faktor irgendeine rassische Bedeutung?«

Die Frau schürzte zweifelnd die Lippen. »Der wurde erst 1940 entdeckt. Und die Zeit der Rassenforschung war kurz danach vorbei. Schon allein deshalb werden Sie nicht allzu viel dazu finden.« Sie hockte sich hin und schlug ein Buch auf, das unten im Regal stand. »Vielleicht …«, sie blickte auf und erklärte, »das hier ist ein immer wieder überarbeitetes Lehrbuch, das zum ersten Mal 1973 aufgelegt wurde. Vielleicht findet sich da etwas im Literaturverzeichnis.« Sie blätterte nach hinten und tippte energisch auf einen Eintrag. »Hier, das ist eine seriöse Autorin, auch wenn sie populär schreibt.« Miriam las: *»Das Fehlen des Rhesus-Faktors – Hinweise auf die ersten Europäer?«* Die Autorin hieß Greta Weißgerber.

Miriam, 20. März 2006

Die Buchhändlerin hatte vergeblich versucht, ihr Weißgerbers Buch über den Rhesus-Faktor zu bestellen, und kein verfügbares Exemplar mehr gefunden. Miriam hatte in den letzten Tagen erfolglos alle Bibliotheken der Stadt nach Büchern von Greta Weißgerber abgesucht. Trotzdem wurde Miriam das Gefühl nicht los, mit dieser Autorin auf der richtigen Spur zu sein. Vermutlich war es Blödsinn und das Symbol, das sie suchte, hatte gar nichts mit dem Rhesus-Faktor zu tun, noch aber wollte sie nicht aufgeben. Deshalb fuhr sie jetzt ihren schon fast antiken PC in der Schreibtischecke am Fenster hoch. Eigentlich machte sie hier nur noch ihre Steuererklärung. Mit Modem ins Netz zu gehen, war eine Qual. Deshalb hatte sie wahrscheinlich nicht gleich Wikipedia bemüht.

Greta Weißgerber, (*31. März 1933, Hamburg) amerikanische Wissenschaftlerin, Medizinerin und Anthropologin, Forschungsarbeiten zur genetischen Rekonstruktion der Evolution, Professorin (emeritiert) an der Stanford University

Leben

Greta Weißgerber, geboren am 31. März 1933 als Tochter einer jüdischen Kaufmannsfamilie in Hamburg. Grundschule in Eppendorf. Bis 1942 höhere Mädchenschule, danach Hausunterricht. Die Familie versteckt sich bei Verwandten in einem Hotel in Warnemünde. Anfang 1944 Entdeckung, Gefangennahme und Deportation. Greta und ihre kleine Schwester kommen mit ihrer Mutter in das Frauen-KZ Ravensbrück. Der Vater wird nach Sachsenhausen deportiert und kurze Zeit darauf für tot erklärt. Mitte 1944 werden die beiden Mädchen und ihre Mutter nach Bergen-Belsen gebracht. Mutter und Schwester sterben an Typhus. Greta wird von einer Ärztin des Reichsgesundheitsamtes, Elisabeth Hofmann, gerettet. Nach Ende des Zweiten Weltkriegs lebt sie im DP-Camp Bergen-Hohne, bis ihre Tante sie zu sich in die USA holt. Highschool in Urbana-Champaign (Illin.). Studium der Medizin von 1955 bis 1961 an der Stanford University. Doktortitel 1963. Nach Tätigkeit als Medizinerin forscht sie seit 1972 auf dem Gebiet der Populationsgenetik an der University of Michigan in Ann Arbour. Greta Weißgerber ist verheiratet und hat drei Kinder.

Veröffentlichungen

Greta Weißgerber: (1974) »Rhesus-Faktor: The Missing Link to Modern Mankind?« PMID 87364823

Greta Weißgerber: (1976) »Das Fehlen des Rhesus-Faktors – Hinweise auf die ersten Europäer?«
ISBN -365-17650-567

Greta Weißgerber: (1983) »The Genetics of European Population« PMID 547850517

Greta Weißgerber: (1993) »Mitochondrien DNA: A Familiy Affair« PMID 45076720

Weblinks

The Human Mitochondrial Genome Database

Der Computer rechnete, seit sie auf den Weblink unten auf der Seite geklickt hatte. Nein, jetzt tat sich was. Was hatte ihr Computer bloß die ganze Zeit gemacht? Diese Seite war grafisch völlig anspruchslos. Keine Frames, keine Bilder, kein Grund, sie so langsam aufzubauen. Sie aktivierte den ersten Eintrag *The Human Mitochondrial Sequence*, stieg aber schnell wieder aus. Diese Datenbank war etwas für Fachleute. Sie erkannte zwar, dass mit *Sequence* vermutlich der genetische Ort von Mitochondrien DNA gemeint war. Das konnte aber auch totaler Quatsch sein. Ihre Biologie- und Chemiekenntnisse waren nur noch rudimentär vorhanden. Unentschlossen klickte sie verschiedene Links im Text des Wikipedia-Eintrags an und öffnete die Artikel *Ravensbrück* und *Bergen-Belsen*. Sie überflog die Seiten. Dort stand nicht wirklich etwas Neues. Der Schrecken der Konzentrationslager war jedem Deutschen inzwischen so vertraut, dass solche Darstellungen nur noch leise beklommen machten. Der Eintrag für das DP-Camp Bergen-Hohne allerdings erregte ihre Neugier. Sie las mit Erstaunen, dass dort, wo das KZ Bergen-Belsen gewesen war, nach dem Krieg ein britisches Camp für Displaced Persons entstanden war.

Das war ja ein Hammer, dass die Briten die früheren KZ-Häftlinge dort einquartierten, wo sie zuvor gequält worden waren. Allerdings nicht in den gleichen Unterkünften, las sie jetzt, sondern in Kasernen in der Nähe. Na gut. Wie so ein Kind wie diese Greta Weißgerber das wohl empfunden hatte? Ob Bergen-Belsen so etwas wie Heimat für sie gewesen sein konnte? Aber es gab ja wohl jemanden, der sie beschützt hatte. Miriam klickte den Eintrag für Elisabeth Hofmann an und rückte forschend näher an den Bildschirm zum Foto dieser Frau, klickte es an und vergrößerte es damit. Das gab's nicht. Das Sütterlin-Zeichen im Kreis hing als Kettenanhänger um ihren Hals. Die Bildunterschrift ließ erkennen, dass diese Frau eine Gemeinschaft gegründet hatte, die sich Mittelhof nannte. Dieser Link war ebenfalls aktiviert. Hastig überflog Miriam den nächsten Artikel. Diese Ärztin hatte 30 Kinder aus dem KZ Bergen-Belsen gerettet und dann nach kurzem Aufenthalt in dem DP-Camp mit den Waisen ein Wohnprojekt aufgemacht. Ähnlich wie die Kinderdörfer, die es heute in aller Welt gab. Mit einem wesentlichen Unterschied: Die Jungen und Mädchen, die sie damals dort aufgezogen hatte, lebten immer noch in der Dorfgemeinschaft. Sie hatten Kinder und Enkel bekommen und das Projekt war richtig groß geworden.

Miriam war so aufgeregt, dass es sie nicht auf ihrem Schreibtischstuhl hielt. Sie ging in die Küche, hielt ein Glas unter den Wasserhahn und drehte auf. Ihr Mund war trocken. Sie setzte das halb gefüllte Glas an, lehrte es mit einem Zug und hielt es abermals unter den Wasserstrahl. Blicklos starrte sie aus dem Küchenfenster auf die gegenüberliegende Fassade. Das war kein Zufall – dieses Symbol, Boris' Erzählungen vom Leben in einer Art Kollektiv. Alice hatte recht. Sie hatte anscheinend soeben mit einigen Klicks im Internet die Gemeinschaft gefunden, aus der sie und Boris stammten. Das Wasser plätscherte über ihre Hand. Miriam registrierte das, drehte den Hahn zu und ließ das gefüllte Glas in der

Spüle stehen. Ihre Hände an der Hose abstreifend, eilte sie zu ihrem Computer im Schlafzimmer zurück.

Sie vergrößerte ein anderes Bild dieser Ärztin. Es war ein Foto von 1998, also fast zehn Jahre alt. Die Frau darauf war im Halbprofil fotografiert und gut ausgeleuchtet. Sie wirkte alt, aber nicht gebrechlich. Miriam sah sich das Geburtsdatum an. 1909 war diese Frau geboren. Das hieß, heute war sie 97, auf diesem Foto also noch in ihren 80ern. Sie hatte die kurzen weißen, für eine alte Frau verhältnismäßig vollen Haare aus der hohen Stirn gekämmt. Blaue Augen, eine gerade Nase, schmale Lippen, viele Falten, filigrane Züge. Sie sah aus, als sei sie früher mal richtig schön gewesen. Ein klassisch blonder Typ. Miriam scrollte herunter. Da war noch ein Bild der Frau aus den 40er-Jahren mit Arztkittel. Na ja, gut ausgesehen hatte sie tatsächlich, aber auch ein bisschen streng. Miriam glaubte nicht, sie je gesehen zu haben. In den späten 60er- oder frühen 70er-Jahren hatte sie aber wahrscheinlich ganz anders gewirkt. Wie schade, dass sie Boris nicht fragen konnte. Aber der war noch bis übermorgen in Südtirol snowboarden und saß anscheinend in einem tiefen Funkloch. Schon seit Tagen bekam sie keine Verbindung. Diese Freaks hatten auch keinen Festnetzanschluss hinterlassen. Auch Alice war nicht da, sondern mit Stefan und den Kindern in Berlin, die Schwiegereltern besuchen.

Gereizt bemerkte Miriam, dass sie schon wieder an ihren Nägeln herumkaute. Bei Alice hatte sie diese Angewohnheit immer widerlich gefunden und jetzt machte sie das selbst. Konnte man im Lauf seines Lebens neurotischer werden? Wenn sie ehrlich mit sich war, hatte ihre Zerquältheit schon vor dem Verlust des Kindes begonnen, mit der unglücklichen Liebe zum Vater des Babys. Diese Innigkeit, wenn sie zusammen waren, der Schmerz, wenn er wochenlang wieder verschwand. Und entzogen hatte er sich immer wieder, anders hielt er offensichtlich solche Nähe nicht aus. The Dark Side of the Moon. Erträglich wurde es für sie immer dann, wenn aus Sehnsucht Trauer wurde, der Mondschatten so tief, dass das Licht nicht mehr zog. Meistens kam er genau dann zurück und alles leuchtete wieder. Nach dem Tod des Babys erreichte sie auch dieser Glanz nicht mehr. Totale Mondfinsternis. Nur noch Schatten – und die Erinnerung an das Licht machte ihn nur tiefer.

Alice und Gioia hatten sie am Leben gehalten, bis sie eines Morgens aufwachte und sich am Zwitschern der Vögel vor ihrem Fenster wieder freuen konnte. Miriam schluckte. Das würde sie Alice nie vergessen. Auch Boris und sie hatten sich in ihrer Geschwister-WG inzwischen wieder stabilisiert. Seit dieser Krise aber kam ihr das Zusammenleben mit ihm wie ein Behelf vor, wie die Krücke einer Beziehungsbehinderung. Vermutlich war sie deshalb so auf der Jagd nach einer Vergangenheit, die sie vorher nicht interessiert hatte. Schließlich brauchte jeder Mensch Familie.

War das hier ihr Herkunftsort? Auf einem Bild sah Miriam Backsteinhäuser, schräg zu einer kleinen Straße gebaut. Auf der anderen Seite befand sich ein größeres Gebäude mit Fachwerkfassade. Dazwischen die Hauptstraße. In dem Artikel hieß es, dass dieser Ort fast autark sei mit eigener Landwirtschaft, Mühle, Backhaus, Käserei, Fleischerei, Schuhmacherei, Weberei und Schneiderwerkstatt. Ein Hofladen verkaufe die landwirtschaftlichen Produkte, die von Anfang an in ökologischem Landbau hergestellt wurden. Nur Dienstleistungen, die nicht selbst erbracht werden konnten, würden eingekauft. Intern gebe es keine Währung, sondern Tauschpunkte, die nach Zeitaufwand berechnet wurden. Weiter hieß es: »Dieses interne Wirtschaftssystem funktioniert ohne Geld, ohne Zins und Zinseszins und damit ohne die Möglichkeit, abstrakte Reichtümer zu horten. Keiner, der arbeitet, ist arm. Wer nicht arbeiten kann, für den sorgt die Gemeinschaft.«

Miriam scrollte nach oben. Wann war diese Gemeinschaft noch mal gegründet worden? Stand da nicht. Stimmt, das hatte in dem Artikel für Grete Weißgerber gestanden, sie switchte noch mal auf diesen Eintrag. Genau, 1946. Damals hatte diese Ärztin so unkonventionelle Ideen gehabt? Hm, das würde sich ja vielleicht im weiteren Text erklären. Sie ging zurück zu dem Eintrag über Elisabeth Hofmann und Mittelhof. Doch der warf immer mehr Fragen auf: In dieser Gemeinschaft wurde die *Ehe auf Zeit* praktiziert, sprich: Die Paare blieben dabei maximal drei Jahre zur Aufzucht der Kinder zusammen. Danach konnten sie sich ohne Weiteres anderen Partnern zuwenden. Zweifelnd runzelte Miriam die Stirn. Das passte doch noch weniger in die Zeit. In dem Artikel stand, dass es 1973 zu einer Krise gekommen sei, die Gemeinschaft aber bis heute bestand und sich immer noch als Kollektiv organisierte.

Wer hatte den überhaupt geschrieben? Sie klickte die Karteikarte *Autoren* an und stieß auf eine Liste von vielleicht 20 Einträgen. Wahllos machte sie einige Autoren auf. Von einem 40-jährigen Historiker bis zu einem 23-jährigen Informatiker war hier alles vertreten. Einige hatten lange Selbstdarstellungen ins Netz gestellt, andere die dafür vorgesehenen Felder leer gelassen. Sie ging auf die Möglichkeit, sich die ältesten Einträge anzeigen zu lassen. Sie öffnete einen und stellte fest, dass die Artikel damals noch viel kürzer waren. Wer war denn hier der Autor? Sie klickte auf den Textlink und stieß auf einen jungen Mann, der sich Pixmix nannte. In seiner Selbstdarstellung nannte er aber auch seinen richtigen Namen: Frederik Richter, geboren 1979 in Kassel, Diplom-Informatiker und Promotionsstudent in Bielefeld. Schön und gut, aber das war wenig hilfreich, um mehr über diese Gemeinschaft zu erfahren. Sie klickte auf Diskussionen und verfolgte die Dispute derer, die zu Elisabeth Hofmann im Laufe der letzten Jahre etwas geschrieben hatten. Ein Disput interessierte sie. Da hatte wohl ein Autor namens *Peavey* in seiner Version geschrieben, Mittelhof sei im Wesen faschistisch, und war von einem Administrator sofort korrigiert worden, weil diese Bewertung gegen das Neutralitätsgebot von Wikipedia verstoße. Er hatte zurückgeschrieben: »Es ist schon merkwürdig, wie rigide dort das Thema Fortpflanzung gehandhabt wird. Verliebst du dich in ein Mädchen der Gemeinschaft, musst du dich entweder den Regeln dort anpassen oder mit ihr das Dorf verlassen. Wenn du dich entschließt, ansässig zu werden, ist noch lange nicht entschieden, ob sie dich wollen. Der Anwärter muss sich einer genauen medizinischen Untersuchung unterziehen. Und es kann passieren, dass sie dich danach ablehnen, ohne Angabe von Gründen. Wenn du und das Mädchen dann weiter zusammenbleiben wollen, muss sie wegziehen, ob sie will oder nicht. So etwas kann meiner Meinung nach nur mit Fortpflanzung zu tun haben. Und wenn Fortpflanzung auf eine solche Weise reglementiert wird, hat das was von Zuchtwahl. Lebensborn lässt grüßen.«

Miriam lehnte sich zurück. Da war die Verbindung. Sie wusste zwar noch nicht genau, wie es funktionierte, aber der Mann hatte recht: Ein medizinischer Grund qualifizierte offenbar für das Leben in der Gemeinschaft oder auch nicht – und vermutlich hatte das etwas mit dem Rhesus-Faktor zu tun. Aber wieso war das sonst noch niemandem aufgefallen? Das fragte auch ein anderer Diskussionsteilnehmer im Forum. Wieder antwortete *Peavey*: »Die Gründerin hat das Bundesverdienstkreuz seit 1970, gilt als Widerstandskämpferin im Dritten Reich. Die ist derart sakrosankt, da gilt ein Denkverbot hier in der Umgebung. Allerdings scheint seit Neuestem das Jugendamt gegen sie vorzugehen und erste kritische Stimmen werden in der Lokalpresse laut.« Lokalpresse? Welche Zeitung las man denn in Kassel und Umgebung?

Wenige Mausklicks später hatte sie gefunden, was sie suchte, die *Hessische / Niedersächsische Allgemeine*. Weitere Wortkombinationen und sie fand aktuelle Artikel, die sich mit der Gemeinschaft befassten. Sie überflog einige. Die kritische Berichterstattung begann im

September letzten Jahres mit einem Bericht aus dem Jugendhilfeausschuss. Ein neuer Jugendamtsleiter hatte Mittelhof und die frühen Schwangerschaften dort auf die Tagesordnung gesetzt. Der berichtende Journalist deutete nur vorsichtig die Kritikpunkte an, zitierte aber ebenso oft die Politiker, die die gute Zusammenarbeit mit Elisabeth Hofmann verteidigten. Im Laufe der Monate änderte sich jedoch der Tenor der Berichterstattung. Einem Journalisten wurde anscheinend nach langem Hin und Her Akteneinsicht bewilligt. Denn im Januar zitierte er aus Aktennotizen und Besprechungsniederschriften der 50er-Jahre. Er beschrieb, dass die Akte wohl gesäubert gewesen sei, er aber auf Kohlepapier einen Text habe rekonstruieren können, in dem der damalige Bürgermeister mit Elisabeth Hofmann vereinbart hatte, dass die frühen Schwangerschaften der Mädchen geduldet und Ausnahmegenehmigungen für eine frühe Hochzeit gegeben würden, sofern der Bräutigam ebenfalls minderjährig und die Schwangerschaft noch nicht sichtbar sei. Damit könne man den Kuppelparagrafen umgehen, außerdem brauche dann das Jugendamt nicht zum Amtsvormund des Kindes bestellt zu werden und es gehe auch niemanden etwas an, wenn die erste Ehe irgendwann nur noch auf dem Papier stehe. Alle weiteren Kinder, gleichgültig von welchem Partner, würden vor dem Gesetz ohnehin als ehelich gelten. Der Journalist erklärte in einem Kasten den damals noch gültigen Kuppelparagrafen, der es bis 1969 unter Strafe stellte, Unverheirateten die Möglichkeit zu geben, intimen Kontakt miteinander zu haben. Einige Wochen später hatte der Lokaljournalist ausgegraben, dass der Bürgermeister, unter dessen Ägide diese Regelung festgelegt worden war, in den 20er- und 30er-Jahren Anhänger der Midgard-Bewegung gewesen war, einem Vorläufer des nationalsozialistischen Artamanenbundes. Als zentrales Element der in Midgard zu verwirklichenden Gemeinschaft des *neuen Menschen* galt die *Ehe auf Zeit*, genauso wie in der Gemeinschaft Elisabeth Hofmanns. Als er überdies aufdeckte, dass Mittelhof nichts anderes als Midgard hieß, hatten sich alle, die am Ort etwas zu sagen hatten, von der Gemeinschaft distanziert.

Ein Interview mit der Gründerin Elisabeth Hofmann ließ die öffentliche Meinung wieder in eine andere Richtung tendieren, wie die anschließende Leserbriefwelle zeigte. Dort war überwiegend von guten Erfahrungen mit den Mittelhof-Leuten die Rede, alte Menschen berichteten von der Großzügigkeit der Gründerin in den ersten Nachkriegsjahren, ihrer Bereitschaft, medizinisch zu helfen, auch wenn es dafür kein Geld gab, und knappe Lebensmittel zu teilen. Wochenlang hatte das Thema die örtlichen Teile der Lokalpresse beherrscht, bis es schließlich wieder ruhiger wurde. Vor Kurzem allerdings hatte ein Nachbar der Gemeinschaft im Beschwerdeausschuss den Antrag gestellt, untersuchen zu lassen, ob es richtig sei, dass in der Gemeinschaft neuerdings Gehorsamkeitsrituale geübt würden. Der Prüfauftrag war an die Verwaltung gegangen, Auskünfte wurden seitdem von der Stadt nicht mehr erteilt, man berief sich auf das Landespressegesetz, nach dem Auskunft verweigert werden dürfe, um *die berechtigten Belange*

Dritter zu schützen. Miriam schüttelte den Kopf. Das sah allerdings schwer danach aus, als gäbe es dort etwas zu verbergen.

Miriam, 23. März 2006

Sie erkannte alles wieder. Als sei sie in eine Legolandversion ihrer frühen Kindheit geraten, erschienen ihr die Häuser und Wege geschrumpft. Aber da war der Laden, da die Villa, da das Haus, in dem ihre Wohnung gewesen war. Hier hatte sie die ersten Jahre ihres Lebens verbracht. Kein Zweifel. Das Bild auf Wikipedia musste in einem sehr merkwürdigen Winkel aufgenommen worden sein, dass sie den Ort nicht schon auf ihrem Monitor erkannt hatte. Auf dem Rückweg von einem Kundentermin in der Nähe war sie kurz entschlossen hierhin abgebogen. Den Rest des Tages hatte sie sich freigenommen. Dieser Geruch, eine Mischung aus Maschinenöl und frisch gebackenem Brot. Denn direkt neben der Bäckerei, vor der sie gerade stand, war die Autowerkstatt. Das wusste sie jetzt auch wieder. Die Läden waren in die Maschinenhalle hineingebaut. Gegenüber lagen die Arbeiterhäuser, in denen auch ihre Wohnung gewesen war. Im Außenbereich waren einige neue Wohnhäuser hinzugekommen. Das hatte sie eben auf dem Weg vom Parkplatz hierhin gesehen. Deshalb hatte das Wiedererkennen auch nicht schlagartig eingesetzt, sondern erst nach und nach. Wie ein Aufwachen aus tiefem Schlaf.

Um nicht wie angewurzelt stehen zu bleiben und dadurch aufzufallen, betrat sie den Bäckerladen. Sogar die Türklingel löste Kindheitserinnerungen aus. Hier war sie oft gewesen, wenn die Mama noch Eier brauchte oder Zucker. Die Bilder überlagerten sich für einen Moment, so reagierte sie verzögert, als sie von einer Frau angesprochen wurde.

»Kann ich Ihnen helfen?«

Um ihre Verwirrung zu kaschieren, antwortete Miriam betont forsch: »Ich bin Journalistin und interessiere mich für Mittelhof. Meinen Sie, ich könnte mal mit der Gründerin sprechen?«

Die mollige ältere Frau sah sie misstrauisch an. »Und da kommen Sie einfach vorbei? Die Journalisten, die ich kenne, die rufen immer erst einmal an.«

»Ich war gerade in der Gegend.« Miriam fand selbst, dass das wenig überzeugend klang.

»Für wen arbeiten Sie denn?«

»Für eine Agentur namens NordFunk. Wir produzieren Beiträge für eine Handvoll Sender hier im Raum, Hörfunk-, aber auch Fernsehbeiträge …« Miriam stockte. Was, wenn die Frau das nachprüfen wollte? Ohne weiter zu überlegen, sagte sie: »Mein Name ist Alice Droste.«

»Dann haben Sie doch sicher die Telefonnummer Ihrer Redaktion dabei?«

Miriam war froh, NordFunk noch in ihrem Handy gespeichert zu haben. Sie holte die Nummer auf das

Display und hielt es der Frau vor die Nase. Wenn die Frau nach Alice fragen würde, wäre das kein Problem, denn Alice arbeitete durchaus noch ab und zu für die Agentur und die Freundin würde den Schwindel sicher decken.

Die Bäckerin notierte die Zahlen auf einem Zettelblock. »So, das haben wir.« Sie legte den Stift hin und sah sie wieder an. »Sie können sich hier gerne umsehen. Im Haupthaus haben wir ein Dokumentationszentrum. Dort erfahren Sie etwas über die Geschichte von Mittelhof. Frau Doktor Hofmann allerdings werden Sie nicht sprechen können. Sie spricht nie mit Journalisten. Aber vielleicht ist ihre Tochter dazu bereit.«

Schwer zu schätzen, wie alt die Frau war. Ihre Stimme klang jung, die Züge allerdings waren schlaff. Die Haut sah aus wie Wachs, das geschmolzen und im Trockenen über die Gesichtsknochen gelaufen war, um dann an Kinn und Hals in einer Kaskade von Hautfalten zu trocknen. Hildegard Hofmann hatte wider Erwarten sofort Zeit gehabt und war ihr als Geschäftsführerin und Pressesprecherin angekündigt worden, gab aber nur Sprechblasen von sich. Das erkannte sie sogar als Nichtjournalistin. Leider hatte sie aber keine Ahnung, wie man professionell Fragen stellte und so provozierend wurde, dass der Gesprächspartner in seiner Verunsicherung mehr preisgab, als er eigentlich wollte. Von Alice wusste sie, dass das eine Kunst war, die selbst viele Kollegen nicht beherrschten, weil das die Fähigkeit voraussetzte, sich unbeliebt zu machen. So blieb ihr nichts anderes übrig, als brav mitzuschreiben und Stichworte zu liefern. Das allerdings machte sie immerhin so gekonnt, dass die Frau ihr gegenüber nicht misstrauisch wurde. Sie hatte bestätigt gefunden, was sie schon von der Homepage wusste. Dass die Gemeinschaft, aus einem Kinderdorf entstanden, sich in kurzer Zeit stark vermehrt hatte, auch weil die Frauen hier früh schwanger wurden und oft mehr als vier Kinder hatten. »In dem Wikipedia-Artikel habe ich gelesen, dass es in den 70er-Jahren hier zu einer Krise gekommen sein soll. Worum ging es dabei?«

»Ach, dort steht viel Unsinn. Wie Sie wissen, kann sich ja jeder auf Wikipedia verewigen, der Lust dazu hat, und die Porträtierten haben höchstens insofern Einfluss, als sie korrigieren können, was über sie verzapft wird. Das ist keine besonders zuverlässige Quelle.«

»Dann sagen Sie mir, wie es wirklich war.«

»Wenn Sie sich vorbereitet haben, wissen Sie ja, dass wir hier keinen Privatbesitz haben.«

Miriam nickte.

»Das funktioniert bis heute ganz gut. Was wir allerdings seit 1973 nicht mehr machen wie früher, ist, den Kollektivgedanken auf die privaten Beziehungen auszudehnen.«

»Was bedeutet?«

»Damals gehörte es zu den Grundsätzen meiner Mutter, Ehen unter den Mitgliedern nur auf Zeit abschließen zu lassen. Eine Ehe dauerte drei Jahre. In seltenen Fällen konnte sie mit dem gleichen Partner verlängert werden, oft wurde sie das aber nicht. Verbunden damit war, dass die Frauen mit ihren Kindern in eigenen Wohneinheiten lebten, während die Männer im Männerhaus wohnten.«

Miriam erinnerte sich undeutlich an Stockbetten und eine unordentliche Gemeinschaftsküche.

»Dagegen wehrten sich die Männer damals. Sie wollten bei ihren Familien leben. Das hat die Krise herbeigeführt.«

»Wie ist es denn heute?«

»Heute leben hier Familien zusammen, andere nicht oder nicht mehr. Einige sind auch weggezogen. Unsere Gemeinschaft ist über die ganzen Jahre nur lebensfähig geblieben, weil wir uns verändern.«

»Was unterscheidet Sie dann noch von dem Leben draußen?«

Das Telefon läutete. Die Frau hob ab und meldete sich mit »Hofmann?« Ein männlicher Anrufer am anderen Ende redete mehrere Minuten auf sie ein. Miriam schloss aus ihrem Gesichtsausdruck und dem Gesagten, dass es sich bei dem Mann am anderen Ende um einen Journalisten handeln musste, den die Frau jetzt mit »Herr Sturm« ansprach. Sie endete mit einem betont munteren »Ich werde sehen, was ich für Sie tun kann«, und legte auf. »Einer Ihrer Kollegen, einer, der die ganze Zunft in Misskredit bringt.«

Miriam nickte unverbindlich und fragte: »Was mich die ganze Zeit schon wundert – kein Privatbesitz und dieses Leben im Kollektiv – ich weiß, dass es in den 70er-Jahren solche Experimente gab. Wenn ich Sie aber richtig verstanden habe, hat Ihre Mutter die Gemeinschaft in den 40er- und 50er-Jahren aufgebaut. War diese Zeit nicht viel zu spießig, um solche Modelle zu tolerieren?«

»Gute Frage. Ich bin 1946 geboren. Ich weiß es also auch nicht aus eigener Anschauung. Diese lebensreformerischen Ideen aber gab es schon lange. Sie stammen aus dem frühen 20. Jahrhundert – wie übrigens die Ideen der Anthroposophen auch – und auch deren Schulen und Kindergärten sind immer toleriert worden.«

»Wieso Anthroposophen?«

»Deren Erziehungsideale und ihr Lebensstil hatte mit der kleinbürgerlichen Welt der Nachkriegszeit ebenfalls wenig zu tun.«

Miriam spürte, wie sie an ihre Grenzen stieß. Sie wusste zu wenig, um jetzt qualifiziert weiterfragen zu können. Dazu hätte sie sich mit anthroposophischem Gedankengut auskennen müssen und davon hatte sie keinen blassen Schimmer. Nur eine undeutliche Assoziation an Bekannte in Pullovern aus selbst gesponnener Wolle und den organischen Weleda-Schriftzug: *FF Liant*. Sie rettete sich in eine nächste Frage. »In der Diskussion der Wikipedia-Seite habe ich gelesen, dass sich Männer oder Frauen, die von außen in diese Gemeinschaft einheiraten wollen, einem Bluttest unterziehen müssen? Stimmt das?«

»Wie ich schon sagte: Im Internet steht viel Blödsinn. Ihnen als Journalistin sollte eigentlich bekannt sein, dass Wikipedia keine sichere Quelle ist, und Sie alles, was dort behauptet wird, verifizieren und gegenrecherchieren sollten.« Die Tochter der Gründerin schob die Papiere auf ihrem Schreibtisch zusammen und blickte auf die Uhr. »Es tut mir leid, ich muss weg. Wenn Sie noch etwas wissen wollen, vereinbaren Sie einen Termin mit meiner Sekretärin.« Die Frau stand auf, wie um Miriam zur Tür zu geleiten. Letzte Chance.

»Sagen Sie, gab es hier mal eine Waltraut?«

Die Frau zuckte zusammen. »Ja, meine Schwester.«

ZWEITER TEIL (MUTTER)

Waltraut, 4. Mai 1973

Waltraut wachte auf, weil die Haustür ging. Mist, sie hatte nicht abgeschlossen. Scheiße, Scheiße, Scheiße! Warum war sie bloß auf dem Sofa eingeschlafen. Vorsichtig setzte sie die Füße auf den Holzboden, stand auf und schlich zur Tür. Wenn er zuerst auf das Klo ging, schaffte sie es vielleicht noch nach oben zu den Kindern. Seine Schritte kamen näher, betrunkenschwer. Das Deckenlicht ging an, die Tür auf. Waltraut kniff die Augen zusammen, damit sich ihre Pupillen an die Helligkeit gewöhnten.

»Was guckst du so?«, nuschelte er.

»Ich gucke gar nicht.«

»Nee? Dann bin ich wohl blind.« Er kam so nah, dass sie seinen Bieratem roch. Auf keinen Fall durfte sie jetzt zurückweichen. Seine Hand schob den Rock hoch und knöpfte mit der anderen Hand seine Hose auf. Unsanft drängte er sie gegen den Sessel, beugte sie nach vorne, zog ihre Unterhose herunter und drang in sie ein. Ein trockener Schmerz durchfuhr sie. Das war aber nicht schlimm. Schlimm war, wenn er versuchte, sie aufzugeilen, und ihr Körper sie verriet und mitmachte. Solange es wehtat, bestand diese Gefahr nicht. Michael biss ihr leicht in den Nacken. Das war perfide. Er wusste, dass sie darauf reagieren würde, und wie auf Kommando glitt er leichter in ihr hin und her. Es hatte mal Zeiten gegeben, da war ihr nichts willkommener gewesen. Als ihr Körper jetzt antwortete, hasste sie es. Das war nicht sie, das war Biologie, Reiz und Reaktion. Sie sah sich von außen zu. Erst als er von ihr abließ, rutschte sie zurück in ihren Leib. Widerwillig, als würde sich ihr Gehirn davor ekeln. Nicht zu hastig zog sie ihren Schlüpfer hoch und strich den Rock glatt. Wenn sie jetzt tat, als sei nichts gewesen, ging er vielleicht wieder.

»Willst du was essen?«

Er nickte, während er sein Hemd wieder in die Hose stopfte.

Waltraut huschte in die Küche und stützte sich, zittrig vor Schwäche, am Herd auf. Sie hasste ihr Leben. Michael trottete heran. Immer noch flatternd, nahm sie einen Teller von der Spüle und häufte etwas von der Kartoffelpfanne darauf, die sie den Kindern heute Mittag gemacht hatte. Er aß, als hätte er lange nichts mehr bekommen. Wahrscheinlich hatten sie im Männerhaus wieder gekifft. Das machte ihn immer gierig. Aber wenn es ihm schmeckte, würde er sie vielleicht heute in Ruhe lassen.

»Du weißt, dass ich diesen ekligen Käse darin nicht mag?« Sanft wie ein Skalpell schnitt seine Stimme durch die Luft.

»Tut mir leid.«

»Was tut dir leid?«

»Dass du den Käse nicht magst!« Beide Arme verschränkt, lehnte sie sich mit dem Rücken an die Spüle.

»Tut dir leid, dass du nicht daran gedacht hast? Oder tut es dir leid, weil du nicht auf alle meine Vorlieben Rücksicht nehmen kannst?«

Auf diese Frage konnte sie nicht antworten, ohne einen Wutanfall zu provozieren, also schwieg sie.

»Könntest du mir antworten?«

Sie presste die Lippen aufeinander und schüttelte den Kopf.

»Okay.« Er lehnte sich zurück und beschloss anscheinend, diese Unbotmäßigkeit hinzunehmen, aß weiter. Sie traute dem Frieden nicht.

»Komm her.«

Sie schüttelte den Kopf.

»Kommst du wohl her!« Jetzt wurde er doch laut.

»Nein.«

Als hätte er nur darauf gewartet, dass sie sich widersetzte, schleuderte er den Teller scharf an ihrem Kopf vorbei an die Wand. Die Keramik ging zu Bruch. Scherben und Essen polterten in die Spüle. Am Rand blieben ein paar Kartoffelwürfel und Lauchringe liegen. Er baute sich fünf Zentimeter vor ihr auf. »Willst du Ärger?«

»Ändert das was?«

Strenge, kalte Wut kam ihr zu Hilfe. Es ließ sich jetzt ohnehin nicht mehr verhindern, dass er losschlug. Herausfordernd reckte sie ihm ihr Kinn entgegen. »Schlag zu. Mach, was du nicht lassen kannst.«

Sie konnte den Angriff nicht sehen. Die Wucht war so groß, dass sie mit dem Hinterkopf an die Wand flog. Erst da begriff sie, dass es diesmal nicht die Faust, sondern sein Schädel war, der gegen ihren Kopf gesaust war und ihre Lippe aufplatzen ließ. Keine Zeit, sich auch nur abzuwenden oder zu ducken. Er drehte ihren Arm auf den Rücken und presste ihren Kopf in die Spüle. »Magst du den Fraß? Dann runter damit.« Das Blut von ihrer Lippe tropfte auf die weißen Scherben und lief zwischen Lauch und Kartoffeln auf die Edelstahlfläche. »Iss!«

Für einen Moment war sie versucht, tatsächlich ein oder zwei Stückchen mit den Lippen vom zerbrochenen Teller zu picken. Sie wusste aber genau, dass es ihr im gleichen Moment wieder hochkommen würde. Mit der freien Hand stieß sie sich von der Spüle ab und ohrfeigte ihn. Er taumelte zurück, fing sich aber schnell wieder.

»Du dumme Sau!« Blindwütig zog er ein langes Fleischmesser aus dem Geschirrkorb und ließ es wie einen Dolch durch die Luft sausen. Sie wich zur Tür zurück.

»Lass Mama in Ruhe!« Ein selbst gebasteltes Schlagballruder schlug Michael das Messer mit solcher Wucht aus der Hand, dass es in die Ecke schlitterte. Boris hielt sein Schlaggerät wie ein Schwert vor sich.

Michael baute sich vor dem Achtjährigen auf. »Was war das denn?«

»Du sollst Mama in Ruhe lassen, oder ich sag es Oma.«

»Oma«, höhnte Michael, »deine Oma, mein Kleiner, ist auch nicht mehr das, was sie mal war.« Blitzschnell nahm er seinen Sohn in den Schwitzkasten und versuchte, ihm die Finger aufzubiegen. Boris trat gegen sein Schienbein. »Du kleines Rabenaas.« Michael ließ von ihm ab, griff stattdessen den Schläger, den der Junge immer noch festhielt, und schleuderte Boris damit gegen die Wand. Es knackte.

Waltraut, 5. Mai 1973

Der Giebel der Maschinenhalle leuchtete. Im spitzen Winkel der Dachschrägen drang durch die Fensterscheiben Neonlicht nach draußen. Das hieß, es war wieder eine Rebellenversammlung im Gang. Waltraut atmete auf, mindestens zwei Stunden Ruhe, bevor sie mit Michael rechnen musste. Im Nieselregen stieg sie den Hügel zur Villa hinauf. Ihre Zwillingsschwester wohnte als Einzige noch bei ihrer Mutter. Hildegard machte ihr die Tür zur Küche auf. »Solltest du nicht bei deinen Kindern sein?«

Waltraut ärgerte sich sowohl über die Begrüßung als auch über den Ton und schob sich an der Schwester vorbei in die warme Küche. »Falls du es noch nicht mitbekommen haben solltest, Boris ist mit einem gebrochenen Arm im Krankenhaus und Miri schläft.« Sie nestelte ihr Kopftuch auf und strich sich die Regentropfen aus dem Gesicht. »Bietest du mir jetzt eine Tasse Tee an?«

Hildegard holte eine bauchige Steingutkanne vom Herd, nahm zwei gewaschene Becher aus dem Regal und stellte beides auf die geblümte Wachstuchdecke des Küchentischs.

»Und was ist mit deinem Mann?«

»Deshalb bin ich hier.«

Erschreckt sah Hildegard hoch.

Mit vorsichtigen Bewegungen setzte sich Waltraut an den Tisch. »Du kannst ihn haben.«

»Wie kommst du darauf, dass ich ihn möchte?«

»Ach, Hildegard. Du hast ihn immer schon gewollt, immer gewollt, was ich hatte …«

Empört sprang Hildegard auf. »Wenn du nur gekommen bist, um mir so einen Unsinn zu erzählen, kannst du auch gleich wieder gehen.«

Ungerührt blieb Waltraut sitzen und zog mit dem Fingernagel parallele Linien in das Wachstuch. »Tut mir leid. Ich fange das ziemlich ungeschickt an. Ich brauche nämlich eigentlich deine Hilfe. Ich möchte ins Krankenhaus, um Boris zu besuchen. Aber ich habe keine Ahnung, wie ich das anstellen soll.« Nur Hildegard kannte sich *draußen* ein bisschen aus, hatte eine Ausbildung als MTA im Krankenhaus gemacht.

Hildegard goss den heißen Tee in Waltrauts Tasse, so energisch, dass ein Teil überschwappte. Sie sprang auf und holte einen Lappen. »Und wie willst du das mit Michael deichseln? Bei Elisabeth kann ich dir ja helfen, aber Michael lässt dich doch nicht mal allein ins Dorf.« Mit präzisen Bewegungen wischte sie die Pfütze vom Tisch und den Boden des Bechers ab.

»Vielleicht ist es doch möglich, wenn du nämlich für ein paar Stunden am Tag meine Rolle spielst. Ich meine, schließlich sind wir eineiige Zwillinge.«

»Und du meinst, da kommt er nicht drauf?« Mit gezieltem Wurf beförderte Hildegard den Lappen zurück ins Spülbecken.

»Tagsüber, Hilde, da reicht es doch, dass du dir mal einen Rock statt der Hosen anziehst.«

»Wie kommst du zu diesem Sinneswandel? Mich überhaupt in seine Nähe zu lassen. Ich kann mich noch daran erinnern, was für ein Theater du gemacht hast, früher, wenn Michael mir nur bei den Hausaufgaben geholfen hat.«

»Weil du ihn angemacht hast. Inzwischen wäre mir das sogar recht.«

»Waltraut! Du hast dich mit Elisabeth angelegt, weil ihr beide die Ehe auf Zeit immer wieder verlängert habt.« Hildegard sah sie stirnrunzelnd an. »Du wolltest ihn für dich und er dich für sich. Das ist so, seit wir 14 sind.«

Waltraut seufzte. Wer wusste das besser als sie. Und Elisabeth meinte heute, nur deshalb wollten auch andere Männer, was Michael und sie hatten.

Hildegards Gesicht glättete sich. »Kannst du dich noch an unsere Initiation erinnern? Ich hab ja im Gegensatz zu dir immer wieder eine mitgemacht, aber das erste Mal vergesse ich nicht.«

Waltraut lehnte sich zurück. »Ich auch nicht. Hab ich mich gefürchtet, als Thea uns gesagt hat, wir dürften die Halle die ganze Nacht nicht verlassen.«

»Ja, und dann diese Orgie von Beschimpfungen. Ich hab gar nicht gewusst, wie viel Wut ich aufbringen kann. Ich habe alle Schimpfworte herausgebrüllt, die ich jemals gehört hatte.«

Waltraut nickte. Das Ritual fand bei ihnen statt, um bestehende Beziehungen wieder aufzulösen und neue beginnen zu lassen. Weil bei ihnen das *Blut* wichtiger war als alles andere, sollten sich immer wieder neue Paare finden. Nur junge Mütter waren für drei Jahre in Karenz, wurden dann aber mit sanftem Druck aufgefordert, sich dem Reigen wieder anzuschließen, damit sie möglichst schnell von einem anderen Mann wieder schwanger wurden. Dem hatten sich Michael und sie immer verweigert.

Hildegard war noch bei ihrer Initiation. »Weißt du noch, wie wir nach den Hassausbrüchen uns ein nettes Gegenüber suchen sollten? Ich hab damals Marianne in die blauen Augen geschaut, *Ich liebe dich* gesagt und war ganz gerührt von meiner Zuneigung zu ihr.«

Meine Freundin Marianne, nickte Waltraut schweigend. Als könnte Hilde wirklich nur empfinden, was ich ihr vorgemacht habe. Sie zog die Haarnadeln aus ihrem Zopfkranz und hielt sie zwischen den gespannten Lippen fest, während sie die Zöpfe neu ordnete und wieder um den Kopf legte. Mit dem Abstand von 14 Jahren glaubte Waltraut heute, dass diese Gefühlsachterbahn durch Drogen in Gang gebracht wurde, denn die Initiation dauerte Stunden, aber niemand wurde müde, verspürte Durst oder musste zur Toilette.

»Weißt du noch, wie Thea die Wand zum Nebenraum aufgeschoben hat?«, holte Hildegard ihre Schwester in die Gegenwart zurück. »Es war, als sähen wir die Jungen zum ersten Mal.« Und du hattest nur Augen für Michael, aber auf mich kam er zu, dachte Waltraut, sagte aber: »Kannst du mir nun helfen?«

In Gedanken vertieft, erschrak Waltraut, als auf ihrem Rückweg die Tür der Maschinenhalle aufschwang und ein breiter Lichtstreifen die Dunkelheit des nassen Treppenabsatzes zerschnitt. Sie ging rascher. Wenn die Versammlung jetzt schon vorbei war, musste sie unbedingt nach Hause und die nasse Kleidung vor Michael verstecken, bevor er kam.

»Waltraut, was machst du denn hier?«, flüsterte eine

männliche Stimme ein paar Stufen über ihr. Nach einer Schrecksekunde registrierte sie, dass es der leicht knödelnde Bass von Frank war. Er war keiner der Rebellen und würde sie nicht verpfeifen.

»Und du?«, flüsterte sie zurück, »du hast doch mit diesen Versammlungen nichts zu tun?«

»Deshalb wollte ich mir mal eine anhören. Ich hab eine Stelle in der Maschinenhalle gefunden, da ist man nicht zu sehen, hat aber einen wunderbaren Blick auf alles und hört jedes Flüstern.« Er kam die Treppe herunter. »Eigentlich reichte es mir gerade, aber ich würde dir den Platz zeigen, falls du auch mal hören willst, was deinen Mann so umtreibt.«

Waltraut spürte, wie sie eine Gänsehaut bekam. Wenn Michael sie dabei erwischte. Sie mochte gar nicht weiter darüber nachdenken. Aber andererseits, wie wollte sie Pläne machen, wenn sie nicht wusste, was er vorhatte? Kurz entschlossen nahm sie Frank beim Arm. »Zeig mir die Stelle.« Leise führte Frank sie eine Metalltreppe hinter der Eingangstür hoch zu einer Plattform, die nachträglich für Wartungsarbeiten eingebaut worden war. Langsam setzte sie Fuß für Fuß auf die Stufen, bemüht, keinen Ton dabei zu verursachen. Stumm bedeutete Frank ihr, unter der Kette hindurchzuschlüpfen, die den Einstieg sicherte. Tagsüber, wenn der Motor lief, verstand man hier sein eigenes Wort nicht. Jetzt aber schallte alles, was unten gesagt wurde, wie durch einen Trichter verstärkt nach oben, denn die Maschinenhalle hatte unten auf dem gestampften Boden eine geringere Grundfläche als die Decke über ihnen. Seit dieses Gebäude vor 200 Jahren gebaut worden war, hatte es diverse Umbauten hinter sich, Umbauten, die es verwinkelt machten. Nur die Holzbalkendecke besaß noch die ursprüngliche Ausdehnung. Unter ihr liefen breite Transmissionsriemen, die früher von einem wasserkraftbetriebenen Schwungrad und heute von dem Motor in Gang gesetzt wurden und die Räder an der Decke drehten, aus denen schmale Treibriemen vertikal nach unten liefen und die Stahlhämmer in Gang setzten, jede Maschine ein Arbeitsplatz mit dazugehörigem Ledersitz. Darauf saßen Michaels Freunde und lauschten ihrem Anführer, der sich am Kopf der Halle das große Schlagwerk gesucht hatte, den Sitz rittlings gedreht, um in den Raum zu blicken. Er sprach langsam und deutlich, sparsame Gesten untermalten seine eindringlichen Worte.

»Es heißt immer, wir führten eine Ehe auf Zeit, wenn wir unseren Frauen ein paar Jahre regelmäßig beiwohnen«, schimpfte Michael. »Verheiratet! So ein Unsinn. Wisst ihr, was verheiratet in der wirklichen Welt bedeutet?« Er wartete auf keine Antwort. »Verheiratet bedeutet dort: Der Mann bestimmt. Beispiel: Wenn eine Frau arbeiten will, also Geld verdienen, dann muss der Mann seine Unterschrift auf dem Arbeitsvertrag leisten.«

»Aber unsere Frauen arbeiten nicht draußen. Wozu sollten wir das brauchen?«, fragte Gerrit und strich sich die spärlichen Stirnhaare aus dem Gesicht.

»Das ist doch gar nicht die Frage. Entscheidend ist, dass sie solche Entscheidungen nicht ohne ihren Mann treffen dürfen. Wenn eine Frau draußen heiratet, dann bindet sie sich ein Leben lang und der Mann darf über sie bestimmen – ob sie Geld verdient, was gekauft wird, ja, sogar, dass sie die Beine breitmacht. Das heißt *eheliche Pflichten* im Bürgerlichen Gesetzbuch. Und wir hier …«, jetzt erhob er seine Stimme doch, »wir sind schon Außenseiter, weil wir uns nicht damit abfinden wollen, dass wir mit den Frauen auch immer wieder unsere Kinder verlieren. Wir sind Begattungsarbeiter«, donnerte er nun, »gesperrt in die Männerhäuser, während unsere Frauen mit den Kindern leben. Draußen tragen die Kinder den Nachnamen des Mannes, hier den der Mutter. Das sagt ja wohl alles!« Er senkte seine Stimme, neigte sein Kinn zur Brust, als spräche er zu sich selbst: »Auch draußen kann sich eine Frau einem anderen zuwenden, auch dort kann sie gehen, … ja!« Er riss das Kinn hoch und schaute triumphierend in die Runde. »Aber die Alte wird vom Hof gejagt. Sie wird schuldig geschieden und die Kinder bleiben beim Vater.«

Gemurmel war die Antwort. Gerrits helle Stimme erhob sich daraus: »Die Männer draußen beneiden uns, weil wir immer wieder neue Frauen haben.«

»Das stimmt«, betonte Axel, Michaels ältester, inzwischen 23-jähriger Sohn aus einer früheren Verbindung. »Meine Schulfreunde bekamen ganz glasige Augen, als ich von meiner Initiation erzählte.«

Gerrit sah stirnrunzelnd zu ihm herüber. »Wir dürfen von der Initiation draußen nichts erzählen.« Die anderen Männer nickten brummend.

Michael lachte. »Und doch haben wir es alle getan, weil wir damit angeben wollen. Nun tut mal nicht so.

Jeder in den Dörfern weiß, was hier los ist – und wenn Elisabeth nicht als Heldin gelten würde, hätten sie ihr den Laden längst dichtgemacht. Aber so kommen wir gegen sie nicht an. Diesen Plan habe ich längst aufgegeben. Auch habe ich eine viel bessere Idee.« Er machte eine wirkungsvolle Pause. »Ihr alle wisst, dass wir vor dem Gesetz schon verheiratet sind. Mit der Frau, die von uns ihr erstes Kind bekommen hat. Leider ist das nicht unbedingt mehr die, die wir wollen.«

Leises Gelächter.

»Aber wir haben damit eine Trumpfkarte in der Hand. Wir drohen diesen Frauen mit Scheidung wegen fortgesetzter ehelicher Untreue, wir drohen damit, sie vor Gericht zu zerren, die Verhältnisse hier in der Gemeinschaft offenzulegen, sodass niemand mehr daran vorbeisehen und hinter den Kulissen mauscheln kann. Wenn wir das durchziehen, ich schwöre euch, Elisabeth wird nachgeben und uns die Frauen heiraten und mit ihnen zusammenleben lassen, die wir wollen. Niemand muss sich dann je wieder trennen. Und noch besser: Die Frau wird tun, was wir sagen, denn sonst ist hier alles in Gefahr.«

Das Murmeln der Männer wurde lauter.

Michael hob die Hände. »Ich weiß. Das *Blut*. Mensch, Leute, das bleibt in der Familie. So oder so. Ist euch das nicht klar? Und …«, er schwieg bedeutungsvoll und auch die anderen wurden ruhig, »und es ist *euer* Blut, das in der Familie bleibt, nicht das anderer Männer. Es dauert nur länger, bis der Stamm eine nennenswerte Größe hat, und es können sich weniger Nachkommen miteinander paaren. Aber ist das so schlimm, wenn sie dafür unsere Namen tragen?« Zustimmendes Raunen gab Michaels Stimme weitere Festigkeit. »Danach kann Elisabeth sich ihre Ehe auf Zeit an den Hut stecken. Und je mehr das Schule macht, desto weniger hat sie hier zu sagen.«

»Aber wir verdanken ihr alles«, wandte Pepijn ein und warf seine Haartolle aus dem Gesicht.

Ein geringschätziger Ausdruck lief über Michaels Gesicht, so flüchtig, dass wahrscheinlich nur sie ihn wahrnahm, dachte Waltraut, schließlich war sie darauf angewiesen, in seinem Gesicht zu lesen, jeden Stimmungsumschwung vorauszusehen. »Ja, wir verdanken ihr alles. Aber müssen wir deshalb unmündige Bubis bleiben? Kinder, die machen, was die Mutti ihnen sagt? Weil es so angeblich das Beste für sie ist. Wir sind Männer, Leute. Männer! Es wird Zeit, dass wir uns auch so benehmen.«

Waltraut, 6. Mai 1973

So, wie die Menschen im Dorf ihre Kirche verließen, verließ die Gemeinschaft nach der Meditation gedämpft plaudernd die Villa. Hildegard stapelte die Kissen am Rand des Raumes aufeinander. Waltraut wartete auf Elisabeth, die ihre Meditationsglocke, das Buch und eine Uhr zusammenpackte. »Kann ich dich kurz sprechen?«

Die Mutter sah über ihre Lesebrille hoch, kam aber nicht dazu zu antworten, weil Hildegard von der Tür her rief: »Sie muss gleich ins Labor, das solltest du wissen.« Waltraut stöhnte. »Mensch, Hilde. Geh doch schon vor.« Ihre Schwester war ständig eifersüchtig, hatte sich zur Assistentin der Mutter gemacht und versuchte, Waltraut durch ihre Nützlichkeit auszustechen. Sie übertrieb aber, wie immer. Auch Elisabeth machte eine Handbewegung als wollte sie eine lästige Fliege verscheuchen. »Du hast es gehört, Hildegard. Geh schon mal runter und bereite alles vor.«

Jetzt tat Waltraut die Schwester doch leid. Sie versuchte immer, der Mutter alles recht zu machen, war aber nie gut genug. Sie hingegen verstieß gegen fast jede Regel, war aber der einzige Mensch, den Elisabeth jemals ins Vertrauen zog. Verkehrte Welt.

Elisabeths große grau-blaue Augen betrachteten Waltraut kritisch. »Er hat dich wieder geschlagen.« Elisabeth wies mit dem Kinn auf Waltrauts angeschwollene Unterlippe.

Waltraut setzte sich an den Schreibtisch, nickte.

»Das geht so nicht weiter.« Elisabeth saß der Tochter gegenüber, verschanzt hinter der breiten Tischplatte. Waltraut fiel wieder auf, wie gut sie für eine ältere Frau immer noch aussah. Nicht verbraucht wie viele in ihrem Alter, eher gestählt. Nur die Haare waren weiß, nicht mehr blond, und waren in einem nicht sehr vorteilhaften Topfschnitt ins Gesicht gekämmt.

»Wem sagst du das.«

»Du musst etwas tun.«

»Ich?«, brauste Waltraut auf. »Was kann ich schon tun? Ich bin weder stärker als er, noch habe ich die Hälfte der Männer hinter mir. Ich habe nur dich – und du hältst dich raus.«

Abweisend verschränkte ihre Mutter die Arme. »Diese Diskussion haben wir doch schon häufig genug geführt. Ich weiß nicht, warum du immer wieder zu mir kommst, wenn du mit deinem Mann nicht fertig wirst.«

»Jetzt gib mir die Schuld an deinem Versagen! Du hättest Michael sofort ermahnen sollen, als er mich das erste Mal geschlagen hat. Jetzt weiß er, dass er damit durchkommt. Wir haben klare Regeln. Wer hat uns das denn immer eingeschärft?« Sie rückte den Stuhl an den Schreibtisch heran. »Sie wollen uns zu einer standesamtlichen Hochzeit zwingen, wusstest du das?«

»Nein, das wusste ich nicht. Aber danke, dass du mir Bescheid gesagt hast.«

»Und du meinst, damit ist alles getan? Mach doch mal die Augen auf. Hast du noch nicht mitbekommen, wie sich inzwischen die Gemeinschaft in zwei Lager gespalten hat? Die einen, die noch daran glauben, und die anderen, die immer mehr Zulauf bekommen. Sie demonstrieren ihre Macht, indem sie ihre Frauen schlagen und ungestraft bleiben. Ich bin ja nicht die einzige.«

»Was soll ich deiner Meinung nach tun?«

Waltraut seufzte. »Eigentlich müsstest du sie rausschmeißen. Du bist hier die höchste Autorität. Wenn sich jetzt eine Gruppe von Männern nicht mehr an unsere Regeln halten will und du schreitest nicht ein, dann folgen auch die anderen dir nicht mehr. Hast du nicht immer gepredigt, dass die kollektiven Bindungen wichtiger sind als individuelle?«

»Das war die einzige Möglichkeit, jedem Wärme zu geben. Hätte mich jedes der Kinder wie eine Mutter gebraucht, da wären doch alle zu kurz gekommen. Ich wollte die Beziehungen untereinander so fest machen, dass jedes Mädchen und jeder Junge das Gefühl hatte, hier absolut sicher zu sein. Jetzt stell dir mal vor, was passieren würde, wenn Menschen, die zu uns gehören, von hier weggehen, gezwungenermaßen oder freiwillig. Dann würden doch auch die anderen das Gefühl von Heimat verlieren.«

»Mama, wir sind inzwischen erwachsen. Wir haben alle Familien, wir würden wohl zurechtkommen.«

»Du vielleicht, das will ich nicht ausschließen. Aber du hast auch nicht Jahre deiner Kindheit in der Hölle verbracht, deine leiblichen Eltern verloren und Dinge gesehen, die kein Kind sehen sollte.« Elisabeth strich sich die Haare aus dem Gesicht und sah für einen Moment wieder so aus, wie Waltraut ihre Mutter kannte. Eine Mutter, die sie immer unendlich bewundert hatte für ihre Energie, das hier alles auf die Beine zu stellen. »Ich müsste ja fast eine ganze Generation von Männern rauswerfen. Ich schätze, einige würden ihre Familien mitnehmen. Auch dann wäre mein Lebenswerk ruiniert.«

»Ist es besser, wenn *ich* gehe und die Kinder mitnehme?« Diese Worte hatten sich aus ihrem Mund gestohlen, ohne ihr Bewusstsein zu passieren. Die Gemeinschaft verlassen. Undenkbar. Und trotzdem hatte sich, indem sie es nur aussprach, etwas verändert.

Waltraut, 9. Mai 1973

Auf der Bank vor dem Hauptbahnhof hockte ein Mensch im Regen, Kopf und Oberkörper auf die Schenkel gelegt, die Arme um die Knie geschlungen, mit einem abgetragenen Parka vermummt. Waltraut hatte keine Ahnung, weshalb die Person ausharrte, denn es schüttete wie aus Eimern. Aus den alten Turnschuhen ragten dicke, unbehaarte Waden. Jemand rempelte sie an. »Entschuldigung«, murmelte Waltraut reflexartig, sah hoch. »Macht nichts«, lächelte die Fremde und faltete ihren Schirm zusammen, »ich war auch abgelenkt.« Sie wies auf die anonyme Gestalt. »Wer macht so etwas? Da muss man doch schon weit unten sein.«

»Vielleicht wartet sie auf jemanden.«

Die Fremde schüttelte verwundert den Kopf. »Die ist obdachlos, das sieht man doch.« Mit einem freundlichen Nicken verabschiedete sie sich und ließ Waltraut ratlos zurück. Obdachlos? Das hieß, diese Frau hatte kein Obdach? Grübelnd ging sie weiter. Gab es so etwas hier? Dass jemand auf der Straße leben musste, weil es niemanden gab, der ihm oder ihr half? Diese Welt war ihr ja schon fremd erschienen, wenn sie nur in das Nachbardorf zur Schule musste. Aber hier in der Stadt, in der das Krankenhaus war, war das Leben noch viel eigenartiger. Sie war zum zweiten Mal hier, um Boris zu besuchen, das erste Mal allein. Vorgestern hatte ihr Hildegard gezeigt, wie sie zum Krankenhaus kam. Elisabeth hatte das gestattet. Waltraut wusste, dass sie ihr diese kleine Freiheit zugestand, um sie davon abzuhalten, größeren

Schaden anzurichten. Immerhin hatte Elisabeth Michael noch so weit im Griff, dass er ihren Ausflügen wohl oder übel zustimmte. So brauchten Hildegard und sie nicht die Rollen zu tauschen und die Schwester konnte ihr ganz offen helfen. Waltraut war stolz darauf, sich wenigstens so weit durchgesetzt zu haben. Außerdem trug sie jetzt ihre persönlichen Papiere bei sich. Auch darauf hatte sie bestanden.

Allerdings stand sie jetzt vor ganz anderen Problemen. Sie musste diesen Platz vor dem Bahnhof überqueren und in einen Bus steigen. Zu Hause hatte sie sich das noch zugetraut. Aber schon im Zug hatte die Unsicherheit sie mit Sorgen überschwemmt. Was, wenn sie den Bahnhof verpasste oder in den falschen Bus stieg? Die Frau auf der Sitzbank gegenüber war zwar nett gewesen, hatte aber irgendwann doch genervt geguckt, als Waltraut zum dritten Mal fragte, ob das jetzt Kassel sei. Den Rest der Fahrt hatte Waltraut verkrampft aus dem Fenster gesehen, bis die Frau dann meinte, in fünf Minuten seien sie da, sie könne sich jetzt schon in den Durchgang stellen. Und jetzt wusste sie nicht mehr, welchen Bus sie nehmen sollte. Sie zog einen Zettel aus der Tasche. Ihre Schwester hatte ihr die Busnummer aufgeschrieben und die Station, an der sie aussteigen sollte. Aber erst einmal musste sie über die Straße kommen.

Sie stellte sich an den Zebrastreifen, an dem auch schon andere Leute warteten. Dort gegenüber war eine Ampel. So ein Lichtsignal kannte sie aus dem heimatlichen Dorf nicht, aber Hildegard hatte ihr erklärt, sie müsse bei Rot stehen bleiben und könne gehen, sobald das Männchen grün aufleuchtete. Da! Das Licht wechselte und die anderen betraten die Straße. Waltraut folgte ihnen und behielt die Ampel im Auge. Sie hatte kaum die Mitte der Straße erreicht, da sprang das Signal zurück auf Rot. Waltraut blieb stehen. Was sollte sie jetzt tun? Zögerlich drehte sie sich um und machte einen Schritt zurück, aber der Bürgersteig erschien ihr unendlich weit. So kehrte sie wieder um und ging unsicher auf ihr ursprüngliches Ziel zu. Die anderen, die eben mit ihr gewartet hatten, waren schon drüben am rettenden Ufer. Ein Auto hupte, ein zweites kam herangerollt. Waltraut brach kalter Schweiß aus. Wie angewurzelt blieb sie mitten auf der Straße stehen, ihre Beine wollten sich in keine Richtung mehr bewegen. Andere Autos stimmten in das Hupkonzert ein, eines fuhr dicht hinter ihr vorbei, ein zweites vor ihr. Gleich würde sie eines umfahren, da war sie sicher. In Panik rannte sie nach vorne, erreichte den Bürgersteig schwer atmend und hielt sich am Ampelmast fest.

Erst als sich ihr Herz langsam wieder beruhigt hatte, öffnete sie die Augen. Hinter ihr hielten die Autos wieder an der Ampel, die Fußgänger gegenüber machten sich auf, die Straße zu überqueren. Jetzt sah sie, dass die Ampel schon auf Rot sprang, wenn das Gros kaum die Hälfte geschafft hatte. Davon ließ sich aber niemand beeindrucken. Alle marschierten einfach weiter. Nachdem auch der Langsamste hier angekommen war, dauerte es noch einen Moment, bis die Autos wieder anfuhren. Ungerührt eilten die Menschen an ihr vorbei.

Anscheinend hatte ihr seltsames Benehmen niemand beobachtet. Stolz weitete ihren Brustkorb. Für die meisten Leute um sie herum war es sicher kein Abenteuer, die Straße heil zu überqueren. Aber sie fühlte sich, als hätte sie eine Bewährungsprobe bestanden – und irgendwie hatte sie das ja auch. Waltraut federte fast zu den Bushaltestellen. An den Unterständen für die Wartenden waren Schilder angebracht, auf denen Nummern für verschiedene Linien standen. Da war auch die Nummer, die ihr die Schwester aufgeschrieben hatte, und darunter stand das Diakonissenhaus, anscheinend eine von vielen Haltestellen. Der Bus kam gerade herangefahren. Mit neuem Selbstbewusstsein stellte sich Waltraut in die Schlange der Wartenden. Wenn sie aufmerksam guckte, was die anderen machten, würde ihr so etwas wie eben nicht mehr passieren.

Im Bus jedoch stellte sich das nächste Problem. Wie sollte sie wissen, wann die richtige Haltestelle kam? Dieser August-Bebel-Platz war nicht weit weg, das wusste sie vom letzten Mal; aber da hatte sie nicht aufgepasst, wie oft der Bus vorher hielt. Ihr Mut sank wieder. Wenn ihr eine einfache Fahrt zu ihrem Sohn schon so viel Mühe machte, wie sollte sie dann mit zwei Kindern allein außerhalb der Gemeinschaft leben? Der Busfahrer sagte den Namen einer Straße über das Mikrofon und hielt kurz darauf. Beim Blick auf die Schilder draußen sah Waltraut, dass es sich um den Namen der Haltestelle handelte. Ach, so funktionierte das. Am August-Bebel-Platz stieg sie aus und wandte sich nach rechts. Den Zettel ihrer Schwester warf sie weg.

Es war ein ausgesprochen schöner Frühlingstag, die Vögel zwitscherten und Waltraut begann, ihr kleines Abenteuer zu genießen. Die Ärzte hatten ihr beim letzten Mal gesagt, es würde wahrscheinlich nicht lange dauern, bis der Bruch bei Boris so weit abgeheilt wäre, dass er nach Hause konnte. Zuerst hatte sie das beruhigt, jetzt bedauerte sie es fast, erschien ihr die Fahrt in die Stadt doch plötzlich als Gelegenheit zu üben, hier draußen selbstständiger zu werden. Sie nahm sich vor, von jetzt an jeden Tag hierherzufahren. So konnte sie sich an diese Welt gewöhnen. Wohin das führen würde, wusste sie noch nicht.

Boris' Bett war leer. Waltrauts Frohsinn sackte in sich zusammen. Sie eilte zurück auf den Flur. Dort war keine Schwester zu sehen. Vielleicht hatte sie sich im Zimmer geirrt. Vorsichtig öffnete sie die Tür zum Nachbarraum. Nein, da sahen sie nur zwei ältere Herren erwartungsvoll an. Fast rennend erreichte sie das Schwesternzimmer. Ihre Mutter hatte ihr erklärt, bei Fragen solle sie sich immer dahin wenden. Aber auch dort sah sie nur einen leeren Tisch, in den Regalen steckten Urinale und Bettpfannen. Kopflos hastete sie zum Zimmer zurück. Ihre flachen Schuhe rutschten auf dem gebohnerten Boden, sie fiel, hielt sich gerade noch am Türrahmen von Boris' Zimmer fest, kam aber schnell wieder auf die Beine. Das fehlte gerade noch, dass sie sich jetzt auch noch was brach oder verstauchte. Der Schreck brachte sie etwas zur Besinnung. Sie sah sich das Bett genauer an. Es war nicht gemacht das Laken faltig, und auf dem metallenen Nachtschrank lag Boris' zerlesener Winnetou. Allzu weit konnte er also nicht sein. Erschöpft setzte sie sich auf die Bettkante. Am liebsten hätte sie sich hingelegt. Die letzte Nacht hatte sie unruhig geschlafen, immer in der Erwartung, Michael neben ihrem Bett stehen zu sehen. Irgendwie fand er neuerdings immer einen Weg ins Haus. Obwohl sie abschloss. Ihr fielen die Augen zu. Nur kurz den Kopf in das Kissen schmiegen.

»Da ist ja die Mama«, eine flötende Stimme drang in ihren Traum. Sie hatte kaum Zeit, wach zu werden, da schoss Boris schon auf sie zu, krachte gegen ihren Oberkörper und umarmte sie ungeschickt mit dem verbliebenen freien Arm. Der andere steckte im Gips. Waltraut drückte den Jungen fest. Ihr schossen Tränen in die Augen. Dieser tapfere kleine Kerl hatte sie verteidigt, während eigentlich sie ihn hätte beschützen sollen.

»Er hat auf Sie gewartet und war so unruhig, dass ich einen Spaziergang mit ihm gemacht habe.« Eine zierliche ältere Frau im grünen Kittel sah sie freundlich an. Um ihren Hals hing eine Brille an der Kette. Waltraut hatte das Gefühl, sie schon einmal gesehen zu haben.

»Mama! Da draußen gibt es Autos, das glaubst du nicht. Einen Opel Ascona hab ich gesehen, den Austin Rover Mini, einen ganz neuen Porsche, ein BMW Cabrio.« Atemlos nahm Boris zum Zählen die Finger zu Hilfe, »einen Audi, einen Mercedes, einen Fiat 500, einen …«

»Ist gut, Boris«, sagte die zierliche ältere Dame, »die Mama ist ja gerade erst aufgewacht. Du kannst ihr die Autos auf deinem Quartett zeigen, wenn ihr wieder zu

Hause seid.« Zu Waltraut gewandt, meinte sie: »Ich hab mir erlaubt, ihm das Quartett zu kaufen. Er hat so sehnsüchtig davorgestanden.«

»Oh, danke«, antwortete Waltraut verlegen, »ich habe leider gar kein Geld, das ich Ihnen dafür geben kann.«

»Ach nein, da haben Sie mich falsch verstanden«, lachte die Dame. »Ich weiß doch, dass ihr in eurem Dorf kein Geld habt. Ich hab's ihm geschenkt.«

Verwirrt sah Waltraut sie an. »Woher wissen Sie das?«

»Ach, ich habe mich noch gar nicht vorgestellt«, entschuldigte sich die Frau und streckte ihr die Hand entgegen, »Ich heiße Elfriede Vahl. Ich war vor langer Zeit mit Ihrer Mutter befreundet.«

Waltraut ergriff die weiche Hand. »Deshalb kamen Sie mir bekannt vor. Sie waren ein paar Mal bei uns, als Hilde und ich noch Kinder waren, oder?«

»Stimmt. Das freut mich, dass ich Ihnen bekannt vorkomme. Wir beide haben uns nämlich immer besonders gut verstanden. Hilde war sehr viel spröder als du.«

Waltraut hatte plötzlich ein Bild dieser Frau vor Augen, wie sie ihre Hände hinter dem Rücken verbarg und Hilde und sie aufforderte, jede eine Hand zu wählen. Sie hatte rechts gesagt und ein Bettelarmband bekommen. »Warum sind Sie denn nicht mehr gekommen, später?«

»Mein Mann. Er erkrankte schwer an Krebs und starb kurz darauf, die Kinder waren zum Teil noch klein, die Witwenrente mager. Ich musste arbeiten und für meine Kinder sorgen. Da blieb keine Zeit mehr für Freundschaften.« Sie seufzte. »Heute bedaure ich das. Aber …«, ihre Stimme wurde wieder fröhlicher, »ich hab ja dieses Ehrenamt.« Sie erklärte, dass sie am Wochenende hier im Krankenhaus als *Grüne Dame* arbeitete, sie übernehme Einkäufe, würde vorlesen, beim Spazierengehen begleiten, all das, was sonst Verwandte machten. »Aber oft ist halt niemand da, wenn menschliche Nähe gebraucht wird. Und dann springen wir ein. Und bei diesem jungen Mann hier«, sie kraulte Boris' Nacken, »wusste ich, dass er Elisabeths Enkel ist. Deshalb hab ich mich wohl ein bisschen aufgedrängt.«

Boris ließ sich nicht stören, er sortierte gerade seine Quartettkarten.

»Woher wussten Sie das?«

»Mein Sohn hat es mir erzählt, Peter. Er ist so alt wie du, das heißt, nein, ein Jahr älter und hier am Krankenhaus tätig. Er kennt eure Familie ja auch noch, hat immer mit dir gespielt, als ihr klein wart. Erinnerst du dich denn gar nicht an ihn?«

Dunkel dämmerte in Waltraut die Erinnerung an einen rotschöpfigen Jungen, der damals immer Stauseen bauen wollte.

»Da ist er ja.« Elfriedes Stimme wurde noch ein bisschen höher.

In das Zimmer trat ein blonder Mann im weißen Kittel mit Stethoskop, der Prototyp aller Arztromane. »Guten Tag, Frau Hofmann. Ihr Sohn ist ein toller Junge, die ganze Station hat ihn schon lieb gewonnen.«

»Nun sei doch nicht so steif«, mischte sich seine Mutter ein, »ihr kennt euch doch von früher. Eigentlich könntet ihr euch ruhig duzen.«

Waltraut sah den jungen Arzt verlegen an. Er lächelte unsicher. Sie ergriff beherzt seine Hand: »Also gut: Hallo, Peter! Ich kann mich noch daran erinnern, wie wir beide mächtig Ärger bekommen haben, weil du klatschnass vom Spielen zurückkamst.«

»Stimmt«, grinste er, »wir haben Schwanensee gespielt oder das, was wir uns darunter vorgestellt haben, und ich war der Schwan.«

Beide lachten. Boris guckte verwundert von seinem Kartenspiel hoch.

Der junge Arzt wurde wieder ernst. »Ich bringe leider nicht so erfreuliche Nachrichten.«

Waltraut spürte, wie ihr Herzschlag aussetzte. »Wieso?«

»Wir haben bei der ersten Röntgenaufnahme einen Bruch übersehen, einen Kahnbein-Bruch im Handgelenk.«

»Und – ist das schlimm?«, hörte Waltraut sich dünn und ängstlich fragen.

»Kompliziert. Weil der Bruch an einer Stelle ist, wo er schlecht durchblutet wird, wird er schlecht heilen. Das heißt, nur mit Ruhigstellen ist es da wahrscheinlich nicht getan.«

»Und was ist die Alternative?«, mischte sich seine Mutter ein.

»Eine Operation, dann können wir mit einer Herbert-Schraube justieren.«

»Ist das …«

»… eine gefährliche Operation?«, nahm seine Mutter Waltraut das Wort aus dem Mund.

»Nein. Aber es wäre gut, wenn Waltraut in der Nähe bleiben könnte, denn so eine Operation nimmt ein Kind schon sehr mit. Und auch in der Nachsorge wäre es besser, wenn sie bei ihm wäre.«

»Ich fordere ja schon lange von der Klinikleitung, den Eltern von kranken Kindern ein Bett ins Zimmer zu stellen, wenn sie das wollen.«

»Das wird auch irgendwann so kommen, Mutter, aber heute sind wir noch nicht so weit. Was also tun?« Er sah Waltraut an. »Könntest du jeden Tag hierherkommen?«

Waltraut nickte. »Ja, sicher.« Das hatte sie ja ohnehin vorgehabt und die Betreuung für Miri würde sich zu Hause schon regeln lassen.

»Ich habe eine viel bessere Idee«, jubilierte Elfriede Vahl. »Warum lassen wir sie nicht hier im Diakonissenhaus wohnen? Ich weiß, dass in der Etage der Schwesternschülerinnen noch einige Zimmer frei sind. Und für irgendetwas muss es ja gut sein, dass ich hier so einen engen Draht zur Pflegedienstleitung habe.«

Waltraut, 11. Mai 1973

Fasziniert betrachtete Waltraut das Foto. »Und das da vorne ist mein Vater?« Sie hatte ein vergilbtes Newsweek-Magazin in der Hand und den Artikel *The Hell is Frozen* aufgeschlagen. Elfriede hatte ihr die Zeitschrift mitgebracht. Waltraut wohnte seit vorgestern in dieser

Klause mit Bett, Schreibtisch, Schrank, einem Stuhl und einem Sessel. Zu zweit war es in dem kleinen Raum ein bisschen eng. Trotzdem besuchte Elfriede sie abends im Schwesternwohnheim. »Er sieht so gut aus.«

»Das war ein toller Mann. Ich verstehe nicht, warum deine Mutter nie etwas von ihm erzählte. Die beiden waren so verliebt! Das war richtig rührend.«

»Ich sehe ihm aber fast gar nicht ähnlich. Eigentlich beiden nicht.«

»Du und deine Schwester, ihr seid halt eine gute Mischung. Du weißt doch: Laut Mendel werden in der ersten Generation die unterschiedlichen Erbanteile kombiniert, aus einem weißen und aus einem braunen Kaninchen werden gescheckte. In der zweiten Generation mendeln sich die Eigenschaften dann wieder aus. Da gibt es dann wieder reinweiße und dunkelbraune – und gescheckte. Stimmts?«

»Stimmt«, echote Waltraut. »Bei meinen Kindern kann ich das sehen. Miriam hat ganz dunkle Augen und dunkle Haare, anscheinend wie ihr Großvater, und Boris schlägt mit seinem hellen Haar eher nach Elisabeth. Allerdings hat er einen ganz anderen Gesichtsschnitt.«

»Na ja, da spielen ja auch wieder die Gene deines Mannes eine Rolle. Trotzdem kann es passieren, dass ein Enkel, manchmal auch ein Urenkelkind, fast exakt aussieht wie eines seiner Ahnen. Ich kann schon verstehen, warum die Erblehre deine Mutter so fasziniert hat.«

»Wieso?«, zeigte sich Waltraut ahnungslos.

»Sag mal, was weißt du eigentlich über deine Eltern? Deine Mutter hat am *Kaiser-Wilhelm-Institut für Anth-*

ropologie, menschliche Erblehre und Eugenik geforscht, bevor sie wieder zu meinem Mann ins Reichsgesundheitsamt gewechselt ist. Das war damals die renommierteste Forschungseinrichtung Deutschlands, heute das Max-Planck-Institut. Vieles steht auch in dem Artikel da. Weißt du davon nichts?«

»Für mich ist meine Mutter einfach meine Mutter. Eine Frau, die es geschafft hat, vielen heimatlosen Kindern eine neue Familie zu geben. Dass sie Ärztin ist, weiß ich natürlich. Als wir klein waren, hat sie ja noch manchmal im Krankenhaus gearbeitet, weil wir zu Anfang immer Geld brauchten. Aber heute werkelt sie nur noch mit Hildegard im Labor.«

»Und das interessiert dich nicht?«

»Das interessiert mich schon, aber Hilde wacht derart eifersüchtig über alles, was damit zu tun hat – ich hab's aufgegeben, mich da einzumischen.«

Zur Ablenkung nahm sich Waltraut wieder das antiquarische Magazin vor. Mehr durfte sie nicht preisgeben. »Erzähl mir etwas über meinen Vater.«

Elfriede lehnte sich auf ihrem hart gepolsterten Sessel zurück und beschrieb, wie sie diesen Mann zum ersten Mal gesehen hatte, aus Bergen-Belsen kommend, halb verhungert, abgerissen, verletzt und krank. Wie er sich erholt hatte, nur um dann so krank zu werden, dass sie alle schon dachten, er würde das nicht überleben. »Dabei war er immer sehr tapfer und höflich, nie anspruchsvoll. Aber das konnte man in diesen Zeiten ja auch nicht sein. Hervorstechend war auch, dass er gar nicht wusste, wie ungewöhnlich gut er aussah, überhaupt nicht eitel war, mehr an anderen interessiert als an sich selbst. Er hat sich viel mit den Kindern der Gruppe befasst, besonders mit Michael und Friedhelm.«

»Ehrlich? Mit Michael und Friedhelm? Warum besonders mit ihnen?«

»Den einen von beiden, den Michael, kannte er wohl schon vorher und hatte ihn unter seine Fittiche genommen im Lager. Die Zwillinge waren eine Zeit lang getrennt und Michael kam vor Friedhelm nach Bergen-Belsen. Dein Vater hat später auch dafür gesorgt, dass Elisabeth die beiden in ihre Gruppe aufnahm. Sie wollte das erst nicht. Die Zwillinge waren ihr eigentlich schon zu alt.«

»Und das weißt du von meinem Vater?«

»Nein, das weiß ich von deiner Mutter. Aber ich finde, es wirft ein deutliches Licht auf deinen Vater.«

Waltraut vertiefte sich abermals in das Bild. Sie machte die Schreibtischlampe an und kniff die Augen zusammen, um die Bildunterschrift besser lesen zu können. Elfriede beobachtete das aufmerksam. »Sag mal, Mädchen, hast du Probleme mit den Augen?« Waltraut zuckte mit den Schultern. »Ich hab mich immer schwergetan mit dem Lesen. Deshalb waren meine Noten in der Schule auch nicht gut.«

Elfriede nestelte an ihrer Brille herum, nahm sie ab und reichte sie der jungen Frau herüber. »Probier's mal hiermit und sag mir, ob du besser siehst.«

Waltraut setzte die Brille auf und stellte erstaunt fest, dass die Buchstaben plötzlich viel näher und deutlicher vor ihre Augen traten. »Besser, viel besser.« Sie gab Elfriede die Brille zurück.

»Dann bist du weitsichtig, mein Kind. Das ist zwar in deinem Alter ungewöhnlich, kommt aber vor. Wir lassen morgen mal deine Augen untersuchen.« Elfriede drehte das Brillengestell, als wollte sie es gleich zerbrechen, und schimpfte leise: »Das kann nicht wahr sein. Da ist die Mutter Ärztin und weiß nicht, dass das Kind eine Sehschwäche hat.« Sie stellte sich an Waltrauts Seite. »Du bist in der Schule nicht so gut mitgekommen, weil du nicht richtig sehen konntest, sagst du?«

»Ich hab gedacht, die anderen sehen das genauso, kapieren aber schneller, was da steht«, meinte Waltraut schulterzuckend, »ich hab gedacht, ich bin zu dumm.«

Elfriede pfiff wie ein Luftballon, dem die Luft entweicht. »Was ist bloß mit deiner Mutter los?«

»Sie hatte einfach zu viel zu tun mit den vielen Kindern. Da konnte sie sich um jedes einzelne gar nicht so intensiv kümmern.«

»Ach, ich weiß nicht.« Elfriede setzte sich wieder. »Ich hatte schon damals bei meinen Besuchen das Gefühl, das sie euch gerne klein und unwissend hält, damit ihr sie bloß nicht auch noch verlasst. So wie euer Vater.«

»Wieso ist er denn überhaupt gegangen und wohin?«

»Er wollte nach Spanien zurück, seine Mutter holen, und dann wiederkommen. Er hat sich noch ein paar Mal telefonisch gemeldet und dann nie mehr.«

»Hat er sie vergessen?«

Elfriede schüttelte den Kopf. »Das glaube ich nicht. Ich denke eher, dass Francos Schergen ihn gefasst haben oder er vor ihnen untertauchen musste.«

»Franco?«

Elfriede sah sie erstaunt an. »Du kennst Franco nicht, Spaniens Diktator, den Generalissimo? Liest du nie Zeitung, siehst kein Fernsehen?«

»Wir haben gar kein Fernsehen und auch keine Zeitung. Mutter sagt immer, alles, was wir über die Welt wissen müssen, könnten wir auch im Kleinen lernen. Zu viele Informationen würden nur den Blick auf das Wesentliche verstellen.«

»Deine Mutter wird immer verschrobener. Es ist ja in Ordnung, nicht über jede Kabinettsumbildung Bescheid zu wissen, aber die grundlegenden Entwicklungen des Jahrhunderts und vor allem den Staatschef Spaniens …? Jemand, der das Leben deines Vaters massiv bestimmt hat, den solltet ihr schon kennen. Ich bring dir morgen mal die Geschichtsbücher meines Sohnes aus der Oberstufe mit.«

»Aber was hat der Staatschef Spaniens mit meinem Vater zu tun?«

»Dein Vater hat im Bürgerkrieg auf der unterlegenen Seite gekämpft. Deshalb war er ja inhaftiert und ist als Politischer in einer besetzten Zone ins Konzentrationslager gekommen. Jedenfalls – als er 1946 zurück nach Spanien ging, war Franco nach wie vor an der Macht. Er musste sicherlich illegal die Grenze passieren, über die Pyrenäen wahrscheinlich. Dabei kann er den Falangisten, also Francos Leuten, in die Hände gefallen sein.«

»Ist er tot?«

»Tot, jahrelang inhaftiert, im Untergrund – ich weiß es nicht. Er hatte in jedem Fall gewichtige Gründe, kein Lebenszeichen zu geben. Sonst wäre er wiedergekommen. Wenn ich je eine große Liebe gesehen habe, dann die deiner Mutter und deines Vaters.«

Waltraut, 18. Mai 1973

Eigenartig getröstet, lag Waltraut in ihrem Bett und starrte aus dem Dachfenster in den nächtlichen Himmel. Ihr Vater war so etwas wie ein Held, ein Freiheitskämpfer, der das Konzentrationslager überlebt hatte. Ein Mann, der anständig und stark gewesen war. Ihrer Mutter ebenbürtig. Sie hatte sich bisher nie Gedanken um ihren Vater gemacht, war aber, das fiel ihr jetzt auf, wohl immer davon ausgegangen, dass er ein Schwächling gewesen sein musste, gerade gut genug, sie und Hildegard zu zeugen, danach ohne Funktion und aussortiert. Was sollte sie auch denken, wenn ihre Mutter nie von ihm sprach. Dass es für Elisabeth einfach zu schmerzhaft gewesen sein könnte, darauf wäre sie allein nie gekommen. Elfriede war ein Geschenk des Himmels. Nicht nur, dass sie ihr half, ihre Mutter in einem anderen Licht zu sehen, und ihr einen Vater zurückgegeben hatte, sie half ihr auch in ganz praktischen Dingen. Ohne dass sie davon gesprochen hatten, machte sie mit ihr eine Art Intensivkurs in Alltagstechniken. Ging mit ihr einkaufen, erklärte ihr wie nebenbei, wie man sich um eine Stelle bewarb, brachte ihr das Zeitunglesen bei, nicht ohne darauf hinzuweisen, wo die Kleinanzeigen mit den Wohnungen standen. Kurz, sie half ihr stillschweigend, ein Leben außerhalb der Gemeinschaft vorzubereiten. Und langsam gelang es Waltraut, sich das vorstellen zu können.

Fünf Tage war sie jetzt hier. Zwei Tage vor und drei Tage nach der Operation. Elisabeth hatte das Michael gegenüber durchgesetzt. Boris ging es gut. Er sollte übermorgen entlassen werden. Inzwischen war sie fest entschlossen, dem Dorf so bald wie möglich den Rücken zu kehren. Aber wohin sollte sie dann? Elfriede zu fragen, ob sie übergangsweise bei ihr wohnen könnte, das traute sie sich nicht. Hier konnte sie erst recht nicht bleiben. Außerdem hatte sie überhaupt kein Geld. Sie setzte sich auf, zog ihre Pantoffeln an, einen Pullover über das Nachthemd und setzte sich an den kleinen Schreibtisch neben dem Bett. Hier lagen Block und Kugelschreiber. Das war gut, denn sie brauchte einen Plan. Sie nahm das Schreibgerät zur Hand und malte »GELD« oben auf das Blatt. Darunter »Mutter fragen«. Das strich sie direkt wieder durch. Dann »Job suchen«. Das ließ sie stehen, fragte sich aber, wie sie das im Dorf verheimlichen sollte. Vielleicht, wenn sie wieder in der Druckerei arbeitete? Ach, das hatte keinen Zweck. Sie wusste auch gar nicht, wie viel Geld sie mit einem normalen Job verdienen würde. Zumindest zwei Monatsmieten brauchte sie, um Fuß fassen zu können. Sie nahm die Zeitung zur Hand. Die billigste Zwei-Zimmer-Wohnung kostete 80 Mark im Monat. Auf der gleichen Seite sprang ihr die Anzeige »Aktmodelle gesucht – 200 Mark auf die Hand« entgegen. Darunter eine Telefonnummer. Hier auf der Station war ein Telefon. Waltraut gab sich einen Ruck. So schnell würde sie nie wieder so viel Geld verdienen. Und Nacktsein machte ihr nichts aus. Zuhause war das im von allen Gemeinschaftsmitgliedern benutzten »Brause- und Wannenbad« völlig normal. Es wunderte sie eher, dass jemand bereit war, dafür solche Unsummen auszugeben. Aber diese Welt hatte eben andere Spielregeln.

Die Wohnung lag über einer Arztpraxis in einem dunkelroten Backsteingebäude der Altstadt. Die Tür im ersten Stock öffnete ein Mann, vielleicht Ende 30 , mit sauber gestutztem Vollbart. »Das ist schön, dass Sie so schnell Zeit hatten. Das ursprünglich gebuchte Modell hat abgesagt und unser Fotoklub war schon eingeladen.« Waltraut ließ sich von dem Mann die Jacke abnehmen, zögerte aber, das Zimmer zu betreten, auf das er zeigte. »Seien Sie mir nicht böse, aber können wir das Geschäftliche jetzt regeln?«

»Aber ja.« Der Mann nahm einen Umschlag von der Ablage unter dem Messingspiegel und überreichte ihn ihr. »Bitte zählen Sie nach, es müssten zehn 20-Mark-Scheine sein. Wir sind zehn und jeder zahlt 20 Mark. Das ist uns der Spaß wert.« Er lachte dröhnend.

Waltraut zählte das Geld, steckte es in ihre Umhängetasche und drückte die Türklinke herunter. In dem großen, grünlich tapezierten Wohnzimmer waren alle Möbel zur Seite gerückt und ein Halbkreis aus Stühlen um ein Podest im Erker herum aufgestellt. Die dunklen Samtportieren vor den Fenstern waren blickdicht zugezogen, das Podest zierte ein Orientteppich. Als sie den Raum betrat, ging ein lautes »Ahhh« durch den Raum, ein älterer Mann mit Backenbart meinte halblaut: »Da haben sie uns aber diesmal etwas Schönes geschickt.«

»Die junge Frau kommt nicht von der Agentur«, stellte der Gastgeber richtig, »sie hat sich auf meine Annonce hin gemeldet.«

»Umso besser«, meinte der Backenbärtige.

Waltraut wurde es immer unbehaglicher, sie fragte dennoch: »Wo kann ich mich denn umziehen?«

»Hier«, meinte ein Dritter mit Brille.

Alle lachten.

Waltraut schüttelte den Kopf. »Bestimmt nicht. Ich habe mit Herrn Pöppinga abgesprochen, dass ich mich im Nebenraum ausziehe, einen Bademantel bekomme und ausschließlich dort nackt bin, wo ich Modell stehe.« Spontan setzte sie hinzu: »Ich werde hier keinen Striptease vorführen.« Das Wort hatte sie in den letzten Tagen aus der Bildzeitung gelernt. »Gut, gut«, beschwichtigte der Gastgeber und führte sie nach nebenan, offensichtlich in das eheliche Schlafzimmer, denn ein türkiser Frotteebademantel lag auf einem Doppelbett mit einer Tagesdecke aus senfgelbem Steppsatin.

Den Bademantel eng über ihrer Blöße zusammengezogen, stieg sie kurz darauf auf ein improvisiertes Podest aus Hocker und Tisch. Ihr Mund trocknete in Sekundenbruchteilen aus. Es war schon etwas anderes, zu Hause im Dampfbad nackt zu sein, oder hier ihren Körper vor einer Gruppe von Männern zu enthüllen, die alle durch Kleidung geschützt waren und sie gierig anstarrten. Aber 200 Mark wollten eben verdient werden.

Zwei Stunden später war sie erlöst und erschöpft. Die Posen hatten sie mehr Kraft gekostet als angenommen. Bis auch der Letzte Belichtungszeit und Blende eingestellt, den optimalen Blickwinkel gefunden und scharf gestellt hatte, konnten schon mal zehn Minuten vergehen, die sie sich nicht bewegen durfte. Ihre Muskeln zitterten immer wieder vor Anstrengung. Schließlich aber hatten die Männer ihre Motive im Kasten und waren befriedigt abgezogen. Sie waren ihr auch nicht mehr zu nahe getreten, sondern hatten ausschließlich sachliche Anweisungen gegeben. Wie intim die Details ihres Körpers waren, die sie ihnen offenbart hatte, war ihr nachgerade egal. Sollten die alten Säcke sie doch als Wichsvorlage benutzen. Sie hatte den Schlüssel zu ihrer Unabhängigkeit mit dem Geld in der Hand. Dennoch wollte sie jetzt schnell hier weg und beeilte sich mit dem Anziehen. Allein mit dem Gastgeber zu sein, war unangenehmer als die Fleischbeschau zuvor.

Wieder in Rock und Bluse, ging sie ins Wohnzimmer zurück. Zwei Gläser Wein standen auf dem Tisch.

»Möchten Sie noch ein Gläschen? Der Abend ist doch noch jung.«

Waltraut schüttelte den Kopf. »Tut mir leid. Ich muss zurück zu meinen Kindern.«

»Ach, kommen Sie. Eine Frau wie Sie. Sie wollen doch auch mal ein bisschen entspannen.«

Waltraut eilte zur Tür. »Nein danke. Ich muss jetzt wirklich gehen.«

Er kam auf sie zu und stellte sich ihr in den Weg. »Erst heiß machen – und dann abhauen. Das könnt ihr

Frauen.« Waltraut versuchte, an ihm vorbei zu kommen, aber er stemmte die Arme in den Türrahmen, versperrte den Weg nach draußen. »Ich möchte aber nicht, dass Sie gehen.« Nörgelnd.

»Aber ich muss gehen!«, beharrte Waltraut, plötzlich so wütend, dass sie keine Angst mehr hatte. »Und wenn Sie mich nicht sofort durchlassen, schreie ich das ganze Haus zusammen.« Bei den letzten Worten war sie immer lauter geworden und wirkte anscheinend so bedrohlich, dass der Mann sofort zur Seite ging. Sie marschierte in den Flur, raffte ihre Jacke an sich und öffnete die Wohnungstür.

»Warten Sie, ich begleite Sie hinaus«, beeilte sich der Mann zu rufen, seinen Hausschlüssel zu nehmen und ihr zu folgen. Waltraut ging weiter und ignorierte ihn. Unten hielt er ihr beflissen die schwere Haustür auf und Waltraut fragte sich, was er noch von ihr wollte. Wahrscheinlich sein Verhalten von eben wiedergutmachen. Sie aber fühlte sich selbst zu den dürftigsten Höflichkeitsformeln außerstande. Ein Cabrio rauschte auf den Parkplatz vor dem Haus und die Aufmerksamkeit ihres Gastgebers richtete sich sofort darauf. »Meine Frau. Was will die denn schon hier?«

Er ließ sie ohne Gruß stehen und ging auf das Auto zu. Waltraut freute sich schon auf die Ausreden, die er würde vorbringen müssen, um ihre Anwesenheit und die zwei Gläser Wein auf dem heimischen Tisch zu erklären. Fröhlich winkte sie deshalb ihrem Gastgeber und rief munter: »Tschüss!«

Waltraut, 19. / 20. Mai 1973

»Mama!«, Miri flog in ihre Arme. Waltraut hob das leichte Persönchen hoch und drückte es fest an sich. Sie waren noch nie so lange voneinander getrennt gewesen und jetzt spürte sie, wie sehr sie die Kleine vermisst hatte. Vertrauensvoll schmiegte sich das Lockenköpfchen an ihre Wange und Waltraut blieb für einen Moment still stehen, genoss diese Innigkeit. Marianne kam in den Flur und nahm Boris seinen Rucksack ab. »Na, bist du auch mal wieder im Lande?«. Sie lotste die kleine Gruppe in ihre Küche. »Wollt ihr was essen?«

»Was hast du denn?«

»Ich könnt euch dicke Bohnen mit Speck machen.«

Bei der Aussicht auf dicke Bohnen hätte Waltraut normalerweise abgewinkt, aber Marianne kochte so gut, dass auch die Pferdebohnen köstlich schmeckten. Deshalb setzte sie sich begeistert nickend an den Tisch. Marianne gehörte zu den Jüngsten, die ihre Mutter aus Bergen-Belsen gerettet hatte. Gerade zwei Jahre alt war sie damals gewesen und erstaunlich zäh, wohl auch, weil sich die älteren Kinder immer rührend um sie gekümmert hatten. Dennoch, ihre Leidenschaft für das Kochen und Essen hing sicher damit zusammen, dass ihre frühe Kindheit von ständigem Hunger geprägt war. In Mariannes Küche kochte und brutzelte fast immer etwas vor sich hin. Marianne war entsprechend rundlich, allerdings nicht dick. Mit ihren blonden Locken, der weichen Haut und ihren großen blauen Puppenaugen hatte sie sich etwas Kindliches bewahrt. Waltraut fühlte sich bei ihr geborgen.

Marianne hatte schon Gemüse hervorgeholt und putzte es mit geübten Handbewegungen. Sie rief ihren Sohn Veit, der maulend mit seiner Nichte Mathilde auf dem Arm in die Küche kam.

»Was'n?«

»Kannst du das Gemüse hobeln?«

»Dazu muss ich erst mal den kleinen Quälgeist hier loswerden. Sie will nicht schlafen, aber quengelt pausenlos, weil sie eigentlich müde ist.«

»Gib sie einfach Waltraut und komm her.«

Waltraut nahm das kleine Bündel aus Veits Armen. Durch diesen Wechsel überrascht, hörte das Baby auf zu meckern. Mathilde war Mariannes erstes Enkelkind von ihrer Tochter Ute. Heute gerade mal Anfang 30, hatte sie ihre Tochter schon mit 16 bekommen und die war mit 14 zum ersten Mal Mutter geworden. Ute lebte inzwischen in einer eigenen kleinen Wohnung der Gemeinschaft, nutzte ihre Mutter aber gerne als Babysitter, weil sie noch den Hauptschulabschluss machen wollte. So hatte Marianne das Haus ständig voller Kinder, den zwölfjährigen Veit mit seinen Freunden, seinen sechsjährigen Bruder Vito und jetzt noch Mathilde. Auch Waltrauts Kinder waren hier häufig zu Gast. Boris himmelte Veit an und war seinerseits Vorbild für Vito. Miri fühlte sich überall wohl, wo viele Menschen waren. Auch jetzt nahm hier jeder wie selbstverständlich seinen Platz am Tisch ein. Miri pustete mit einem Strohhalm Blasen in ihren Kakao, Boris zeigte Vito das Autoquartett. Veit war dabei, Gemüse zu hobeln.

Waltraut hatte der Freundin gegenüber ein schlechtes Gewissen. Ihre Mutter zu enttäuschen, machte ihr zwar auch zu schaffen, aber sie verbot sich diese Gefühle. Michael hatte sie nicht einmal verdient. An Marianne aber hing sie sehr, die Freundin hatte ihr bisher immer nur Gutes getan. Um mit ihr in Ruhe reden zu können, gab sie vor, Mathilde wickeln zu wollen, und bat Marianne, ihr beim Heraussuchen neuer Kleidung zu helfen. Marianne übergab Veit die Verantwortung für das Essen und folgte ihr ins Schlafzimmer.

»Was ist los, Walli?«

Direkt angesprochen, blieb Waltraut das Geständnis im Halse stecken.

»Nichts. Guck mal, ich hab dir aus der Stadt diese neuen Wegwerfwindeln mitgebracht.« Sie griff in ihre Tasche und wühlte zwei *Pampers* hervor, die ihr in der Klinik von einem Vertreter geschenkt worden waren. »Das ist der neueste Schrei aus den USA. Gummihose und Einlage in einem.« Sie entfaltete die Windel auf und zeigte der Freundin die Zellstoffeinlage. »Du musst nur noch die Verschlüsse an der Seite schließen und das Baby ist trocken verpackt. Und wenn die Windel voll ist, wirfst du sie einfach weg.«

»Kein Windelwaschen mehr?«

»Kein Windelwaschen mehr!«

»Das ist ja irre.« Marianne nahm den Wäscheschutz eifrig entgegen und wendete ihn fasziniert hin und her. »Nie mehr vollgeschissene Windeln nach Hause schleppen, wenn man mal unterwegs ist. Nie mehr diese Berge von Wäsche. Ich hab ja schon Ekzeme an den Händen vom ständigen Waschen.«

Waltraut zog das Baby aus, legte es auf die Wickelkommode, nahm eine zweite Windel aus der Umhängetasche, faltete sie auseinander, packte die Babyfüßchen mit der linken Hand und schob mit der anderen die Papierwindel unter den Popo, zog die Enden auf den Bauch, strich die Vorderseite glatt und öffnete die Klebeverschlüsse an den Seiten. Nachdem sie den Bund strammgezogen hatte, pappte sie die Streifen auf die dafür vorgesehenen Stellen. Stolz hielt sie das gewickelte Kind in die Höhe. »So einfach ist das.«

Marianne wühlte Strampler, Unterhose und Flügelhemdchen aus einer Schublade und gab sie der Freundin. Seufzend meinte sie: »Das wird wohl die einzige Wegwerfwindel sein, die Mathilde je an ihrem Popo spürt, oder kannst du dir vorstellen, dass Elisabeth dafür Geld ausgeben will?« Waltraut zog das Baby schweigend weiter an und antwortete erst, als der letzte Druckknopf geschlossen war: »Ich hab's satt!«

Marianne setzte sich aufs Bett: »Was hast du satt?«

»Ich kann hier nicht mehr leben. Ich will vor allem nicht mehr mit Michael leben. Deshalb überlege ich, die Gemeinschaft zu verlassen und neu anzufangen!«

»Das kannst du nicht!«

»Warum nicht?«

»Du gehörst hierher. Du gehörst zu uns.« Marianne begann zu weinen. »Es wär nicht mehr das Gleiche, wenn du nicht da wärst. Was mache ich denn dann?« Waltraut hockte sich zu ihr, legte das Baby behutsam neben sich auf das Plumeau und umarmte die Freundin. »Marianne, du bleibst doch immer meine Beste.« Ihr Hals schnürte sich ebenfalls zu.

Marianne versuchte sich zusammenzureißen, aber ihr Kinn zitterte und die Tränen liefen über ihr Gesicht. »Wenn du weg wärst, hätte ich dich verloren. Das weißt du genau«, schluchzte sie, »deine Mutter würde doch nicht zulassen, dass eine von uns Beziehungen nach draußen hat. Und du wärst dann eine Abtrünnige. Erinnere dich an Erika.« Erika Schmidt war vor drei Jahren von hier weggezogen, weil sie entdeckt hatte, dass sie sich mehr zu Frauen als zu Männern hingezogen fühlte. Homosexualität aber wurde in der Gemeinschaft nicht geduldet. Weil sie sich nicht länger verleugnen wollte, hatte sich Erika öffentlich mit Elisabeth angelegt und war in der Konfrontation unterlegen. Am nächsten Tag hatte sie gepackt. Obwohl sie in Kassel lebte, hatte nie wieder jemand etwas von ihr gehört.

»Ich weiß, aber was soll ich machen? Mich weiter Nacht für Nacht von Michael vergewaltigen, misshandeln und demütigen lassen? Ich ertrage das nicht mehr. Ich gehe ein wie eine Primel. Das habe ich gemerkt, als ich die paar Tage weg war. Du glaubst nicht, wie schnell meine Lebensfreude und Lebenstüchtigkeit wieder da waren. Zwei Tage mit Michael und meiner verehrten Mutter, und ich werde wieder zum dummen Puttchen. Das will ich nicht.«

»Wo willst du denn hin?«

»Ich würde wahrscheinlich erst einmal nach Kassel ziehen.« Sie sah ihre Freundin an: »Komm doch mit.«

»Ich? Bist du verrückt? Ich würde woanders gar nicht klarkommen. Ich gehör hierher und will auch nirgendwo anders leben. Ich bekomm ja schon Heimweh, wenn ich nur im Dorf bin.« Sie nahm das Baby auf den

Schoß und streichelte den Bauch der Kleinen. »Würdest du alleine gehen oder mit den Kindern?«

»Mit den Kindern natürlich.«

»Lass sie doch bei mir. Du musst dir ja erst einmal Arbeit und Wohnung suchen.«

Das hatte etwas Bestechendes und dennoch zögerte Waltraut, diesen bequemen Weg zu gehen. Sie würde nur einmal den Mut haben zu gehen. Wenn sie die Kinder hierließ, würden sie ihr entfremdet. Sie würde es nicht schaffen, sie später zu sich zu holen. Das wusste sie.

Marianne war mit ihren Gedanken schon weiter.

»Und Michael?«

»Was ist mit Michael?«

»Meinst du, der lässt sich das einfach gefallen?«

»Er kann mir nicht drohen, er hat mir ja schon alles angetan, was man Menschen antun kann.«

»Ja?«

Waltraut schüttelte den Kopf. »Ach komm, Marianne, mach mir keine Angst. Michael ist kein schlechter Kerl.«

Die Freundin zuckte die Schultern. »Er ist eine üble Type, schon lange. Außerdem ist er einer der wenigen, die auch außerhalb der Gemeinschaft Kontakte haben. Ich würde weiter wegziehen an deiner Stelle und gehen, ohne ihm irgendetwas über meine Pläne zu sagen. Wann willst du denn abhauen?«

»Na ja, ein paar Tage brauche ich schon, um das vorzubereiten. Darauf kommt es ja jetzt auch nicht mehr an.«

»Ich würde mich an deiner Stelle beeilen. Hier bekommen zu viele Leute zu vieles mit.«

Sie hatte keinen Koffer. Ratlos hielt Waltraut einen Kleiderstapel in den Armen und stellte fest, dass sie nicht darauf eingerichtet war, ihr Haus länger als für ein paar Tage zu verlassen. Die Reisetasche, die ihr die Mutter für Kassel mitgegeben hatte, war viel zu klein. Das sah sie, bevor sie auch nur versuchte, die nötigste Kinderkleidung dort hineinzustopfen. Auf dem Dachboden der Villa waren Koffer. Dort einen zu holen, war riskant, denn auch wenn es schon dunkel war, konnte sie mit dem Koffer gesehen werden. Aber das musste sein. Allein der Gedanke daran, dass Michael den Kleiderhaufen sehen könnte, ließ ihren Blutdruck steigen. Michael war zwar im Männerhaus, aber ewig wollte sie sich nicht darauf verlassen. Und wenn sie den Kleiderstapel nicht vorher zu Marianne schaffte, wusste er, was die Stunde geschlagen hatte. Alle Papiere steckten schon in einem Umschlag und waren unter die Matratze gelegt. Den nächsten Morgen wollte sie zur Flucht nutzen.

Vorsichtig legte sie den Stapel auf das Bett und eilte aus dem Schlafzimmer, die schmale Stiege herunter und nahm ihre Strickjacke von der Garderobe. Im Laufschritt am Männerhaus vorbei, atmete sie erst im Foyer der Villa auf. Eine einsame Glühbirne dämmerte dort im Messinghalter vor sich hin. Auf Zehenspitzen huschte sie an der großen Treppe vorbei zum Dienstbotentreppenhaus am Ende des Flurs. Hier ging man nur lang, wenn man zur Küche im Untergeschoss oder zu den Dachräumen wollte. Keine große Gefahr also, jemandem zu begegnen. Hinter der schmalen Tür glitt sie in das Dunkel. Wie eine steinerne Spindel ragte die Treppe vor ihr auf.

Sie stieg die schmalen Stufen bis in den ersten Stock hinauf. Ein Schaben des Türblatts kündigte an, dass noch jemand ins Treppenhaus kam. Schnell huschte sie weiter hoch und presste sich an die Wand. Keine Sekunde zu früh, denn schon sah sie im schwachen Lichtschein Michaels Silhouette. Er hielt die Klinke fest und wandte sich zu einer Person, die Waltraut nicht sehen konnte.

»… hab Waltraut fest im Griff, mach dir keine Sorgen. Ich wüsste nicht, warum ich sie besser behandeln sollte.«

Die Person sagte etwas, was sie nicht verstehen konnte. Michael antwortete spöttisch: »Ja, natürlich. Wir sind dir alle zu Dank verpflichtet. Aber ich hab meine Verpflichtungen eingelöst. Findest du nicht? Ohne mich wäre dein Geheimnis inzwischen weltweit bekannt. Du hast den Seelenfrieden deiner Tochter dafür opfern müssen, und?« Wieder eine Pause, in der sie nur undeutlich einen hebräischen Namen verstand. Dann wieder Michael: »Im Grunde hast du nicht deine Tochter, sondern mich geopfert. Ich hab dir geholfen, ihn mundtot zu machen. Und du hast in Kauf genommen, dass ich dich danach mit anderen Augen sah. Jetzt hast du den Salat. Ich hab sicher keine Veranlassung mehr, dir zu helfen. Außerdem muss ich jetzt weg. Irgendwas ist bei Waltraut im Busch.« Energisch schloss er die Tür und eilte nach unten. Waltraut blieb mit hämmerndem Herzen stehen. Was hatte er da eben gemeint? Was war geschehen, das seine Loyalität Elisabeth gegenüber erschüttert hatte? Aber das spielte im Moment keine Rolle, denn Michael witterte etwas und sie hatte wohl keine Zeit mehr, einen Koffer zu holen.

Vom Eingang der Villa mehr schlecht als recht verborgen, sah sie Michael wieder auf das Männerhaus zueilen. Gott sei Dank ging er nicht direkt zu ihrem Haus. Auf ihrer Oberlippe kauend, wartete sie, bis er im Dunkel des Eingangs verschwunden war. Dann rannte sie los. Zu Hause suchte sie mit fliegenden Händen die Papiere unter der Matratze hervor, steckte sie in den Rockbund und versuchte, den Kleidungsstapel unter einen Arm zu klemmen. Miris Schuhe purzelten auf den Boden und beim Versuch, sie zu greifen, gerieten sämtliche Kleider ins Rutschen. Ein wüstes Durcheinander auf dem Boden, wo eben noch säuberliche Ordnung gewesen war. Plötzlich wie gelähmt, setzte sie sich auf das Bett und bezweifelte, dass sie die Kraft aufbringen würde, draußen zu bestehen. Sie scheiterte ja schon nur an Alltagsfragen. Und dort wäre sie völlig alleine. Eine Tür, die weit entfernt schlug, brachte sie wieder zu sich. Hektisch zog sie Bettlaken aus dem Schrank. Eilig warf sie alles hinein und knüpfte die Ecken über Kreuz zusammen. Mit der Reisetasche, Bettlakenbündel und einem Karton voller Haushaltsutensilien bepackt, eilte sie zu Marianne. Stöhnend setzte sie im Flur das Gepäck ab.

»Ich hab dir schon ein Taxi bestellt«, flüsterte Marianne ihr zu. »Beeil dich, dein Mann war eben hier und hat dich gesucht. Der ahnt was.«

»Ich weiß«, nickte Waltraut. »Wo sind die Kinder?«

Marianne fasste sie warnend am Arm. »Steck sie nicht an mit deiner Panik.«

Wenige Minuten später trug Boris das Bündel mit Kleidung, Miriam ihre Puppe und Waltraut die Reisetasche und den Karton, um den Marianne noch Paketschnur zum besseren Tragen gewickelt hatte, aus dem Haus. Die Kinder schlichen auf den Zehenspitzen, im vollen Bewusstsein des nächtlichen Abenteuers. Waltraut klopfte das Herz bis zum Halse, als sie beim Männerhaus vorbeigingen. Als auch diese Hürde geschafft war, wogen die Gepäckstücke schon viel leichter in ihrer Hand. Nur noch um die Kurve, dann käme der Parkplatz in Sicht, auf dem das Taxi hoffentlich wartete.

»Buh!«

Mit einem leisen Schrei fuhr sie zusammen. Ihre Knie versagten. »Wunder, oh Wunder«, tänzelte Michael vor ihr herum, »was mache ich wohl hier? Ach, wie gut, dass niemand weiß, dass ich Rumpelstilzchen heiß.« Er wedelte mit Dokumenten vor ihr herum. Miri fing an zu weinen und klammerte sich an ihre Hand. Boris ging weiter, ohne sich um seinen Vater zu kümmern. Das Taxi stand tatsächlich da, mit laufendem Motor. Waltraut ließ Miri los und gab ihr einen kleinen Schubs: »Geh zu Boris. Ich komme gleich.« Ihrem Sohn rief sie zu: »Steigt bitte schon mal beide in das Taxi.«

Miriam, 23. März 2006

Schon auf dem Weg zum Parkplatz, kehrte sie noch einmal um. Sie ließ sich hier nicht so abspeisen. Wenn Waltraut die Schwester dieser Frau war, war ihre Mutter die Tochter der Gründerin. Es war wohl an der Zeit, auch ihrerseits die Karten auf den Tisch zu legen und sich als Waltrauts Tochter zu erkennen zu geben. Wieder zögernd, verlangsamte sie ihren Schritt und suchte nach dem Handy in der Tasche. Vielleicht sollte sie erst Boris informieren. Was wusste sie, was das für Konsequenzen für ihr Leben hatte. Wie zur Antwort sah sie den Hinweis auf eine Ausstellung in einem Anbau der Villa. Hier konnte sie sich doch noch mal unverbindlich informieren. Eine Metalltreppe führte in den ersten Stock. Miriam nahm zwei Stufen auf einmal und trat durch die geöffnete Tür.

Helle, holzgetäfelte Wände, große Fenster und offene Dachbalkenkonstruktionen empfingen sie. Der Ausstellungsraum schimmerte in honigfarbener Wärme. Hinter Glas hingen rechts an der Wand Exponate aus dem DP-Camp Bergen-Belsen, Eintrittskarten für das Theater, eine Titelseite der Lagerzeitung *Unzer Stzyme*, Fotos von Hochzeitsgesellschaften, lachende Kindergruppen. Neugierig ging sie heran. Das Leben auf den Fotos hier wirkte normal, Wäsche wehte auf der Leine, davor spielende Kinder. Nur auf manchen waren im Hintergrund noch die Wachtürme des alten KZs zu sehen. Sie warfen einen bedrohlichen Schatten auf die zur Schau getragene Heiterkeit.

Vor einer vergilbten Titelseite der *Newsweek* von 1946 blieb sie stehen. Das Titelfoto stand in einem roten Rahmen. Darauf waren amerikanische Soldaten zu sehen, die durch japanisch anmutende Tore schritten. Darunter die Bildzeile »Hirohito's Front Yard: How Long Will They

Stay«. Fasziniert betrachtete Miriam die alte Zeitschrift und erinnerte sich, dass die amerikanische Besatzung in Japan auch noch etwas mit dem Zweiten Weltkrieg zu tun hatte. Eine vage Erinnerung an den Lehrstoff, den sie einmal in der Oberstufe durchgenommen hatten. Wie war das mit der Atombombe? Hatte nicht Hiroshima den Krieg mit Japan beendet und den Kalten Krieg der Supermächte eingeleitet? Das musste nach dieser Aufnahme gewesen sein, sonst wäre doch wohl kaum ein so relativ friedlich anmutendes Bild auf dem Titelblatt der Zeitschrift gelandet. Erschreckt fuhr Miriam herum, als sich hinter ihr jemand räusperte.

Ein dunkelhaariger Mann trat zu ihr. »Hiroshima passierte im August 1945, kurz nachdem diese Ausgabe gedruckt war. Der Artikel über Frau Hofmann und die Kinder hätte es wohl nicht mehr in dieses Heft geschafft, wenn die deutschen Gräueltaten schon von neuem Kriegsgrauen überholt worden wären.«

»Ein Artikel über Frau Hofmann?«

Der Mann machte sich an einem Monitor neben der Vitrine zu schaffen und schob Mikrofiches unter der Linse hin und her. Auf dem großen Bildschirm erschien eine Seite aus dem Innenteil, ein großes Foto, auf dem Miriam die junge Ärztin von der Wikipedia-Seite sofort wiedererkannte, neben ihr ein Mann, leider nicht ganz so gut zu erkennen, weil der Schatten eines Baumes auf sein Gesicht fiel, um sie geschart viele Kinder.

»Was für ein schönes Foto.«

Der Mann schob ihr einen Hocker zu. »Man kann diese Mikrofiches besser im Sitzen lesen.«

Sie rückte neugierig an den Text heran, las zuerst die Bildunterschrift. »30 Orphans, Rescued From Hell – Fräulein Doktor Blessed With Love: Elisabeth Hofmann And Her Fiancé Xavier Mitxelenah Among Their Children«. Dann den Text »The Hell Is Frozen«. Zunehmend ergriffen, las Miriam den Artikel unter dem Foto. Ihr Englisch war gut genug, um die Liebesgeschichte ihrer Großeltern und ihre unglaubliche Verquickung mit der Weltgeschichte sofort zu verstehen. Was für eine ungewöhnliche Frau, so ein Mut, diese Kinder zu retten und mit ihnen diese Gemeinschaft zu gründen. Da war damals also eine junge Forscherin schwer verliebt ins einsame Berlin zurückgekehrt und hatte angesichts der Unmöglichkeit, wirklich zu verschmelzen, nicht nur sich und Xavier zu vom Schicksal Auserwählten gemacht, sondern ihre besonderen Erbeigenschaften gleich mit und daraus dem Zeitgeist entsprechend eine Rassetheorie gestrickt. Denn das wehte sie an, wenn sie las, dass dieser Xavier Baske war und Rhesus-Negativität im Baskenland besonders häufig getestet wurde. Jetzt wusste sie, von wem sie ihre Kreativität hatte. Dass die Neugeborenen-Erythroblastose tatsächlich von einer unglücklichen Kombination von Erbfaktoren zeugte, machte diese Theorie fast glaubwürdig.

Sie drehte sich zu dem Mann mit den dunklen Haaren um, der sich in einer Ecke des großen Raumes mit Arbeiten am Computer beschäftigte. »Gibt es diesen Artikel auch irgendwo als PDF? Ich würde ihn gerne versenden.« Boris könnte das hier zur Polizei weiterleiten, besser noch zu diesem Otten. Diese Verwandtschaft ihrer Mutter war doch mit Sicherheit so interessant, dass man sie mal näher ins Auge fassen konnte.

»Kann sein. Das müsste ich nachsehen. Wir sind nämlich noch nicht dazu gekommen, unseren gesamten Bestand zu scannen.« Seine blauen Augen strahlten sie an.

Miriam stand auf. »Danke. Ich sehe mir inzwischen das Untergeschoss an. Bis gleich.« Warum hatte sie bloß immer solche Fluchttendenzen, wenn ihr jemand gefiel? Noch immer lächelnd, stieg Miriam die Steintreppe in den Raum darunter hinab. Mit vorsichtigen Schritten kam ihr eine sehr alte Frau entgegen, zierlich wie ein Püppchen. Miriams Blick streifte sie erst gleichgültig, dann bestürzt. Das war sie. Das war Elisabeth Hofmann. Aus dem Tritt gebracht, knickte sie auf den ungewohnt hohen Schuhen um, versuchte noch, sich zu fangen, konnte aber nur den dünnen Arm der alten Frau fassen, ließ sie sofort wieder los, um sie nicht mitzureißen, drehte sich einmal um die eigene Achse und rutschte auf dem Rücken die Stufen herunter. Bevor ihr Kopf aufschlug, dachte sie noch daran, dass sie die Polizei über diese Verwandtschaft informieren musste. Dann wurde es dunkel.

Jens Otten, 23. März 2006

Schon das dritte Mal versuchte er jetzt, Boris zu erreichen. Keine Chance. Funkloch oder abgestellt. Jens Otten wählte die Mobiltelefonnummer von Miriam Maertens.

Zu ihr hatte er zwar nicht den gleichen persönlichen Draht wie zu ihrem Bruder, duzte sie auch nicht, aber die Geschwister sollten erfahren, was ihm eben mitgeteilt worden war. Außerdem hatten sie vielleicht Informationen, die ihm weiterhelfen konnten. Vielleicht etwas, von dem sie selbst noch nicht wussten, dass es wichtig war. Bei Miriam sprang immerhin die Mailbox an: »Ja, hallo«, sprach Otten ins Leere. So lange es auch schon Anrufbeantworter und Mailboxen gab, er konnte sich nicht daran gewöhnen, dass er keine Antwort bekam. »Otten hier. Bitte rufen Sie mich mal zurück. Es geht um Ihren Bruder ...« Jetzt dachte sie bestimmt, es ginge um Boris. »... nein, nicht den Bruder, ihren anderen, den im Krankenhaus.« Vielleicht sollte er es noch ein bisschen dringlicher machen. »Können Sie sich erklären ...?« Oh nee, das klang so hilflos. Bei den Fakten bleiben, einfach bei den Fakten. »Also, Frau Maertens, Ihr jüngerer Bruder hat keine Pockenimpfnarben. Darauf hat uns gerade eine Krankenschwester aufmerksam gemacht. Das kann zwar verschiedene Gründe haben, wirft aber doch Fragen auf. Denn erst seit 1978 ist die Impfung gegen Pocken nicht mehr üblich. Davor war sie sogar gesetzlich vorgeschrieben. Ihre Mutter aber wurde 1975 gefunden und war da schon eine Weile tot.«

Manuel, 13. Februar 2006

Sein Büro war an einem Sonntagnachmittag der Platz, an dem er sich am wenigsten einsam fühlte. Draußen wurde es an diesem trüben Februartag schon wieder dunkel. Eigentlich hatte Manuel heute Nachmittag einen Fördermittelantrag fertigmachen wollen. Das war aber derart öde, dass er schon die zweite Kanne Tee gekocht und sich mit allem Möglichen beschäftigt hatte, aber nicht damit, die streng formalisierte Sprache aus seinem Gedächtnis zu kramen, die diese Anträge von ihm verlangten. Außerdem drifteten seine Gedanken ständig weg. Er hatte gestern die Verlobungsanzeige seines Ex-Liebsten in der Zeitung gesehen. Helge heiratete eine Frau. Ihm aber hatte er die Mädchen verleidet und das Verhältnis zu Elisabeth ruiniert, als sie damals verstand, dass sie beide mehr als Freundschaft verband. Homosexualität passte nicht ins Weltbild seiner Großmutter.

So allein hatte er sich noch nie in seinem Leben gefühlt. Zwar hatte er seine Kollegen und Bekannten. Seine beste Freundin Muriel aber war zurzeit in Brasilien zu einem Forschungssemester und andere Menschen standen ihm nicht nahe. Wenn er über sich nachdachte, hatte er eigenartigerweise immer die Luftwurzeln am Gummibaum im Büro seiner Großmutter im Kopf. So fühlte er sich, als verbänden ihn nur noch solche Luftwurzeln mit der Welt, als sei seine stabile Verbindung zum Boden gekappt. Hätte nicht gerade in dieser Zeit seine Karriere einen Aufschwung genommen, er wäre verzweifelt. So konnte er seine Wochenenden im Labor verbringen.

Es ging um ein weiteres Zwillingsprojekt: Sie brauchten einen größeren Pool von eineiigen Zwillingen und das war immer mit erheblichem Aufwand verbunden. Es mussten weltweit Aufrufe gestartet, Probensets verschickt und der Rücklauf getestet werden. Dazu kamen telefonische und persönliche Beratung sowie Reisekosten und Unterkunft, wenn geeignete Paare gefunden waren. Dann medizinische und psychologische Tests bei ihnen am Institut, Nachbetreuung und Kontaktpflege. Denn wer einmal von ihnen gefunden und durchgetestet war, sollte nicht wieder von der Stange gehen. Dazu war das Verfahren einfach zu teuer. Er holte den Vordruck auf den Bildschirm und machte sich an das Ausfüllen der Spalten, die nur mit Daten oder Häkchen versehen werden mussten. Früher war das am nervigsten gewesen, weil er sich immer wieder verschrieb und mit Bleistift und Radiergummi den Bögen aus Recyclingpapier zu Leibe rücken musste. Am Computer war das jedoch viel einfacher geworden. Solange er nichts abspeicherte, war jeder Eintrag vorläufig.

Eigentlich eine schöne Analogie zur aktuellen Fragestellung ihres Projektes, hielt Manuel inne. Schnell notierte er die Stichworte: *Computer, Arbeitsmodus → Zelle, Lebensdauer, Vererben = abspeichern* auf dem Notizblock neben seinem Computer. Vielleicht konnte er das noch brauchen, um den Beamten bei der EU die Quintessenz des Projekts näherzubringen. Es ging schlicht um die Frage, ob im Laufe eines Lebens das Gelernte genetische Spuren hinterließ, Spuren, die allerdings nur in eine Art Arbeitsspeicher gelangten, aber nie dauerhaft gesichert, also nicht vererbt wurden. Neuere Forschungen gerade an eineiigen Zwillingen wiesen darauf hin, dass so etwas vermutet werden konnte, denn gerade eineiige Zwillinge unterschieden sich häufig mehr und mehr, je länger sie lebten. Davon galt es, eine genetische Spur zu finden. Manuel machte sich an die Arbeit und war nach drei Stunden fertig, drückte auf Enter und wusste, jetzt war der Antrag auf irgendeinem Sachbearbeiter-PC in Brüssel gelandet. Morgen würde er den Antrag noch mal ausdrucken und in die Post geben. Jetzt konnte er sich noch ein bisschen mit den eingegangenen Bewerbungen von Zwillingspaaren beschäftigen, bevor er nach Hause ging.

Das hier war ein eigenartiger Kandidat aus Polen. Er schrieb, er sei eineiiger Zwilling, sein Bruder lebe in Berlin und könne sicher auch angeworben werden, er habe aber noch einen anderen Grund, mit ihm Kontakt aufzunehmen, und verwies auf den beigefügten Lebenslauf. Oje …, der meinte sicherlich, es gäbe Geld. Solche Kandidaten gab es manchmal. Aber außer der Verlosung einer Reise zum großen Zwillingstreffen in Minnesota gab es hier nichts zu holen. Wer mitmachen wollte, musste ihnen schreiben und mit Lebenslauf und Fotos belegen, dass eine gemeinsame Kindheit und eklatante Familienähnlichkeit vorlag. Wer außerdem die Ergebnisse von Gentests vorweisen konnte, umso besser, allen anderen schickten sie ein Probenset. Der hier hatte aber nicht mal ein Foto beigefügt. Manuel wollte den Brief gleich in den Papierkorb werfen, da rutschte der Lebenslauf aus dem gefalteten Dokument. Die Ortsnamen sprangen ihm als Erstes ins Auge. Manuel strich den Lebenslauf glatt und überflog das Dokument. Dann las er es noch mal.

Die Zwillinge hießen Michail (Michael) und Fjodor (Friedhelm) Antonov, waren in der Ukraine geboren, mit ihrer Mutter nach Deutschland verschleppt worden, hatten die Lager Auschwitz und Bergen-Belsen durchlaufen und waren dann in einem Ort bei Kassel aufgewachsen. Manuel ließ das Papier sinken und starrte ins Leere. Die Ortsnamen waren in der Kombination schon mehr, als dass er an einen Zufall glauben konnte. Alle weiteren Lebensumstände und Daten ließen erst recht den Verdacht aufkeimen: Was, wenn er hier den Lebenslauf seines Vaters vor sich hatte? Er holte auch den Briefumschlag wieder aus dem Papierkorb. Kein Vorname. Er wusste nicht viel von seinem Vater, nicht mal seinen Vornamen, nur dass er als Kind aus Bergen-Belsen befreit worden und wie alle anderen in der Gemeinschaft aufgewachsen war und seine Mutter kurz nach seiner Geburt verlassen hatte. Dieser Mann nun wollte seine Kindheit und Jugend in einer Gruppe verbracht haben, die aus KZ-Waisen bestand, und dann noch in Kassel. Das konnte nur Mittelhof sein. Selbst dass dieser Mann ein Zwilling war, erschien ihm in diesem Zusammenhang logisch. Zwar wusste er nichts von Zwillingen in der Gemeinschaft. Aber seine Faszination für diese natürlichen Klone musste ja irgendwo herkommen. Dass sich dahinter ein Familiengeheimnis verbarg, war nicht abwegig. Nicht bei seiner Familie.

Kurz entschlossen tütete Manuel die zwei DNS-Abstrich-Packungen für den Absender und seinen Bruder ein. Wenn sie Zwillinge waren, würde das auf den ersten Blick sichtbar werden. Dass er ihre DNS noch mit seiner vergleichen würde, brauchte er ja niemandem auf die Nase zu binden.

Am Freitag darauf war die erste Abstrich-Bürste, die des polnischen Zwillings, wieder da. Nervös packte Manuel das Röhrchen aus und bereitete es für die Polymerase-Kettenreaktion vor. Er löste die Zellen in einer Pufferlösung, gab Enzyme hinzu, um die Zellwände aufzubrechen, und zentrifugierte die Flüssigkeit, um die anderen Zellbestandteile von der DNS zu trennen. Den gewonnenen wässrigen Überstand, in dem sich die Nukleinsäuren befanden, pipettierte er ab und gab ihn in ein Röhrchen, so groß und ähnlich geformt wie die Kerze einer Minilichterkette, dazu reichlich Primer-Nucleotide und Desoxynucleotide, außerdem ein hitzebeständiges Enzym als Katalysator und positiv geladene Magnesium-Ionen. Schließlich versiegelte er das Röhrchen mit einer Schicht Silikonöl und hängte es in den Thermocycler, ein Gerät vom Design irgendwo zwischen Mikrowelle und Flaschenwärmer. Hier würde nun ein Kopiervorgang vonstattengehen, der die Rechtsmedizin in den 90er-Jahren revolutioniert und Vaterschaftsgutachten ohne Wissen des Vaters möglich gemacht hatte. Die Methode war von genialer Schlichtheit. Zunächst wurde die Lösung auf 95 Grad erhitzt, dabei trennte sich der DNS-Doppelstrang wie ein Reißverschluss. Dann kühlte das Gerät die Lösung auf 50 Grad ab, und die Primer hefteten sich an die Enden der vorher ausgewählten Sequenz und verhinderten, dass die Stränge wieder zusammenfanden. Worauf die Temperatur wieder auf 72 Grad erhöht wurde, als optimale Reaktionstemperatur für das Enzym, das nun die freien Nucleotide in der Lösung dazu brachte, sich gegengleich an die aufgetrennten Stränge der DNS zu heften. Das war möglich, weil die vier in der DNS vorkommenden Basen Adenin, Thymin, Guanin und Cytosin immer in der gleichen Kombination paarweise zusammengingen. So fand das freie Adenin immer zum Thymin des geteilten Doppelstranges und Guanin immer zu Cytosin. Auf diese Weise wurde die Helix wieder vollständig und gleichzeitig hatte man die Menge des genetischen Materials verdoppelt. Dieses Verfahren wurde von dem Gerät selbstständig bis zu dreißig Mal wiederholt, bis man genügend Material für vergleichende Untersuchungen hatte.

Während er auf diese Weise die fremde DNS bearbeitete, nahm Manuel ein weiteres PCR-Kit, machte bei sich selbst einen Abstrich der Mundschleimhaut und präparierte das nächste Röhrchen für die Kettenreaktion. Das Gerät würde über Nacht laufen. Morgen hatte er genügend Untersuchungsmaterial, um es mit Elektrophorese weiterzubearbeiten.

Zu Hause knipste er wie an jedem Abend sämtliche Lichter in seiner Wohnung an. Stromsparen hin oder her, er konnte schlecht beleuchtete Räume nicht ertragen. Die wenigen Stunden, die er täglich daheim war, durfte er auch ein bisschen verschwenderisch sein. Über die Jahre hatte er sich zwar an das Alleinwohnen gewöhnt, es war ihm dabei jedoch immer wichtiger geworden, in eine schöne Wohnung zu kommen. In dieser Hinsicht entsprach er jedem Schwulen-Klischee. Sein ganzer Stolz war ein original Eames-Chair, eine schwarz gepolsterte Nussbaum-Schale mit Hocker, inzwischen ausgesprochen stylish und kaum noch zu bezahlen. Als er ihn Ende der 90er bei einer Haushaltsauflösung hatte kaufen wollen, hatte Helge den ausladenden Sessel noch *Ungetüm* geschimpft. Damals richteten sich die meisten ihrer Freunde mit gelaugten Weichholz-Möbeln und italienisch gekalkten Wänden ein.

In diesen Stuhl warf er sich jetzt und schaltete mit der Fernbedienung seine Anlage an. Gershwin erklang. Manuel schenkte sich ein Glas Rotwein ein. Gegessen hatte er schon beim Türken auf dem Weg nach Hause. Er stellte die Flasche zurück auf das Eileen-Gray-Tischchen neben ihm und nahm das Buch, das er gestern Abend weggelegt hatte, Arthur Koestlers *Sonnenfinsternis*. Blätternd suchte er die Seite, auf der er aufgehört hatte zu lesen. Nach Jahren las er es zum zweiten Mal, weil ihm vor Kurzem auch die Biografie Koestlers in die Hände gefallen war und er inzwischen wusste, wie viel von dem Romanstoff der Autor selbst erlebt hatte. Von Neuem faszinierte ihn die fiktive Erzählung einer in Tyrannei und Willkür erstarrten gesellschaftlichen Utopie – der Verrat des Kommunismus an den Stalinismus. Im Buch wurde ein Kommunist der ersten Stunde als Rechtsabweichler einsperrt und gezwungen, sich selbst und seine Ideale aufzugeben, um die stalinistische Staatsräson zu sichern. Seine Großmutter hatte ihm das Buch vor zehn

Jahren gegeben. Es war eine Erstausgabe in Deutsch. Inzwischen wusste er, dass das eine Seltenheit war, da auf dem Markt keine deutschen Originale mehr zu bekommen waren, nur noch Rückübersetzungen aus dem Englischen. Das Exemplar, das er in Händen hielt, war 1946 bei Hamilton in London erschienen. Elisabeth hatte es von einem britischen Offizier geschenkt bekommen.

Er ließ das Buch sinken und betrachtete die alte Fotografie des Fabrikensembles, das einzige Stück, das er von Mittelhof mitgebracht hatte. Eine kleine Welt für sich. Sein Zuhause, es saß ihm im Blut, so weit er sich auch davon entfernte. Schon komisch, so lange nicht dort gewesen zu sein. Ab und zu googelte er die Gemeinschaft, aber es gefiel ihm nicht, was er dort las. Besonders in den Diskussionen bei Wikipedia konnte man von merkwürdigen Gehorsamkeitsritualen lesen, denen die Mitglieder neuerdings angeblich unterzogen wurden. Das wurde zwar ganz schnell von den Administratoren wieder gelöscht, weil bösartige Gerüchte zu verbreiten nicht der Netiquette entsprach, aber ein, zwei Tage lang stand immer mal etwas Interessantes im Netz. So zum Beispiel, dass die Tochter der Gründerin, seine Mutter also, die Macht an sich gezogen habe und eine ehemals helle, freundliche Welt zunehmend in eine von Paranoia dominierte verwandelte. Er konnte sich sogar vorstellen, dass Hildegard einen unheilvollen Einfluss nehmen konnte, wenn Elisabeth wegen ihres Alters oder anderer Gebrechen langsam schwächer wurde. Seine Mutter war immer schon seltsam gewesen und hatte einen ausgeprägten Hang zu kontrollieren. Und alle, die in Mittelhof lebten, waren so stark in ihrem Kollektivbewusstsein verbunden, dass es genügte, ein paar der Stärkeren zu gewinnen. Anscheinend waren auch schon die lokalen Behörden auf Mittelhof aufmerksam geworden, es gab laut Lokalpresse Anfragen im Gemeinderat, hatte Anhörungen gegeben, die von der Presse mit enormer Vorsicht behandelt wurden. Dazu hieß es im Netz, die Gemeinschaft sei so klagewütig inzwischen, dass jeder im Umgang mit der neuen Geschäftsführerin den Spaziergang auf einem Minenfeld vorziehe. Neuerdings versuchte dennoch das Jugendamt, Einfluss zu nehmen und mithilfe des Jugendschutzgesetzes die bis dahin geduldete Ehe auf Zeit auszuhebeln. Hoffentlich wurde der Druck dort nicht zu groß, denn der rituelle Partnerwechsel war strukturgebend nicht nur für die soziale Form, sondern auch für den Umgang miteinander. Als Elisabeth ihn damals zu Beginn seines Studiums in ihre Züchtungsideen eingeweiht hatte, war ihm erst klar geworden, wieso es hier keine Familien wie draußen gab, dass größtmögliche genetische Diversität das Ziel war. Eigentlich war diese Form des Zusammenlebens in den 70er- und 80er-Jahren, in denen er groß wurde, nichts Besonderes mehr. Die Idee vom ökologischen Landbau war inzwischen genauso modern geworden wie die Tauschökonomie, die Männerwohngemeinschaften und Frauenfamilien. Die Gemeinschaft wirkte wie eines von vielen alternativen Wohnprojekten, die allerorten wie Pilze aus dem Boden schossen. Aus den Andeutungen der Älteren wusste er aber, dass die Regeln der Gemeinschaft im Unterschied zu früher nicht mehr besonders dogmatisch gehandhabt wurden. Wer wollte, konnte im Kollektiv leben, es gab aber auch ganz normale Familien. Auch die Geburtenrate war deutlich zurückgegangen. Eine nicht näher benannte Krise kurz vor seiner Geburt hatte die Regeln durchlässiger gemacht. Näher ließ sich zu Hause aber niemand darüber aus. Heute schwang das Pendel anscheinend wieder in die andere Richtung. Nachdenklich ließ er den Rotwein in dem bauchigen Glas kreisen. Wenn der Brief heute wirklich von seinem Vater war, hatte er endlich die Chance, aus erster Hand zu erfahren, was damals passiert war. Dass es so etwas wie einen Skandal gegeben hatte, war ihm spätestens als Halbwüchsigem klar geworden.

Das Telefon klingelte. Unwillig erhob sich Manuel aus dem Sessel. Je öfter er allein war, desto weniger schätzte er es, wenn er aus dieser Ruhe gerissen wurde.

»Hofmann.«

»Hi, du Waldschrat. Muriel hier.«

»Muriel! Ich hab gerade an dich gedacht. Wo bist du?«

»Gerade in Sao Paulo.« Sie klang, als telefoniere sie aus dem Vogelhaus im Zoo. »Lass dir nie von jemandem einreden, Brasilien sei schön. Die Großstädte sind ekelhaft.«

»Wieso?«

»Allein die Fahrt vom Flughafen. Du fährst endlos durch Favelas, elende Hütten auf der einen Seite, auf der anderen Seite der Straße ein Fluss, der so verdreckt mit Fäkalien ist, dass das Wasser nicht aussieht wie Wasser, sondern wie flüssig gewordener Schokopudding mit Bröckchen drin.«

»Bah«, Manuel schüttelte sich.

»Ja, und dann fährst du zu deiner Unterkunft! Wir sind bei Privatpersonen untergekommen in den Reichenvierteln. Voll der Kontrast. Deren Häuser sind natürlich sauber und luxuriös, alle mit Swimmingpool – aber um die Viertel sind hohe Mauern. Die Ein- und Ausgänge bewacht von Security, bewaffnet bis an die Zähne. Das Erste, was du dann hörst, wenn du in dieser Oase bist, ist, dass du dich draußen auf keinen Fall ohne Auto bewegen darfst, die Schlösser immer schön von innen verschlossen, alles andere sei viel zu gefährlich. Ich sag dir, ich freue mich vielleicht, in das kleine, geordnete Deutschland zurückzukommen.«

»Und sonst? Wie war es bei den Indianern?«

»Anstrengend. Ich bin ja für dieses Klima nicht geschaffen. Und das ist nur das eine. Noch viel schlimmer als diese fortwährende tropische Feuchtigkeit sind die Mücken. Fahr mal mit einem Paddelboot durch einen Sumpf und sie fallen in Heerscharen über dich her. Ich hab einmal fast das Boot zum Kentern gebracht, weil ich so um mich geschlagen habe.«

»Damit hast du dich sicher sehr beliebt gemacht?«

»Ja, vor allem bei den Guató. Die Kinder haben sich von da an jedes Mal, wenn sie mich gesehen haben, schlappgelacht, wild um sich geschlagen und sind von einem Bein auf das andere gehüpft.«

»Haben sie dir nicht gleich einen Sondernamen gegeben, so in der Art: *Die-mit-den-Stechmücken-tanzt* oder so?«

»Sehr witzig, keine Ahnung, ob die so was tun, ich versteh halt ihre Sprache auch nicht.«

»Wann kommst du denn wieder?«

»Dauert noch ein paar Wochen. Wir müssen noch mal hin, ein paar Blutproben nehmen.«

Muriel hatte sich im Studium von Biologie auf evolutionäre Anthropologie verlegt. So wie ihm im Fachbereich Psychologie zugute kam, dass er außerdem Biologe war und etwas von Genetik verstand, war Muriel dort die Expertin für die harten naturwissenschaftlichen Fakten.

»Ich stelle mir da immer eine ausgesprochen idyllische Gesellschaft in runden Hütten mit fröhlichen kleinen Menschen vor, weitgehend ohne Körperbehaarung.«

»Ja, so ähnlich ist das auch. Ein bisschen hat mich ihre Kultur tatsächlich an die Ideen deiner Großmutter erinnert. Die Frauen zum Beispiel trennen sich ganz easy von einem Mann, indem sie ihre Hängematte in das Haus eines anderen hängen. Ihre Kinder haben unterschiedliche Väter, sie sind aber alle gut aufgehoben in der Großfamilie.«

»Ja, wobei ich denke, Elisabeths Libertinage hat eher damit zu tun, dass sie in den frühen Jahren möglichst unterschiedliche Genmischungen wollte.« Muriel war die Einzige, der er von den Züchtungsideen seiner Großmutter erzählt hatte und das auch erst, seitdem er zur Persona non grata erklärt worden war. »Seit sie mir ihre Theorie erklärt hat, frage ich mich nämlich, wie sie so eine Rückzüchtung eigentlich in die Praxis umsetzen wollte, bevor es die Möglichkeiten künstlicher Befruchtung gab.«

»Ja, total umständlich und langwierig.«

»Nicht, wenn man es schafft, dass sich Menschen

exponentiell vermehren. Dann entsteht schon in einem Lebensalter ein ganzer Clan. Und wenn der sich für so besonders hält, dass die Paarbildung nur innerhalb der Gruppe akzeptiert ist, läuft das Projekt wie geschmiert, auch wenn niemand mehr da ist, der es steuert.«

»He, glücklicherweise sind Menschen nicht so berechenbar.«

Manuel räusperte sich. »Erinnerst du dich daran, wie Elisabeth dir, als es mal kurz so aussah, als würde aus uns ein Paar werden, Blut abgenommen hat, unter dem Vorwand, du sähest ein bisschen anämisch aus?«

Muriel atmete hörbar aus: »Stimmt. Und ich hab noch gedacht: *Wie fürsorglich*. Hör mal, das ist ja ein Ding. Sollte ich auch zur Mutterkuh gemacht werden? Aber wie kommst du gerade jetzt darauf?«

Manuel erzählte ihr von den Gerüchten um die Gemeinschaft und dass es ihm Sorge machte, wie sehr der Zwang dort um sich griff. »Dieses Gefühl, auserwählt zu sein und die Welt draußen gegen sich zu wähnen, scheint wieder stärker zu werden. Ich würd' ja gerne mal rauskriegen, was damals vor meiner Geburt passiert ist und totgeschwiegen wird, hab das Gefühl, da wiederholt sich gerade was auf ungute Weise.« Er zündete sich eine Zigarette an. »Übrigens hab ich gerade rausgefunden, dass mein Vater noch einen Zwillingsbruder gehabt haben muss.« Er erzählte von den Männern, deren Lebensdaten darauf hindeuteten, dass sie sein Vater und ein unbekannter Onkel sein mussten.

»Wieso bewerben die sich denn mit einem so ausführlichen Lebenslauf?«

»Wir geben außer Bildern und DNS-Abstrichen nichts vor, überlassen es den Probanden selbst, wie sie Auskunft über sich geben möchten. Da kommt dann alles Mögliche, vom dürren tabellarischen Lebenslauf bis zu kleinen Romanen. Aber das ist schon frappierend, diese Zwillinge müssen beide zur Gemeinschaft gehört haben. Wenn dieser Mann mein Vater ist, könnte er mir sicher ein paar Fragen beantworten.«

Waltraut, 20. – 23. Mai 1973

Der Eingang zur Bahnhofsmission erinnerte an eine Polizeiwache. Links eine nachträglich eingezogene Wand mit Fenster und durchlöcherter ovaler Klappe zum Sprechen, rechts Stühle für die Wartenden. Am Ende dieses schmalen Durchgangs eine geschlossene Tür. Nicht sehr einladend, aber Waltraut blieb nichts anderes übrig, als hier Hilfe zu suchen. Es war Nacht, die Kinder brauchten Schlaf und sie hatte kaum Geld. Dabei hatte der Taxifahrer keinen Lohn angenommen, sondern nur gemeint, die gute Tat sei ihm Lohn genug. Aber morgen wollte sie sich auf Wohnungssuche machen. »Guten Abend. Ich bräuchte heute Nacht für mich und meine Kinder Obdach.« Ganz leise, die Bitte beschämte sie mehr, als sie gedacht hatte. Was war sie bloß für eine Mutter, ihre Kinder in diese Situation zu bringen.

Eine alte Dame schob das Fenster auf und guckte fragend. Offensichtlich war sie schwerhörig. Dass gerade ein weiterer Gast die Bahnhofsmission betrat, machte es nicht leichter, die Frage zu wiederholen. Waltraut schluckte. »Ich bräuchte eine Übernachtungsmöglichkeit für mich und meine Kinder.« Sie wies auf Miri und Boris, die schüchtern auf den Stühlen saßen, die Gepäckstücke vor sich.

»Da müssen Sie warten, bis meine Vorgesetzte wiederkommt. Ich bin nur eine einfache Helferin.«

»Wann wird das denn sein?«

»Das kann nicht lange dauern, sie ist im Bahnhof unterwegs, betreut Reisende. Nehmen Sie doch Platz, bis sie wiederkommt.«

Waltraut setzte sich zu ihren Kindern und beobachtete, wie der junge Mann, der nach ihr gekommen war, an den Schalter trat. Sonnengebräunt und leicht verschmutzt, ein Gammler, der wohl schon Routine mit internationalen Hilfsorganisationen hatte. Er fragte einfach nach einem Kaffee und wurde direkt in die hinteren Räume geführt. Geschirrklappern und die Frage: »Haben Sie Schmerzen?« Beides deutete darauf hin, dass die Hilfsbereitschaft der alten Dame, einmal in Anspruch genommen, sich schnell auch auf andere Bereiche ausdehnte. Kleine Bitten wurden also schneller erfüllt als große. Das war gut zu wissen. Sie waren auch einfacher zu äußern.

Miri kuschelte sich an sie und war bald eingeschlafen, den Kopf in ihrem Schoß.

Boris kaute an seinen Nägeln. »Mama?«

»Ja?«

»Was machen wir denn jetzt?«

»Wir übernachten jetzt erst einmal hier und morgen sehen wir weiter.«

»Aber der Taxifahrer hat recht. Wir sollten nicht in dieser Stadt bleiben, da findet Papa uns zu schnell. Ich hab Angst vor ihm.«

Waltraut nickte bedrückt. Der Taxifahrer hatte ihr auf der Fahrt zum Bahnhof erzählt, dass er in den vielen Jahren nachts schon öfter Frauen gefahren habe, die vor ihren gewalttätigen Männern flüchteten. Die meisten ließen sich von ihm dann zu Verwandten bringen. »Von vielen höre ich natürlich nie wieder etwas. Manche aber habe ich schon mehrere Male gefahren. Wenn die Kerle sie erst einmal wiedergefunden haben, verlegen sich die meisten aufs Schmeicheln und versprechen, jetzt würde alles anders, bringen Blumen und verhalten sich oft nach Jahren zum ersten Mal wieder wie der Mann, in den sich diese Frauen ursprünglich mal verliebt haben. Dem sind die Weiber nicht gewachsen und kehren wieder zurück. Dann habe ich sie meist ein paar Monate später wieder in meinem Taxi und bringe sie abermals zu ihrer Mutter. Und so fort.« Der leicht untersetzte ältere Mann seufzte und meinte, es gebe ja inzwischen Frauenorganisationen, die Frauenhäuser forderten, mit Adressen, die geheim gehalten würden. Er könne das nur unterstützen, bei allem, was er schon gesehen habe. Aber das dauere wohl noch ein bisschen, bis sich die Politik in dieser Frage bewege. »Dabei ist das so nötig. Das sehen ich und meine Kollegen ständig, oder fragen sie mal die Polizisten. Die können auch ein Lied von Familienstreitigkeiten singen.« Er senkte seine Stimme, damit die Kinder ihn nicht hörten. »Und wenn er Ihnen droht, er bringt Sie um, nehmen Sie das bitte ernst. Ich hab schon mal gesehen, wie ein Mann seine Frau vor meinem Auto niedergestochen hat. Das vergesse ich mein Lebtag nicht wieder.« Waltraut hoffte, dass Boris diesen Teil nicht mitbekommen hatte, nahm sich die Drohung Michaels aber ebenfalls zu Herzen. Doch was sollte sie tun, wenn sie nicht hier nach Kassel konnte? Hier kannte sie wenigstens Elfriede und das hatte ihr Mut gemacht, diesen Schritt ins Unbekannte zu wagen. Noch weiter weg, ohne Unterstützung, das schaffte sie nicht. Erst einmal die Nacht überstehen, morgen würde sie weitersehen.

Wie gerädert wachte sie auf. Die Stockbetten der Bahnhofsmission waren durchgelegen und sie hatte die halbe Nacht vor Sorgen nicht in den Schlaf gefunden. Erst der Gedanke an die Kinder, die nie wieder würden mit ansehen müssen, wie ihre Mutter misshandelt wurde, hatte sie beruhigt und einschlafen lassen. Trotzdem war die Nacht viel zu kurz gewesen, denn hier wurde man pünktlich um sieben geweckt. Boris steckte seinen Kopf aus dem oberen Bett in ihre Etage.

»Meinst du, es gibt hier Frühstück?«

»Keine Ahnung. Wir gehen uns jetzt mal waschen.«

Waschraum und Toiletten hatte ihnen die Missionsleiterin gestern noch gezeigt und ihnen dann dieses Zimmer zugewiesen, das sie mit seinen vier Etagenbetten

Gott sei Dank für sich hatten. Der Gammler war wohl in einem anderen Raum untergebracht.

Zwei dünne Frotteehandtücher und ihre Zahnbürsten in der Hand, tapsten sie auf gesprungenen Fliesen in die Waschräume. Miri und Waltraut nach links, Boris nach rechts zu den Männern. Der junge Mann von gestern putzte dort schon seine Zähne. Wieder im Zimmer, sagte Boris: »Freddie sagt, es gibt bei der Bahnhofsmission immer ein gutes Frühstück. Er klopft gleich und holt uns ab.«

Gut verpflegt, standen sie um halb neun vor dem Bahnhof. Das Frühstück war wie versprochen üppig gewesen und sie hatten sich noch ein großes Lunchpaket einpacken lassen. Freddie überschlug sich fast dabei, sie mit Ratschlägen einzudecken. Wo man außer bei der Bahnhofsmission kostenlos nächtigen konnte, wie man an Nahrungsmittel kam, ohne etwas zu bezahlen, wie man am besten schwarzfuhr. Er kannte sich gut aus, in Deutschland wie in anderen europäischen Ländern, und hatte eine richtige Philosophie daraus gemacht, ständig unterwegs zu sein, nirgendwo zu Hause und immer auf die Hilfe Fremder angewiesen. »Aber ich bemühe mich immer, etwas zurückzugeben, indem ich meinen Gastgebern zuhöre oder Leuten wie euch helfe.« Er war rührend gewesen, aber zum Schluss auch ein bisschen nervtötend. Zumal Waltraut sich sicher war, dass Freddie immer nur dorthin unterwegs war, wo es billigen Shit gab. Außerdem hatte er keine Kinder, für die er verantwortlich war, da war es leichter, den Reiz der Freiheit zu genießen.

Ein paar Schritte vom Haupteingang weg, fiel ihr Blick am Hotel Fürst Wilhelm vorbei auf die steil ansteigende Wilhelmshöhe. Die Erhabenheit dieses Anblicks tröstete sie. Vielleicht war es doch klug, zunächst mal hier in Kassel zu bleiben. So schnell würde Michael sie ja wohl nicht ausfindig machen. Sie zogen schließlich keine Spur aus Brotkrumen hinter sich her wie Hänsel und Gretel im Märchen. Waltraut fühlte nach ihrem Portemonnaie. Es war noch da, wo es hingehörte. Sie hatte 200 Mark und ein paar Zerquetschte. Das sollte für eine Wohnung reichen.

Entschlossen steuerte sie auf die Telefonzelle zu, die Kinder im Schlepptau.

Lange tutete es in ihr Ohr, bis sich eine Männerstimme meldete.

»Vahl.«

»Hofmann. Guten Tag. Ich hätte gerne Frau Vahl gesprochen.«

»Meine Mutter?«

»Ja, Elfriede Vahl. Sind Sie Peter?«

»Bin ich. Waltraut?« Das klang traurig.

Waltrauts Brust zog sich zusammen. Besorgt fragte sie: »Ist was mit Elfriede?«

Ein tiefes Seufzen. »Sie hatte gestern einen Schlaganfall.« Die Stimme wurde etwas munterer. »Gott sei Dank war ich bei ihr. Deshalb konnte ich direkt den Krankenwagen holen und das Schlimmste verhindern. Ein paar Wochen aber wird sie wohl im Krankenhaus bleiben.«

»Oh. Das tut mir leid.« Sie hörte, wie sich Enttäuschung in ihr Bedauern schlich.

Peter bemerkte das anscheinend auch.

»Sie ist bestimmt bald wieder auf dem Damm. Melde dich doch bald wieder. Oder hast du vielleicht eine Telefonnummer für mich?«

»Nein, ich habe kein Telefon. Aber ich melde mich bei euch. Wünsche ihr bitte von Herzen gute Besserung. Ich hab sie in der kurzen Zeit sehr lieb gewonnen.«

»Sie dich auch.«

Waltrauts Nase kribbelte. Mit nasaler Stimme schaffte sie es gerade noch, sich anständig zu verabschieden, legte auf, vergrub ihr Gesicht in den Händen und brach in Tränen aus. Einsamer als im Moment hatte sie sich noch nie gefühlt. Klopfende Kinderhände rissen sie da heraus. Miriam schlug mit der ganzen Hand gegen die Scheibe und Boris mühte sich, die schwere Tür der Telefonzelle aufzuziehen. Waltraut wischte sich die Tränen mit beiden Händen aus dem Gesicht. Sie wollte die Telefonzelle schon verlassen, als ihr Blick an einem Plakat hängen blieb. Beim Telefonat hatte sie die ganze Zeit darauf gestarrt, ohne es richtig wahrzunehmen. »Busreisen« stand da in verschlungenen Lettern und »Baskenland, Biskaya«, dabei ein Preis von 30 Mark pro Person für eine fünftägige Reise mit Unterkunft und Frühstück. Baskenland – das war das Land, wo ihr Vater herkam, vielleicht sogar noch lebte. Waltraut überschlug: Wenn sie für sich und die Kinder jeweils ein Ticket löste, blieben noch 110 Mark übrig. Das sollte eigentlich immer noch für eine billige Wohnung reichen und zur Not ging sie halt wieder zu diesem Fotoclub. Schwungvoll trat Waltraut aus der Telefonzelle. »Kommt, Kinder, wir fahren nach Spanien.«

Kaum einen Tag später waren sie auf der Autobahn, und der Bus schon vollständig verqualmt. Die Nikotinschwaden durchzog der Gestank von Bier, Schnaps, Bouletten und Käsebroten, abgerundet mit einer Spur Erfrischungstuch. Auf dem Boden der Bustoilette schwammen Kippen und Papier im Urin. Für die Männer wurde es wahrscheinlich mit steigender Promillezahl immer schwieriger, in dem schwankenden Bus noch die Schüssel zu treffen. Wie sie hier schlafen sollten, war Waltraut ein Rätsel. Diese Tortur würde noch bis in den frühen Morgen so weitergehen. Der Busfahrer hatte ihr schon beim Einsteigen gesagt, sie könne mit mindestens 20 Stunden Fahrtzeit rechnen, wenn sie gut durchkämen. Er war so nett gewesen, ihr und den Kindern die raren Nichtraucherplätze direkt hinter sich zuzuweisen. Hier war es ruhiger und die Kinder durften ab und zu nach vorne auf die Reiseleiterbank, wenn ihnen zu langweilig wurde. Inzwischen fuhren sie an Fördertürmen und Kohlehalden vorbei. Der Fahrer sagte, sie seien jetzt im Ruhrgebiet. Gebannt starrte sie nach draußen. Erst jetzt wurde ihr bewusst, wie wenig sie von der Welt kannte. Irgendwo unter ihrer Müdigkeit regte sich Abenteuerlust.

Sie hatten gestern Glück gehabt, dass diese Busreise schon am folgenden Tag losgehen sollte und sie drei noch Plätze bekommen konnten. Trotzdem wäre ihr spontaner Entschluss beinahe daran gescheitert, dass sie keine gültigen Reisedokumente hatten. Zum Glück hatte sie wenigstens ihren Personalausweis und die Geburtsurkunden der Kinder von daheim mitgenommen. Mithilfe einer freundlichen Angestellten des Reisebüros waren sie dann doch noch binnen einem Tag an Visa gekommen. Die hatten zwar auch noch mal 15 Mark gekostet, aber wer A sagte, musste auch B sagen.

Bis zum Abholen der Reisedokumente sahen sie sich Kassel an und testeten Freddies Tipps vom Morgen auf ihre Tauglichkeit. Tatsächlich fanden sie in Mülltonnen hinter Supermärkten massenhaft Lebensmittel, die weggeworfen wurden, nur weil das Mindesthaltbarkeitsdatum abgelaufen war. Mit einer Tüte voll alter Joghurts, brauner Bananen und altbackenem Brot zogen sie in den Park vorm Schauspielhaus. Sie breitete eines der Bettlaken aus und drapierte das Sammelsurium darauf. Die Kinder aßen sich satt und sie machten ein Nickerchen unter dem Baum.

Auf dem Weg zurück ins Reisebüro fiel ihr das Schild des Sozialdienstes Katholischer Frauen ins Auge. Freddie hatte etwas von der Kleiderkammer beim SkF erzählt. Vielleicht gab es dort ja auch Koffer. Kurz entschlossen betrat sie das Büro und fragte nach der Kleiderkammer. Eine streng ondulierte Frau im geblümten Kittel führte sie in einen Raum, in dem Kleidung in hohen Regalen bis zur Decke gestapelt war.

»Was braucht ihr denn?«, bückte sich die Frau zu Miri.

»Ich brauch eigentlich nichts«, zwitscherte die Kleine, »aber ich glaube, die Mama braucht Koffer.«

Kritisch nahm die Frau ihre Kleiderbündel ins Visier und nickte. »Das glaube ich auch.« Sie verschwand hinter einem Regal und kam mit zwei orangefarbenen Kunstlederkoffern zurück. »Die hier sind sogar der letzte Schrei.

Und gucken Sie mal hier.« Sie öffnete die Schnappverschlüsse und zeigte das Innenleben. »Massig Fächer. Für Kosmetik und anderen Kram und Gurte, um die Kleidung innen so zu befestigen, dat se glatt bleibt. Is dat nüscht?« Bei den letzten Worten war sie in den Berliner Jargon gefallen.

»Das ist toll«, bedankte sich Waltraut, aufrichtig erleichtert, nicht mehr mit den inzwischen fleckigen Bettlakenbündeln herumlaufen zu müssen. Vorsichtig fragte sie: »Was kosten die Koffer denn?«

»Ach, geben Sie mir eine Spende von zwei Mark. Das reicht schon.« Mit Blick auf Miri fragte sie: »Wollen wir mal gucken, ob wir für dich noch ein paar schöne Sommerkleidchen finden?«

Miri nickte eifrig. Aber Waltraut stoppte sie. »Ich kann wirklich gar nichts weiter bezahlen als die Koffer.«

»Lassen Sie mal. Die Kleider, die hier hängen, sind Spenden. Sie sollen denen zugutekommen, die sie nötig haben. Lassen Sie sich ruhig ein bisschen beschenken. Ein schönes Kleid ist auch immer ein Trost.« Sie sah Waltraut freundlich an. »Sie fühlen sich bestimmt gleich besser, wenn Sie sich hübsch fühlen.«

Mit zwei Sommerkleidern, einem für Miri und einem für sie, Shorts und Hemd für Boris und Badekleidung verließen sie den Sozialdienst Katholischer Frauen, nicht ohne vorher ihre gesamte Habe in die Koffer und die Reisetasche umgepackt zu haben. Miri hatte noch einen kleinen Tornister für ihre Lieblingspuppe bekommen. Auf der Straße fühlte sich Waltraut schon viel selbstbewusster, weil sie mit ihrem Gepäck nicht mehr so abgerissen aussahen. Sie holten die Papiere und Reisetickets ab und gingen ein letztes Mal zur Bahnhofsmission, um dort zu übernachten.

Und nun fuhren sie ins Unbekannte.

Hinter Paris machten sie die erste größere Pause.

Inzwischen hatte der Busfahrer sie informiert, dass sie unterwegs nach San Sebastian seien. Bei der Abfahrt hatte es nur geheißen, zur Disposition stünden Bilbao, Vitoria oder San Sebastian. Der Busfahrer hatte ihr erklärt, die Reisen könnten nur so billig angeboten werden, weil die Hoteliers in der Nebensaison daran interessiert seien, ihre freien Zimmer zu vermieten, und dafür häufig nur einen Spottpreis verlangten. Sie entschieden sich aber immer erst auf den letzten Drücker, in der Hoffnung, gut zahlende Gäste würden sich doch noch im Frühling in den Norden Spaniens verirren. Er gab ihr den Tipp, sich allen Zusatzangeboten zu verschließen. »Die Reiseleitung vor Ort droht dann zwar, du bekämest die schlechtesten Zimmer. Das ist aber eine leere Drohung.«

Im Laufe der Fahrt hatte sie mit ihren Kindern den Platz beim Fahrer getauscht. Er war froh, sich unterhalten zu können, und sie erleichtert, von ihren Sorgen abgelenkt zu sein. Sie waren sehr schnell zum »Du« übergegangen. Er hatte sich als Huckie vorgestellt. »Eigentlich heiße ich Norbert Huckebein«, verriet er ihr. Sofort setzte er hinzu: »Wehe, du lachst jetzt.« Waltraut musste doch schmunzeln. »Wollte immer schon mit einem Unglücksraben verreisen.«

»Besser als mit Max und Moritz«, parierte er ein bisschen lahm und lenkte das Gespräch auf die Bücher, die sie als Kind gelesen hatten. Waltraut mochte ihm nicht erzählen, dass sie nur schlecht lesen konnte. Gott sei Dank kannte sie dennoch viele Jugendbuchklassiker, weil Onkel Anton ihnen vorgelesen hatte, solange er lebte. So blieb das Gespräch in Gang. Waltraut überließ sich Huckies rauer Stimme. Es dämmerte schon, als sie hinter Paris hielten.

Draußen auf dem windigen Parkplatz eilten die anderen Reisenden in eine Raststätte. Trotz der Abendkühle konnte sie sich nicht entschließen, dort etwas zu verzehren. Sie lotste die Kinder zu einem Tisch mit zwei Bänken und packte die Reste des Lunchpaketes auf den Tisch. Obwohl sie auch an diesem Morgen so viel hineingestopft hatten, wie in die Papptüte ging, war nicht mehr viel übrig, nur noch zwei belegte Brote, ein Ei und ein Apfel.

»Mama, ich hab Hunger«, jammerte Miri, »und mir ist kalt. Können wir nicht da auch reingehen?« Sie wies auf das hell erleuchtete Lokal etwas oberhalb. Waltraut schüttelte traurig den Kopf. Boris gab Miri sein Brot, das er gerade angebissen hatte. »Da, ich kann auch den Apfel essen.«

Der Busfahrer kam mit einer Zigarette in der Hand auf sie zu. »Darf ich euch einladen?«, fragte er mit seiner vertrauenerweckenden Stimme, »mit den Suffköppen da drin hab ich keine Lust zu reden. Und wenn ich mich allein abseits setze, gelte ich schnell als arrogant.« Der große, dunkelhaarige Mann sah Waltraut aus braunen Knopfaugen an und strich sich verlegen über den schwarzen Schnurrbart. Er spielte den Bittsteller so überzeugend, dass Waltraut lachen musste: »Dann will ich mal nicht so sein.«

Drinnen bot ihre Gruppe lautstark das Bild von den hässlichen Deutschen. Die Frauen gaben sich noch ordinärer als die Männer. Waltraut schauderte. »Wenn das Freiheit sein soll, kann ich gut darauf verzichten.« Sie standen in der Schlange am Buffet und der Busfahrer hatte ihnen gerade gezeigt, dass sie sich jeder ein Tablett nehmen sollten, Besteck und die Teller mit dem Essen aus den Regalen vor ihnen. Er fragte sie halblaut: »Sag mal, seid ihr Zeugen Jehovas oder so etwas?«

Waltraut ließ vor Schreck fast ihren Teller vom Tablett rutschen. »Nein, wie kommst du denn darauf?«

»Nur so, meine Eltern sind Zeugen und solche Sprüche könnten auch von ihnen kommen.« Von der Kasse lotste er sie zu einem Tisch am Fenster. Schweigend platzierten sie Teller und Getränke auf der Resopalplatte. Die Kinder stürzten sich auf das Essen, Waltraut stocherte in ihrem Salat herum. Obwohl sie eigentlich Hunger hatte, bekam sie nichts herunter.

Der Busfahrer schnitt methodisch sein Wiener Schnitzel in kleine Stücke und nahm je Stückchen Fleisch etwas Kartoffelsalat dazu auf die Gabel. Nachdem er bis auf ein Sträußchen Petersilie alles aufgegessen hatte, legte er Messer und Gabel beiseite und sah sie forschend an. »Ein Flüchtling erkennt den anderen. Ich bin mit 16 aus der Sekte raus, weil ich den Druck und die Enge, das ständige Gerede von Schuld und Erbsünde nicht mehr ertragen habe. Ich weiß zwar nicht, woher ihr kommt, aber ich sehe, dass du auf der Flucht bist.«

»Woran?«, fragte Waltraut spontan und bedauerte im nächsten Moment die indirekte Zustimmung.

»An eurer Unerfahrenheit in alltäglichen Dingen. Ein bisschen an eurer Kleidung.« Er legte den Kopf schräg, wie um sich zu entschuldigen. »Sei nicht böse, aber Faltenrock und Bluse sind nicht sehr modern bei jungen Frauen heutzutage.« Nach kurzer Pause, in der Waltraut beschämt auf ihren Salat guckte, fügte er hinzu: »Bei sehr hübschen Frauen erst recht nicht. Komm, sieh wieder hoch. Ich wollte dich nicht beleidigen.«

Sie lächelte ihn zaghaft an.

»Ich bin sicher, dass ihr irgendwo herkommt, wo andere Regeln gelten als in der Welt, in der die da leben.« Er wies mit dem Kopf hinter sich.

Waltraut schwieg und schnitt Miri das Essen klein, obwohl das Mädchen protestierte.

Er legte seine Hand auf ihren Arm. »Lass dir doch ein bisschen helfen.«

»Ich lass mir doch helfen«, brauste sie auf, »aber muss ich dafür gleich meine Lebensgeschichte erzählen?«

»Nein«, brummte er, »du musst gar nichts. Ich hab nur gedacht, es würde dir guttun. Ich helfe dir auch ohne das.«

Die restliche Fahrt ging in Schweigen dahin. Allerdings war es kein mürrisches. Huckie ließ sich von einem Aushilfsfahrer ablösen, den Waltraut bislang als Mitreisenden wahrgenommen hatte. Auch Waltraut schaffte es einzuschlafen. Als sie wieder aufwachte, fuhr der Bus gerade auf den Schotter vor einem riesigen Hotel mit üppig verzierter Fassade. Draußen strahlte die Sonne. »Wir sind da«, rief Huckie und ließ zischend die Tür aufgehen. Von draußen drang frische Atlantikluft herein.

»Hier sollen wir wohnen?«, riss Waltraut staunend die Augen auf.

»Ja, ihr habt richtig Glück gehabt. Das hier ist ein gutes Hotel, ein früherer Stadtpalast mit Blick aufs Meer, bisschen ein verstaubtes Juwel. Der Strand heißt *Ondarreta*.«

Die Kinder waren schon nach draußen gelaufen, auf das Meer zu. »Mama, ist das schön!« Miri wirbelte jubelnd um ihre eigene Achse. Waltraut rannte hinter ihnen her und stellte sich in den Wind. So etwas hatte sie noch nie gesehen. Das Meer verlor sich glitzernd am Horizont. Es funkelte in der Morgensonne und die Luft roch salzig. So viel Schönheit machte sie sprachlos und ergriffen. Plötzlich fröhlich, wandte sie sich wieder zum Bus. Huckie holte die Koffer aus dem Gepäckfach. Sie ging zu ihm und tippte ihm auf die Schulter. »Danke!«

»Bitte! Und denk dran, lass dir nichts aufschwatzen.«

»Bleibst du eigentlich hier?«

»Die ganze Woche«, nickte er, »ich bin der für die Rundreisen, an denen du nicht teilnehmen solltest. Aber ich bin abends immer hier.« Er grinste. »Noch viel Zeit, mir deine Geschichte zu erzählen.«

Wie sollte sie bloß ihren Vater finden? Nach einem Tag in San Sebastian war Waltraut der Verzweiflung nahe. Was für eine Schnapsidee. Sie wusste aus dem Artikel zwar Namen und Vornamen des Vaters, wusste, dass er Arzt gewesen war und aus dem Baskenland stammte. Was sollte sie aber damit anfangen in einem Land, in dem sie nicht einmal die Sprache verstand? Das war ihr schon an der Rezeption schmerzlich bewusst geworden. Stur hatte sie sich der Nötigung der Reiseleiterin, Zusatzangebote zu buchen, entzogen, bis diese, wutentbrannt auf spanisch schimpfend, ihre Visa über den Rezeptionstisch fliegen ließ. Entsprechend reserviert war auch der Angestellte des Hotels und tat ihr gegenüber so, als verstünde er keinen Brocken Deutsch, obwohl er anderen Reisenden durchaus auf Deutsch antwortete. Einzig Huckies schiefes Grinsen aus dem Dunkel der Hotelhalle bewahrte sie vor zu viel Zaghaftigkeit.

Er zeigte ihr noch den Speisesaal und erklärte einem herbeieilenden Kellner, dass diese drei noch ein kleines Frühstück bräuchten, verabschiedete sich dann aber. »Wenn ich euch zu offensichtlich helfe, gibt das böses Blut bei den anderen Reisenden.«

So wuchteten die Kinder und sie ihr Gepäck in den dritten Stock und stellten fest, dass sie entgegen der Drohung der Reiseleiterin ein schönes großes Zimmer mit großem Doppelbett, kleinem Beistellbett und Balkon zum Meer beziehen konnten. Die Begeisterung der Kinder und ihre Erleichterung darüber, dass sie sogar ein eigenes Badezimmer hatten und nicht mehr nachts über einen schlecht beleuchteten Flur schleichen mussten wie in der Bahnhofsmission, ließen ihre Stimmung schnell wieder steigen.

Nach einer kurzen Pause auf dem Bett überredete sie die Kinder zu einem Fußmarsch nach San Sebastian. Der Morgen war noch frisch und die Luft duftete nach Meer. Sie wanderten bis zum Fischereihafen im Zentrum. Die Fischer kippten ihren Fang in große Kisten. Boris stand wie angewurzelt, den Arm um seine kleine Schwester gelegt. Waltraut sah sich um. Im Halbkreis standen um die Hafenbucht große, reich verzierte Häuser mit filigranen Balkonen. Am Ende der Bucht erhob sich eine Festung. Ein älterer Spanier beobachtete sie und drehte sich weg, als sie seinen Blick auffing. Jäh fühlte sich Waltraut schutzlos und lotste die Kinder in die Gassen der Altstadt, wo aus fast jedem dritten Haus köstliche Essendüfte wehten und in den Gaststätten Schinken an der Decke hingen. Miri machte sie auf kleine Schirmchen aufmerksam, die in das untere Ende der Schinken gesteckt waren. Boris klagte: »Ich hab Hunger.«

Waltraut nahm die Preise der Gastwirtschaft in Augenschein und beschloss, Geld für ein ordentliches Essen auszugeben. Huckie hatte ihr ein paar Peseten zugesteckt, als Dank dafür, dass sie auf der Fahrt Kaffee und Würstchen für die anderen Passagiere gekocht hatte. Sie setzte sich mit den Kindern an einen Tisch nahe der Tür. Ein Mann mit weißer Schürze trat zu ihnen und sprach sie auf Spanisch an. Waltraut blieb eine Antwort im Halse stecken. Boris half ihr aus der Verlegenheit und antwortete: »Hola.« Er wies mit drei Fingern auf seinen Mund. »Mangare.« Der Wirt schmunzelte, nickte und brachte ihnen einen Zettel mit handschriftlich aufgeführten Gerichten. Waltraut tippte auf das billigste Tagesgericht und signalisierte mit den Fingern, dass sie drei Portionen wollte.

Eine Viertelstunde später bekamen sie drei Mal Huhn gegart mit Orangen und Kartoffeln. Es schmeckte köstlich und Miri leckte den Teller ab, bevor Waltraut eingreifen konnte. Der Wirt brachte jedem Kind eine mit Eis gefüllte Orange. Er gestikulierte, dass der Nachtisch ein Geschenk des Hauses sei. Waltraut brachte nur ein gehauchtes »Gracias« zustande. Ihre mangelnden Sprachkenntnisse machten sie fast unterwürfig.

Mit vollem Magen und nach der kurzen Nacht gestaltete sich der Rückweg anstrengend. Miri jammerte über die Hitze und Boris wurde mürrisch. Ihre Laune sank zusehends. Wie naiv von ihr zu meinen, sie könnte hier etwas über ihren Vater erfahren. Wie wollte sie Nachforschungen anstellen, wenn sie kein Wort verstand und noch dazu wegen ihrer Unfähigkeit, sich zu verständigen, immer schüchterner wurde. Jetzt hatte sie schon so viel Geld für nichts und wieder nichts verplempert.

An der Rezeption stand inzwischen ein junger Mann, den sie noch nicht kannte, und lächelte sie gewinnend an. Waltraut nahm ihren Mut zusammen und fragte ihn auf Deutsch: »Haben Sie vielleicht ein Telefonbuch von San Sebastian?«

»Aber natürlich«, antwortete er mit schwerem Akzent, griff hinter sich und brachte ein schmales Buch zum Vorschein. »Suchen Sie etwas Bestimmtes?«

»Ich suche einen Familiennamen. Kann ich das Buch kurz an den Tisch dort hinten mitnehmen?«

Der Rezeptionist erlaubte ihr das lächelnd und sie ließ sich mitsamt dem Buch in eines der schweren Sofas fallen. Miri und Boris erforschten die Hotelhalle. Einen Eintrag für Mitxelenah gab es für San Sebastian nicht. Aber hier im armen Spanien hatten wahrscheinlich noch weniger Menschen Telefon als in Deutschland. Fast zu erschöpft, die Treppenstufen zu nehmen, brachte sie die Kinder aufs Zimmer und legte sich zusammen mit ihnen aufs Bett. Fast übergangslos fiel sie in einen tiefen Schlaf.

Als sie wieder aufwachte, war es schon dunkel. Die Kinder atmeten tief und sie fühlte sich allein. Zu Hause waren immer Menschen da gewesen, mit denen man sprechen konnte, wenn man ein Problem hatte. Aber hier war sie in einer anderen Welt und das Tabu, sich jemandem außerhalb der Gemeinschaft anzuvertrauen, saß tief. Um nicht in ihrer Trostlosigkeit zu versinken, stand sie auf und trat ans Fenster. Das Mondlicht schimmerte auf den Wellen, schemenhaft wuchsen zwei Inseln in den Horizont. Sie versuchte, die Tür zum Balkon zu öffnen, ließ aber sofort davon ab, als das Scharnier quietschte. Mit einem Blick auf die schlafenden Kinder entschied sie, es zu riskieren, sie für kurze Zeit allein zu lassen. Sie hinterließ Boris eine Nachricht auf dem hoteleigenen Papier und ging nach draußen.

Am Strand zog sie ihre Schuhe aus und vergrub die Zehen im kühlen Sand. Hier war die Einsamkeit schon nicht mehr so streng. Die Luft auf den Armen, der Hauch des Meeres und die Sternenkuppel über sich halfen ihr, wieder durchzuatmen, sich nicht mehr so verloren zu fühlen. Sie war allein, aber sie wurde auch in Ruhe gelassen, nicht mehr misshandelt. Es tat gut, am Leben zu sein. Das Geld war allerdings ein Problem. Auch wenn sie sich morgens beim Frühstück satt aßen, musste eine Mahlzeit pro Tag doch zusätzlich bezahlt werden. In keinem Fall würde viel für die Miete in Deutschland übrig bleiben. Sie seufzte. Dann mussten sie wieder zur Bahnhofsmission, bis sie Arbeit gefunden hatte. Vielleicht hatte Huckie ja einen Tipp, wie sie schnell in Lohn und Brot kommen konnte. Einen Lotsen durch diese fremde Welt brauchte sie, da machte sie sich nichts vor. Sie rappelte sich hoch und ging zurück zum Hotel, die Schuhe in der Hand. Wie gerufen kam ihr der Busfahrer entgegengeschlendert.

»Was machst du denn so spät noch draußen?«

»Ich hab nur mal Luft geschnappt.«

»Und die Kinder?«

»Schlafen. Ich hab Boris einen Zettel geschrieben.«

»Dann hast du ja Zeit, mit mir noch ein Gläschen Wein zu trinken.«

Waltraut zögerte, sie trank selten und dann auch nur zu besonderen Gelegenheiten. Wohin regelmäßiger Alkoholkonsum führte, das hatte sie ja bei Michael gesehen.

»Komm, ich werde dich schon nicht betrunken machen«, nahm er ihren Arm und zog sie in die Hotelbar. Sie sträubte sich nicht länger.

Mit trockenem Mund wachte sie am nächsten Morgen auf. Das Sonnenlicht war schon weit ins Zimmer gewandert. Wie hatte sie bloß so lange schlafen können. Erschreckt fuhr sie hoch. Wo waren die Kinder? Sie tastete neben sich und entdeckte, dass sie gar nicht im eigenen Zimmer war. Sie war nackt. Schnell angelte sie ihre Unterhose vom Fußende und erinnerte sich, wie sie diese Stunden zuvor mit einem Fuß vom anderen gestreift hatte. Sie war so scharf auf diesen Mann gewesen, dass sie gar nicht schnell genug aus den Klamotten hatte kommen können. Gott sei Dank hatte er wenigstens ein Präservativ benutzt. Bevor sie nicht wusste, welches *Blut* er hatte, durfte sie nichts riskieren. Verdreht und zerknüllt lagen Rock und Bluse am Boden. Hastig zog sie sich an. Hoffentlich waren die Kinder noch nicht total in Panik. Was war sie bloß für eine Mutter?

Die Tür ging auf und ein strahlender Huckie kam herein. »Na, Prinzessin? Eigentlich wollte ich dich wachküssen.« Verlegen nestelte Waltraut am Reißverschluss des Rockes herum. Warum musste der auch ausgerechnet jetzt klemmen? Mit Gewalt zog sie ihn zu. »Wie spät ist es denn?«

»Neun Uhr.«

»Ich muss sofort nach den Kindern sehen.« Sie eilte zur Tür und ignorierte Huckies Bestreben, sie in den Arm zu nehmen.

Er hielt sie auf. »Die beiden sitzen längst unten, essen sich durch das gesamte Frühstücksangebot und sind froh wie der Mops im Haferstroh.« Erstaunt hielt sie inne und sah den Fremden, den sie nur Stunden zuvor noch geküsst hatte, erstaunt an. »Ehrlich?«

»Wenn ich's doch sage.«

»Ja, aber …«

»Als du eingeschlafen warst, bin ich zu eurem Zimmer und hab einen Zettel unter der Tür hindurchgeschoben, Mama ist in Zimmer 307 und sie möchten hier an die Tür klopfen, wenn sie wach sind.«

»Und das haben sie gemacht?«

»Das haben sie gemacht und ich hab mich schnell angezogen und bin mit ihnen nach unten, hab ihnen gezeigt, wo sie was nehmen dürfen, und bin wieder hoch, um dich zu holen.« Plötzlich unsicher, fragte er: »War das falsch?«

»Nein, das war goldrichtig«, strahlte sie ihn an, umfasste mit der Hand seinen Nacken und zog ihn zu sich. Er strahlte zurück, vergrub seinen Kopf in ihrer Halsbeuge und umfasste ihre Taille. Sie löste sich schnell. »Komm, dann lass uns auch frühstücken gehen.«

Die Kinder saßen an einem großen Tisch im Wintergarten. Über Miris Oberlippe prangte ein schmaler Bart aus Schokolade, Boris kaute mit vollen Backen. Waltraut wurde leicht ums Herz. Sie hatte doch alles richtig gemacht. Es tat ihr gut, jemanden an ihrer Seite zu haben, und dass die Kinder deshalb irritiert sein würden, brauchte sie nicht zu befürchten. Sie waren nicht prüde erzogen und wenn Frauen einen anderen Mann nahmen, war das völlig normal für sie. Sie beschloss, der körperlichen Intimität mit Huckie ein bisschen Vertrauen folgen zu lassen.

Huckie zog Kreise in den Zucker. Das Geschirr war zwar längst abgeräumt, der Ober hatte sie aber noch mit ihren Kaffeetassen sitzen lassen und sogar Comics für die Kinder gebracht. »Du bist also vor deinem Mann geflüchtet?«

»Ja, sonst wäre ich wohl nie von zu Hause weg.«

»Hmm.«

»Was, hmm?«

»Ich weiß nicht, ob mir das gefällt.«

»Was«, brauste sie auf. »Was gefällt dir nicht? Dass ich meinen Mann verlassen habe oder dass ich hier meinen Vater suche?«

»Ich weiß nicht, ob es mir gefällt, dass vermutlich ein gewalttätiger Mann hinter dir her ist. Und damit auch hinter mir her, wenn ich mich weiter in dich verliebe.«

»Du hast dich in mich verliebt?«

Verlegen zupfte der große Mann an der Tischdecke herum, antwortete schroff. »Das merkt man doch wohl, oder?« Waltraut legte ihre Hand auf seinen Unterarm. Er sah sie bittend an. »Damit bin ich ja schon verwundbar genug. Ich weiß nicht … Ich meine, ich hab ja meine eigene Geschichte und mich mit Mühe aus einem sehr autoritären System befreit. Ich weiß nicht, ob meine Kraft reicht, dich auch noch zu beschützen.«

»Du musst mich nicht beschützen. Ich bin nicht schwach.«

»Aber unerfahren wegen dieser merkwürdigen Kommune, aus der du stammst.«

»Das schon – und ich wäre froh, wenn du mir helfen würdest.«

Huckie rührte in seinem Kaffee herum. Er lehnte sich zurück und verschränkte die Hände hinter dem Kopf. »Du meinst also, dein Vater stammt hier aus dem Baskenland?«

»Ja, und er heißt oder hieß Xavier Mitxelenah und ist oder war Arzt.«

»Woher aus dem Baskenland er kommt, weißt du nicht?«

Waltraut schüttelte den Kopf.

»Aber dass er Spanier war, weißt du?«

»Wieso, spielt das eine Rolle?«

»Na sicher, das Baskenland zieht sich über die Pyrenäen bis nach Frankreich herein.«

»Das wusste ich nicht.«

Ergeben ließ sich Huckie wieder nach vorne fallen. »Mensch, Waltraut, dich hat man aber bewusst doof gehalten.«

Verletzt presste Waltraut die Lippen zusammen.

Er streichelte ihre Hand. »Komm. Ich halt dich nicht für dämlich, im Gegenteil.«

»Danke.« Waltraut entzog ihm ihre Hand. »Also, er ist ganz sicher Spanier. Wie groß ist denn das spanische Baskenland?«

»Groß, ungefähr so groß wie Nordrhein-Westfalen. Für eine Suche wäre die französische Seite besser gewesen.«

»Ist das denn überhaupt wichtig, wo er herstammt?«

»Also, Waltraut! Wie willst du ihn denn sonst finden?«

»Und was mache ich, wenn ich das weiß?«

»Du könntest zuerst auf dem Friedhof gucken, ob er schon tot ist.«

Waltraut seufzte: »Das ist ziemlich wahrscheinlich, nicht?«

Huckie wiegte zweifelnd den Kopf. »Wann ist er denn geboren?«

»Weiß ich nicht. Aber meine Mutter ist 1909 geboren, sehr viel älter wird mein Vater auch nicht gewesen sein.«

»Dann wäre er heute also mindestens 64 Jahre alt.«

Huckie überlegte: »Das ist zwar nicht unbedingt alt, aber bei seiner Lebensgeschichte ... Die Jahre im KZ ... Das muss gesundheitliche Spuren hinterlassen haben. Außerdem, er hat sich ja nach Auskunft deiner Tante ...«

»Sie ist nicht meine Tante, sondern eine Freundin meiner Mutter.«

»Ja. Jedenfalls hat er sich wohl nie wieder gemeldet. Also steht zu befürchten ...« Er zögerte.

»... dass er schon lange tot ist. Das sagt Elfriede auch. Aber sie sagt, er ist vielleicht auch im Untergrund.«

»Also bei der ETA.«

Waltraut sah ihn fragend an.

»Sag bloß, du kennst die ETA auch nicht?« Ihr schuldbewusstes Grinsen war ihm anscheinend Antwort genug. »Ich weiß ja auch nicht viel über die ETA. Aber ich glaube, so lange gibt es die noch gar nicht. Jedenfalls nicht schon seit Ende des Zweiten Weltkrieges. Das spielt auch keine Rolle. Bevor wir uns mit solchen Spekulationen beschäftigen, solltest du zunächst mal wissen, ob er noch lebt.«

»Und wie stelle ich das fest?«

»In Deutschland würde man zum Standesamt gehen. Hier in Spanien? Ich schätze, ich würde ins Kirchenbuch gucken.«

»Was ist denn das?«

»Die Bücher, in denen der Pastor die Geburten und Todesfälle einträgt.«

»Das heißt, ich müsste wirklich wissen, wo er geboren ist?«

»Ja, vielleicht weiß deine Mutter das.«

»Die kann ich auf keinen Fall fragen, erstens würde sie mir nichts sagen, zweitens wüsste Michael dann sofort, wo ich bin.«

Ungläubig lehnte er sich zurück. »Deine Mutter würde dich an deinen gewalttätigen Ehemann verraten?«

Waltraut schwieg. Wie sollte sie erklären, dass daheim die Bande des Blutes wichtiger waren als Gefühle. Durch ihre Flucht hatte sie sich von der Gemeinschaft abgewandt und stand deshalb nicht mehr unter ihrem Schutz. Zumindest vermutete sie das. Vielleicht würde ihre Mutter ja auch zu ihr halten? Darauf wollte sie sich aber nicht verlassen.

»Und diese Elfriede?« Huckie gab nicht so schnell auf.

»Liegt mit einem Schlaganfall im Krankenhaus. Ich weiß gar nicht, ob sie überhaupt sprechen kann.«

Huckie überlegte. »Du hast gesagt, fast alles, was du weißt, hast du aus diesem Artikel in der *Newsweek*?«

»Ja, warum?«

»Na ja, die Newsweek gibt es immer noch. Vielleicht arbeitet der Journalist ja auch noch für das Blatt. Kannst du dich an den Namen erinnern?«

»Thomas Grant, glaube ich. Aber wie sollen wir das rauskriegen?«

»Ganz einfach. In San Sebastian gibt es einen Zeitschriftenladen mit internationaler Presse für alle Touristen, die inzwischen nach Spanien kommen. Ich kaufe einfach eine *Newsweek* und gucke ins Impressum.«

Waltraut, 24. Mai 1973

Der Bus war früh mit der Reisegruppe zu den Höhlen von Altamira in der Nähe von Santander aufgebrochen. Auch ihre Kinder waren dabei. Heute Morgen war ihr das noch als gute Idee erschienen. Nun fühlte Waltraut sich verlassen. Sie konnte sich kaum daran erinnern, jemals in ihrem Leben ganz alleine gewesen zu sein. Unentschlossen sah sie sich in der Lobby um. Die Sonne schien durch die Eingangstür und ließ das Fußbodenmosaik schimmern. Sie trat ins Freie. Es war warm geworden. In weiser Voraussicht hatte sie heute das Sommerkleid aus dem SkF angezogen. Es war schwarz, hatte dünne Träger, ein enges Miederoberteil und einen weiten, knöchellangen Rock. Es stand ihr hervorragend, sagte jedenfalls Huckie. Sie fühlte sich ein bisschen nackt. So etwas trug man bei ihnen zu Hause nicht. Seine Haut zu Markte zu tragen, sei einer Frau unwürdig, hatte die Mutter immer wieder betont. Wie stark solche Kleidung wirkte, konnte sie jetzt feststellen. Mancher Mann starrte ihr regelrecht auf den Busen und sie war versucht, ihrer Mutter recht zu geben, denn das war eher unangenehm. Die Sonne auf ihrer Haut fühlte sich allerdings toll an. Waltraut beschloss, zum anderen Ende der Bucht zu wandern.

Auf einem Hang über dem Meer ließ sie sich unter Nadelbäumen nieder, die Arme um die Knie gelegt. Von hier aus sah man nur türkisblaue Fläche, flache Wellen mit feinen Rändern weißer Gischt. Der Wind vom Meer strich über ihr Gesicht.

Vor gut einer Woche war sie noch in Kassel im Krankenhaus gewesen. Donnerstag bei Marianne. Sonntagabend und Montag in Kassel und Dienstag schon auf dem Weg hierher. Heute war Donnerstag und übermorgen ging die Fahrt ins graue Deutschland zurück. Blieben ihr noch nicht einmal zwei Tage in Spanien. Aber wie sollte sie am Samstag unverrichteter Dinge wieder mit Huckie zurückfahren? Sie stünde dann nur mit noch weniger Geld in Deutschland da, ohne die Aussicht, so schnell wieder herzukommen. Neidisch sah sie auf die Segelboote auf dem Meer. Diese Menschen machten wirklich Urlaub, hatten genug Geld, um das zu tun, brauchten sich um nichts Sorgen zu machen. Wahrscheinlich wussten sie nicht einmal, wie gut sie es hatten. Plötzlich müde, streckte sie sich auf dem warmen, nadelbedeckten Boden aus. Am Himmel trieben Schäfchenwolken, die Luft war warm, es roch leicht harzig nach trockenem Holz, die Sonne malte schimmernde Flecken auf den Boden. Sie driftete weg und schlief ein.

Im verrauchten Büro hinter der Portiersloge wartete Waltraut mit klopfendem Herzen darauf, dass eine Verbindung zustande kam. Bis zu einer Viertelstunde wiederholten Wählens könne das kosten, hatte Huckie sie vorgewarnt, denn so viele Leitungen ins Ausland gab es nicht. Sie wurde immer nervöser, denn hier im Büro der Hotelleitung durfte sie sich auch als Gast eigentlich nicht aufhalten. Vom Zimmer aus zu telefonieren, hätte sie jedoch endgültig ruiniert. Also hatte der junge Rezeptionist ein Auge zugedrückt und Huckie zuliebe eingewilligt, sie hier telefonieren zu lassen. Ständig rechnete Waltraut nun damit, dass der Hoteldirektor hereinkam, obwohl er vormittags selten hier war. Ihre Finger glitten fast auf der Wählscheibe ab, so feucht waren sie inzwischen. Endlich knackte es und das Büro in Bonn, in dem laut Impressum Thomas Grant arbeitete, meldete sich. Schnell wurde sie verbunden.

»Thomas Grant.«

»Ja, guten Tag, mein Name ist Waltraut Hofmann. Entschuldigen Sie die Störung. Ich habe eine ganz dumme Frage.«

»Es gibt keine dummen Fragen, nur dumme Antworten«, antwortete der Mann mit melodischer Stimme und einem kaum wahrnehmbaren britischen Akzent. »Was wollen Sie mich denn fragen?«

»Sie haben 1946 einen Artikel veröffentlicht, in dem ging es um einen baskischen ehemaligen KZ-Häftling und eine deutsche Ärztin. Erinnern Sie sich daran?«

»Wie heute«, antwortete der Mann, »und Sie heißen Hofmann wie die Ärztin damals. Sind Sie verwandt?«

»Ich bin ihre Tochter.« Erleichtert registrierte Waltraut, wie sich ihre zitternde Stimme langsam beruhigte. »Ich war nicht sicher, ob ich Sie behelligen darf«, nahm sie frischen Schwung, »aber ich suche meinen Vater und ich dachte, Sie könnten mir vielleicht mit ein paar Informationen weiterhelfen.«

»Gerne, wenn ich kann. Diese Geschichte war eine der ersten, die ich damals als junger Korrespondent in Deutschland gemacht habe, und sie ist mir lange nicht aus dem Kopf gegangen. Wenn Sie heute Ihren Vater suchen, ist sie nicht gut ausgegangen, vermute ich?«

»Nein, leider nicht. Ich habe bis vor Kurzem nicht einmal gewusst, wer mein Vater ist.«

»Und jetzt suchen Sie nach Ihrer Herkunft. Wie kann ich Ihnen dabei behilflich sein?« Waltraut schilderte ihm, dass sie in San Sebastian sei, in der irrigen Hoffnung, hier die Spur ihres Vaters aufzunehmen. Was aber nahezu unmöglich sei, ohne seinen Herkunftsort zu kennen. In der Verbindung knackte es vernehmlich. Der Journalist hörte zu. »Ich gehe mal davon aus, dass Sie Gründe haben, nicht Ihre Mutter zu fragen«, meinte er schließlich. »So aus dem Stand heraus kann ich Ihnen aber auch nicht weiterhelfen. Dafür ist die Geschichte dann doch schon zu lange her.« Er überlegte, den Geräuschen nach zu urteilen, zog er dabei immer wieder schmatzend an einer Pfeife. »Ich mache Ihnen einen Vorschlag. Ich bin im Moment dabei, meine Artikel der Nachkriegszeit für ein Buch neu zu bearbeiten. Dafür sichte ich ohnehin meine alten Notizen. Wenn Sie mich morgen um die gleiche Zeit noch mal anrufen, dürfte ich mehr für Sie haben.«

»Danke schön.«

»You're welcome.« Er machte eine kurze Pause. »Dürfte ich Sie im Gegenzug um einen Gefallen bitten?«

»Ja, natürlich.«

»Wenn Sie wissen, was mit Ihrem Vater passiert ist, geben Sie mir dann Bescheid? Dahinter steckt eine gute Geschichte. Das sagt mir mein Instinkt.«

Waltraut versprach es und legte erleichtert auf. Das Gespräch selbst hatte kaum fünf Minuten gekostet.

Morgen also würde sie mehr erfahren, dann konnte sie in Vaters Geburtsort nach einer Spur oder noch lebenden Verwandten suchen. Ihr Blick fiel auf das mit einem Plastikviereck umrandete Datum des Kalenders an der Wand. Nichts würde sie können. Samstag fuhren sie in aller Herrgottsfrühe zurück. Dann war das alles hier vergeblich gewesen. Sie sah in ihrer Geldbörse nach. 100 Mark waren übrig. Damit konnte sie in Kassel gerade mal einen Monat die Miete bezahlen. Selbst wenn sie morgen erfuhr, woher ihr Vater stammte, würde ihr das nichts mehr nützen, denn hierher käme sie so bald nicht mehr. Okay, wer A sagte, musste auch B sagen.

Waltraut, Juni / Juli1973

Leise suchte sie ihre Sachen zusammen und zog sich im Halbdunkeln an. Miri sägte auf dem Rücken leise vor sich hin, Boris schlief bäuchlings, den Kopf im Kissen vergraben. Beider Betten standen hintereinander an der Längsseite der Kammer, sie schlief gegenüber auf einem Bettgestell, das in eine Aussparung zwischen Schrank und Wand auf Kanthölzer genagelt war. Von draußen sickerte von der Morgendämmerung etwas Helligkeit herein. Auch bei strahlendem Sonnenschein kam hier nur wenig direktes Licht an. Das schmale Fenster ging zu einem engen Lichtschacht hinaus. Für sie begann der Tag früh, seit sie in diesem Hotel Zimmermädchen war, und manchmal ging er bis in die Nacht hinein. Trotzdem war sie froh, hierbleiben zu können. Huckie hatte das gedeichselt. Hilfreich war dabei, dass für die kommende Sommersaison viele deutsche Gäste erwartet wurden, die es schätzten, wenn man ihre Sprache sprach. Seit Beginn der Woche befestigte Waltraut nun jeden Morgen die weiße Haube auf ihren Haaren und band die zierliche Schürze über einem schwarzen Kleid. So wie jetzt.

Um die Kinder nicht zu wecken, zog sie die Tür behutsam zu und ging die Treppe zur großen Hotelküche herunter, denn dahinter befanden sich die Räume, in denen alle Putzmaterialien aufbewahrt wurden. Mit inzwischen schon geübtem Griff füllte sie die Flaschen mit dem Reinigungsmittel auf, nahm ein paar saubere Putzlappen aus dem Regal, steckte Staubfänger und Scheuertücher in den Wagen, der ihr zugeteilt war, und schob alles zum Lastenaufzug. Sie fingen eigentlich meist unten an zu putzen und arbeiteten sich dann nach oben weiter. Heute war sie aber alleine und musste sich sputen. Deshalb fing sie oben an, dort waren weniger Zimmer belegt. Es war wahrscheinlich eine Ehre, dass die Hausdame ihr so etwas schon selbst überließ. Sie war schnell und gründlich und hatte sich damit den Respekt ihrer Chefin erworben. Auch das übrige Personal begegnete ihr freundlich und Waltraut war für jedes Lächeln dankbar. Denn verständigen musste sie sich nach wie vor mit Händen und Füßen. Als wäre sie plötzlich taubstumm geworden. Das machte sehr einsam. Noch dazu war Huckie abgereist. Erst wenn dieses Hotel wieder eine Reisegruppe seines Arbeitgebers aufnahm, konnte er zurückkommen. Mit den Kindern konnte sie natürlich sprechen, aber um Miri machte sie sich Sorgen. Das kleine Mädchen wirkte oft verloren, wenn es hinter dem Haus allein auf der Schaukel hin und her schwang, wie um sich zu beruhigen. Oft verbrachten die Kinder ihre Tage auf dem Zimmer, spielten dort und lasen immer neue spanische Comics, die ihnen das Personal zusteckte. An den Mahlzeiten der Angestellten unten in der Hotelküche durften alle drei teilnehmen. Allerdings erst, wenn im Speisesaal die letzten Gäste gegangen waren, und das konnte schon mal um zehn Uhr abends sein. Wenn danach nichts mehr anlag, gingen die Kinder und sie meist noch mal kurz an den Strand, bevor sie alle um zwölf ins Bett fielen und Waltraut um fünf Uhr morgens wieder aufstehen musste.

Die Tür des Lastenaufzugs glitt auf. Sie schob den Wagen hinein und drückte auf den Knopf des oberen Stockwerks. Die Kabine rumpelte langsam nach oben. Mit der Suche nach ihrem Vater war sie bisher kaum weitergekommen. Der Journalist hatte ihr zwar in der letzten Woche schon den Geburtsort ihres Vaters nennen können, aber das hatte nicht weit geführt, obwohl sie und die Kinder am nächsten Tag mit dem Bus zum Friedhof nach Hernani gefahren waren. Sie war überrascht, wie anders dieser Friedhof im Vergleich zu einem deutschen war, fast jeder Grabstein und jedes Holzkreuz waren mit einem Foto geschmückt. Ernst wirkende Gestalten sahen sie aus dem Jenseits an. Miriam und Boris waren von einem Grab zum anderen gestromert, konnten sich gar nicht sattsehen. Sie suchte nach

Ähnlichkeiten. Ein Grab für Xavier Mitxelenah fand sie jedoch nicht. Nach ihrem dritten Rundgang entschloss sie sich, die Kirchenbücher einzusehen. Aber sie traute sich nicht zu, ein solches Anliegen auf Spanisch vorzutragen. Nachdem sie einige Male unentschlossen um das Pfarrhaus herumgegangen waren, gab sie sich einen Ruck. Die Kinder teilten sich die eingepackten Butterbrote im Schatten eines Baumes.

Ihr Ziehen an einem altmodischen Klingelzug rief eine winzig kleine, schwarz gekleidete sehr alte Frau herbei. Waltraut grüßte unbeholfen mit »Buenos dias«, machte dann eine Kunstpause, fragte »Eglesia«, klappte pantomimisch ein Buch auf, tippte mit dem Finger auf die imaginären Seiten und sagte abermals »Eglesia«. Die alte Frau sah sie fragend an. Waltraut versuchte es abermals, schlug sich mit der flachen Hand auf die Brust, sagte: »Mi Padre. Xavier Mitxelenah!«, zuckte mit den Schultern und fragte: »Muerte?«, schlug dann abermals ihre Luftseiten auf und tat so, als suche sie mit dem Finger die Seiten ab. Die alte Frau schüttelte nur den Kopf und schlug ihnen die Tür vor der Nase zu. An diesem Abend war Waltraut froh, nicht mit zurück nach Deutschland gefahren zu sein. Sie würde hierbleiben, bis sie Spanisch gelernt hatte oder jemanden fand, der übersetzen konnte. Deshalb war sie hier. Der Aufzug hielt mit einem Ruck.

Waltraut arbeitete sich methodisch von Zimmer zu Zimmer. Langsam belebte sich das Haus. Türen gingen auf, wurden geschlossen. Stimmen ertönten, wurden lauter, verebbten. Kinder brabbelten, lachten, weinten. Manche Gäste lächelten sie an, wenn sie ihnen auf dem Flur begegnete, und grüßten, andere ignorierten sie. Manchmal waren das aber die, die besonders viel Trinkgeld hinterließen. Unten in der Halle winkte Miguel, der Rezeptionist, sie zu sich heran und schob ihr ein dünnes Heftchen zu. *Universidad Deusto*, las sie. »Das ist eine Universität, die eine Niederlassung in San Sebastian hat. Vielleicht findest du darin einen Spanischkurs.«

Unsicher nahm sie am ersten Tag des Lehrgangs an einem zerkratzten Holztisch Platz. Neben ihr kritzelte eine hübsche schwarzhaarige Frau mit langem Zopf etwas in ein Schulheft. Waltraut fragte sich kurz, warum eine Spanierin noch Spanisch lernen musste, als die Lehrerin schon die Stunde eröffnete, ihre Schüler auf Spanisch begrüßte und an die Tafel schrieb: »Warum Deutsch lernen?«

Waltraut zeigte sofort auf: »Entschuldigung, ich glaube, ich hab mich in der Tür geirrt. Ich kann Deutsch und wollte Spanisch lernen.«

Die etwa 30-jährige Lehrerin schaute bestürzt unter ihrem Pony hervor. »Oh, das tut mir leid. Da muss die Verwaltung etwas falsch verstanden haben. Wir bieten gar keine Spanischkurse an.«

Jetzt hatte sie die Kursgebühr völlig umsonst bezahlt und ihre Sprachkenntnisse reichten vermutlich nicht einmal, um das Geld zurückzufordern. Waltraut presste die zitternden Lippen zusammen, um nicht in Tränen auszubrechen. Hektisch suchte sie ihren Block und Füllfederhalter zusammen. Eine zierliche Hand berührte sie an der Schulter. Waltraut wischte sich die Augenwinkel und sah hoch. Die Lehrerin lächelte sie an. »Das ist doch eigentlich überhaupt kein Problem. Ich schreibe immer beide Wortbedeutungen an die Tafel, und während die anderen Deutsch lernen, lernen Sie halt die spanische Bedeutung.«

»Aber keine Grammatik.«

Die Lehrerin verzog zustimmend den Mund und nickte. »Das stimmt. Aber wissen Sie was, wenn Sie mir hier helfen, hänge ich an den Unterricht für Sie eine halbe Stunde spanische Grammatik dran.«

»Wie könnte ich Ihnen denn helfen?«

»Sie könnten sich hier im Kurs als Partner für Konversation zur Verfügung stellen. Nur ein Muttersprachler beherrscht die deutsche Aussprache perfekt. Sie hören doch, wie stark allein mein Akzent ist. Sie wären mir wirklich eine große Hilfe.«

Petra wurde ihre erste Freundin außerhalb der Gemeinschaft. Nach dem Sprachkurs brachte sie Waltraut meist mit ihrem Fiat 500 ins Hotel zurück und zeigte ihr und den Kindern an Waltrauts freiem Tag die Umgebung. Nur bei ihrem Fahrstil wurde Waltraut angst und bange. Die Straßen um San Sebastian herum waren kurvig und fielen steil zum Atlantik ab. Zwar waren die Fahrbahnränder durch eine Mauer geschützt, die war aber oft so niedrig, dass sich Waltraut leicht vorstellen konnte, wie das kleine Auto darübersauste. Zu allem Überfluss beschleunigte Petra vor den Kurven noch, um erst kurz vor dem Scheitelpunkt zu entkuppeln, Zwischengas zu geben und einen Gang niedriger zu schalten. Heute begrüßte sie den Ortseingang von Irun erleichtert. Petra parkte auf dem Parkplatz einer Fabrik. Am First prangte das Firmenemblem, ein pausbäckiges Kleinkind, das mit großem Genuss aus einer Tasse Schokolade trank. Der Schriftzug *Chocolates y Bombones* bestätigte, dass hier Schokolade und andere Süßwaren hergestellt wurden. »Mein Vater hat jahrelang hier gearbeitet«, erklärte Petra, »deshalb fahre ich aus alter Gewohnheit immer noch hierher, wenn ich in der Nähe des Zentrums parken möchte.« Petra schlug vor nachzusehen, ob heute Produktionsabfälle verkauft würden. »Das, was vom Band gefischt wird, weil es nicht mehr so schön ist.«

Eine halbe Stunde später gingen sie, beladen mit einer großen Papiertüte voller Schokoladenbruch, den Hügel in Richtung Innenstadt herunter. Am Fuß der Straße wies Petra auf ein großes Mehrfamilienhaus mit messingbeschlagener Tür und glänzenden Klingelbrettern hin. »Hier haben wir gewohnt, als mein Vater noch lebte.«

Das Haus sah großbürgerlich aus. »Dann war dein Vater aber kein einfacher Arbeiter.«

Petra schüttelte den Kopf. »Nein, leitender Angestellter, aber das hat uns nicht viel genützt, als er tot war.« Die Witwenrente der Mutter sei so niedrig gewesen, dass sie sofort hätten umziehen müssen. »Nur weil meine älteren Brüder nach Deutschland gegangen sind, um dort zu arbeiten, und jeden Monat Geld schickten, haben wir noch halbwegs anständig leben können und ich konnte die Schule beenden.«

»Deshalb das Interesse an der deutschen Sprache?«

»Ja, und weil deine Landsleute hier eine Menge Geld lassen. Du kannst dir nicht vorstellen, wie arm Spanien war, bevor die Touristen kamen. Das Baskenland ist ja noch verhältnismäßig reich. Du müsstest mal Andalusien sehen. Da haben jahrhundertelang ein paar Großgrundbesitzer die Landbevölkerung bis aufs Blut ausgepresst. Es gibt dort Städte, da sieht man heute mehr Verkrüppelte und Behinderte auf den Straßen als gesunde Menschen.«

»Sag mal, bist du eine Linke?«

Petra sah hinter sich, wie um zu sehen, ob dort ein Spitzel lauerte, und sagte widerwillig: »Es gibt keine Linke im franquistischen Spanien. Das solltest du auch langsam wissen. Außerdem hat gerade der Caudillo durch seinen Stabilisierungsplan dem Land sehr genützt und dabei auch die einfachen Menschen nicht vergessen.«

»Was hat er denn getan, der Caudillo?«

»Innerhalb der letzten 14 Jahre ist Spanien vom Niveau eines Entwicklungslandes auf den 10. Platz der Industrienationen aufgestiegen. Das Pro-Kopf-Einkommen stieg von unter 400 Dollar auf heute etwa 2000 Dollar pro Jahr«, dozierte die Freundin, »das soll uns erst mal einer nachmachen.« Sie wies auf den großen Platz mit Straßencafés, in den sie gerade einbogen. Um sie herum erhoben sich große Sandsteinhäuser. »Irun war nie eine arme Stadt. Aber gerade in den letzten Jahren hat sie sich sehr herausgemacht.« Waltrauts Blick fiel auf einige Männer, die vor einem Café saßen. Einer von ihnen, etwa 40 Jahre alt, sah ihnen aufmerksam hinterher. Er trug einen korallenfarbenen Pullover, der schon von Weitem teuer aussah. Sie ließen die Cafés links liegen und gingen eine kopfsteingepflasterte Straße entlang. Miri und Boris liefen, die Papptasche in der Mitte zwischen sich schlenkernd, zwei Meter vorneweg. Waltraut versuchte, auf ihr Thema zurückzukommen. Sie erzählte, dass ihre Mutter, obzwar sicher keine Linke, der Meinung sei, die Weltwirtschaft leide daran, dass Kapitaleigner nur durch Zins und Zinseszins bewegt werden konnten, ihr Geld wieder in Umlauf zu bringen. »So verdienen sie am Geld, werden immer reicher und alle, die kein Kapital haben, immer ärmer.« Das sei dafür verantwortlich, dass die Welt immer gieriger werde. Außerdem zerstöre die Industrialisierung die Natur. Deshalb sei es besser, zu einem einfachen Leben zurückzukehren.

»Deine Mutter spinnt doch«, erwiderte die Freundin. »Dieser Zurück-zur-Natur-Quatsch. Das klingt fast wie die ETA mit ihrer Verherrlichung der baserria.«

»Was ist denn baserria?«

»Das ist Euskara für Bauernhof, bedeutet aber weit mehr als den Hof. Die baserria ist für einen Basken wichtiger als die eigentliche Familie. Jeder, der auf dem Hof lebt, gehört dazu, und ihre Bewohner sind häufig eher unter dem Hofnamen bekannt als unter ihrem Familiennamen. Baserrias sind Selbstversorger, den größeren Rahmen bildet das Dorf – herri. Ein Dorf wird aus verschiedenen Nachbarschaften, den baserriak, gebildet. Sie sind durch gegenseitige Tauschhandlungen aneinander gebunden. Auch da spielt Geld im Binnenverhältnis kaum eine Rolle.«

»Und wieso ist das Quatsch?«

»Als Lebensform ist das natürlich kein Quatsch, unsinnig wird es erst, wenn die Verherrlichung beginnt. Die Verherrlichung als einzig menschenwürdige, egalitäre Gesellschaftsform. Etwas, das mit dem eigenen Leben verteidigt werden muss.«

»Aber wenn es eine menschenwürdige, egalitäre Gesellschaftsform ist?«

»Ach, es gibt keine Gruppe, in der es keine Hierarchien gibt, da macht eine baserria keinen Unterschied, und auch wenn die Höfe einander gleich sind, ist das Leben bestimmt nicht für alle Bewohner dort angenehm. Und erst recht nicht für die Frauen. Außerdem ist eine baserria in der modernen Welt ökonomisch und politisch völlig bedeutungslos.«

»Vielleicht ist die moderne Welt ja auch falsch.«

»Also ich möchte nicht in einer Welt leben, in der Krankheiten drei von fünf Kindern sterben lassen, in der Frauen oft nur 40 Jahre alt werden, weil Schwangerschaften und harte Arbeit sie ausmergeln und früh dahinraffen, in der es für die meisten Menschen nicht die Freuden von Literatur und Bildung gibt, einfach, weil sie nicht lesen können, in der niemand sauber ist und auch alles in der Umgebung vor Schmutz starrt, man auf faulenden Strohsäcken schläft, gewärmt, aber auch fast erstickt vom Qualm des Herdfeuers und dem Gestank der Tiere. Warum soll man dahin zurückwollen?« Petra stand Schweiß auf der Stirn, so sehr hatte sie sich in Rage geredet.

»Was man nicht kennt, vermisst man auch nicht. Und die Freuden der Literatur können durchaus von den Schönheiten einer nicht verseuchten Natur aufgewogen werden.«

»Die kann man auch trotz Bildung genießen.« Petra wies mit raumgreifender Handbewegung auf den Fluss, an dem sie inzwischen angekommen waren, die Berge im Hintergrund, das gegenüberliegende Flussufer in sattem Grün. »Bitte. Selbst mitten in der Innenstadt gibt es hier jede Menge Natur.«

»Bis alles zugemauert und betoniert wird.«

»Stadtluft macht frei, nicht der Mief der Heimat.«

»Frei und einsam!«

»Besser, als geborgen und unterdrückt.«

Waltraut lachte und gab sich geschlagen. Die Freundin hatte ja recht. Das Alleinsein war manchmal besser auszuhalten als die Einsamkeit neben Menschen, die sie nicht respektierten. Das spürte sie inzwischen. Petra breitete auf einer niedrigen Mauer am Fluss eine Decke aus und drapierte Teller, Tassen, belegte Brote, eine Schüssel mit Salat und hart gekochte Eier darauf. Sie hatten sich angewöhnt, auf ihren Ausflügen zu picknicken. Das machte den Kindern Spaß und kostete fast nichts. Eine ganze Weile aßen sie schweigend. Der Fluss kühlte die Luft des Sommertages angenehm ab. Ein Baum spendete Schatten. Boris streckte sich auf der Mauer aus und schlief ein. Miri nutzte das, um die Tasche mit Schokolade weiter zu plündern.

»He, lass Boris auch noch was übrig. Sonst kriegt ihr gleich richtig Krach miteinander.«

Miri seufzte mit zarter Stimme: »Ich kann sowieso nicht mehr«, legte ihr Köpfchen in Waltrauts Schoß und machte ebenfalls die Augen zu.

Petra ließ ihre Beine baumeln. »So kann man es aushalten. Wann endet eigentlich dein Vertrag?«

»In einem Monat.« Ende August war die Sommersaison vorbei und damit auch ihre Stellung im Hotel.

»Willst du dann wieder nach Deutschland?«

»Was bleibt mir übrig? Im Winter finde ich wahrscheinlich hier keine Arbeit.«

»Warum hast du dann überhaupt Spanisch gelernt?«

»Gute Frage«, Waltraut stützte ihre Ellenbogen auf die Knie, »manchmal weiß ich das selbst nicht mehr.«

»Hatte es etwas mit einem Mann zu tun?«

»Nein«, antwortete Waltraut empört, »oder doch, wie man's nimmt.«

»Also bist du deinem Huckie doch in Gedanken untreu?« Petra hatte Huckie bei seinem letzten Besuch kennengelernt und prophezeit, dass Waltraut ihn verlassen werde, nicht er sie.

»Nein. Eigentlich geht es um meinen Vater. Der war Spanier und ich weiß nicht, ob er noch lebt, finde aber keine Spur von ihm, solange ich mich nicht verständigen kann.« Sie erzählte Petra, was sie vorher schon Huckie erzählt hatte, auch von ihrem blamablen Versuch, an die Kirchenbücher heranzukommen.

»Er heißt Mitxelenah? Bestimmt?«

»Ja. Ist an dem Namen etwas Besonderes?«

»Im Baskenland schon. Ein Koldo Mitxelena ist Linguist, ein Professor an der Universität von Santander, leitet die Baskische Akademie und hat einen Sprach- und Schriftstandard für Euskara geschaffen.«

»Meinst du, ich könnte mit dem verwandt sein?«

»Dein Mann sucht dich«, Huckies Stimme klang gepresst, das konnte sie trotz der schlechten Verbindung hören. Dass er sie überhaupt ans Telefon der Hotelleitung hatte holen lassen, war kein gutes Zeichen. Personal wurde hier normalerweise nicht angerufen oder nur in Notfällen, wenn, wie vor Kurzem, das Kind der Hausdame verunglückt war. Waltraut hatte sich deshalb schon mit einem dicken Kloß im Hals in das Zimmer hinter der Rezeption begeben. Auf das, was Huckie ihr jetzt mit rauer Stimme erzählte, war sie jedoch nicht vorbereitet: Michael wusste, dass sie in Spanien war! »… dann hat er die Dame beim Passamt bezirzt und noch erfahren, dass unser Unternehmen dir geholfen hat, die Visa zu beantragen.«

»Darf eine Behörde denn einfach solche Auskünfte geben?«

»Sie darf«, meinte Huckie, »wenn ein Vater wissen will, wo seine Kinder sind, hat er natürlich ein Recht dazu. Gestern jedenfalls war er hier und wollte wissen, wohin genau deine Reise gegangen ist.«

»Und woher weißt du das?«, fragte Waltraut beklommen.

»Weil sie mich geholt haben, so nach dem Motto: Du hast doch die junge Frau und ihre beiden Kinder damals mitgenommen.«

»Und was hast du gesagt?«

»Ich war völlig überrumpelt – und hab gesagt, du seiest in Spanien geblieben, würdest deinen Vater suchen.«

»Huckie!«, schrie Waltraut fast ins Telefon, mäßigte sich aber sofort mit Blick auf die Tür. »Wie konntest du?«

»Ja, Mensch, ich hab einfach nicht so schnell geschaltet, hab deinen Mann auch nicht direkt gesehen und hab geblubbert, ohne meinen Kopf zu benutzen.« Kleinlaut meinte er: »Es tut mir ja selber leid, aber er hätte es auch so rausgekriegt, wenn er weitergebohrt hätte, unsere Empfangspüppi war schon dabei, die Reiseunterlagen herauszusuchen, und dabei ist immer eine Liste mit den Passdaten, die wir an der Grenze vorlegen und in der die Grenzer jeden Reisenden, von Sitz zu Sitz gehend, im Bus abhaken.«

»Und was haben die gesagt, als ich auf der Rückfahrt nicht dabei war?«

»Ich habe ihnen erklärt, dass du Arbeit gefunden hast. Soweit ich weiß, hatte das Hotel sofort ein ganz normales Arbeitsvisum für dich beantragt. Das habe ich deinem Mann aber nicht gesagt.«

»Trotzdem kann Michael ganz leicht herauskriegen, wo ich bin.«

Huckie holte tief Atem. »Das muss er gar nicht mehr. Er hat gleich die nächste Busreise nach Spanien gebucht, und die geht zu euch. Das heißt, morgen bringe ich ihn mit.«

Boris, 25. März 2006

Bebend krümmte sie sich unter seinen Fingern, reckte ihm ihr Becken entgegen, ihr Busen rund, der volle Mund durchblutet, hungrig den seinen suchend. Sie wollte nichts anderes mehr als ihn. Ja!

Wenige Minuten später lagen sie verschwitzt nebeneinander. Die Sonne schien durch die blauen Vorhänge und tauchte das Zimmer in hellviolettes Licht. Vorsichtshalber hatte er heute Morgen das Fenster geschlossen. Er schätzte es nicht, wenn die Nachbarn mithörten. Und Katja hatte schon nachts in ziemlich eindeutiger Weise gestöhnt. Er rekelte sich. Meistens hatte er es nach so einer Nacht sehr eilig, aus dem Bett zu kommen, lud die Frauen zu einem Brunch im Tex-Mex-Lokal um die Ecke ein, sagte dann Adieu und blieb freundlich indifferent, wenn sie das GANG wieder besuchten. In den seltensten Fällen hatte er Lust auf eine Wiederholung. Dieses Wesen neben ihm aber hatte etwas. Sie roch gut, selbst nach dem Schlafen noch. Ihre helle, rosig durchscheinende Haut und das hellblonde lange Haar gaben ihr etwas Nymphenhaftes, obwohl sie ihren Erzählungen nach bestimmt Mitte 30 war. Zu ihrer ätherischen Erscheinung kontrastierten dunkle Augen und dieser unglaubliche Mund.

Der war ihm gestern Abend als Erstes aufgefallen. Rote Lippen wie frisch geschminkt. Er hatte drauf geachtet, ob Lippenstift am Rand war, als er ihr Glas abräumte, und keine Spur davon gefunden. Blondie saß mit ihrer Freundin an der Theke. So konnte er sie gut beobachten, ohne dass es auffiel. Sie redete lebhaft, gestikulierte viel, das Gesicht immer in Bewegung. Wenn sie lachte, war sie strahlend schön. Als sie bei der nächsten Bestellung seinen Arm streifte, wusste er, dass er sie wollte. In solchen Fällen kam ihm immer zu Hilfe, dass er in seinem Laden die Regie führte und die meisten Frauen auch ihn nicht von der Bettkante schubsen würden, wie es mal eine ausgedrückt hatte. Und heute war er noch dazu frisch vom Snowboarden gekommen, gebräunt wie ein Skilehrer.

Er mixte einen *Take five*, eine eigene Kreation aus Captain Morgan Rum, Batida de Coco, Kaffeelikör und Sahne, schüttete die cremige Flüssigkeit in hohe Gläser und stellte sie den Freundinnen als Geschenk des Hauses vor die Nase. Die meisten Frauen mochten das süße, klebrige Zeug und merkten nicht, wie sehr der 70-prozentige Rum darin knallte. Seine Auserwählte aber schob das Getränk nach einem Schluck von sich. »Tut mir leid, ich bin nicht so eine Süße.«

»Du magst es also lieber etwas herber?«, beugte er sich zu ihr.

Sie kräuselte die Lippen, als wüsste sie nicht, ob sie auf seine unverhohlene Baggerei eingehen sollte. Bevor sie sich entschließen konnte, fragte er: »Was hörst du gerne? Ich mache ab jetzt nur noch für dich Musik.«

»Oh, das wirst du nicht da haben.«

»Wenn es nicht gerade Dietrich Buxtehude ist, probier's mal.«

»Ich höre zurzeit viel Old-School-Hip-Hop und frühen Punk.« Sie guckte ihn an, als wollte sie sagen: Und jetzt?

»Mit Grandmaster Flash, den Ramones oder The Clash kann ich bestimmt dienen.«

»Das wär doch schon mal was.«

Schwungvoll ging Boris zu seiner Anlage. Die Musikwünsche der Dame hatte er zwar tatsächlich nicht auf dem Notebook, das den Sound normalerweise steuerte, aber er legte ab und zu auch noch mal gerne Vinyl auf. Dann musste er halt in seinen alten Platten kramen. Schnell fiel ihm die Maxi-LP *The Message* in die Hände. Er lehnte *London Calling*, *Rocket to Russia* und das erste Album der Nina Hagen Band daneben. Dazu die melancholisch schwebende Scheibe *This is the Ice Age* von Martha and the Muffins. Schließlich sollte die Musik ja irgendwann von aggressiven zu zärtlicheren Tönen übergehen. Er bat Torsten, weitere Scheiben in diesem Spektrum aufzulegen, zwischendurch auch mal was Modernes, und ging zu Katja zurück. Musik war das perfekte Gesprächsthema zwischen ihnen. Zwar wusste Katja weitaus weniger als er, aber sie war ein echter Fan. Das machte sie sympathisch. Sie wiederum ließ sich von seinen Repertoirekenntnissen beeindrucken. Ließ sich Gruppen vorspielen, die sie bis dahin noch nicht kannte, die aber im Hip-Hop ständig zitiert wurden, Tom Tom Club *Wordy Rapping Hood* zum Beispiel oder *Forget Me Nots* von Patrice Rushen. Als sie beim viel zu frühen Tod von Joe Strummer, dem Frontmann der Clash, angekommen waren, verabschiedete sich die Freundin. Das Lokal war schon viel leerer geworden und Torsten grinste immer mal rüber und ging zu Songs mit deutlich weniger *bpm* über. Von da an war der Abend wie auf Schienen gelaufen.

Und jetzt hatte er es nicht mal eilig, sie loszuwerden. Voller Wohlbehagen reckte er sich und schwang seine Beine über den Bettrand. »Frühstück?«

»Was hast du denn da?«

»Weiß nicht, ich müsste mal gucken, ob meine Schwester gestern noch eingekauft hat.«

Verstohlen zog er seine Jeans unter dem Haufen Kleidung neben dem Bett hervor und holte sich eine frische Unterhose aus dem Schrank. Beides schnell angezogen, warf er Katja ein großes Handtuch zu. »Wenn du duschen willst.«

Sie wickelte das Handtuch im Sitzen um. »Du wohnst mit deiner Schwester zusammen?«

»Ja, immer schon, sie ist die einzige Familie, die ich habe. Wundere dich nicht, wenn sie gleich etwas irritiert guckt. Hier frühstücken nicht oft fremde Frauen.«

»Nicht?«

»Nein!«, behauptete er, den Kopf halb im T-Shirt.

Beim Herunterstreifen sah er, wie sie ironisch die rechte Augenbraue hochzog. »Na ja, gut, die wenigsten bleiben zum Frühstück.«

Katja kramte aus ihrer Tasche ein Gummiband und drehte sich einen losen Knoten. »Ich weiß. Dein Ruf eilt dir voraus. Eigentlich lasse ich mich auch auf Typen wie dich gar nicht ein.«

»Und warum hast du trotzdem?«

»Ich wollte mal ausprobieren, ob die viele Übung tatsächlich so etwas wie den Meister macht.«

Boris spürte, wie er rot wurde, konnte sich trotzdem nicht verkneifen, etwas dämlich »Und?« zu fragen.

Sie schürzte die Lippen und grinste dann: »Gut!«

»Dann will ich mal zusehen, dass mein Frühstück auch keinen Anlass zum Klagen gibt.« Verlegen stolperte er über die Holzschwelle und flüchtete in die Küche, in der Erwartung, dort den vor Stunden gedeckten Frühstückstisch zu finden. Wenn Miriam am Wochenende laufen ging, hinterließ sie den gedeckten Tisch für ihn, und war nicht davon zu überzeugen, dass er zerlaufene Butter, glänzende Salami und Milch, die kurz vor dem Umkippen stand, nicht besonders appetitlich fand. Der Tisch jedoch war so leer, wie er ihn gestern Abend hinterlassen hatte. Er holte sein Handy aus der Hosentasche. Wenn Miriam ab und an nicht nach Hause kam, simste sie ihm normalerweise. Auf dem Display war nichts zu sehen.

Katja ging an ihm vorbei ins Badezimmer.

Vorsichtig schob er Miriams Zimmertür auf. »Miri?«

Es war zwar unwahrscheinlich, aber vielleicht schlief sie ja ausnahmsweise noch. Strahlende Morgensonne, die ungehindert durch die großen Fenster fiel, machte seine Hoffnung zunichte, bevor sein Blick überhaupt auf das Bett fallen konnte. Miriam zog immer die dunklen Rollos herunter, bevor sie schlafen ging, und darüber noch ihre Vorhänge. Sie behauptete, sonst in der Morgendämmerung schon aufzuwachen. »Miri, bist du da?«, fragte er dennoch und ging ins Zimmer, ohne eine Antwort zu erwarten. Ihre Tagesdecke aus weißem Samt lag wie festgezogen auf dem Bett. Hier sah es so aus wie immer. Berge von Papier im Papierkorb, Stapel von Zeitungen und auf dem Rücken liegende Bücher am Bett. Trotzdem wirkte das Zimmer clean. Das lag vor allem an der Farbgebung. Seit einiger Zeit liebte Miriam Weiß. Alle ihre Möbel waren weiß, selbst auf dem honigfarbenen Holzfußboden lag ein weißer Flokati. Die Wände waren weiß gestrichen, nur die Vorhänge waren aus Licht schluckendem rotem Samt, ein Kirschton, der sich in den Kissen wiederholte.

»Sieht aus wie eine Schüssel mit Quark.« Katja schmiegte sich an seinen Nacken. »Wolltest du nicht Frühstück machen?«

Er drehte sich um und nahm sie in die Arme. »Mache ich gleich. Ich bin nur ein bisschen beunruhigt, weil meine Schwester nicht zu Hause ist.«

»Wie alt ist sie denn?«

»37.«

»Warum regst du dich dann auf? Sie ist vermutlich bei irgendeinem Kerl.« Ihre warme Hand kroch unter sein T-Shirt.

»Das passt nicht zu ihr.«

»Wieso, hat sie ein Keuschheitsgelübde abgelegt?«

»Nein, aber bei Miriam kommt Verliebtheit nicht aus heiterem Himmel«, murmelte er in ihr leicht rauchig riechendes Haar.

»Wer sagt denn, dass sie verliebt ist?«

»Weil Miri das normalerweise ist, wenn sie mit jemandem ins Bett geht«, antwortete er empört, löste sich aus ihren Armen und ging in die Küche.

Katja lachte, lief ihm hinterher und berührte seine Schulter. »Du benimmst dich wie mein Vater, als ich in die Pubertät kam. Was ist nur los mit euch Männern?

Warum müssen die Frauen, die ihr liebt, sich benehmen wie Heilige, damit ihr nicht beleidigt seid?«

Boris ging zur Kaffeemaschine. »Kaffee schwarz oder mit Milch?«

»Viel Milch und viel Zucker!«

Boris klappte den Deckel der Maschine auf und füllte Wasser hinein. »Ich dachte, du bist nicht so eine Süße?«

»Ach, das hab ich doch gestern nur gesagt, um dich zu ärgern.« Ein Klaps auf seinen Po. »Ich geh duschen.«

Grinsend begann Boris, den Tisch zu decken. Sollte er sich diesmal doch verlieben? Das war schon lange nicht mehr vorgekommen. Halb wünschte er es sich, halb hatte er Angst davor. Das brachte das Leben immer so durcheinander und führte letztlich doch zu nichts. Miriam und er waren Einzelgänger, blieben Singles selbst in Beziehungen. Als er an Miris Tasse vorbei ins Regal griff, wurde das Gefühl, dass sie fehlte, fast übermächtig. Katja mochte ja recht haben, dass sich große Brüder manchmal aufführten wie eifersüchtige Väter. Aber seine Beunruhigung hatte nichts mit Wut zu tun, nichts mit Kränkung. Er machte sich schlicht Sorgen. Miriam war immer so zuverlässig. Es war ja auch schon vorgekommen, dass sie spontan über Nacht wegblieb. Aber dann hatte sie sich gemeldet.

Das Handtuch über den nassen Haaren zu einem Turban geschlungen, huschte Katja nackt an der Küche vorbei. »Ich zieh mich mal an.«

Die Kaffeemaschine gurgelte ihre cremige Brühe in zwei Tassen. Boris füllte Milch in einen Glaszylinder, hob und senkte den Siebkolben darin, bis sie schaumig war, und ließ sie vorsichtig auf den Kaffee gleiten.

»Hast du heute noch was vor?«

Ohne sich umzudrehen, antwortete er: »Nichts Besonderes, wieso?«, und hatte Mühe, dabei nicht gereizt zu klingen. Warum zogen die meisten Frauen bloß zu früh an der Angel? Er war ein Meister darin, den Köder vorsichtig zu fressen, ohne den Haken zu schlucken. Da musste man sehr viel Geduld und ein gutes Gefühl für Timing haben, um ihn mitzuziehen.

»Ich kann nämlich jetzt doch nicht zum Frühstück bleiben. Mir ist gerade eingefallen, dass ich noch verabredet bin.«

»Mit wem?«, drehte er sich zu ihr.

Katja lehnte im Türrahmen. Mit ihrem schwarzen Wickelkleid von gestern, ungeschminkt und mit feuchten Haaren, schaffte sie es, gleichzeitig frisch und leicht verlebt auszusehen. »Ach, mit einer Freundin. Ist nicht so wichtig.«

»Wenn es nicht so wichtig ist, warum sagst du dann nicht ab?«

»Weil ich so nicht bin.« Sie lächelte. »Ich ruf dich an.«

»Ja gut.« Widerwillig brachte er sie zur Tür, legte zum Abschied die Hand auf ihren Nacken. »Wieso hast du dann überhaupt gefragt, was ich heute noch vorhabe?«

Sie sah zu ihm hoch. »Ich hab vielleicht heute Abend noch mal Zeit. Aber da musst du arbeiten, oder?«

»Eigentlich nicht.« Hatte er das verraten wollen?

»Dann rufe ich dich nachher mal an.«

Katja reckte sich, gab ihm einen flüchtigen Kuss auf

die Wange und stieg die Treppe herunter. Wenn sie sich auf dem Treppenabsatz noch mal umdrehte, würde er sie wiedersehen.

Sie drehte sich um und winkte.

Gerade als er die Tür zur Wohnung wieder hinter sich zuziehen wollte, klingelte es. In der Hoffnung, Katja hätte es sich doch überlegt, drückte er hastig auf den Summer.

»Post!«, rief die Briefträgerin von unten.

Boris nahm seinen Schlüssel vom Schlüsselbrett, zog die Tür hinter sich zu und ging nach unten. Vielleicht war die *Funsporting* schon da. Die kam um diese Zeit. Die Briefträgerin war noch dabei, die Briefe in die Kästen zu sortieren, und sah hoch, als er sich zu ihr stellte. »Ist was für Maertens dabei?«, fragte er. Sie suchte in den großen und kleinen Umschlägen und zog einen der Telefongesellschaft hervor. »Nur eine Rechnung, wenn ich das richtig sehe.«

Boris seufzte gespielt. »Heutzutage kriegt man ja selten was anderes als Rechnungen oder Reklame. Schade eigentlich.«

Sie grinste ihn an und steckte die vorsortierte Post rasch nacheinander in die Briefkastenschlitze, Deckel auf Deckel schepperte wieder nach unten. »Ja, Liebesbriefe stelle ich nur noch selten zu.«

Er lächelte zurück. Die Frau war hübsch. »Und das Internet hält auch nicht, was es verspricht.«

Die Briefträgerin klappte den letzten Briefkasten zu. »Vielleicht finden Sie bei den anderen Briefen, die noch in Ihrem Kasten stecken, was Sie suchen.« Mit einem letzten Lächeln ergriff sie ihren Postwagen und schob ihn zur Tür hinaus. »Einen schönen Samstag wünsche ich Ihnen.«

Boris schloss den Briefkasten auf. Wieso war überhaupt noch Post hier drin? Miriam nahm das alles jeden Abend, wenn sie von der Arbeit kam, mit nach oben. Er sah die Umschläge und Karten durch, dabei war eine blaue Karte von Donnerstag. Darauf war vermerkt, dass ein Päckchen bei Droste abgegeben worden sei. Er schloss den Briefkasten ab. Miriam hatte sehnsüchtig auf eine DVD gewartet. Diese Karte in der Hand, wäre sie direkt zu Alice geeilt und hätte das Päckchen abgeholt. War sie schon seit Donnerstag nicht nach Hause gekommen? Er war ja gestern erst wieder gelandet. Sein Herz schlug, als wollte es ihn zur Eile mahnen. Zwei Stufen auf einmal nehmend, stieg er zu Stefans und Alices Wohnung hoch. Der Klingelton erschien ihm lauter als sonst.

Stefans Silhouette wurde in den Milchglasfenstern der grün lackierten Tür sichtbar, er zog sie auf. »Ist ja gut. Nimm den Finger vom Klingelknopf. Kimmie schläft noch.« Mit einladender Geste bat er Boris hinein. »Für dich ist es doch aber auch noch viel zu früh. Senile Bettflucht oder was?«

»Miriam ist schon den zweiten Tag nicht nach Hause gekommen.«

Alice kam aus der Küche, sich die Hände an einem Geschirrtuch abtrocknend. »Was ist mit Miriam?«

»Sie ist seit Donnerstagmorgen nicht zu Hause gewesen. Glaub ich wenigstens. Außerdem ruft sie sonst immer an oder simst, wenn sie mal woanders bleibt.«

Alice guckte alarmiert.

Stefan fuhr sich durch die strubbeligen Haare. »Dir ist klar, dass sich das jetzt für mich wie ein Déjà-vu anhört?« Acht Jahre zuvor hatte er Alice als vermisst gemeldet.

Boris tat es paradoxerweise gut, dass die Freunde ihn nicht beschwichtigten. Alice schob ihn in die Küche und drückte ihm einen Kaffee in die Hand. »Erzähl!«

»Da gibt es nichts weiter zu erzählen. Katja meint, sie ist bei irgendeinem Kerl.«

»Wer ist Katja?«, fragte Stefan grinsend.

Boris versuchte, auf dieses Grinsen nicht zu reagieren. »Katja eben.«

»Du hast was Neues?« Stefan ließ nicht locker.

»Quatsch.« Jetzt musste Boris doch lachen.

Alice schlug Stefan mit dem Handtuch auf die Schulter. »Hört ihr mal auf mit dem Gegockel! Es geht hier um Miri. Was ist mit ihr?«

Boris stellte seinen Becher auf den Küchentisch und setzte sich. »Das weiß ich eben nicht. Sie ist nicht da. Aber vermutlich ist es noch viel zu früh, sich Sorgen zu machen. Ich weiß auch nicht sicher, wann ich sie das letzte Mal gesehen habe, wahrscheinlich Donnerstag.«

»Das solltest du aber genau wissen«, meinte Stefan und lehnte sich auf seinem Stuhl zurück. »Die Polizei nimmt eine Vermisstenanzeige bei Erwachsenen nach 24 bis 48 Stunden auf. Da gibt es irgendeine dämliche Dienstvorschrift.«

»PDV 389«, ergänzte Alice von der Spüle aus, schob einen Schwung Teller ins Spülwasser und wusch klappernd ab, während sie zitierte: »Polizeidienstvorschrift 389. Erwachsene gelten danach als vermisst, wenn sie ihren gewohnten Lebenskreis verlassen haben, ihr Aufenthalt unbekannt ist und eine Gefahr für Leib und Leben oder körperliche Unversehrtheit angenommen werden kann. Als Opfer einer rechtswidrigen Tat, Unglücksfall, Hilflosigkeit, Selbsttötungsabsicht. Wird eine erwachsene Person als vermisst gemeldet und es liegt keine Gefahr für Leib und Leben oder körperliche Unversehrtheit vor, so wird die Person erst nach 24 bis 48 Stunden als vermisste Person eingestuft.«

Boris reckte anerkennend den Daumen hoch.

Stefan lachte: »Alice kann aus dem Gedächtnis zitieren – das ist der Hammer.«

»Das liegt an den endlosen Protokollübungen, die wir an der Journalistenschule immer machen mussten. Unser Lehrer war ein ehemaliger Stasi-Informant. Das stellte sich aber erst später heraus. Auf jeden Fall konnte er gut drillen. Die Übungen haben ja gewirkt. Wenn ich einmal zu einem Thema Notizen gemacht habe, hat sich das für alle Zeiten und fast wortwörtlich in mein Hirn gebrannt.« Sie nahm das Küchenhandtuch vom Haken und begann abzutrocknen.

»Wie soll ich mich denn jetzt verhalten?«

Alice legte ihre Hand auf Boris' Schulter. »Ich würde zunächst mal Fakten sammeln. Also rauskriegen, was sie vorgestern gemacht hat, wer wissen könnte, wo sie ist. Eben sichergehen, dass sie nicht doch bei irgendeiner Freundin ist oder so.«

»Oder so?«

»Ja, oder so! Soll ja auch mal vorkommen.«

»Aber es sähe ihr so gar nicht ähnlich, sich dann nicht zu melden.«

»Das weiß ich. Aber es besteht natürlich trotzdem die Möglichkeit, dass sie in irgendeinem Funkloch hängt und bei Leuten übernachtet hat, die kein Telefon haben.«

»Solche Freaks kennen wir nicht.«

»Ja, Herrgott, ist ja gut. Häng dich trotzdem ans Telefon.« Sie holte Stift und Papier aus einer Schublade in der Küchenzeile. »Hier, mach eine Liste! Stefan, holst du mir bitte mal mein Handy und das Telefonbuch?«

Zwei Stunden später wussten sie, dass Miriam Donnerstag zu einem Kunden in Göttingen gefahren war, gegen Mittag gut gelaunt in der Agentur angerufen hatte, um zu erzählen, dass der Kunde ihr Konzept gekauft habe und sie den Nachmittag freinehmen würde. Danach hatte sie sich nirgendwo mehr gemeldet, jedenfalls hatten sie bisher niemanden gefunden. Boris realisierte, dass seit vorgestern niemand, den sie kannten, Miriam noch einmal gesehen hatte. Plötzlich erschien ihm die Szenerie in Alices Küche irreal. Wie die dunkelhaarige Nachbarin wieder und wieder zum Hörer griff und noch die unwahrscheinlichsten Kontaktpersonen anrief, Stefan eifrig die Liste mit Auskünften, neuen Namen und Telefonnummern füllte, Kimmie in die Küche geschlurft kam und Gioia annörgelte. Er war nur noch körperlich anwesend, handelte, sprach, fühlte sich dabei aber wie ein Zombie, dumpf und abgeschnitten. Seine Beine und Arme kribbelten, als wollten sie sich selbstständig machen, der Mund wurde taub. Er stand auf, ging in der Küche herum, sich den rechten Arm reibend.

»Was ist los, Boris?« Stefan bemerkte als Erster, dass sein Freund sich merkwürdig benahm. Er trat zu ihm, legte seine Hand auf dessen Schulter. Dieser Kontakt beruhigte Boris kurz, dann überrollte ihn eine Panikwelle. Alle Gedanken gingen im Strudel von Trostlosigkeit unter, am Rande konnte er noch rasende Verlassenheitsängste wahrnehmen. Er krümmte sich zusammen, machte sich klein, wie beim Surfen, wenn er nur duckdiven konnte, um durch die Welle hindurchzukommen. Ihm wurde flau und kalter Schweiß brach aus. »Er hyperventiliert«, kam es von weither. Eine Plastiktüte wurde ihm vor den Mund gehalten. Stefan hockte neben ihm und streichelte seinen Rücken. Boris atmete seinen eigenen Atem ein und beruhigte sich langsam. Alice stand besorgt vor ihm, Kimmie hielt schreckensstarr ihr Brötchen in der Hand und Gioia biss sich auf die Knöchel der rechten Hand. Trotz seiner Todesangst vor wenigen Sekunden musste er lachen. »Musstest du mir die Käsetüte vor die Nase halten, Stefan? Das stinkt ja erbärmlich.«

»Tut mir leid«, stimmt der Freund in das Gelächter mit ein. »Was Besseres hab ich so schnell nicht gefunden.« Er half ihm hoch.

Alice wandte sich ihren Töchtern zu und klatschte in die Hände. »So, ihr beiden. Jetzt zieht euch mal an. Es ist schon Mittag.« Die Mädchen trollten sich ohne Protest.

»Ich glaube, wir sollten doch zur Polizei gehen.« Alice sprach aus, was sie alle drei dachten.

Miriam, 25. / 26. März 2006

Ihre Nase juckt erbärmlich. Großer Durst, den niemand stillt. Dazu Bilder von Alice, Boris, Stefan, Kimmie, Gioia, den Kollegen Sevki und Annabelle. Sie alle sitzen mit ihr in einem Sommergarten am gedeckten Tisch, auf dem Flaschen mit Mineralwasser, Karaffen mit Saft, aufgeschnittene Melonen stehen. Alle bedienen sich, niemand gibt ihr etwas, selbst als sie darum bittet. Plötzlich war sie wach. Alleine in einem Zimmer, das sie noch nie zuvor gesehen hatte. Ihre Hand betastete weichen, kühlen Stoff. Das war real. In den Tapeten wechselten Blätterranken mit Blütenketten in Längsstreifen ab. Rötliches Abendlicht, das durch die Spitzenvorhänge fiel. Ein nie gesehenes Zimmer. Wie war sie hierhergekommen? Sie strich mit dem Finger über die Bettdecke, schmale Streifen mit Streublümchen, eingewebt. Wenn das eine Pension war, musste es eine teure sein. Gewebte Muster waren aufwendig.

Mit leichtem Schwindel setzte sie sich auf. Neben dem Nachttisch stand ein Medikamentengalgen, daran ein durchsichtiger Beutel mit der Aufschrift *NaCl 0.9 %*, der Schlauch führte in ihren Arm. Also keine Pension, ein Sanatorium. Aber warum? Das Letzte, an das sie sich erinnern konnte, war, wie sie zu einem Kundentermin fuhr. Hatte sie einen Unfall gehabt? Sie befühlte ihren Kopf, da war ein Verband. Ihre Arme aber waren unversehrt, ihre Hände auch. Jäher Schreck durchfuhr sie. Und wenn sie querschnittgelähmt war? Bisher in künstlichem Koma gehalten, um sich zu erholen, die

Schrammen längst abgeheilt. Erleichtert spürte sie ihre Beine unwillkürlich hin und her rutschen, als wollten sie weglaufen. Mit der Reizübertragung war also alles in Ordnung. Sie tastete ihren Oberkörper ab. Kein Verband, kein Stützkorsett. Dann war ein größerer Unfall wohl ausgeschlossen.

Die Tür öffnete sich leise. Eine sehr alte Frau kam lächelnd auf ihr Bett zu. »Na, wieder wach?«

»Ja, was mache ich hier?«

»Sie sind auf der Treppe gestürzt und mit dem Kopf auf die Stufen geschlagen.«

»Das ist doch hier kein Krankenhaus, oder?«

»Nein.« Die alte Frau gab ihr einen winzigen Spiralblock vom Nachttisch. »Hier, Sie haben sich das alles schon mal aufgeschrieben.«

Miriam entzifferte: »Ich bin gestürzt«, und mit einem anderen Kugelschreiber: »Ich habe eine anterograde Amnesie«. Sie legte den Block auf die Bettdecke. »Was ist eine anterograde Amnesie?«

Die alte Frau zog einen Stuhl an das Bett heran, setzte sich zu ihr. Ein kurzer Flash. Dieses Bild kannte sie.

»Anterograd heißt vorwärts gerichtet. Seit Ihrem Sturz leiden Sie an einer Gedächtnisstörung, vergessen alles, was neu hinzugekommen ist.«

Was für eine schreckliche Vorstellung. Über den Film *50 erste Dates* mit Drew Barrymore und Adam Sandler hatte sie gelacht, nie gedacht, dass ihr so etwas selbst passieren würde. Ihr wurde warm und direkt danach kalt. »Das heißt, ich kann mir nichts Neues mehr merken, vergesse, dass ich Sie kenne, sobald Sie die Tür zugemacht haben?« Ihre Assoziation, der Drew-Barrymore-Film, würde der alten Frau nichts sagen. Sie suchte nach einem anderen Vergleich. »Wie ein Alzheimerkranker?«

Die Frau nahm tröstend ihre Hand.

Miriam kannte dieses pergamentene Gefühl. Das beruhigte sie. So ganz konnte sie alles Neue nicht vergessen haben, wenn sie sich an die Berührung dieser Greisin erinnerte. Auch die helle Stimme mit dem leichten Altersvibrato kam ihr bekannt vor.

»Ja, zunächst ist das so. Aber das gibt sich meist.«

»Aber ich kann mich auch nicht an den Unfall erinnern – und was ich hier mache.«

»Ja, auch das kommt vor, dass nach einer Gehirnerschütterung sowohl anterograde als auch retrograde Amnesie zusammen auftreten. Normalerweise bessert sich beides relativ schnell.« Die alte Frau rückte näher. Sie roch nach Lavendel. »Sie müssen sich das vorstellen, als seien Ihre Erinnerungen Pfade im Gedächtnis – das Kurzzeitgedächtnis kaum platt getretene Trampelpfade, das Langzeitgedächtnis befestigte Wege. Der Unfall hat an einer Stelle dieses Wegesystems einen Erdrutsch verursacht. Das heißt, dort kommen Sie jetzt nicht mehr durch. Sie müssen Umwege suchen. Wenn Sie die gefunden und wieder an die alten Wege angeknüpft haben, stört der Erdrutsch an dieser einen Stelle nicht mehr, es stehen Ihnen wieder alle Informationen zur Verfügung.«

»Und wie finde ich diese Umwege? Ich finde es nämlich ziemlich beunruhigend, dass ich in einer halben Stunde unter Umständen vergesse, was wir gerade besprochen haben. Damit, dass ich mich an den Unfall nicht erinnern kann, kann ich leben. Das erscheint mir noch relativ normal.«

»Um Ihrem Kurzzeitgedächtnis wieder Anknüpfungspunkte zu geben, sollten Sie jedes Mal, wenn Sie erwachen oder das Gefühl haben, etwas vergessen zu haben, auf diesen Block sehen und neue Informationen aufschreiben. Sie trainieren damit, das, was Sie hier lesen, mit Ihrem Altgedächtnis zu verknüpfen. So schlagen Sie vielleicht wieder eine Verbindung von der Vergangenheit zur Gegenwart. Alles, was Ihnen zu den Punkten einfällt, die Sie sich hier notieren, kann eine Assoziation sein, die auf den richtigen Pfad führt. Manchmal sogar ohne Umwege.«

Miriam blätterte auf die zweite Seite des Schreibblocks. Da stand »Ich heiße Alice Droste«. Wieso Alice? Beim Blick auf das Papier regte sich eine flüchtige Erinnerung, diese Verwirrung, sich als Alice ausgegeben zu haben, schon einmal gespürt zu haben. Miriam grübelte, woher sie das wusste, stieß aber nur auf Nebel. Miriam unterstrich das Alice Droste. Nee, das war zu kompliziert. Oder doch nicht? Wenn sie sich hier als Alice eingeführt hatte, musste das ja einen Grund haben. Wenn sie diese Spur aufnahm, kam ihr vielleicht auch die Erinnerung, was genau sie hierhergeführt hatte. Das Tattoo tauchte vor ihrem inneren Auge auf. Sie kritzelte: *rh* und sah, dass die Augen der alten Frau sich erstaunt weiteten.

Sie sah Miriam prüfend an, als würde sie überlegen, darauf einzugehen, fuhr aber fort: »Im Grunde sind Erinnerungen nichts anderes als biochemisch geleitete elektrische Ströme im Gehirn. Ihr neuronales Netzwerk muss wieder neu verknüpft werden. Neurone, also Nervenzellen, die verletzt wurden, können sogar wieder direkte Faserverbindungen zu dem Bereich aufnehmen, mit dem sie vorher in Verbindung standen. Das geschieht, indem sich die Schwannschen Zellen vermehren und einen Art Myelintunnel bilden, durch den die regenerierenden Fasern ihren Bestimmungsort finden.«

Myelintunnel, aha. »Woher wissen Sie das denn alles?«

»Ich bin Ärztin.«

So alt und noch Ärztin? Die Frau war doch weit über 80.

Sie sah ihr die Zweifel wohl an. »Ja, ich weiß. Ich praktiziere schon lange nicht mehr. Aber ich kenne mich mit dem Gedächtnis gut aus. Oder was glauben Sie, weshalb ich in meinem hohen Alter noch nicht mit dem Kopf wackle.« Die Greisin hatte ein umwerfendes Lachen.

Miriam stimmte mit ein. Wenn sie überhaupt so alt würde, wollte sie auch so werden.

»Aber sollte ich nicht trotzdem in einem Krankenhaus auf organische Schäden untersucht werden? Subdurales Hämatom oder so?«

Die Ärztin lächelte wieder, dabei plissierten sich ihre Wangen in Hunderte von Falten. »Eine Epiduralblutung nach der Gehirnerschütterung hätte ich auch ohne große Geräte erkannt, glauben Sie mir. Früher hatten wir solche diagnostischen Möglichkeiten überhaupt noch nicht. Und für ein subdurales Hämatom war der Sturz nicht schwer genug. Aber ich habe die Symptome im Blick.

Sie wären längst im Krankenhaus, wäre zu irgendeinem Zeitpunkt Ihr Leben in Gefahr gewesen.«

»Sagen Sie mir Ihren Namen?«

»Ich heiße Elisabeth Hofmann.«

Miriam schrieb: »Die Greisin ist Ärztin und heißt Elisabeth Hofmann.« Eigenartigerweise hatte sie dabei den alten PC in der Ecke ihres Zimmers vor Augen. Die Gemeinschaft. Sie war in dieser Gemeinschaft namens Mittelhof.

Helles Morgenlicht fiel auf ihre Bettdecke. Wieso lagen da Memory-Karten auf dem Nachttisch? Eine alte Frau drehte die Bildchen um und forderte Miriam auf, sich die Karten zu merken. Miriam stöhnte. »Ich kann nicht. Ich fühl mich so dösig.«

»Sie müssten sich längst körperlich erholt haben.« Der Blick der alten Dame streifte flüchtig den Tropf. »Morgens ist die Vergesslichkeit schlimmer?«

»Keine Ahnung, ich weiß nicht mal, wer Sie sind – und das macht mir ziemliche Angst.«

Die Greisin machte sie auf einen Block aufmerksam. Miriam las. Okay, dieses Ritual hatte sie wohl schon mehrfach gemacht. Sie war also infolge eines Unfalls vergesslich. Das wurde aber schon besser. Das hatte sie alles hier notiert. Elisabeth Hofmann. Ärztin. Interessant. Sie vertraute ihr. Das half.

Die alte Frau ging kurz aus dem Zimmer, kam mit einem neuen Beutel für den Tropf zurück und tauschte ihn gegen den dort hängenden aus. Miriam wunderte sich darüber, wollte aber nicht danach fragen, eventuell hatte sie das gerade erst. Ihr Gedächtnis fühlte sich an, als sei es ein Computer, bei dem ständig das System abstürzte. Manchmal hatte ihr Gedächtnis kurz zuvor anscheinend noch eine Sicherungskopie gemacht. Dann war etwas neu Gelerntes hängen geblieben. Dann konnte sie sich zumindest daran erinnern, etwas vergessen zu haben. So wie jetzt daran, dass es eine Erklärung für diese seltsame Situation gab. Außerdem hatte die Frau eine Kette mit dem Sütterlin-Symbol um den Hals hängen. Miriam erinnerte sich an den Wikipedia-Artikel. Dann hatte sie sich wohl hierher aufgemacht. Aber weshalb lag sie hier im Bett? »Wie alt sind Sie eigentlich?«

»So alt, dass es kaum zu glauben ist, dass ich noch lebe.«

Miriam musste grinsen, eine Frau konnte so hochbetagt sein, wie sie wollte, ihr Alter gab sie dennoch nicht gerne preis.

»86?«

»Etwa zehn Jahre älter.«

»Wie bitte?«

Die Alte wuchs ein bisschen in ihrem Sessel. »Ja, wirklich. Ich bin fast 100. Ich bin 1909 geboren.«

»Dann sind Sie … wir haben 2006. Dann sind Sie 97 Jahre alt?«

»Im November werde ich 98. Wenn ich das noch erlebe.«

»Das ist unglaublich. Dann haben Sie den Ersten Weltkrieg erlebt und den Zweiten. Ja, sogar noch die Kaiserzeit.«

Die alte Frau räusperte sich, stand auf, verschränkte die Arme hinter dem Rücken und rezitierte:

»Der Kaiser ist ein lieber Mann und wohnet in Berlin,
und wär es nicht so weit von hier, so lief ich heut noch hin
und was ich bei dem Kaiser wollt,
ich reicht ihm meine Hand und reicht die schönsten Blumen ihm,
die ich im Garten fand
und sagte dann: Aus treuer Lieb bring ich die Blumen dir,
und dann lief ich geschwind hinfort und wär bald wieder hier.«

Sie setzte sich wieder und lachte: »Das musste ich zu Kaisers Geburtstag immer aufsagen. Jedenfalls solange meine Mutter lebte. Danach änderten sich die Zeiten.«

Ein Nachhall tiefer Traurigkeit erreichte Miriam.

Elisabeth tupfte sich lachend Tränen aus dem Augenwinkel. »Wenn man so alt wird wie ich, wird man weinerlich.«

»Das ist doch keine Weinerlichkeit. Wie alt waren Sie denn, als Ihre Mutter starb?«

»Acht. Ich hatte gerade mein Kleid für die Erstkommunion bekommen. Wunderschön mit Spitzenpasse und einem Kranz für die Haare, aus echten salzgetrockneten Blüten.« Noch bei der Erinnerung daran begannen die Augen der alten Frau zu leuchten, nur um dann sofort wieder zu erlöschen. »Das Kleid blieb im Schrank, weil meine Mutter vor dem Weißen Sonntag starb und mein agnostischer Vater keinen Wert auf diese verstaubten katholischen Rituale legte.«

»Wie grausam.«

Elisabeth sah sie verwundert an. Ihre Augen waren das Jüngste an ihr, kräftig blau mit einer nur leicht gelblichen Eintrübung des Glaskörpers. »Finden Sie? Als Kind bin ich kaum darüber hinweggekommen, dass ich dieses schöne Kleid nie anziehen durfte. Mein Vater wollte diesen Irrglauben wohl nicht unterstützen.«

»Ich weiß nicht, ob das so viel mit Glauben zu tun hatte, wenn ich mir diese Interpretation erlauben darf. Für Sie bestimmt nicht. Ich kann mir vorstellen, dieses Kleid war ein Symbol für Ihre Mutter. Und dass Sie es nie anziehen durften, ein Gleichnis dafür, dass Sie ihr nicht mehr nahekommen konnten.« Sie strich gedankenverloren über ihre Bettdecke. »Meine Mutter ist verschwunden, als ich ganz klein war.«

»Ach, Humbug …«, scheinbar realisierte Elisabeth erst jetzt, was Miriam da gerade gesagt hatte. »Verschwunden, sagen Sie? Wo …?« Sie bremste sich, sah plötzlich sehr erschöpft aus. »Schlafen Sie jetzt besser. Wir können auch morgen noch weitermachen.«

Neben ihrem Bett stand jemand. Eine Frau mit schlaffen Gesichtszügen, die so beschäftigt war, dass sie es nicht mitbekam, dass Miriam erschreckt die Augen aufriss.

Schnell ließ sie ihre Lider wieder sinken und beobachtete, wie die Frau sich mit einer Spritze an dem Ventil zu ihrem Tropfschlauch zu schaffen machte. Miriam wagte kaum zu atmen und beschloss, die Frau tun zu lassen, was sie tun wollte, und sich den Schlauch gleich aus dem Arm zu ziehen.

Waltraut, August 1973

Erfreut öffnete Petra die Tür ihres Appartements. »Hallo, hast du einen freien Tag außer der Reihe?« Liebevoll nahm sie Waltraut in die Arme. Damit war es mit Waltrauts Fassung vorbei. Sie begann im Hausflur zu weinen wie ein Kind. Besorgt holte Petra sie und die Kinder in die Wohnung. »Was ist denn los?« Unter Schluchzern brachte Waltraut heraus: »Ich weiß … keinen anderen … wir bei dir bleiben erst mal …? Tut … leid, schreckliche Zumutung.« Nach Huckies Warnung, dass Michael auf dem Weg sei, hatte sie die ganze Nacht nicht geschlafen und sich an diesem Morgen mit den Kindern auf nach San Sebastian gemacht. Gott sei Dank war Freitag und damit Zahltag. Den Wochenverdienst in der Tasche, hatte sie dem Hotelbesitzer erklärt, ihre Mutter liege im Sterben und sie müsse sofort nach Deutschland zurück. Er hatte sie ziehen lassen und ihr noch ein paar Peseten zusätzlich in die Hand gedrückt.

»Natürlich könnt ihr hierbleiben«, beruhigte Petra sie, »ich hab zwar nur zwei Zimmer, aber noch ein Schrankbett im Wohnzimmer. Ihr könnt mein Schlafzimmer haben, wenn ihr wollt.«

Einen Osbourne und zwei Tassen Kaffee später hatte sich Waltraut so weit beruhigt, dass sie Petra die ganze Geschichte erzählen konnte. Die Kinder saßen auf dem Boden vor dem Fernseher und sahen eine Komödie, in der ein spanischer Bauer versuchte, in Deutschland sein Glück zu machen. So abgelenkt, brauchte Waltraut nicht zu befürchten, dass sie alles mithörten, was sie offenbarte. Sie schämte sich dennoch vor Petra zuzugeben, was sie schon alles mit sich hatte machen lassen. In den Wochen ihres Kennenlernens hatte sie der Freundin gegenüber zwar bereits mal angedeutet, dass sie mit dem Vater ihrer Kinder in den vergangenen Jahren alles andere als glücklich gewesen sei. Das ganze Ausmaß der Misshandlungen hatte sie aber verschwiegen. Jetzt beschönigte sie nichts mehr und sah ihrer Freundin an, dass die immer wütender wurde. »Und jetzt ist der Ganove auf dem Weg hierher?«

»Yes.« Waltraut wusste selbst nicht, warum sie jetzt ins Englische fiel. Vielleicht, weil das »Ja« in dieser Sprache schärfer klang.

»Okay«, die Hände um die bauchige Kaffeetasse geschlungen, brütete Petra vor sich hin. »Im Hotel weiß keiner, wo du bist?«

Waltraut schüttelte den Kopf.

»Aber mich kennen sie da«, seufzte Petra. »Wenn dein Michael so clever ist, wie er sich bisher angestellt hat, weiß der auch bald, wo ich wohne.«

»Er ist nicht mehr mein Michael.«

»Ich weiß. Tut mir leid. Trotzdem besteht die Gefahr,

dass er hier morgen vor der Tür steht. Spätestens übermorgen.«

Waltraut ließ den Kopf hängen. Sie konnte ihre Freundin nicht auch noch in Gefahr bringen. Das ging einfach nicht. Sie hatte ja nichts mit ihrem Elend zu tun. Aber was sollte sie jetzt machen?

Petra schnappte sich ihren Schlüssel und eilte, ohne zu sagen, wohin, aus der Wohnung.

Waltraut rutschte auf den Rand des Sofas, überlegte, ob das ein Rauswurf sein sollte. Das würde Petra nicht machen, nicht so, beruhigte sie sich, kaute aber dennoch auf ihren Fingernägeln. Miri sah sie aufmerksam an und fragte besorgt: »Was ist los, Mama?« Bevor Waltraut antworten konnte, ging die Tür abermals und Petra lächelte sie strahlend an. »Mein Bruder wird dir helfen.«

Früh am nächsten Morgen erwartete sie ein grüner VW-Käfer vor der Haustür. Ein junger Spanier sprang heraus, nahm Waltraut die Koffer ab und verstaute sie im Kofferraum. Mit Gesten gab er zu verstehen, dass sie schon mal Platz nehmen sollten. Waltraut umarmte ihre Freundin und stieg ein, nachdem die Kinder hinten zusammengerückt waren. Am Abend zuvor hatte Petra erklärt, dass sie nicht mitfahren werde. Sie würden zu einem Haus gebracht, das für Menschen gedacht sei, die sich verstecken müssten. Deshalb dürfe auch Petra nicht wissen, wohin die Reise gehe. Sie werde über ihren Bruder Kontakt zu ihr halten. Weitere Erklärungen hatte Petra nicht abgeben wollen. Waltraut vermutete aber, dass dieses Haus ein Versteck war. Verstecken mussten sich Menschen, wenn sie gesucht wurden. Und gesucht wurden hier besonders die Mitglieder der ETA.

Petras Bruder fuhr aus der Stadt heraus. Sie versuchte sich an ein paar spanischen Floskeln, auf die er mit freundlichem Tonfall, aber knappen Antworten einging. Offensichtlich wollte er nicht allzu viel preisgeben. Über die ETA hatte sie in den vergangenen Wochen einiges erfahren. Es war Franco gewesen, der sie durch Repressionen stark gemacht hatte. Der Diktator verbot zu Beginn seiner Herrschaft nicht nur die baskische Sprache, sondern verfolgte auch die Autonomieansprüche des Baskenlandes mit drakonischer Härte. Als Reaktion war die einstige Jugendorganisation *Euskadi Ta Askatasuna* kurz ETA, immer radikaler geworden und erschoss 1968 einen als besonders grausam bekannten Geheimdienstchef des Franco-Regimes. Seitdem kam es immer wieder zu Anschlägen, besonders auf Polizisten. Die ETA war berühmt und berüchtigt. Aber die Unterstützung für die ETA wurde immer größer. Das war besonders vor drei Jahren deutlich geworden, als ein Militärgericht ein Exempel an 15 Etarras statuieren wollte. Die ETA aber benutzte die Anwesenheit der internationalen Presse, um schwere Vorwürfe gegen die Regierung, gegen die Politik Francos, die Entrechtung und Knebelung des baskischen Volkes und die Foltermethoden der Polizei zu erheben. Viele Basken solidarisierten sich daraufhin zum ersten Mal öffentlich mit den ETA-Kämpfern, spanische Prominente wie Joan Miró unterzeichneten das Manifest vom Montserrat. Das Ausland wurde aufmerksam, und selbst die katholische Kirche distanzierte sich vom Regime. Das Regime Francos wurde immer schwächer. Wäre nicht die Guardia Civil mit ihren Lackhüten immer noch auf den Straßen allgegenwärtig, hätte Spanien für ein normales europäisches Land durchgehen können.

Inzwischen verstand Waltraut, warum Elfriede damals in Kassel so irritiert gewesen war, dass sie nichts über Spanien und Franco gewusst hatte. Dank Petra waren ihre Wissenslücken kleiner geworden. Die Freundin war so ungewöhnlich gut informiert, dass Waltraut schon vermutet hatte, sie könnte trotz ihrer distanzierten Äußerungen der ETA näherstehen, als sie zugab. Dass einer ihrer Brüder nicht etwa im Ausland, sondern anscheinend im Untergrund war, erstaunte sie deshalb nicht sonderlich. Gefragt hatte sie dennoch nicht direkt danach, auch gestern Abend nicht. Sie verstand langsam, dass selbst unter Freunden solche Fragen gefährlich und damit tabu waren.

So schwieg sie auch auf der Fahrt in die Berge, dankte dem jungen Mann nur noch einmal ausdrücklich und wurde mit einem zurückhaltenden Lächeln belohnt. Er fuhr bedächtig, beide Hände am Lenkrad, über enge, gewundene Straßen, durch dunkle Wälder und an sattgrünen Weiden vorbei. Ein schönes Land, gleichzeitig rau und lieblich. Die Fahrt dauerte endlos. Miri schlief auf dem rechten Sitz unter dem geteilten Rückfenster des Volkswagens, und Boris legte die Karten seines Autoquartetts, als könnte er daraus die Zukunft lesen.

Endlich bog Juan-José in einen Feldweg ein, der auf ein Haus mit einem Sockel aus gräulichem Sandstein und Fachwerkaufbau zuführte. Er parkte vor einer großen Schiebetür aus Holz und begrüßte einen kleinen Hund, der vor Begeisterung fast einen Meter an ihm hochsprang. Eine ältere Frau folgte ihm und grüßte ihn mit einem Schlag auf die Schulter. Prüfend betrachtete sie Waltraut, die gerade aus dem Auto stieg.

Waltraut ging unsicher auf die Frau zu und reichte ihr die Hand.

Das »Buenos Dias« der Bäuerin klang reserviert. Ihr misstrauisches Gesicht hellte sich erst auf, als ihr Blick auf Miri fiel, die so schnell auf den kleinen Hund zusauste, dass der erschreckt hinter seiner Herrin Schutz suchte. Die Frau ging in die Knie, nahm Miris Hand und hielt den Handrücken der Kleinen behutsam dem Hund entgegen. Vorsichtig näherte sich der Jack-Russel-Terrier dem Mädchen, ließ sich dann aber bereitwillig streicheln.

»Na bitte, da wurde die erste Freundschaft ja schon geschlossen«, kommentierte Juan-José und stellte Waltraut und die Frau einander vor. Waltraut verstand inzwischen genug Spanisch, um dieser einfachen Konversation folgen zu können. Die vielleicht 50-jährige Frau hieß Leire. Waltraut dankte für die Gastfreundschaft. Die Frau nickte knapp, streichelte dabei aber Miri über das Köpfchen.

Boris hatte inzwischen die Koffer geholt und fragte Leire auf Spanisch: »Wohin soll ich die bringen?«

Die Frau machte ihnen Zeichen, ihr zu folgen, und begleitete sie durch eine Diele mit offener Feuerstelle zu einer Holzstiege, die auf einen Dachboden führte.

Dort standen ein altmodisch rosa lackiertes Doppelbett, eine schmale Liege und ein Kinderbett. Sie wies auf die spärlichen Möbel und meinte, hier könnten sie für die nächsten Tage bleiben. Dann überließ sie Waltraut und die Kinder sich selbst.

Miri meinte: »Das sieht aus wie bei Heidi«, und Boris ergänzte: »Nur dass wir hier keinen brummigen Großvater haben, sondern eine alte Hexe.«

»Das will ich nicht noch mal hören«, herrschte Waltraut ihren Sohn an. »Diese Frau gibt uns ein Dach über dem Kopf, obwohl sie uns gar nicht kennt. Dafür sollten wir dankbar sein.«

»Aber warum konnten wir nicht bei Petra bleiben?«, maulte Boris.

»Weil euer Vater uns dort schnell gefunden hätte. Das hab ich euch schon ein paar Mal erklärt.«

Boris hockte sich niedergeschlagen auf das große Bett. »Aber Mama, müssen wir jetzt unser ganzes Leben lang abhauen? Immer, wenn wir uns gerade an neue Leute gewöhnt haben?«

Waltraut setzte sich neben ihn und umfasste die Schultern des Jungen, die in den letzten Wochen merklich breiter geworden waren. »Ich will das auch nicht, das kannst du mir glauben. Aber ich hab Angst vor Michael.«

Trotzig reckte Boris sein Kinn in die Luft. »Ich hätte ihn mit dem Schlagballschläger besser totgeschlagen.«

»So etwas darfst du nicht sagen.«

»Aber wer gut sein will, ist schwach«, protestierte der Junge.

»Wer gut sein will, muss schlauer, gewitzter und mutiger sein als die Bösen«, hielt Waltraut dagegen.

»Man muss sich aber auch wehren«, beharrte der Junge.

»Ja, man muss sich auch wehren. Aber erst, wenn man weiß, dass man auch siegen kann.«

Miri war inzwischen durch eine niedrige Holztür ins Freie gelangt. Waltraut ging ihr nach. Das Haus schien am Hang zu liegen, denn hinter dem Dachboden war eine natürliche Terrasse angelegt, von der eine Steintreppe wieder in den Hof führte, auf dem gerade Juan-Josés Käfer wendete. Dass er fuhr, ohne sich zu verabschieden, versetzte Waltraut einen Stich. Sie stieg die Treppe herunter und suchte nach ihrer Gastgeberin. Sie fand sie in der Küche, Kartoffeln schälend. Den Kopf unter dem niedrigen Türsturz einziehend, betrat sie den Raum.

»Ich wollte Ihnen noch mal danken für die Gastfreundschaft – und Ihnen anbieten zu helfen, wo ich kann.«

Sie schien die richtigen spanischen Worte benutzt zu haben, denn die Frau winkte sie zu sich heran und drückte ihr ein zweites Schälmesser in die Hand. Eifrig machte sich Waltraut daran, das Messer über die Schale zu ziehen. Kartoffeln schälen konnte sie, die Schalen blieben so dünn, dass man fast hindurchsehen konnte. »Wenn Sie wollen, bezahle ich Ihnen ein bisschen für Essen«, hub sie an. »Unsere Vorräte werden nämlich nicht allzu lange reichen.« Tatsächlich machten sich Miri und Boris oben gerade über die letzten Stullen her, die Petra ihnen eingepackt hatte. Als Waltraut schon glaubte, sie bekäme keine Antwort mehr, meinte Leire: »Sie brauchen nicht zu bezahlen. Sie werden Ihr Geld sicher noch brauchen, wenn Sie zurück nach Deutschland wollen.«

»Ich weiß gar nicht, ob ich zurück will nach Deutschland.«

»Was wollen Sie denn hier? Hier gehören Sie doch überhaupt nicht hin.«

Jetzt war es an Waltraut, eine Weile zu schweigen.

»Mein Vater ist Baske. Das habe ich gerade erst erfahren. Er ist seit 1945 verschollen und ich suche nach Spuren von ihm.«

»So, so, Baske«, nickte die verwitterte Frau, »sprach er Euskara?«

»Ich weiß nicht, ich ihn nie habe getroffen. Er war im spanischen Bürgerkrieg gegen Franco und im Konzentrationslager. Und er war ein Arzt, kam von Hernani.«

»Hernani.«

Eifrig bestätigte Waltraut: »Er hieß Mitxelenah.«

»Wie der baskische Linguist.«

»Nicht verwandt und nicht verschwägert. Das habe ich schon nachgeprüft.«

Die Frau arbeitete konzentriert weiter.

Waltraut tat es ihr gleich, anscheinend mussten sie für eine ganze Mannschaft Kartoffeln schälen.

Vor wenigen Tagen hatte sie noch gehofft, eine erste Spur ihres Vaters zu finden. Mit Petra war sie zu Koldo Mitxelena gefahren, aber der weißhaarige Wissenschaftler mit den buschigen schwarzen Augenbrauen hatte sie enttäuschen müssen: Er kannte keinen Xavier Mitxelenah. Fesselnd waren aber seine Erklärungen zur baskischen Sprache gewesen. Petra hatte übersetzt. »Euskara wird nirgendwo sonst auf der Welt gesprochen, ist eine Sprache, die keine erkennbare Ähnlichkeit mit anderen Sprachen der Welt aufweist. Neuere Forschungen weisen darauf hin, dass es sich um die älteste Sprache Europas handelt, eine, die schon existierte, bevor die indogermanische Völkerwanderung einsetzte.« Petra beriet sich kurz mit dem Forscher und führte dann weiter aus: »Zu Beginn der Franco-Ära war sie verboten. Erst ab 1965 wurden die Restriktionen etwas gelockert, sodass sogar Schulen mit Baskisch als Unterrichtssprache und Euskarakurse für Erwachsene eingerichtet werden konnten. Ja, und diese Institutionen, die sich rasch im gesamten Baskenland ausbreiteten, machten die Schaffung einer einheitlichen baskischen Schriftsprache immer dringender. Koldo Mitxelena kommen die Ehre und der Verdienst zu, damit schon 1968 begonnen zu haben.« Diese Worte noch im Ohr, fragte Waltraut die fremde Frau: »Baske zu sein, ist etwas Besonderes, oder?«

Energisch raffte die Frau die Kartoffelschalen in der untergelegten Zeitung zusammen, murmelte: »Unsinn«, und ging nach draußen. Waltraut hörte Schweine aufgeregt grunzen, dann war die Frau schon wieder da. »Kindchen, können wir uns darauf einigen, dass du nicht von Dingen redest, von denen du nichts verstehst, und ich helfe dir, nach deinem Vater zu forschen.«

Am Tag darauf stand Waltraut abermals vor der Kirche wie vor Wochen. Leire hatte sie auf dem Sozius ihrer Vespa mitgenommen. Boris passte auf Miri auf.

Waltraud zog an der Klingelschnur des Pfarrhauses und rief damit wieder die alte Frau herbei. Im Unterschied zu ihrem ersten Versuch ergriff Leire das Wort in Euskara. Sofort ging ein zahnloses Lächeln über das Gesicht der Alten und die Tür öffnete sich. Sie wurden in einen Raum mit historischen Fotos an den Wänden geführt und nach einem Wortschwall allein gelassen. Sie setzten sich an den großen Tisch in der Mitte. Nach kurzer Zeit kam die alte Frau mit fünf leinengebundenen Büchern zurück, alle im Format einer Tageszeitung.

Methodisch gingen sie Buch für Buch, Eintragung für Eintragung durch. Waltraut lernte, dass die Daten chronologisch nach den Geburten geordnet waren, rechts vom Datum standen der Vorname des Täuflings und die Namen der Eltern, Verheiratung, manchmal auch der Todestag. Bei unehelich geborenen Kindern war die Spalte für den Vater leer.

Nicht immer aber wurde die Systematik eingehalten, manchmal stand statt dem Geburtsdatum auch das Sterbedatum vorne, bei Totgeburten etwa, oder, wenn jemand zwar im Kirchspiel gestorben war, man aber nicht wusste, woher er stammte. Das machte diese Sichtung zu einer Sache höchster Konzentration. Waltraut verfolgte Zeile für Zeile mit dem Finger und auch Leire gab ab und zu einen Seufzer der Anstrengung von sich. Beim letzten Buch merkte sie auf. »Komm mal her.« Aufgeregt zeigte sie auf den Eintrag: Javier Mitxelenah, sein Geburtstag war der 19. März 1907. Die Spalte mit dem Todesdatum war frei.

»Der Vorname ist aber ganz anders geschrieben.«

»Das spielt keine Rolle.«

»Kein Todestag. Das heißt, er könnte noch leben?« Waltraut sah sich einen Mann umarmen, der keinen Tag älter war als der auf dem Foto aus den 40er Jahren.

»Das heißt überhaupt nichts. Wenn er 1945 nach Spanien zurück ist, musste er illegal ins Land. Selbst wenn er gestorben ist, wird das wahrscheinlich niemand offiziell gemeldet haben.«

»Das heißt, ich steh jetzt wieder da wie zuvor.«

Die ältere Frau schüttelte den Kopf. »Nein, guck, sieh mal genau hin. Da steht zwar nicht der Name des Vaters von Javier, aber ein Pate. Und das ist ein Name, den kennt man in San Sebastian.«

»Wieso?«

»Die Familie hat viel Geld, altes Geld, Stahlfabrikation. Warum soll so ein Mann wohl die Patenschaft für das uneheliche Kind einer Bäckerin übernehmen? Ich glaube, wir haben soeben deinen Großvater gefunden. Vielleicht findest du da ja auch noch andere Verwandte.«

DRITTER TEIL (GESCHWISTER)

Manuel, 27. Februar 2006

Das Erste, was ihm auffiel, war der große, runde Kopf, bedeckt mit einer Schiebermütze, unter der dichtes weißes Haar hervorspross. Die Kiefermuskeln des älteren Herrn mahlten. Auch er war aufgeregt. Sie hatten sich im Museumsshop der Kunsthalle verabredet, nicht in der Uni. Erkennungszeichen sollte eine gerollte Tageszeitung in der Hand sein. Schließlich konnte er nicht davon ausgehen, dass ihn der Mann erkennen würde. Manuel hatte ihn mit einem Brief eingeladen und darin geschildert, dass er wegen des mitgeschickten Lebenslaufs eine Verwandtschaft vermute, er deshalb die DNS mit seiner abgeglichen und eine Übereinstimmung festgestellt habe. Er hatte sich für diese Eigenmächtigkeit entschuldigt und angeboten, zur Wiedergutmachung Fahrt und Unterkunft auch für den Bruder zu zahlen. Ein verlegenes Telefongespräch später hatten sie diesen Treffpunkt ausgemacht.

Manuel ging auf den massigen Mann zu, sah, wie er nervös mit einer Hand an einem Kunstpostkartenkarussell drehte, mit der anderen die Tageszeitung wie einen Stafettenstab umklammerte. Eine Ahnung von Schicksalhaftigkeit ließ ihn kurz innehalten. Noch wäre Zeit abzudrehen, einfach zu verschwinden. Zu spät. Sein Zögern musste registriert worden sein, denn der Mann sah hoch und ein verblüfftes Lächeln des Erkennens ging über sein Gesicht. »Du siehst aus wie dein Großvater, wie Xavier. Das haben Hilde und mein Bruder gut hinbekommen.«

»Echt?«, überrascht gab Manuel dem Mann die Hand. »Ich weiß nicht mal, wie er hieß.«

Bevor Manuel es verhindern konnte, brach der Mann in Tränen aus und umarmte ihn so fest, dass er kaum Luft bekam. Damit nicht jeder diesen Gefühlsausbruch mitbekam, lotste Manuel ihn nach draußen in den Park der Kunsthalle. Trotz seiner spontanen Sympathie spürte er eine leise Enttäuschung, begriff er doch, dass er nicht seinen Vater, sondern seinen Onkel kennenlernte.

»Du bist also der, der schon in den 70ern verschwunden ist?«

Michael sah ihn erstaunt an. »Ja, hast du das denn nicht gewusst? Ich hab doch meinen vollen Namen angegeben. Weißt du nicht mal, wie dein Vater mit Vornamen heißt?«

»Nein, ich wusste ja nicht mal, dass mein Vater einen Zwillingsbruder hat.« Manuel versuchte, mit Michael mitzuhalten, der eilig ausschritt und ihm dabei von Friedhelm erzählte und dass sein Großvater Xavier sie beide in Bergen-Belsen gerettet habe, indem er sie zu Elisabeth in die Gruppe brachte. »Du kannst dir gar nicht vorstellen, wie wichtig es für uns Kinder in dieser Zeit war, dass es noch Erwachsene gab, denen man vertrauen konnte. Ich weiß nicht, was sonst aus uns geworden wäre, wir hätten vermutlich nie mehr akzeptiert, dass uns ein Erwachsener irgendetwas sagen oder vermitteln darf. Einige von uns wären bestimmt auf die schiefe Bahn geraten. Wir hatten ja auch keine Eltern mehr, dachten wir …« Er unterbrach seinen Redefluss und fragte: »Wieso weißt du nichts davon, dass wir Zwillinge sind, beschäftigst dich aber mit Zwillingsstudien?«

Manuel erklärte, wie er durch seine Großmutter auf die Genetik gekommen, allerdings dann doch nicht in ihre Fußstapfen getreten sei. Michael unterbrach ihn. »In ihre Fußstapfen, das heißt, du weißt über ihre Versuche mit künstlicher Befruchtung? Auch über den Sinn und Zweck des Ganzen?« Manuel nickte: »Ja. Ihre Züchtungsutopie. Ganz ehrlich: Ich halte das für gequirlte Kacke. Aber das würde ich ihr nie sagen.«

»Aber da lagern jede Menge Stammzellen, oder?«

»Wie kommst du denn jetzt auf Stammzellen?« Manuel hörte, wie sich ein herablassender Ton in seine Stimme schlich. Wie die meisten Wissenschaftler konnte er es nicht leiden, wenn Laien halbgebildet daherschwätzten.

»Ist doch so«, beharrte Michael halsstarrig.

»Embryonen sind keine Stammzellen. Jeder Organismus hat Stammzellen, deiner, meiner. Menschliche Embryonen natürlich auch.«

»Aber Embryonen haben pluripotente Stammzellen, Zellen, die sich in jedes Organ, jedes Gewebe verwandeln können.«

»Ja, stimmt«, Manuel sah ihn prüfend an, »aber wieso beschäftigst du dich mit embryonalen Stammzellen? Was hast du noch mal gelernt?«

»Autoklempner. Deshalb bin ich aber noch lange nicht doof.«

»Das hat auch niemand behauptet.«

»Dann ist es ja gut. Wenn deine jüngste Tochter gerade an Leukämie verrecken würde und sich kein geeigneter Stammzellenspender findet, würdest du dich auch als Laie mit Dingen beschäftigen, für die es eigentlich Experten gibt.«

»Also noch einmal von vorn. Deine Tochter hat Leukämie, du weißt von Elisabeths Forschung. Bist du deshalb hier?« Manuel spürte, wie seine anfängliche Sympathie in Misstrauen umschlug. »Du willst doch irgendwas.«

»Stimmt«, antwortete Michael unbekümmert, »dein Vater, also Friedhelm, hat mich darauf gebracht. Er meinte, du könntest vielleicht ein geeigneter Spender sein.« Sein Onkel räusperte sich. »Außerdem, wenn deine Großmutter inzwischen so viele Eizellen künstlich befruchtet hat, müsste doch eigentlich etwas dabei sein, was auch für Beata passt.«

»Nicht sehr wahrscheinlich. Geeignete Stammzellenspender gibt es bei seltenen Gruppen manchmal nur im Verhältnis von 1 : 12 Millionen. Da komme doch eher ich infrage. Verwandte sind bis zu einem Prozent verträgliche HLA-Typen, bei Nichtverwandten liegt hingegen die Wahrscheinlichkeit bestenfalls bei einem Promille. Je mehr Blutsverwandte sich da testen lassen, desto besser.«

»Die in Polen sind alle getestet.« Michael zögerte: »Miriam und Boris kennst du vermutlich auch nicht. Waltrauts Kinder.«

»Wie, Miriam und Boris?«

»Meine ersten beiden Kinder, dein Cousin und deine Cousine. Waltraut, die Schwester deiner Mutter. Sie ist mit den Kindern 1973 abgehauen.«

Manuel wurde langsam schwindelig. Seine Mutter hatte eine Schwester und die hatte auch noch Kinder mit einem Zwillingsbruder seines Vaters, er hatte Cousin und Cousine, von denen er nichts wusste. »Sag mal, was war eigentlich damals los? Ihr seid alle abgehauen, du, deine Frau mit ihren Kindern, mein Vater schließlich. Da gibt es doch einen Zusammenhang? Wer hat eigentlich als Erster die Gemeinschaft verlassen?«

»Waltraut.«

»Und warum?«

»Ein anderer Kerl!«

»Und du, warum bist du gegangen?«

Plötzlich humpelte Michael, als hätte er Schmerzen.

Manuel streckte ihm die Hand entgegen. »Was ist los?«

»Ach, mein Ischias. Der Scheißnerv klemmt sich immer dann ein, wenn man es am wenigsten brauchen kann.«

»Vielleicht ist es auch die Kälte. Wir sollten wieder ins Museum gehen. Komm, ich lad dich zu einem Kaffee ein.« Sie gingen wortlos über die aufgeweichten Wege zurück zu dem kubusförmigen Museumsgebäude. Michaels Schweigen wurde lastend.

»Hab ich dich mit dieser Frage verschreckt? Ich wollte nicht …«

»Was? Ach nein …« Michael tauchte aus seinen Gedanken auf, als sei er innerlich ganz weit weg gewesen. »Das hat überhaupt nichts mit dir zu tun. Matschige Wege lösen bei mir eigenartige Erinnerungen aus. Wusstest du, dass man in Auschwitz immer versank und sich eine Art Watschelgang angewöhnen musste, um nicht pausenlos auszurutschen?«

Stumm schüttelte Manuel den Kopf. Alles, was er dazu sagen konnte, erschien ihm unangemessen und banal. Was dieser Mann als Kind gesehen hatte, konnte er sich wahrscheinlich nicht mal annähernd vorstellen.

»Ich konnte wegen Elisabeth nicht mehr da bleiben«, kam die verspätete Antwort von Michael.

»Wieso Elisabeth?«

»Wieweit kennst du deine Großmutter? Erträgst du es, wenn sie nicht der Engel ist, als der sie gerne dargestellt wird?«

»Natürlich. Ich hab seit Monaten keinen Kontakt zu Elisabeth, weil sie beschlossen hat, dass ich als Schwuler nicht zu ihrer hochedlen Gemeinschaft gehöre.« Sie waren wieder beim Museum angekommen. Sein Onkel streifte bedächtig seine Schuhe an dem Metallgitter der obersten Stufe ab. »Okay«, seufzte er, als sei er zu einem Entschluss gekommen. »Wollen wir uns setzen?«

Der Ältere steuerte einen Tisch im Foyer-Café an, rückte den Stuhl mit einer Hand zurecht und setzte sich, ohne eine Antwort abzuwarten. Michael nahm seine Kappe ab, beugte sich auf seinem Stuhl nach vorne und drehte sie in den Händen. Jetzt sah er mit seinem runden Kopf und den leicht mongolischen Augen wirklich aus wie ein russischer Arbeiter auf den Gemälden des Sozialistischen Realismus. Und viel zu groß für den zierlichen Aluminiumstuhl. »Ich hab dir doch erklärt, wie wichtig es für mich war, dass ich in der Hölle der KZs noch Menschen gefunden habe, denen ich trauen konnte?«

Manuel nickte.

»Das hielt meinen Glauben daran lebendig, dass es sich zu leben lohnt, dass Menschen sich für andere Menschen interessieren, auch wenn sie nicht unmittelbar einen Vorteil davon haben. Ich glaube nicht, dass ich sonst hätte weiterleben wollen. Dein Großvater und deine Großmutter haben mir also in mehr als einer Hinsicht das Leben gerettet. Ich hab mich deshalb auch immer eingefügt. Bis deine Großmutter mich um einen Gefallen gebeten hat.« Er richtete sich auf und streckte seinen Rücken. »Älter werden ist kein Spaß, das sage ich dir, überall zwickt und zwackt es.«

»Meine Großmutter ...«

»Ja, deine Großmutter. Wie gesagt, ich hab mich allen ihren Ideen untergeordnet. Aber das genau hat mir dann auch die Augen geöffnet.«

»Wieso?«

»Sie hat mich ins Vertrauen gezogen. Ein israelischer Journalist drohte, zu veröffentlichen, dass deine Großmutter uns allen fiktive Nachnamen gegeben hat, damit unsere Familien uns nicht wiederfinden. Ich hab ihn dann so eingeschüchtert, dass er nie wiederkam. Aber dann wusste ich halt auch Bescheid, dass deine Großmutter uns alle betrogen hat. Du hast wahrscheinlich bisher auch geglaubt, wir seien alle Waisen?«

»Ja, natürlich.«

»Tja, das waren wir aber nicht. In Wirklichkeit hat sie uns nur in den Augen der Welt sterben lassen. Durch die falschen Namen sollten unsere wirklichen Verwandten denken, wir seien tot, damit sie nicht mehr nach uns suchen. Damit sie ihre kleine Gruppe von Rhesus-negativen Kindern zusammenhalten und einen Stamm daraus züchten konnte.«

»Das kann ich mir nicht vorstellen.« Manuel schob seinen Stuhl nach hinten und stand auf. »Das ist nicht Elisabeth. Sie hat ihre Familie wirklich gern.«

»Setz dich bitte wieder hin. Ich hab es auch zuerst nicht glauben können – und doch …«

»Die Hartnäckigkeit, so etwas durchzuziehen, passt zu ihr.« Manuel nahm seinen Platz wieder ein.

»Eben.«

»Was ist das eigentlich für ein Scheißpack bei uns zu Hause!«, rief Manuel, dämpfte seinen Ton aber, als eine Frau vom Nachbartisch aufsah. »Ich komm mir vor wie in der Truman-Show. Alles Lüge. Sogar, dass ich keine anderen Blutsverwandten habe. Wie alt sind die beiden eigentlich?«

»Miriam ist 37, Boris 40.«

»Weißt du, wo sie wohnen?«

Michael schüttelte bedauernd den Kopf. »Nicht genau. Ich bin zwar damals ihrer Spur von Kassel nach Spanien gefolgt und meine, dass es sie später nach Osnabrück verschlagen hat, aber da finde ich sie nicht.«

»Du hast also deine Frau nie wiedergesehen? Deine Kinder auch nicht?«

Michaels Gesicht bekam etwas Maskenhaftes, und die ohnehin tiefen Nasolabialfalten verschärften sich.

»Nein.«

Miriam, 27. März 2006

Der Mann, der nach kurzem Klopfen die Tür zu ihrem Zimmer öffnete, sah umwerfend aus, groß, mit einem schön konturierten Gesicht, dunklen, halblangen Haaren und strahlend blauen Augen. Miriam richtete sich sofort in ihrem Bett auf und fragte sich, wie sie wohl nach Tagen der Bettlägerigkeit und ohne Schminke wirkte. So schlimm konnte es nicht sein, denn der Mann lächelte sie ebenfalls erfreut an. »Hi, ich bin Peer.« Er hielt ihr die rechte Hand hin. »Ich soll mich um Sie kümmern.«

»Das freut mich aber«, antwortete Miriam, grinste verlegen und zupfte an ihrer Bettdecke herum. Halb debil, im Flanellnachthemd so einen Typen kennenzulernen, toll. Immerhin saß sie und ihr Gedächtnis war scheinbar auch wieder so weit in Ordnung, dass sie sich erinnern konnte, dass es das vor Kurzem noch nicht gewesen war.

»Ich soll Ihnen von Elisabeth ausrichten, dass es Zeit wird, aufzustehen. Im Badezimmer liegen Jeans und ein Sweatshirt von meiner Schwester. Elisabeth meinte, sie habe die gleiche Größe wie Sie. Ziehen Sie sich an. Dann treffen wir uns im Flur. Ich zeig Ihnen mal das Gelände.«

Miriam ließ sich das nicht zweimal sagen. Voller Tatendrang schwang sie ihre Beine auf den Boden. Beim Aufstehen wurde ihr dann aber doch etwas schummerig. Vorsichtig stakste sie zur Tür des Badezimmers. Grüngelbe Kacheln, die sie noch nie gesehen hatte. Ein schneller Blick zurück. Am Bett hing ein Urinbeutel. Ihr Kopf wurde heiß vor Scham. Schnell zog sie die Tür zu und setzte sich auf den Badewannenrand. Das war alles zu viel für sie. Gedankenverloren zupfte sie an einem überstehenden Stück Nagelhaut des Daumens. Sie wusste immer noch nicht genau, was sie hier machte. Heute Morgen hatte sie sich zwar an die vergangene Nacht und den Nachmittag davor erinnern können. Wie sie aber hierher gefunden hatte, ahnte sie nicht einmal. In diesem Zustand wollte sie keinen tollen Mann kennenlernen. Wütend zog sie das gelöste Stück Nagelhaut mit den Zähnen heraus. Na toll, jetzt blutete es. Den Daumen am Mund, musterte sie die angekündigte Kleidung auf dem Badewannenrand. Oh, super, Karottenjeans stonewashed und dazu ein taillenkurzes türkisfarbenes Kapuzenshirt, alles im authentischen 80er-Jahre-Look. Und der Tanga war auch nicht gerade aktuell, genauso wenig die No-Name-Basketballschuhe. Trotzdem war sie dankbar, etwas anderes tragen zu können als einen Schlafanzug. Schnell zog sie sich an und betrachtete sich im Spiegel neben dem Waschbecken. Unwillkürlich musste sie grinsen. Jetzt fehlte ihr nur noch ein Frotteehaargummi, um ihre Locken hochzuzwirbeln, dann sähe sie so aus wie jemand aus den ganz frühen Folgen von *Beverly Hills 90210*.

Sie öffnete die Tür, scheinbar die falsche, denn dahinter war eine weitere Tür und nicht ihr Zimmer. Sie hörte zwei Frauen sprechen. »Was sollte das gestern Nacht?«, zischte eine sehr alte Stimme.

»Nichts.«

Ein leises Prusten. »Bist du verrückt, Hildegard? Mit der Dosis könntest du sie ins Koma versetzen oder

Schlimmeres. Hab ich mir ja schon gedacht. Ihre Symptome waren zu untypisch für eine einfache anterograde Amnesie. Kannst du mir sagen, was das soll?« Unverständliches Gemurmel.

»Und was hast du gegen sie?«

Die Antwort entging ihr, weil Peer an der anderen Tür klopfte. Unsicher folgte Miriam ihm über eine Galerie die Treppe hinunter in ein Vestibül mit Terrazzofußboden. Aus Bleiglasfenstern fiel gedämpftes Licht herein und malte bunte Punkte auf den Boden. Peer zog die Tür auf und sofort blendete sie gleißende Sonne. Abwehrend schloss sie die Augen, doch die Schemen der Häuser draußen waren für Sekunden in ihre Netzhaut gebrannt. Zögernd öffnete sie die Lider wieder. Zu ihren Füßen lagen, kleiner, als sie es in Erinnerung hatte, die Arbeiterhäuser und die Werkhalle gegenüber, dahinter eine Menge neuer Gebäude, die Miriam nicht kannte. Kein Zweifel, das hier war die Welt ihrer Kindheit. Das sah sie sofort. Ihre Knie gaben nach.

Peer sah das. »Langsam mit den jungen Pferden. Sie sind wohl doch noch nicht so ganz auf dem Damm?«

»Doch, doch!« Miriam berappelte sich. »Geht schon.«

Sie gingen auf einem schmalen Pfad den kleinen Hügel herunter, erst durch die ursprüngliche Siedlung, die Miriam noch kannte, dann durch Randbezirke im Kiefernwald, die ihr völlig unbekannt waren. Sie verlor die Orientierung, bis Peer ihr Seminargebäude und Ferienhäuser zeigte, die am Stauteich gebaut worden waren. Sie erkannte dem Wasser gegenüber die Rückseite des alten Hammerwerks, das mit seiner Maschinenhalle immer noch den Mittelpunkt der Siedlung bildete. Sie wunderte sich, an wie vieles sie sich plötzlich wieder erinnerte, obwohl sie gedacht hatte, die Jahre vor ihrem fünften Geburtstag seien komplett aus ihrem Gedächtnis gelöscht.

Am Stauwehr wurde Miriam richtig schwindlig, so sehr, dass sie automatisch nach Peers Arm griff. Er brachte sie durch die Hintertür in den ersten Stock der Schmiedehalle, wo es wundersamerweise nach Kaffee roch. Die frühere Bürogalerie, von der man einen Blick auf den großen Produktionsraum hatte, war zum Café geworden und die Halle anscheinend eine Art Veranstaltungszentrum, denn zwischen den Schmiedehämmern war für ein Podest und eine Theke Platz gemacht worden.

Peer steuerte auf einen freien Tisch zu, rückte ihr einen Stuhl zurecht und setzte sich ihr gegenüber.

»Ist hier nicht mehr das Männerhaus?«, fragte Miriam und sah hinter sich, denn wo heute die Bar war, hatte früher das Treppenhaus zu den Schlafsälen geführt.

Vom Nachbartisch antwortete eine junge Frau, die aussah wie ein Klon von Lindsay Lohan. »Das Männerhaus ist am Ortsrand neu aufgebaut. Dieses Gebäude war zu klein geworden. Aber woher weißt du, dass das hier mal war?«

»Ich bin hier aufgewachsen.«

»Echt?« Die rothaarige Frau drehte sich zu ihr. »Wie kommt es, dass dich hier keiner kennt?«

»Woher weißt du, dass mich hier keiner kennt?«

»Weil jeder weiß, dass du hier bist.«

Bisschen paradox die Antwort.

»Meine Mutter kam von hier, sie hieß Waltraut.«

»Wer ist Waltraut?« Eine rote Strähne wurde ungeduldig zurückgestrichen.

Peer antwortete: »Das ist Hildegards Schwester, Lou. Ich weiß das aber auch erst seit Kurzem.«

Miriam wusste, dass sie auch das schon einmal gewusst hatte. Dann war die alte Frau ihre Großmutter. Intensive Wärme strömte plötzlich vom Solarplexus in Bauch und Brust.

Peer beugte sich zu Miriam. »Alle, die hierher gehören, kommen irgendwann wieder zurück, heißt es.«

»Ist das so?« Miriam rutschte etwas auf der Sitzfläche, so dass sie sich anlehnen konnte, verschränkte dabei die Arme.

Peer stand auf und ging zum Tresen.

Lou erklärte weiter: »Dieser Ort hat ein starkes Kraftfeld. Viele, die gegangen sind, nehmen wir irgendwann wieder auf. Das sind oft zerstörte Menschen, die ohne rituelle Reinigung zu gierig geworden sind und sich verbraucht …«

Sie kam nicht dazu weiterzureden, weil Peer mit einem Kaffeebecher in der Hand auftauchte und ihn vor Miriam stellte. »Hier. Ihr von draußen braucht doch eure Droge.« Aus reiner Unsicherheit ignorierte sie ihn, wandte sich lieber der jungen Frau zu. »Was meinst du mit zu gierig?«

Lou sah sie an, als verstünde sie nicht, dass man danach fragen konnte. »Der Trieb, Sex, körperliche Ekstase. Weil sie es nicht mehr so geregelt finden wie hier und auch nicht meditieren, um zwischendurch hinter die Welt der Erscheinungen zu sehen, übertreiben sie es draußen. Wir hier gelten als gute Liebhaber oder Liebhaberinnen«, grinste Lou ein bisschen selbstzufrieden, »wir verstehen eben, diese Energie zu steuern. Das mögen die draußen oft ein bisschen zu sehr.«

Miriam musste ihre gesamte Willenskraft zusammennehmen, um keinen Seitenblick auf Peer zu werfen. Im Augenwinkel entging ihr jedoch nicht, dass der sie flüchtig ansah und ebenfalls gleich wieder wegguckte.

Die junge Frau redete unbeeindruckt weiter. »Na ja, und dann wird aus einer guten Energie ein Laster. Wer Sexualität zu seinem Lebensinhalt macht, für den dreht sich irgendwann alles nur noch darum. Viele von den Abtrünnigen verdienen draußen ihr Geld damit, und dann kommen die anderen Dinge, die dieses Milieu ausmachen: Drogen, Alkohol, Aids. Hierher kommen sie dann wieder, wenn sie krank sind. Hast du ihr schon das Hospiz gezeigt?«

Peer schüttelte knapp den Kopf. »Wollte sie nicht abschrecken. Sie ist draußen groß geworden.«

Miriam entsann sich ihres Kaffees, schüttete Zucker in den Milchschaum und sah zu, wie er versank. »Sag mal, redet ihr alle mit Fremden so unverblümt? Mich überfordert das ein bisschen.«

Peer rückte seinen Stuhl so, dass er ihr genau gegenübersaß. »Lou weiß das nicht. Für uns ist es normal, über alles zu reden, wir kennen uns alle so gut, sind ja alle miteinander verwandt und uns so nah, dass wir ahnen, was mit den anderen los ist, bevor sie es uns sagen. Wir glauben, dass unsere Psychen, im Grunde die Psyche aller Menschen, nur wirken, als seien sie individuell, dass sie in Wirklichkeit aber miteinander verbunden sind. So wie ein Pilz unter der Erde ein einziger Organismus ist, auch wenn es überirdisch so aussieht, als wüchsen da einzelne Pflänzchen. Ich weiß aber, dass ihr eure Intuition nicht so bildet wie wir unsere, ihr das also nicht so sehen könnt, auch wenn ihr es manchmal ahnt.«

»Und woher weißt du, wie wir denken?«

»Ich bin geschult in eurem Denken, bin auserwählt, den Kontakt mit den Besuchern von draußen herzustellen.«

Draußen. Das klang, als seien sie Aliens, registrierte Miriam voller Unbehagen. Ein Unbehagen, das von Lou noch verstärkt wurde. »Aber täusch dich nicht, er ist genauso einer von uns, so wie du es bist, auch wenn du es noch nicht weißt.«

Auf dem Weg zur Villa sah Peer sie immer häufiger und zunehmend unsicher von der Seite an. Kurz bevor sie dort wieder angelangt waren, blieb er stehen und nahm sie bei den Schultern: »Du glaubst jetzt, ich manipuliere dich, oder?« Miriam drehte sich weg. Wenn sie das bestätigte, würde sie auch bestätigen, dass er großen Einfluss auf sie ausüben könnte. Es war definitiv zu früh, so etwas zuzugeben. »Ich glaube, ich würde jetzt gerne eure Ausstellung sehen.«

»Okay«, fing sich Peer schnell.

Sie erklommen gemeinsam die eiserne Stiege, die außen am Gebäude in den ersten Stock führte, und traten über eine Schwelle mit Türzargen.

»Hier riecht es gut.«

»Ja, alle Hölzer in Innenräumen werden bei uns mit natürlichen Inhaltstoffen behandelt, schon immer – lange bevor Lindan und Co. in Verruf kamen. Vermutlich sind wir deshalb heute auch wirtschaftlich erfolgreich, weil wir in vielerlei Hinsicht umweltverträgliche Techniken und Produkte entwickelt haben, lange bevor das alle taten.« Jetzt klang er wie ein Werbeprospekt. Miriam nahm sich vor, darauf zu achten, wann Peer diesen salbungsvollen Ton bekam. Was er so sagte, war sicher nicht echt.

Peer führte sie zu der ersten Vitrine mit Fotos und Artefakten wie vergilbte Theaterkarten. »Wieweit kennst du dich in unserer Geschichte aus?« Er deutete auf ein Gruppenfoto mit vielen Kindern, die sich um eine junge Frau drängten, die ein Baby auf dem Arm trug.

»Ich weiß ja nicht mal, wie ich hierhergekommen bin. Ich weiß, dass meine Mutter Waltraut geheißen hat und ich hier war, als ich sehr klein war.«

»Das sind die Kinder, die Elisabeth damals aus Bergen-Belsen befreit hat.«

Bergen-Belsen? Sie erinnerte sich an die Beschreibung auf Wikipedia, verstand dennoch kein Wort, hielt sich an das Naheliegende. »Wo ist denn Elisabeth?«

Peer tippte auf die junge Frau mit dem Baby. Eine schöne Frau mit straff zurückgekämmten Haaren, ein bisschen zu mager und ernst. »Und das hier …«, er deutete auf einen feixenden schwarzhaarigen Jungen, » das ist mein Vater. Und das … », sein Finger zeigte auf ein dunkeläugiges Mädchen mit langen Zöpfen, »… ist meine Mutter.« Miriam beugte sich zu dem Bild. Hatte sie das schon mal gesehen?

Im Hintergrund des Fotos erkannte Miriam Wachtürme, wie zur Verharmlosung flankiert von Wäscheleinen mit im Wind flatternden Hemden. »Das sieht aber gar nicht wie eine Aufnahme aus einem Konzentrationslager aus. Die Kinder sind doch alle gut gekleidet und wohlgenährt.«

»Das ist auch das DP-Camp Bergen-Hohne, von den Briten nach dem Zweiten Weltkrieg eingerichtet. Das eigentliche Konzentrationslager existierte damals schon gar nicht mehr.« Er sah sie forschend an. In diesem Licht strahlten seine Augen wie Aquamarine. Er machte sich an einem Monitor neben der Vitrine zu schaffen und schob Mikrofiches unter der Linse hin und her.

Hatte sie das schon mal gesehen oder war das ein Déjà-vu?

Auf dem Bildschirm erschien eine Zeitungsseite mit einem großen Foto, auf dem Miriam die junge Elisabeth sofort wiedererkannte, neben ihr ein Mann, leider nicht ganz so gut zu erkennen, um sie geschart viele Kinder. Miriam deutete auf den Mann. »Wer ist das?«

»Der Vater von Elisabeths Zwillingen.«

Die Haare auf Miriams Arm stellten sich auf. Waltraut war der Zwilling dieser Hildegard?

»Waren sie eineiig?«

Peer zuckte die Schultern, nickte aber. »Jep, ich glaub schon.«

Unvermittelt sah Miriam den Mutterpass vor ihrem inneren Auge, den Alice ihr hingehalten hatte. Ein eingeklebtes Schildchen mit einem Stempel *0rh, negativ Anti-D (ccddee).* Plötzlich baute sich das ganze Bild auf. Ihre Gedächtnislücken füllten sich so rasch, wie der Computer im Büro reagierte, wenn er alle Informationen eines beschädigten Dias zueinander ins Verhältnis gesetzt hatte und die noch vorhandenen Pixel plötzlich sinnvoll zu einem Bild ergänzen konnte. Und wenn Hildegard die Mutter dieses neuen Bruders war, war sie dann in Wirklichkeit auch ihre Mutter? Aber wer war dann die Leiche? Außerdem müsste es doch dann hier noch ihren Vater geben. Sie schüttelte für sich den Kopf. Blödsinn. Wunschdenken.

Jetzt erinnerte sie sich auch wieder daran, dass sie nach einem Kundentermin direkt hierhin gefahren war und dass Boris in Urlaub gewesen war. Herrjemine, Boris musste längst wieder da sein und sich schreckliche Sorgen machen, einige Tage war sie doch sicher schon hier. Gerade noch das Kinn auf die rechte Hand gestützt, fuhr Miriam hoch. »Welchen Tag haben wir heute?«

»Montag, wieso?«

Dann war sie vier Tage nicht nach Hause gekommen. Boris musste umkommen vor Sorge. »Wo ist mein Handy?«

Peer zuckte die Schultern. »Wahrscheinlich oben auf deinem Zimmer.« Er öffnete die Tür nach außen und stieß fast mit einem Mann zusammen. Miriam sah Lederjacke, Umhängetasche, übernächtigtes Gesicht und dachte: Journalist. So hatten Alices Kollegen auch immer ausgesehen, ein bisschen abgerissen, als wollten sie zum Ausdruck bringen, wie sehr sie den *Dress-for-Success-Code* verabscheuten und dass sie Klamotten nicht nötig hatten, um ernst genommen zu werden.

Peer ließ einen lauten Seufzer hören: »Sie schon wieder, ich hab Ihnen doch alles gemailt, was Sie haben wollten.«

Der Mann trat wie selbstverständlich in die Ausstellung und drehte sich dann zu ihnen um. »Ja, ja, danke schön, ich hätte nur gerne noch die Originaldokumente dazu gesehen.«

Die Türklinke immer noch in der Hand, entgegnete Peer: »Sie wissen schon, dass wir das nicht müssen, oder? Ich meine, wir sind keine Behörde, die der Presse gegenüber auskunftsverpflichtet ist.«

Der Journalist grinste: »Schon gut, Sie kennen das Landespressegesetz. Wenn ich das aber richtig sehe, bekommen Sie öffentliche Förderung, weil Sie eine anerkannte Stiftung sind. Und die Stiftungsbehörde untersteht dem Innenministerium des Landes. Damit gilt auch für Sie eine gewisse Auskunftspflicht. Sie verwenden ja schließlich Steuergelder.« Er nestelte an seiner Tasche herum, als wollte er etwas herausholen, überlegte es sich aber anscheinend anders und sah Peer in die Augen.

»Ich seh zu, was ich für Sie tun kann«, gab Peer nach und öffnete die Tür. »Geben Sie mir eine Liste, dann können Sie sich bald in unseren Leseraum setzen.« Demonstrativ hielt er die Tür weit auf.

Kaum hatte der Journalist sie hinter sich geschlossen, platzte Peer heraus: »Scheiße, das wird schwierig. Keine

Ahnung, wie ich Hildegard dazu bringen soll. Sie wird immer paranoider. Wittert überall eine Verschwörung. Dabei könnte man die Lokalpresse leicht zufriedenstellen, wenn man ihnen einfach alles gibt. Von denen hat doch keiner die Zeit, sich durch Meter von Akten zu fressen.«

»Gäbe es denn etwas zu entdecken?«

»Na ja, das, was es zu entdecken gibt, haben sie schon heraus, nämlich dass es in der Gründungszeit so etwas wie ein Gentlemens Agreement gab, um den Kuppelparagrafen zu umgehen. Den gibt es aber längst nicht mehr. Brisant ist heute: Die Mädchen hier werden früh schwanger.«

»Was heißt früh?«

»Mit 14, 15 in der Regel.«

»Warum?«

»Weil wir hier Kinder wollen, viele Kinder!«

»Und wo sind die Kinder? Ich hab überhaupt keine gesehen bisher.«

»Tagsüber sind sie im Kindergarten, wie anderswo auch. Nachmittags und abends wimmelt es hier von Dreikäsehochs, besonders im Sommer.«

Irgendetwas verbarg sich hinter diesem »früh Kinder bekommen«. Alice würde wissen, wie weiterfragen. Miriam aber hatte nicht die Erfahrung, gezielt dort einzuhaken, wo Peers Widerstand anfing. Zu Hause musste sie das unbedingt der Freundin erzählen. Diese Gemeinschaft, die ins Dritte Reich zurückragte und in der man früh Kinder bekam. Das klang ein bisschen nach Lebensborn. Der Gedanke an zu Hause brachte aber noch etwas anderes zum Klingen. Sie musste doch ihren Bruder anrufen. Ihr Gedächtnis hing immer noch durch wie eine alte Matratze.

Elisabeth sah am Schreibtisch Papiere durch. Von außen fiel helles Frühlingslicht in das Arbeitszimmer und brachte die dunkle Holzvertäfelung in diesem Raum zum Schimmern. Als sie Miriam im Türrahmen bemerkte, winkte sie ihre Enkelin herein.

Miriam nahm Platz, die Hände zwischen die Knie gepresst.

»Kann ich mein Handy wiederhaben, ich muss meinen Bruder anrufen.«

»Ihr Handy ist stumm, ohne Strom. Sie können gleich über unser Festnetz telefonieren, aber vorher würde ich Sie bitten, mir noch ein paar Fragen zu beantworten.«

»Wenn es sein muss.«

»Welcher Tag ist heute?«

»Montag.«

»Welches Jahr?«

»2006.«

Anscheinend ging es um ihre Orientierung.

»Und Sie heißen?«

»Ich heiße Miriam Maertens, geboren 3.9.1969. Keine Ahnung, wo, aber ich denke mal, hier. Genauso wie mein Bruder Boris, der unbedingt wissen sollte, wo ich bin.«

Die alte Frau sah sie amüsiert an. Ihre Augen zwischen runzeligen Lidern wirkten immer noch jung. »Sie haben sich hier als Alice Droste ausgegeben. Erinnern Sie sich?«

»Ja, ich wollte nicht gleich mit der Tür ins Haus fallen,

so nach dem Motto: Hallo, ich bin Ihre Enkelin, lange nicht gesehen. Hätten Sie mir das überhaupt geglaubt?«

Die alte Frau nickte nachdrücklich. »Ja, ich hab dich sofort erkannt.«

»Wie soll das gehen? Ich bin inzwischen 37 Jahre alt. Das letzte Mal, als du mich gesehen haben dürftest, war ich ein kleines Mädchen«, erwiderte Miriam. Wenn Elisabeth zum Du wechselte, konnte sie das auch.

Die schien ihr den patzigen Ton allerdings nicht übel zu nehmen. Im Gegenteil, mit dem Siezen verschwand auch die distanzierte Haltung der alten Dame. Sie kramte in einer ledernen Schreibmappe und zeigte Miriam das sepiagetönte Foto einer Frau, die einem höchstens neunjährigen Jungen den Arm um die Schulter gelegt hatte. Miriam pfiff leise. Als hätte sie ein Foto von sich in einem historisierenden Ambiente machen lassen. Die Frau sah wirklich genauso aus wie sie. Die gleichen dunklen Locken, halblang den Kopf umrahmend, die gleichen vollen Lippen, die gleichen Proportionen, die in einem Kostüm mit knöchellangem Godetrock gut zur Geltung kamen. Sie musste sich und ihren Buben für das Foto fein gemacht haben, denn sie trug unter der kurzen Jacke eine Bluse aus weißer Spitze, das Kind einen etwas zu eng und klein gewordenen Matrosenanzug.

»Wer ist das?«

»Das sind deine Urgroßmutter väterlicherseits und dein Großvater.«

»Der Mann auf dem Foto ist dieser Xavier? Wieso kann ich mich an ihn überhaupt nicht erinnern?«

»Er hat hier nie gelebt.«

»Wie kommst du dann an das Foto?«

»Es war sozusagen sein Vermächtnis.« Die alte Frau öffnete abermals die Schublade und kramte Briefe in vergilbten Umschlägen hervor. »An deinen Urgroßvater müsstest du dich eigentlich erinnern, denn er schreibt, du und dein Bruder, ihr wäret damals in San Sebastian gewesen.«

Die Erinnerung an dunkel verhangene hohe Räume mit Heiligenfiguren und einer goldgerahmten Muttergottes streifte Miriam.

»Deine Mutter hat ihn dort wohl ausfindig gemacht. Keine Ahnung, wie sie auf ihn gekommen ist, aber es ist ihr gelungen. Hier«, sie schob Miriam einen Brief auf dickem Büttenpapier hin, »diesen Brief hat er mir geschrieben, als ihr wieder weg wart.«

Miriam nahm das Stück Papier zur Hand und sah eine ornamenthaft geschwungene Schrift, so ordentlich, als sollten mit ihr Preisschilder beschriftet werden.

San Sebastian, August 1973

Hochverehrte Frau Hofmann!

Noch unter dem Eindruck eines so unerwarteten wie aufwühlenden Besuchs schreibe ich Ihnen stante pede, sonst verlassen mich Schwung und Mut. Ich weiß seit heute, dass ich Enkel und Urenkel habe, und kann Ihnen gar nicht sagen, wie sehr mich das beruhigt meinem Ende entgegensehen lässt. Wenn mich die Engel dereinst zu meiner letzten Reise abholen, sind meine Koffer gepackt. Damit mein Gepäck aber leichter wird, muss ich mich zuvor noch von einem Wissen befreien, das mich all die Jahre fast erdrückt hat.

Schon im Voraus bitte ich, mein Deutsch zu entschuldigen, dort, wo es nicht fehlerfrei ist.

Soeben hat sich die Tür hinter Ihrer Tochter Waltraut und den beiden Kindern geschlossen. Die Kakaotasse der Kleinen steht noch auf meinem Schreibtisch. Sie langweilte sich wohl ein bisschen, konnte aber an diesem Tisch gut mit Papier und Bleistiften beschäftigt werden. Der Junge saß die ganze Zeit wohlerzogen neben seiner Mutter und hörte aufmerksam zu. Waltraut (ich nenne sie beim Vornamen, wenn Sie gestatten, schließlich handelt es sich um meine Enkelin) hoffte, durch mich ihren Vater zu finden, Xavier, meinen einzigen Sohn, den ich zeit meines Lebens verleugnet habe.

Wahrscheinlich wissen Sie, dass er illegitim war, gezeugt von mir als dummer Junge mit dem Hausmädchen. Das klingt schrecklich, und ich glaube, er hat ein Leben lang sich geschämt. Dabei habe ich seine Mutter sehr gemocht, war nur zu jung, um mich gegen meinen Vater aufzulehnen. 17 und 16 waren wir, kaum älter als Romeo und Julia, nur dass nicht die Feindschaft zweier Familien unsere Liebe unmöglich machte, sondern unüberbrückbare Klassenunterschiede. Etwas, das ich Ihnen vermutlich nicht erklären muss, was aber Ihre Tochter schon kaum mehr verstehen konnte.

Immerhin ist es mir damals kurz vor der Geburt des Kindes gelungen, dass Elena nicht einfach vor die Tür gesetzt wurde, sondern mein Vater ihr ein Leben mit dem Kind alimentierte. Das beigefügte Foto entstand, kurz bevor ich Elena ein zweites und letztes Mal in meinem Leben wiedersah. Sie ließ es mir zukommen, um ein Treffen vorzubereiten, bei dem sie mich von den Geistesgaben ihres Sohnes überzeugen wollte und mich, inzwischen ein junger Mann von 26 mit eigenem Gehalt im Familienunternehmen, tatsächlich dazu brachte, Xavier die Jesuitenschule zu bezahlen.

Danach verlor ich den Jungen aus den Augen, heiratete selbst, wurde Vater einer Tochter, wurde Witwer, mit 44 Jahren ein zweites Mal Ehemann und musste erleben, wie meine älteste Tochter mit 20 Jahren von den Falangisten erschossen wurde, weil meine zweite Frau sie denunziert hatte als Anarchistenliebchen.

1946, ich war schon ein verbitterter alter Mann von 56 Jahren, notorisch schlaflos, als es des Nachts an meine Haustür klopfte und ein abgerissener Mann davor stand. Er stellte sich vor als Xavier. Gott sei Dank konnte ich ihn ein paar Tage bei mir nächtigen lassen, weil meine Frau bei Verwandten in Nerja war. Denn Xavier wurde sehr krank, erholte sich aber rechtzeitig vor ihrer Rückkunft. Danach habe ich ihn immer mal wieder gesehen, habe vermutet, dass er im Untergrund Schutz gesucht hat, habe ihn aber zu meiner eigenen Sicherheit nie danach gefragt. Er erkundigte sich immer wieder nach Post für ihn, dabei hatte ich den Brief, den er mich gebeten hatte, nach Deutschland auf den Weg zu bringen, noch nicht einmal losgeschickt. Es war einfach zu riskant. Meine Frau prüfte alle meine geschäftlichen Vorgänge. Da hätte nur einer meiner Geschäftspartner diesen Brief erwähnen brauchen, dann wäre ich geliefert gewesen.

Ich bin letztlich schuld an seinem Tod, denn so anstrengend das Leben in den Wäldern war, zuerst hatte Xavier noch viel Lebenskraft. Nach und nach aber wurde er immer dünner und blasser. Er resignierte. Inzwischen weiß ich, wie weh es ihm getan haben muss, keine Antwort zu bekommen.

Eines Nachts klopfte es wieder. Ich ließ ihn ein und sah, dass er sich nur noch mit Mühe aufrecht hielt. Brachte ihn in die Küche, in der das Herdfeuer immer brannte, und nötigte ihm etwas zu trinken auf. Xaviers Augen lagen so tief in den Höhlen, dass sie aussahen wie Steinkohle in einer fast verglommenen Esse, der Bartschatten gab seinem Gesicht die Farbe von schmutzigem Schnee, seine Lippen hatten sämtliche Farbe verloren. Obwohl kein Arzt, konnte ich sehen, dass er sterben würde. Seine Gliedmaßen verloren schon alle Farbe, als hätte das Herz aufgegeben, sie mit Blut zu versorgen.

Nach seinem Tod las ich zum ersten Mal den Brief, den ich für ihn abschicken sollte. Und verstand. Nun sah ich allerdings erst recht keine Notwendigkeit mehr darin, mich in Gefahr zu bringen, nur um letztlich einem anderen Menschen das Herz zu brechen.

Erst der Besuch heute hat mir klargemacht, dass das ein Fehler war. Dass Nichtwissen ganze Generationen belasten kann. Und das liegt mir bis heute schwer auf der Seele. Ich habe keine weiteren Kinder mehr bekommen und werde deshalb Xaviers Tochter und meine Urenkel zu den Erben eines nicht unbeträchtlichen Vermögens machen.

Das macht zwar nicht alles wieder gut, aber lindert ein wenig die Erinnerung an mein Verhalten nach Xaviers

Tod. Zur Entschuldigung kann ich nur anführen und um Verständnis bitten, da Sie es ja selbst erlebt haben: Das Leben unter einer Diktatur hat seine eigenen Regeln. So grausam es klingt, nach Xaviers Tod hatte ich erst einmal eine kompromittierende Leiche am Hals, und das in einem Haus, in dem ich nicht einmal meiner Frau über den Weg trauen durfte, geschweige denn dem Personal. Ich schäme mich heute noch, es zu sagen, aber ich habe ihn einen Tag versteckt gehalten und dann vor die Tür gelegt, so, als sei er dort gestorben. Seinen Nansen-Pass, ein skurriles Dokument aus zusammengeklebten Passierscheinen, der wie der Papierschwanz eines selbst gebastelten Kinderdrachens aussah, hatte ich zuvor verbrannt.

Xaviers Gesicht aber war anscheinend bekannt, er stand auf den Schwarzen Listen und sogar seine Verwandtschaft mit mir war kein Geheimnis. So nützte mir die lieblose Behandlung seines Leichnams nicht viel, wurde ich dennoch unter Anklage des Landesverrats gestellt und meine Firma dem Geschäftsführer übergeben. Es kostete damals so viel Kraft, wieder die Kontrolle über mein Leben und mein Geschäft zu bekommen, dass ich nie gewagt habe, dieses Schreiben auf den Weg zu bringen. Allerdings konnte ich mein Vermögen retten und das soll jetzt Ihnen zugutekommen. Dann war mein charakterloses Verhalten wenigstens zu etwas nützlich.

Es bedurfte erst des Besuchs Ihrer Tochter, meiner Enkelin, um mich an diese Familienpflichten zu erinnern.

Ihrer Tochter habe ich ein bisschen über unsere Familie, aber nichts vom Tode ihres Vaters erzählt. Das sollten Sie tun. Ich habe ihr etwas Geld aufgedrängt. Passen

Sie gut auf sie auf. Sie scheint sich zu fürchten vor ihrem Ehemann. Wollte mir keine Adresse geben, damit ihre Spur nicht verfolgt werden kann. Ich werde sie und die beiden Kleinen nicht mehr wiedersehen und Sie, hochverehrte Frau Hofmann, wohl nie kennenlernen. Ich bin ein alter Mann, die Engelsflügel berühren nachts schon mein Gesicht.

Wegen meiner Selbstsucht werde ich lange im Fegefeuer leiden müssen, aber ich habe jetzt keine Angst mehr vor der Hölle. Ich werde diese junge Frau, den ernsthaften Jungen und besonders das kleine Mädchen mit den schönen schwarzen Locken meiner Elena in liebevoller Erinnerung behalten und sie in mein letztes Gebet auf Erden einschließen. Ich hoffe, Xaviers Brief kommt für Sie nicht viel zu spät. In der Hoffnung, dass Sie mir verzeihen können, verbleibe ich

Hochachtungsvoll

Juan-Jorge Ladaveze Hunen

Miriam ließ die Bögen sinken. »Und, hast du meiner Mutter geholfen? Oder hast du nur die Erbschaft eingestrichen?«

»Deine Mutter, liebes Kind, war verschollen, ich weiß bis heute nicht, wo sie sich aufhält. Wie sollte ich ihr da helfen?«, antwortete die alte Frau spitz und sortierte Papiere in ihrer ledernen Mappe hin und her.

Miriam hätte ihr gerne die Finger weggeschlagen.

»Und das mit der Erbschaft war nicht so einfach, gerade weil ihr verschwunden wart. Gott sei Dank hat

Hildegard ihren Sohn bekommen. Denn ohne Enkel hätten wir überhaupt nicht geerbt.«

»Aber wir hatten doch noch einen Bruder?« Das war ein Schuss ins Blaue. Aber vielleicht erinnerte sich Boris ja auch nicht richtig.

»Einen Bruder, nein. Wie kommst du denn darauf?«

»Weil Waltraut sonst noch ein Kind bekommen haben muss, kurz bevor sie gestorben ist.«

Im gleichen Augenblick bereute Miriam ihre Impulsivität. Die Greisin schien vor ihren Augen zu schrumpfen. Sie schob ihre Lesebrille hoch und rieb sich so heftig die Augen, als würden sie jucken. Die Hände auf die Stuhllehnen gestützt, richtete sie sich auf, nur um wieder in sich zusammenzufallen. Laut und mühsam atmend krümmte sie sich, die Unterarme über dem Magen verschränkt.

Miriam eilte nach draußen in die leere Vorhalle, schrie fast: »Hallo, ist hier jemand? Bitte!«

Oben ging eine Tür. Peer stürzte herbei, zog die alte Frau mit beiden Armen hoch und stützte sie. An der Türschwelle traf er auf Hildegard. Sie streckte die Arme aus und stützte Elisabeth von der anderen Seite. Zusammen brachten sie Elisabeth die Treppe hinauf.

Miriam blieb mit hängenden Armen stehen.

Unerwartet erschöpft, setzte sie sich nach einer Weile wieder auf den Stuhl vor dem Schreibtisch. Stille umfing sie, Holz knackte, irgendwo bollerte eine Heizung. Wie hatte sie das tun können, Elisabeth ohne Vorwarnung mit dem Tod ihrer Tochter zu konfrontieren? Sie war so ein Arschloch. Natürlich war sie wütend gewesen.

Aber Elisabeth wusste ja nicht mal, dass Waltraut Boris und sie verlassen hatte, wie sollte sie dann von ihrem Tod wissen? Ach, in was für einen Familienschlamassel war sie hier bloß geraten.

Wie ein Bote aus der Vergangenheit lag da noch der Brief aus San Sebastian. Sie nahm ihn noch mal zur Hand, fing einen Geruch auf, schnupperte daran. Kopfnote: staubig, mit einer Spur Tabak. Die Bilder wurden deutlicher. Ein Gang mit weißen Holzfenstern und Blick auf einen sonnigen und hellen Innenhof mit vielen großen Topfpflanzen. Am Ende der Empore ein düsterer Raum, das Sonnenlicht von schweren Samtportieren ausgesperrt. Ein alter Mann bot ihnen etwas zu trinken an. Dunkel war auch die Hotelhalle gewesen. Hell der Strand vor dem Hotel. Eine Frau mit dunklem Pony und einem kleinen Auto. Eine Bucht mit Segelkuttern, die Burg auf einem Felsen, hohe Häuser um einen Platz herum. San Sebastian. Miriam drehte den Brief in ihren Händen. Er hatte durch diesen Geruch die komprimierte Datei in ihrem Gedächtnis entpackt.

Sie sah sich in Elisabeths Arbeitszimmer um. Ob sie hier als Kind schon gespielt hatte? Bücherschränke mit Glastüren, eine kleine Sitzecke mit einem grün gepolsterten zweisitzigen Sofa. Daneben ein Gummibaum, der sich die Wand hochrankte. Der Schreibtisch aus gebogenen Holzflächen, sehr sauber gearbeitet und mindestens 80 Jahre alt.

In der Schreibmappe, aus der Elisabeth den Brief ihres Urgroßvaters geholt hatte, lag noch ein anderes, wesentlich vergilbteres Schreiben. Vorsichtig griff sie die Briefbögen. Sie lauschte. Keine Geräusche von oben. Außer Peer und dieser Hildegard war anscheinend niemand im Haus. Sie würde das Dokument rechtzeitig zurücklegen können, sobald jemand kam. Miriam begann zu lesen.

16. September 1946

Liebste,

ich schreibe hier auf einem Felsbrocken vor einer Höhle, der glücklicherweise abgeschrägt und glatt wie ein Schreibpult ist. Ich bin in Spanien und doch von meinem Zuhause weiter entfernt als je. Meine Mutter ist tot, so viel habe ich in Hernani erfahren können. Im Sommer 1944, etwa um die Zeit, als du zum ersten Mal nach Bergen-Belsen kamst, hat sie der Schlag getroffen. Die Nachbarn haben mir ihr Grab gezeigt. Das war das traurige Ende meiner beschwerlichen Reise, die in einem britischen Lastwagen begann, in überfüllten französischen Zügen weiterging und schließlich zu Fuß über die Berge zu diesem Ziel führte. Wäre ich meinem inneren Kompass gefolgt, wäre ich jetzt schon wieder auf dem Weg zu dir. Du bist die einzige Heimat, die ich noch kenne.

Leider kam es anders, denn die Nachbarn hielten mich für einen Spion Francos. Ich kann es mir im Nachhinein nur so zusammenreimen: Offenbar ist der Newsweek Artikel auch hier in diese entlegene Region gelangt. Jemand hat mich zusammen mit einer deutschen Ärztin auf einem Foto wiedererkannt – und da Nazideutschland eng mit den spanischen Faschisten verbunden war, hielt man nun auch mich für einen Nazi, ergo einen Spion Francos. Davon wusste ich allerdings noch nichts, als ich in ein Auto stieg, das mich zurück zur französischen Grenze bringen sollte. Stattdessen fuhr man mich zu einem Schrottplatz. Von Bewaffneten eskortiert, musste ich aussteigen und vor einem Loch im Boden stehen bleiben. Die Männer hoben einen Metalldeckel hoch und stießen mich hinab. Das Loch war nicht sehr tief, zwei Meter vielleicht, die Wände aus blankem Fels. Über mir wurde der Deckel verschlossen, ich hörte die Männer davonstampfen und war allein.

Tage, vielleicht auch nur Stunden später wurde der Deckel aufgerissen, Hände griffen nach mir und zogen mich aus der Gruft heraus ins rote Licht der Morgensonne. Man führte mich vom Hof in eine schmale Gasse zu einem zerbeulten Auto und stieß mich auf die Rückbank. Wir fuhren hinauf in die Berge, die Landschaft blass wie ein überbelichteter Film. Als sich meine Augen an die Helligkeit gewöhnt hatten – schließlich hatte ich die Zeit davor ich völliger Dunkelheit verbracht –, nahm die Gegend langsam Konturen an und ich wusste, wo wir uns befanden. In der Nähe war meine Mutter geboren. Die baserria meiner Verwandten lag im Tal.

An der nächsten Haltebucht der Gebirgsstraße konnte ich einen Bewacher überreden, mich aussteigen zu lassen, um Wasser abzuschlagen, und wagte die Flucht. Sie gelang, weil ich am Hang eine verborgene Höhle kannte, in der wir als Kinder gespielt hatten.

Hier habe ich nun die Nacht verbracht. Inzwischen sind die Nächte hier oben empfindlich kalt. Entschuldige deshalb meine Schrift, meine Finger sind immer noch steif. Ich will das, was ich dir sagen will, aufschreiben, bevor ich mich auf die nächste Etappe mache. Bei meinem Glück gerate ich bald Francos Leuten in die Hände, hoffe aber, vorher noch zu meinem Vater zu gelangen. Ihm werde ich diesen Brief geben. Er kann mich vielleicht auch so weit mit Geld versorgen, dass ich mich auf die gefahrvolle Reise hinaus aus diesem Land machen kann. Es gibt einen Weg über das Meer, der ist kürzer, aber teurer. Dass ich nicht weiß, ob ich dich je wiedersehe, macht mich traurig, gibt mir aber auch den Mut, so aufrichtig zu sein, wie ich es nicht gewagt hätte, müsste ich dabei in dein Gesicht sehen und riskieren, die Hingabe in deinen Augen erlöschen zu sehen. Sei zuvor versichert, du bist die Liebe meines Lebens, ich bewundere deinen Mut, deine Großherzigkeit, deinen wachen Verstand. Ich sehne mich nach dem Gefühl deiner Haut an meiner, kann mich an jeden deiner Küsse erinnern, die Aufregung, dich das erste Mal im Arm zu halten. Wahrscheinlich würde ich meine Seele verkaufen, um deine kühle, glatte Haut noch einmal berühren zu dürfen.

Aber die Liebe macht mich nicht blind. Ich weiß, warum die Kinder bei dir sind, kenne ja deine Theorie der europäischen Urrasse. Im Grunde ist mir gleichgültig, ob sie Hand und Fuß hat. Ich habe zu viel mit Menschen zu tun gehabt, die sich für etwas Besonderes halten, als dass mich dieser Gedanke noch faszinieren könnte. Ich will mir auch kein Urteil darüber anmaßen, ob die Kinder bei dir besser aufgehoben sind als bei irgendwelchen entfernten Verwandten, so sie überhaupt noch gefunden würden. Sollten sie aber noch Eltern haben, haben diese Eltern ein Recht auf ihre Kinder. Du hast zwar auch ein gewisses Recht, hast sie gut versorgt und gerettet und gibst ihnen Heimat. Ich will dich aber warnen. Du weißt nicht alles, was diese Kinder mit angesehen haben, ja, selbst getan haben, um zu überleben. Du hast die Nächte nicht bei uns verbracht.

Genau weiß ich es nur von Michael und Friedhelm. Ich nenne sie jetzt mal bei ihren richtigen Namen: Michail und Fjodor stammen aus einem Städtchen bei Kiew. Ich kenne ihre Lebensgeschichte, weil Fjodor sie mir erzählt hat. Sie beginnt 1936, wird aber erst 1942 ungewöhnlich, da sind sie fünf. In diesem Jahr ziehen deutsche Soldaten die Mutter auf die Ladefläche eines Lastwagens. Da die Kinder nicht loslassen, werden sie mit hochgezogen. In Eisenbahnwaggons geht es dann nach Berlin. Auf der Fahrt droht ein Soldat der Mutter, sie könne nur ein Kind mit nach Berlin nehmen, er müsse eines töten. Sie könne sich innerhalb der nächsten Stunde entscheiden, sonst würden beide erschossen.

Ich sage dir, ich habe viel erlebt in den verschiedenen Lagern, aber als Fjodor mir das erzählte, sackte mir das Herz in die Hose. Kannst du dir eine schlimmere Folter für eine Mutter vorstellen? Ein Kind verraten zu müssen oder beide zu opfern?

Die Mutter, außer sich, entscheidet sich nach langem Ringen dafür, Fjodor das Leben zu retten, muss das auch diesem Soldaten mitteilen. Fjodor flüstert Michail zu, er werde sich vor ihn werfen. Dazu kommt es aber nicht. Der Soldat kommt nicht wieder auf seine Dro-

hung zurück. Beim Aussteigen meint er nur, es sei alles ein Spaß gewesen. Das war die erste Berührung der Zwillinge mit dem Humor der Deutschen.

In dem Rüstungsbetrieb und seinen nahen Baracken für die Zwangsarbeiter ist das Leben für die Kinder zunächst erträglich. Sie werden zum Entgraten kleiner Eisenteile eingesetzt. Im Oktober 1943 aber wird es schlimm. Ihre Mutter wird bei einem angeblichen Sabotageakt erwischt. Im November kommen sie und die Zwillinge nach Dachau, im Mai darauf mit einem Transport nach Auschwitz / Birkenau. Die Mutter wird bei der Ankunft ins Gas selektiert, die Kinder als Zwillinge in eine besondere Baracke gesteckt, Material für die Studien des Joseph Mengele. Den sie zu ihrem Glück nie zu sehen bekommen.

Ich lerne Michail in Bergen-Belsen kennen. Allein. Irgendjemand hat ihn in Auschwitz auf die Transportliste dorthin gesetzt. Fjodor nicht. Michail ist verkrampft, stolz und reizbar, kein sympathisches Kind. Seinen Charakter kennst du ja. Sein Glück und sein Pech in Bergen-Belsen sind, dass er ein hübscher Junge ist und einer der Asozialen ihn unter seine Fittiche nimmt. Er beschützt und versorgt ihn, verlangt dafür aber seine Liebesdienste. Mein erstes Bild von Michail hat sich mir tief eingeprägt. Michail kommt erhitzt und leicht verschwitzt aus dem Gewächshaus und sieht auf den ersten Blick aus wie ein Kind im tiefsten Frieden, rotwangig und noch bettwarm. Ich glaube fast an eine Halluzination, als sich hinter ihm die Tür öffnet, ein dicker Schwarzwinkel sich schmatzend die Hose zuknöpft und das Gesicht des Jun-

gen sich zu einem aasigen Grinsen verzieht. Michail hat eine Sonderstellung wie eine Luxushure, stelle ich bald fest. Er wird gefüttert und verwöhnt und deshalb natürlich von den Gleichaltrigen gehasst und gedemütigt. Er wehrt sich, indem er ebenfalls quält und demütigt. So verschafft er sich Respekt. Sein Liebhaber hätschelt ihn.

Dieses fragile Gleichgewicht kippt, als auch Fjodor nach Bergen kommt. Denn sofort will der Dicke auch ihn. Ich weiß bis heute nicht, ob Michail es getan hat, um Friedhelm zu beschützen, oder aus Eifersucht, jedenfalls stranguliert er seinen Beschützer mit einem Gürtel, den der wohl gerne zur Atemkontrolle einsetzte, um seine Lust zu intensivieren. Michail kommt davon, indem er es als Unfall darstellt. Den Tod von Häftlingen untersucht die SS nicht gründlich. Danach vergreift sich nie wieder jemand an ihm und seinem Bruder.

Weißt du noch, wie ich dich überreden musste, Michail und Fjodor in deine Gruppe aufzunehmen? Sie waren dir mit ihren acht Jahren zu alt und Michail war dir unheimlich, gerade weil er einen so kalkulierten Charme an den Tag legen konnte. Ich bereue heute nicht, zur Rettung der beiden Jungen beigetragen zu haben, aber ich habe dir nie ihre Geschichte erzählt, um dich nicht voreingenommen zu machen. Ich traue dir zu, mit ihnen fertig zu werden, solange sie Kinder sind.

Dennoch, Elisabeth! Diese Kinder werden älter, sie werden erwachsene Leidenschaften entwickeln. Ihre Wunden mögen jetzt verborgen liegen, spätestens, wenn sie sich zum ersten Mal verlieben und vertrauen müssen, werden sie aufbrechen. Traust du dir wirklich zu, diese Gruppe dann noch zu leiten? Allein? Ich würde dir helfen, die Kinder zu schützen, aber nicht, ein neues Geschlecht zu züchten. Wenn du diese Idee nicht aufgibst, komme ich nicht zurück zu dir.

So, jetzt ist es raus. Es tut mir weh, das zu sagen, aber du musst dich entscheiden. Entweder willst du mich und eventuell eine Familie mit mir, oder willst die Gruppe zusammenhalten. Beides geht nicht. Entscheidest du dich für mich, würde ich dir selbstverständlich helfen, für die Kinder zu sorgen, solange noch keine Verwandten gefunden sind, aber du müsstest vorher reinen Tisch machen und den Kindern ihre wahre Identität zurückgeben. Noch geht das, du kannst die Fälschung der Transportliste immer noch als Vorsichtsmaßnahme ausgeben.

Ich liebe dich, aber ich werde mich nicht schuldig machen. Ich habe nicht versucht, mehrere Konzentrationslager halbwegs anständig zu überstehen, um mich letztlich durch meine Liebe korrumpierbar zu machen. Ich habe diese weite Reise gebraucht, um zu meinem Entschluss zu kommen. Ich werde diesen Brief meinem Vater geben, der ihn bestimmt über seine geschäftlichen Kanäle nach Deutschland schaffen kann. Ich werde auf deine Antwort warten und hoffe, dass du dich für mich entscheidest.

Ich mache mich jetzt auf den Weg zu meinem Vater. Ich glaube, ich habe mir in dem Felsloch eine schwere Erkältung geholt. So wird der Weg beschwerlich werden. Ich liebe dich mit jeder Faser meines Körpers. Te quiero Canéla.

Xavier

Miriam schluckte. Was für eine Innigkeit. Und das war ihr Großvater. Auf diese Gene konnte sie aber stolz sein. Wie lange hatte Elisabeth wohl noch auf Xavier gewartet? Wie grausam, dass dieser Brief 20 Jahre gebraucht hatte, bis er seine Adressatin erreichte. Was wäre wohl passiert, wenn Elisabeth ihn rechtzeitig bekommen hätte? Würde sie dann heute mit diesem Xavier eiserne Hochzeit feiern? Würde ihre Mutter noch leben, weil sie nicht in dieser verschrobenen Gemeinschaft aufgewachsen wäre?

Manuel, 2. März 2006

Schon seit Stunden wälzte er hier im Stadtarchiv alte Adressbücher der Stadt Osnabrück und war keinen Schritt weitergekommen. Noch dazu enthielten die alten Bücher pures Gift für seine Atemwege, jede Menge Staub. So viel, dass er kaum noch Luft durch die Nase bekam. Und er hatte sein Nasenspray vergessen. Beim Standesamt hatte man ihm heute Morgen telefonisch mitgeteilt, seine Tante sei unter ihrem Geburtsnamen nicht in Osnabrück ansässig, auch keine Miriam und kein Boris Hofmann. Auf seine Nachfrage, ob es denn sein könne, dass sie ihren Namen gewechselt habe, meinte die junge Frau, sie dürfe ihm nicht sagen, ob seine Tante den Namen gewechselt habe. Das fiele unter den Datenschutz. Auf sein Schweigen hin bequemte sie sich zu der Aussage: »Wenn Waltraut Hofmann 1973 zuerst unter ihrem ursprünglichen Namen gemeldet war, müsste sie eigentlich im Adressbuch des entsprechenden Jahres zu finden sein. Übrigens mit allen, die unter der Adresse ebenfalls wohnen. Alte Adressbücher sind nicht nur nach Nachnamen, sondern auch nach Straßen, Hausnummern und Wohnungen sortiert. Wenn Sie dann noch sehr viel Glück haben, stoßen Sie eine Ausgabe später unter der angegebenen Adresse auf einen anderen Nachnamen mit den gleichen Vornamen.«

Manuel bedankte sich für den Tipp und die Stimme der Frau wurde noch eine Spur freundlicher. »Wenn Ihre Tante damals schulpflichtige Kinder gehabt hat, musste sie sich von Anfang an hier anmelden, damit die Kinder weiter zur Schule gehen können. Dann haben Sie gute Chancen.«

Deshalb hatte er sich ins Auto gesetzt und war eine Stunde später hier gewesen. Er wollte Michael diesen Gefallen tun, denn der traute sich nicht zu, in alten Akten etwas zu finden, sein gesprochenes Deutsch sei zwar gut, aber schriftlich eine Katastrophe. Er hatte ihn aber noch darauf aufmerksam gemacht, dass Waltraut wahrscheinlich als Waltraut Antonov gemeldet gewesen sein musste. »Schließlich war sie mit mir verheiratet.«

Vor Stunden hatte er einen Adrenalinstoß lang geglaubt, er habe seine Tante gefunden. Im Buch von 1974 stand eine Waltraut Antonov mit zwei Kindern, im Haus 231 in der Iburger Straße. Aber auch Bände später niemand anderer dieses Vornamens unter der gleichen Adresse. Das war zwar der Beweis, dass sein Onkel mit der Vermutung recht hatte, dass seine Frau mit den Kindern nach Osnabrück gezogen war. Ein Hinweis auf ihren Verbleib war das deshalb noch lange nicht. Gleichgültig, wie viele Bände er durchblätterte, er fand unter dieser Adresse keinen geänderten Nachnamen mit den gleichen Vornamen. Auch an anderen Stellen der Stadt erschienen sie nicht wieder. Bei einem zweiten Anruf im Standesamt hatte die Sachbearbeiterin allerdings so geklungen, als sei da etwas, das sie ihm nur nicht sagen konnte oder wollte. Hier in den öffentlich zugänglichen Quellen aber fand er keine Spur. Er hatte sich schon die Mühe gemacht, Straße für Straße, Wohnung für Wohnung durchzugehen und nach der gleichen Vornamenkombination zu suchen. Buch für Buch, Zeile für Zeile. Inzwischen war er im Jahr 1980 angelangt.

Stöhnend reckte er sich. So kam er einfach nicht weiter. Jetzt hatte er schon einen ganzen Urlaubstag mit diesem Scheiß verschwendet – und was noch schlimmer war, die Zeit mit seinem Onkel. Noch am Abend ihres ersten Treffens hatte Manuel ihn mit in seine Wohnung genommen, ihm das Bett im Gästezimmer bezogen und bis tief in die Nacht mit ihm zusammengesessen. Beim Wein hatte Michael erzählt, wie er schon in den 70er-Jahren nach seiner Herkunftsfamilie in der ehemaligen Sowjetunion gesucht hatte. Im Oktober 1978 war er nach Berlin gegangen und hatte gehofft, in der Firma, wo ihre Mutter als Zwangsarbeiterin gearbeitet hatte, noch Namenslisten zu finden. Da man ihm dort die Akteneinsicht verweigerte, wandte er sich an den DRK-Suchdienst. Und der schaffte es tatsächlich, mithilfe seiner spärlichen Angaben herauszufinden, aus welchem Dorf seine Mutter stammte und dass auch ihr Vater als Zwangsarbeiter nach Deutschland deportiert worden war. Weiter allerdings war er nicht gekommen. Das DRK hatte noch herausfinden können, dass ihr Vater den Krieg überlebt hatte und 1946 in die Sowjetunion zurücktransportiert worden war. In einem sibirischen Gulag verlor sich jede Spur in den Weiten der russischen Steppe. Ein Zugang zu ihren Archiven verweigerte die Sowjetunion. Das änderte sich zwar 1989, aber eine weitere Recherche des Roten Kreuzes führte dennoch zu nichts. 1991 war Michael auf eigene Faust in die Ukraine gereist, um seinen Heimatort zu besuchen. »Ich konnte mich an nichts, aber auch gar nichts mehr in diesem Ort erinnern. Eine so trostlose Einöde hast du noch nicht gesehen. Und die alten Menschen, von denen ich glaubte, sie könnten sich noch an meine Mutter, meinen Vater oder uns Zwillinge erinnern, habe ich nicht gefunden. Nur eine Frau mit einem gelb geblümten Kopftuch, die meinte, sie sei mit meiner Mutter nach Berlin transportiert worden. Die wollte aber nur Geld.« Gegen ein paar Mark habe er seine Adresse hinterlassen können. So konnte ihn schließlich Fjodor / Friedhelm finden, der die gleiche Reise zwei Jahre später machte. »Und nur durch Fjodor habe ich schließlich dich gefunden und mit deiner Hilfe finde ich vielleicht Miriam und Boris. Also hat das Ganze doch einen Sinn gehabt.« Die versprengten Reste einer eigenartigen Familie, ergänzte Manuel jetzt, Gene, die ohne den Zweiten Weltkrieg wahrscheinlich niemals zusammengefunden hätten. Weil ihn dieser Teil der Familie inzwischen selbst interessierte und weil er der unbekannten polnischen Cousine helfen wollte, saß er hier und suchte nach der Tante, nach Cousin und Cousine hier in Deutschland.

Trotzdem brauchte er jetzt eine Pause und klappte das Buch zu. Sein Hals war trocken, weil er schon seit einiger Zeit nur noch durch den Mund atmete, die Nase war wie zugeschraubt. Höchste Zeit für frische Luft. Er ordnete die Bücher auf dem langen Tisch und zog die grün gepolsterte Tür auf. Dahinter saß die Archivaufsicht, eine spindeldürre ältere Frau mit rötlich gefärbten kurzen Haaren, und sah mäßig interessiert auf.

»Haben Sie gefunden, was Sie gesucht haben?«

»Bisher leider noch nicht. Könnte ich die Bücher vorerst hier liegen lassen? Ich komme heute noch mal wieder.«

»Ja, natürlich. Aber wir schließen um 17.00 Uhr. Seien Sie rechtzeitig wieder da.«

Draußen atmete Manuel tief durch. Der Regen der letzten Tage war zwar deprimierend gewesen, aber diese feuchte Luft war genau das, was er brauchte. Die Sonne brannte sich gerade durch die Wolken und ließ die Regentropfen an den Zweigen glitzern. Gegenüber war ein kleines Wäldchen. Wenn er sich ein bisschen bewegte, würde hoffentlich seine Nase wieder frei werden. Er überquerte die Straße und trat zwischen die Bäume. Was machte er jetzt? Diese alten Bücher konnte er noch tagelang durchsehen und dennoch entscheidende Hinweise überlesen. Als Forscher war er zwar an Sisyphusarbeit gewöhnt, hier hatte er aber das Gefühl, seine Zeit zu verschwenden. Der Weg führte auf eine Wiese und gab den Blick auf ein gelbes Barockschloss frei. Nicht schlecht, so etwas mitten in der Innenstadt. Die vielen jungen Leute, die zu einem Gebäude nebenan unterwegs waren, sahen aus wie Studenten. Wahrscheinlich gehörten diese Gebäude zur Uni. Schade, dass er nicht dort etwas zu tun hatte, einem Kollegen von einer anderen Universität half man immer gerne weiter. Er blieb stehen. Warum war er nicht gleich darauf gekommen? Vielleicht konnte ihm auch jemand da weiterhelfen, wo Waltraut in dieser Stadt gewohnt hatte. Diese Adresse kannte er ja. Er lenkte seine Schritte zurück zu seinem Saab. Seine Lederschuhe wurden feucht. Kein Wetter zum Spazierengehen.

Das heruntergekommene Gründerzeithaus stand wie vergessen an einer vierspurigen Straße. Glitzernde Wimpel eines Gebrauchtwagenhändlers markierten das Grundstück rechter Hand, Bauschutt und verrostete Eisenteile dominierten die Brache auf der linken Seite. Hoffentlich war das Haus überhaupt noch bewohnt. Manuel wendete an der Ampel und parkte auf einem breiten Asphaltstreifen vor dem Haus, der aussah, als sei er früher mal eine schmale Straße gewesen. Heute spross Unkraut aus den Rissen im Bitumen. Sein Mut sank, als er das Klingelbrett betrachtete. Die meisten der handbeschrifteten Schildchen in den Messingrahmen klemmten hinter brüchigem Plastik und kündeten ausgeblichen davon, dass sich schon lange niemand mehr für sie interessierte. Manche trugen mehrere Nachnamen hintereinandergequetscht, einige davon wieder durchgestrichen, als hätten hier besonders nachlässige WGs gelebt. Auf das einzige mit nur einem Familiennamen drückte er ohne große Hoffnung auf Resonanz, denn auch die Gardinen im Erdgeschoss sahen aus, als hingen sie hier nur noch, damit das Haus nicht auf den ersten Blick unbewohnt aussah. Unerwartet ertönte ein Summer und der Druck seines angelehnten Körpers ließ die Türverriegelung aufspringen. Erschreckt fing er sich im Flur des Hauses. Drinnen führte eine geschwungene Steintreppe das schwach beleuchtete Treppenhaus hinauf. Im Licht des folienbeklebten Fensters auf dem ersten Treppenabsatz waren die Stufen mehr zu ahnen als zu sehen. Oben knipste jemand die Beleuchtung an. Plötzlich glänzten die Wände türkisfarben, der Handlauf dunkelrot, die Türen, an denen er vorbeikam, dunkelbraun. Der Lack blätterte jedoch, als sei hier vor 30 Jahren zum letzten Mal ein Pinsel zum Einsatz gekommen. Im dritten Stock sickerte Licht aus einer geöffneten Tür. Eine Frau mit grauen, streng zum Pferdeschwanz zurückgebundenen Haaren blickte ihm entgegen.

»Ja bitte?« Ihre Stimme klang hoffnungsvoll, als bekäme sie selten Besuch.

»Guten Tag. Entschuldigen Sie die Störung. Ich hoffe, Sie können mir weiterhelfen.« Außer Atem erreichte Manuel den Treppenabsatz. Anscheinend war ihm der Staub auch auf die Bronchien geschlagen.

»Kommen Sie erst einmal herein. Draußen ist es kalt. Und Sie sind anscheinend schon erkältet.«

Dankbar trat sich Manuel auf der Kokosmatte die Füße ab und folgte der Frau in einen langen Flur. Dort zog sich ein Fries aus pastellfarben verblichenen Abdrücken einer Kinderhand bis zur nächsten Ecke. Der Flur knickte nach links ab, kurz davor klinkte die Frau eine weiß lackierte Tür auf. Manuel folgte ihr in eine Küche.

»Setzen Sie sich. Möchten Sie einen Tee?«

Manuel nickte dankbar und setzte sich auf ein geschwungenes Sofa. Während die Frau mit Kanne und Tauchsieder hantierte, sah er sich um. Durch das Fenster blickte man auf ein Hinterhaus, an dem ein gemaltes Schild auf eine Druckerei hinwies. Die Scheiben des Gebäudes waren so blind, dass es sich um Relikte früheren Gewerbes handeln musste. Auch diese Küche sah aus, als habe sich die Patina vieler Jahrzehnte auf jedes einzelne Möbelstück gelegt. Ein Buffet aus dem frühen 20. Jahrhundert stand übereck zu einer Steingutspüle mit einem verschossenen Rock aus gestreiften Vorhängen. In einer Vitrine mit Miniaturen rechts neben seinem Sitzplatz wurden ein Mops aus Speckstein, Schildkröten aus Flusskieseln und Spinnen aus Glas präsentiert.

»Ich suche eine Familie, die hier vor vielen Jahren gewohnt hat.«

»Ja?«

»Eine junge Frau mit zwei kleinen Kindern, das muss in den 70ern gewesen sein.«

»Waltraut Maertens!«

»Ja, Waltraut hat sie geheißen«, antwortete Manuel aufgeregt. »Haben Sie sie gekannt? Sie war meine Tante.«

»Ihre Tante?«, antwortete die Frau, plötzlich misstrauisch. »Waltraut hatte keine Verwandten. Das war ja das Problem damals mit den Kleinen. Dass sie keine Verwandten hatten.« Auf seinen verständnislosen Gesichtsausdruck hin setzte sie hinzu: »Sie wissen gar nichts, oder?«

Es dämmerte schon, als Manuel in die Stadt zurückfuhr. Bei der Nachbarin, die sich ihm mitten im Gespräch als Christiane vorgestellt hatte, hatte er seine Ungeduld noch beherrschen können, jetzt vibrierte jede Zelle vor Anspannung. Wenn er im Archiv noch zu etwas kommen wollte, musste er sich beeilen. Ein Gefühl wie Lampenfieber hatte ihn erfasst, die Angst, etwas tun zu müssen, das unangenehm werden konnte, das aber getan werden musste. Die Erzählung der früheren Nachbarin war stockend und verworren gewesen. Statt von Waltraut zu berichten, verlor sie sich zunächst in ihrer Geschichte bei der Erinnerung an die frühen 70er-Jahre. Schuldig geschieden, kein Geld, das Kind dem Vater zugesprochen. Damals sei ihr Leben in Trümmer gegangen. Weil sie damals im Urlaub war, habe sie erst nachher erfahren, was passiert sei: dass Miriam und Boris, Waltrauts Kinder, fast verhungert waren, weil Waltraut sie eingeschlossen hatte und nie wieder aufgetaucht war. Beide seien ins Heim gekommen, weil man keine Verwandten gefunden habe. Zurück im Stadtarchiv, fragte er nach alten Zeitungen und wurde zu einem Mikrofilmlesegerät geführt. Die Archivaufsicht legte ihm den Jahrgang 1974 der NOZ ein und zeigte ihm, wie er durch Kurbeln die Seiten an sich vorüberziehen lassen konnte. Kurz darauf hatte er den ersten Artikel gefunden. Nur eine kurze Meldung:

Zwei Kinder gerettet

Eine Passantin informierte gestern die Polizei, dass zwei Kinder in einem Keller gefangen seien. Die Beamten fanden zwei völlig verwahrloste Kinder im Alter von fünf und acht Jahren, fast verhungert und verdurstet. Nur noch wenige Tage, und sie wären tot gewesen. Sie wurden ins Don-Bosco-Kinderheim gebracht. Die Mutter ist zur Fahndung ausgeschrieben. Die Polizei bittet die anonyme Anruferin, sich zu melden, sie wird als Zeugin gesucht. Es gibt keine Hinweise auf die Herkunft der Kinder, weder Geburtsurkunden noch Pässe. Der Name, den die Mutter gebraucht hätte, sei falsch gewesen.

Manuel wunderte sich über die knappe Meldung. Heute wäre das der Aufmacher der Lokalseite mit großem Foto der Kinder in dem sicherlich verwahrlosten Keller. Der Aufmacher dieses 11. August 1974 aber war wie der staubtrockene Artikel über eine Ausschusssitzung. Damals hatten wohl noch andere journalistische Prioritäten gegolten. Und wieso hatte man nie Verwandte gefunden? Damals musste eine Namensänderung sicher genauso amtlich registriert werden wie heutzutage. Er ging zur Infotheke. »Haben Sie auch Einwohnermeldedaten hier archiviert?«

»Ja, aber die sind nicht öffentlich zugänglich. Was suchen Sie denn?«

»Die Adresse von einer Miriam Maertens und ihrem Bruder Boris.«

»Hier in der Stadt?«

»Ja.«

»Haben Sie es schon bei der Auskunft versucht? Das ist oft die einfachste Methode.«

»Die Auskunft habe ich schon gefragt, da konnte man mir aber nichts sagen.«

»Mmh, das kommt immer häufiger vor. Wenn jemand keinen Festnetzanschluss mehr hat, wird es schwierig.«

»Können Sie nicht hier die Daten einsehen?«

»Ich könnte, aber ich darf nicht. Da müssen Sie einen offiziellen Antrag stellen, es sei denn, Sie sind ein enger Verwandter.«

»Bin ich.«

»Können Sie das nachweisen?«

»Leider nicht.« Manuel schilderte den verwickelten Fall und seine Recherche.

Die Archivarin begann, ihr Kinn zu kraulen, als habe sie einen Vollbart. »Und man hat nie Verwandte der Kinder gefunden?«

»Nie.«

»Die Mutter ist auch nie wieder aufgetaucht?«

»Nein.«

»Spurlos verschwunden?«

»Genau.«

Nachdenklich schürzte sie die Lippen. »Eine offizielle Änderung des Nachnamens ist nicht so einfach. Ich habe lange ehrenamtlich in Frauenhäusern mitgearbeitet – und wir hätten uns das manchmal gewünscht, um die Frauen zu schützen. Aber selbst, wenn die Frau den Namen offiziell ändert, bleibt der Nachname der

Kinder gleich, denn jeder Namensänderung müsste der Ehemann zustimmen.«

»Das heißt, der Ehemann hätte auf jeden Fall vom Verschwinden seiner Frau erfahren?«

»Exakt.«

»Dann wäre es merkwürdig, wenn er erst heute nach den Kindern sucht?«

»Würde ich auch sagen. Aber eventuell haben sie auch einfach beim Einwohnermeldeamt damals die Anmeldekarte verschlampt. Das kam damals häufiger vor, als Sie sich vorstellen können. Heute wird ja alles elektronisch festgehalten, vor 30 Jahren aber wurden alle Daten auf eine einfache Karteikarte übertragen. Und so eine Pappkarte verschwindet schnell mal in einer anderen Akte, die auf dem Schreibtisch liegt. Wenn die dann wiederum ohne vorherige Prüfung des Inhalts ins Archiv gegeben wird …« Sie strich sich über die kurzen rot gefärbten Haare. »Wissen Sie was, irgendwas klingelt da bei mir. Lassen Sie mir eine halbe Stunde Zeit, dann kann ich Ihnen sagen, ob das etwas mit Ihrer Suche zu tun hat.«

Er ließ sich die Spule für das Jahr 1975 geben und die Seiten bis zum Sommer rasch an sich vorbeiziehen. Vielleicht fand er ja noch etwas. Nachdem er sich seitenlang durch einen Waldbrand in der Lüneburger Heide gekurbelt hatte, der offensichtlich die ganze Republik in Atem gehalten hatte, gab er auf. Dieses ziellose Herumgesuche führte zu nichts. Er streckte sich, fuhr aber zusammen, als sich hinter ihm die Tür öffnete.

»Ich glaub, ich habe da was.« Die Archivarin winkte ihn zur Tür.

Er folgte ihr und sah sie gleich darauf aufgeregt hinter ihrem Monitor tippen. Sie sah kaum auf.

»Wir haben vor ein paar Jahren alle Mikrofiches gescannt. Das hat den Vorteil, dass ich eine Volltextsuche machen konnte. Die spurlos verschwundene Mutter hat mir keine Ruhe gelassen.« Sie tippte auf den Schirm und er trat hinter sie. »Das Stichwort *Kinder geboren* hat mich schließlich hierher gebracht.«

Manuel sah auf eine Zeitungsseite von 1975 auf dem Monitor und beugte sich vor. Direkt unter einer Meldung, dass die Osnabrücker Feuerwehrleute, genauso wie 15.000 andere aus der alten Bundesrepublik, bei der Brandbekämpfung geholfen hatten, entdeckte er eine kleine Notiz.

Leichenfund am Kanal

In der Nähe des Dortmund-Ems-Kanals ist in den späten Nachmittagsstunden eine fast völlig verweste Leiche gefunden worden. Ein Hund stieß auf das Bündel Knochen, das nur anhand der Kleidung als Frau identifiziert werden konnte. Die Leiche wurde in die Rechtsmedizin geschafft. Es handelt sich um eine 20- bis 30-jährige Frau, die mindestens einmal Kinder geboren haben muss. Wer die abgebildete Kleidung erkennt, melde sich bitte bei seiner nächsten Polizeiwache unter dem Stichwort *Hippie*.

Daneben prangte das Foto eines verrotteten breitkrempigen Strohhutes, eines Rocks, der anscheinend aus unterschiedlich geblümten Stoffbahnen zusammengenäht war, einer Bluse kaum definierbarer Farbe, einer Jeansjacke und einer einfachen schwarzen Riemchensandale mit Zehensteg.

»Ich weiß noch, wie mich das damals beschäftigt hat. Ich hatte gerade mein erstes Kind geboren und unendliches Mitleid mit dem jetzt mutterlosen Kind. Deshalb habe ich den Fall auch weiterverfolgt.«

»Wurde denn noch einmal etwas darüber geschrieben?«

»Ja, immer wieder. Den zuständigen Beamten der Mordkommission damals hat dieser Fall wohl nicht losgelassen. Irgendwann kam die DNS-Analyse in Mode, und man hatte an Jeansjacke und Bluse Blutflecken gefunden, die nicht von der Toten stammten, weil andere Blutgruppe. Daran kann ich mich erinnern. Wenn Sie morgen wieder kommen, hab ich wahrscheinlich auch wieder im Kopf, in welchem Jahr das war. Jetzt aber muss ich hier abschließen.«

Manuel fuhr bei McDonald's auf den Parkplatz. Er musste jetzt endlich mal etwas essen.

»Ihre Bestellung bitte!«, mahnte die Gegensprechanlage.

»Ein Menü bitte.«

»Welches Menü?«

»Was gibt es denn?«

»Big Mac, Hamburger Royal TS mit Tomate und Salat, McRib, McChicken, 6er Chicken McNuggets mit Soße nach Wahl, Filet-o-Fish, alles im Sparmenü je mit mittlerer Pommes und Kaltgetränk. Im Maxi-Menü mit zwei Beilagen wahlweise: 0,5 Liter Kaltgetränk oder große Pommes oder Garten Salat mit wahlweise Kaffeespezialität oder Milchshake oder 0,5 Liter Orangensaft oder 0,5 Liter Stilles Mineralwasser oder Kaffeespezialität Grande«, ratterte es aus dem Lautsprecher.

Sein Gedächtnis war wie von Alzheimer befallen. »Können Sie das bitte wiederholen?« Die weibliche Stimme ratterte ihren Sermon leicht entnervt noch einmal herunter. »Einen Big Mac mit mittleren Pommes und ein Wasser bitte!«, orderte Manuel schließlich und ließ den Wagen zum Ausgabefenster rollen. Dort reichte man ihm bald darauf eine Tüte und Manuel fuhr auf den Parkplatz. Während er versuchte, seinen Big Mac so zu essen, dass das Dressing nicht auf seine Hose tropfte, dabei den Wasserbecher zwischen seinen Knien balancierte und an der Pommestüte herumfingerte, begann sein Mobiltelefon in der Hosentasche zu vibrieren. Schnell legte er den Hamburger zurück auf die Tüte. »Ja?«, meldete er sich.

»Manuel?«, hörte er die Stimme Michaels.

»Wer sonst?«, fragte er leicht amüsiert. Michael benahm sich am Mobiltelefon wie am Festnetz, das hatte er schon ein paar Mal festgestellt. Er meldete sich mit seinem Familiennamen, nicht realisierend, dass an ein Handy kaum mal jemand anderer gehen würde als der Besitzer.

»Bist du irgendwie weitergekommen?«

»Waltraut ist spurlos verschwunden.« Manuel war so durstig, dass er sich kaum auf das Gespräch konzentrieren konnte. »Aber da gibt es eine Frau, die kurz darauf tot aufgefunden wurde.«

»Und die Kinder?«

»Von denen hab ich noch keine Spur. Oder halt – doch – ich glaube, sie heißen heute Maertens.«

»Kann die Tote ihre Mutter sein?«

Manuel leckte sich die Lippen, sie waren schon ganz trocken, so durstig war er. »Warte mal kurz.« Er holte den Becher zwischen seinen Knien hervor und setzte den Strohhalm an die Lippen. Gierig trank er ein paar Schlucke, nahm den Becher wieder zwischen die Knie und biss in seinen Hamburger. Die Tomatensoße tropfte auf seine Hose. Schnell langte er zum Handschuhfach, um ein Taschentuch herauszuholen. Den Becher auf seinem Schoß hatte er vergessen, er kippte um und ergoss sich auf seine Hose. »Mist!«

»Wieso Mist?«

»Ich hab grad' mein Essen im Auto verteilt. Sorry. Ich ruf dich gleich wieder an.« Er verabschiedete sich von Michael und steckte das Telefon zurück in die Tasche. Er holte die Taschentücher aus dem Handschuhfach, trocknete seine Hose und trank den kläglichen Rest aus dem Becher. Durst hatte er immer noch. Lustlos kaute er auf seinem Hamburger herum. Dabei versuchte er, den Tomatenfleck zu entfernen, rieb die Soße aber nur noch weiter ein. Jetzt sah er wirklich aus wie ein Penner. Oder jemand, der blutete. Ein Blutfleck des Täters. Es konnte aber genauso Blut des Opfers sein. Aus dem Zeitungsartikel hatte er entnommen, dass bei den Asservaten Kleidung mit Blutflecken war. Wo andere Menschen vermutlich nur das Bild eines rostbraunen Flecks assoziierten, sah er einen Datensatz, einen Strichcode am Monitor, der eine genauere Identifizierung ermöglichen würde als jedes Bild. Ohne Vergleichs-DNS allerdings nützte das nichts. Wenn sie aber die Frau war, die er vermutete, konnte die Polizei von seinem Cousin oder seiner Cousine leicht Vergleichsdaten bekommen. Und wenn die Identität einmal geklärt war, kam man vielleicht auf die Spur des Mörders. Er wählte die Telefonnummer der Polizei und wurde schließlich zu einem Kommissar namens Otten durchgestellt, bei dem allerdings nur die Mailbox ansprang. Ohne seinen Namen zu nennen, machte Manuel ihn darauf aufmerksam, dass er Hinweise zu der Identität des Opfers im Mordfall *Hippie* habe. Die Frau habe wahrscheinlich Waltraut Maertens geheißen und damals zwei Kinder namens Miriam und Boris hinterlassen.

Boris, 27. März 2006

»Und was macht die Polizei jetzt?« Katja blieb stehen und sah Boris fragend an. Der Wind am See ließ ihr Haar flattern. Sie hatte ihn aus dem Haus gelotst. Die Nacht hatte er vor Miriams Computer verbracht und dort nach einer Spur gesucht, war schließlich erschöpft am Schreibtisch eingeschlafen. Bei Katjas Anruf war er in der Hoffnung hochgeschnellt, dass es seine Schwester sein könnte. Als sich Katja stattdessen meldete, hatte er sofort losgesprudelt und ihr erzählt, was passiert war. Gegen seinen Protest hatte sie ihn heute Morgen zum Spaziergang abgeholt, gemeint, er könne alle eingehenden Anrufe auch auf sein Handy umleiten. Jetzt merkte er, dass ihm die frische Luft und ihre Gesellschaft guttaten, ihn etwas trösteten und beruhigten.

»He, ich hab dich was gefragt.«

»Miriam ist in die Datei *Vermisste / Unbekannte Tote* beim BKA abgespeichert worden.«

»Klingt gruselig.«

»Ja, heißt aber nicht mehr, als dass alle ihre Daten mit jedem bundesweit abgeglichen werden, der irgendwo aufgefunden wurde und bei dem die Identität nicht geklärt werden kann.«

»Tot oder lebendig.«

»Genau. Ihre persönlichen Daten, also Alter, Körpergröße, Geschlecht, Haarfarbe und so, haben sie bei der Polizei aufgenommen. Dann unveränderliche körperliche Merkmale wie Narben und Tätowierungen, auch ihre Kleidung, soweit ich das angeben konnte. Vom Zahnarzt wird das Gebissschema angefordert.« Auf dem See stieg ein Schwan mit laut klapperndem Flügelschlag in die Luft. Fast hätte er das Handy deshalb überhört. Er nahm das Gerät und krächzte: »Ja?«

»Jens Otten.«

Erleichtert stellte Boris fest, dass der Polizist nicht klang, als müsse er ihm gleich eine schreckliche Mitteilung machen.

»Boris?«

»Ja«, seine Stimme klang belegt. Er räusperte sich und sagte noch mal energischer: »Ja?«

»Noch keine Spur von deiner Schwester. Sie ist in keinem Krankenhaus der Bundesrepublik, allerdings auch in keiner Datenbank. Dass sie irgendwo nicht identifiziert tot oder hilflos aufgefunden wurde, können wir also auch ausschließen.«

Boris versuchte, sein erleichtertes Ächzen als Husten zu tarnen.

»Aber es gibt da trotzdem noch etwas.«

Otten erklärte ihm, dass fehlende Pockenimpfnarben darauf hindeuteten, dass das Unfallopfer vor ihrem Haus erst weit nach dem Tod ihrer Mutter geboren worden sei. »Wir können uns das inzwischen auch erklären, denn er ist kurz aufgewacht und konnte Angaben zu seiner Identität machen. Er stammt aus einem Dorf bei Kassel und seine Mutter erfreut sich bester Gesundheit.«

Miriam, 27. März 2006

Miriam bewunderte die Haltung der alten Frau. Zwischen den wahrscheinlich viel jüngeren Patienten dieses Krankenhauses, die, auf Rollwagen gestützt, über die Gänge schlurften, fiel erst recht auf, in wie guter Verfassung Elisabeth gealtert war. Und das, obwohl sie heute bereits die Nachricht vom Tod ihrer Tochter Waltraut und einen wütenden Enkel hatte verkraften müssen. Boris war vor gut zwei Stunden in das Arbeitszimmer der Villa gestürmt und hatte die inzwischen wieder muntere Elisabeth sofort damit konfrontiert, dass ihr Enkel im Krankenhaus liege, ein Enkel, der angeblich ein sehr viel jüngerer Bruder von Miriam und ihm sei. Das heiße ja wohl, dass ihre Mutter noch lebe und zwar hier. Die Zeitung mit dem Foto des Unfallopfers hatte er ihr vor die Nase gehalten. Elisabeth hatte sofort ins Krankenhaus fahren wollen und ihnen auf der Fahrt mit erstaunlicher Ruhe erklärt, dass das Manuel sei, ihrer beider Cousin, und er natürlich später geboren wäre als sie beide. Er könne eine DNS-Übereinstimmung wie ein Bruder haben, weil die Eltern eineiige Zwillinge seien. Boris hatte ein paar Mal nachgefragt, dann aber verstockt geschwiegen. Miriam versuchte gar nicht mehr, irgendetwas zu verstehen. Dieser Tag überforderte sie langsam.

»Boris, du müsstest deinen Onkel Friedhelm aber eigentlich noch kennen«, versuchte Elisabeth, das Gespräch wieder in Gang zu bringen, »Manuel ist Hildegards und Friedhelms Sohn, ein Kind der eineiigen Zwillinge eurer Eltern. Er hat den Verwandtschaftskoeffizienten eines Bruders, weil eure Eltern genetisch identisch sind.«

Boris öffnete kopfschüttelnd die Tür zu Manuels Krankenzimmer.

Miriam folgte ihm und fragte sich, in welches genetische Kuriositätenkabinett sie da hineingeboren war. »Weshalb sind denn auch unsere Väter eineiige Zwillinge, steckt da auch so eine Züchtungsidee dahinter?«

Manuel antwortete von seinem Bett aus: »Das war Zufall oder auch nicht, wenn man weiß, dass die Nazis mit Zwillingen experimentiert haben und unsere Väter als Kinder aus einem KZ befreit wurden.«

Ihr Unfallopfer war wach und sah wieder präsentabel aus. Elisabeth brach in Tränen aus, eilte zu ihrem Enkel, hockte sich auf einen Stuhl neben dem Bett und tätschelte seine Hand: »Gott sei Dank, du bist ansprechbar. Ich habe gedacht, wir finden hier einen lebenden Toten vor.«

»Lange nicht mehr gesehen, Großmutter.« Manuel zog seine Hand weg.

Elisabeth wich zurück, als hätte er ihr eine Ohrfeige verabreicht, und stand wieder auf. Miriam legte den Arm um ihre zerbrechliche Schulter und fühlte sich dabei, als würde sie einen Kanarienvogel berühren, als könnte man ihre Großmutter zerdrücken, wenn man zu kräftig zupackte.

Hildegard nahm den Platz an Manuels Seite ein, berührte ihn aber nicht.

»Hallo, Mutter.« Manuel begrüßte Hildegard flüchtig, schaute aber an ihr vorbei zu Boris, der abwartend an der Tür stehen geblieben war, und dann zu Miriam.

»Und ihr seid Miriam und Boris? Ich freue mich wirklich sehr, euch kennenzulernen.«

»Mich würde viel mehr interessieren, was du vor unserem Haus zu suchen hattest«, brummte Boris.

»Die Ermittlungsarbeit sollten wir doch besser den Profis überlassen«, antwortete eine Stimme vom Gang her. Otten trat ins Zimmer. »Und das hier ist die gesamte

Familie?« Er wandte sich an Elisabeth: »Ich glaube, ich hätte da ein paar Fragen an Sie.«

Der Polizist führte sie in einen Raum mit langem Tisch und sechs Stühlen. Vom Krankenzimmer hatte er bei der Krankenhausverwaltung angerufen und darum gebeten, ihm kurzfristig mit einem ungestörten Besprechungsort zu helfen.

»Tut mir leid, dass ich Ihnen nichts zu trinken anbieten kann. Aber ich bin halt hier nicht zu Hause«, entschuldigte sich Otten und machte eine ausgreifende Geste, mit der er sie bat, sich hinzusetzen.

»Ich hol noch ein paar Flaschen Wasser aus dem Automaten«, sprang Miriam auf und eilte aus dem Zimmer. Im Flur hatte sie einen Getränkeautomaten registriert. Sie warf ein paar Münzen ein und tippte die Nummer für Wasser. Nichts passierte.

»Sie müssen den Stecker erst in die Dose stecken. Dann dauert es noch ein paar Minuten«, rief jemand aus dem Zimmer gegenüber. Miriam tat, wie ihr geheißen, und wartete.

Ihr war die Verschnaufpause ganz recht. Seit Boris in der Villa aufgetaucht war, kam sie innerlich den Ereignissen kaum noch nach. Inzwischen war es dunkel draußen, der Parkplatz, auf den sie durch das Fenster neben dem Automaten sehen konnte, völlig verwaist. Ein Hydraulikarm fuhr endlich hoch und Miriam warf die nächsten Eurostücke in den Automaten, drückte die Taste für Wasser ein ums andere Mal, holte die eiskalten Flaschen unten heraus, hebelte die Verschlüsse an einem versenkten Flaschenöffner weg, nahm die Flaschenhälse zwischen ihre gespreizten Finger und ging mit vier Flaschen Wasser zurück in das Zimmer. Sie stellte alle Wasserflaschen auf den Tisch. »Becher gab es keine.«

Otten winkte dankend ab.

Elisabeth nahm eine Flasche, wischte das Kondenswasser von dem bauchigen Glas und trank einen großen Schluck.

Der Kommissar legte ein Diktafon zu einer dünnen Akte auf den Tisch und ergriff das Wort: »Ich muss das hier mitlaufen lassen. Sind Sie einverstanden?«

Elisabeth nickte zustimmend.

»Könnten Sie das mit einem »Ja« bestätigen?«

»Ja«, bestätigte sie mit brüchiger Stimme.

»Gut, danke. Die anderen auch?«

»Ja«, kam es im Chor.

Otten räusperte sich und forderte jeden Anwesenden auf, seinen vollen Namen zu nennen. Was Elisabeth und Miriam, Boris und Hildegard in der Reihenfolge taten, in der sie am Tisch Platz genommen hatten. Miriam und ihre Großmutter an der Längsseite zum Fenster hin, Hildegard gegenüber von Otten und Boris allein an der zum Eingang gelegenen Längsseite des Tisches.

»Ich freue mich, dass Sie alle bereit sind, an diesem Gespräch teilzunehmen, so brauche ich Sie nicht einzeln einzuladen. Seit Ihr Enkel, Frau Hofmann«, er sah zu Elisabeth, »wieder erwacht ist, wissen wir ja um seine Identität und woher er stammt. Gleichzeitig wissen wir durch den DNS-Test, dass er mit den hier anwesenden Miriam und Boris Maertens verwandt ist. Ein Geschwisterpaar, das ebenfalls eine Akte bei uns hat«, er klopfte auf den Pappdeckel, »weil sie die Polizei vor mehr als 30 Jahren aus einer Wohnung befreite und seitdem nach seiner Mutter fahndet. Einer Mutter, die – das wissen wir erst seit Kurzem – identisch ist mit einem ebenfalls vor mehr als 30 Jahren aufgefundenen Mordopfer. All das, zusammen mit der Tatsache, dass Ihr Enkel Manuel einem versuchten Mord zum Opfer gefallen ist, bringt Ihre Familie in Verbindung mit zwei schweren Straftaten. Wie gesagt, deshalb freue ich mich, Sie zusammen sprechen zu können. Zunächst einmal, könnte mir jemand von Ihnen erklären, wie Manuel Hofmann gleichzeitig Cousin und Bruder sein kann?«

Elisabeth erklärte es ihm.

»Die Zwillingsschwester Ihrer Tochter Waltraut«, er nickte Hildegard zu, »hat also jemanden geheiratet, der ebenfalls einen eineiigen Zwillingsbruder hat. Ist das richtig?«

Die alte Frau nickte. Zögernd bewegte auch Hildegard das Kinn. »Nicht geheiratet, aber ein Kind gezeugt.« Miriam hatte fast vergessen, dass sie im Raum war. Wie konnte jemand so unauffällig sein, dass er geradezu mit der Tapete verschmolz?

»Und wo befinden sich die Väter dieser Kinder heute?« Beide Frauen zuckten mit den Schultern. Elisabeth ergänzte: »Michael Antonov, der Vater von Miriam und Boris, ist fast gleichzeitig mit meiner Tochter verschwunden; Friedhelm, der Vater von Manuel, lebt seit gut 20 Jahren nicht mehr bei uns. Er ist, glaube ich, in Berlin. Wo Michael ist, wissen wir nicht.«

»Sie haben aber keinen Kontakt mehr? Weder zu dem einen noch zu dem anderen?«

»Nein.«

Otten notierte die Namen der Männer und murmelte: »Dem müssen wir nachgehen.«

»Okay«, er klickte mit dem Kugelschreiber mehrfach hin und her und sah dann hoch zu Elisabeth. »Seit wann wissen Sie, dass Ihre Tochter ermordet wurde?«

Elisabeth erbleichte. »Das habe ich gerade erst erfahren«, sie wies auf Miriam, »von diesem Kind hier.«

Miriam nahm ihre Hand. »Müssen Sie so grob mit meiner Großmutter umgehen? Sie ist schließlich nicht mehr die Jüngste.«

»Tut mir leid, aber manchmal kommt man mit Zartgefühl bei der Polizeiarbeit nicht weiter. Und Sie sollten vielleicht auch nicht gleich ihre Partei ergreifen, schließlich mussten Sie im Heim aufwachsen, obwohl Sie nahe Verwandte hatten, die sich um Sie hätten kümmern können.«

»Gott sei Dank«, entfuhr es Boris.

Elisabeth sah den Kommissar strafend an: »Wenn ich gewusst hätte, wo meine Tochter mit den Kindern hin ist, hätte ich das getan, glauben Sie mir. Sie hat ja scheinbar sogar den Namen gewechselt.«

»Wie ist denn dann Manuel an unsere Adresse gekommen, das wüsste ich gerne«, fragte Boris.

»Das wüssten wir auch gerne. Das ist eine ganz entscheidende Frage, denn wer immer gewusst hat, dass Herr und Frau Maertens mit Manuel Hofmann verwandt sind, dürfte zumindest noch Kontakt zu dem

Mordopfer, also zu Ihrer Mutter, gehabt haben, nachdem sie ihr Zuhause verlassen hat«, antwortete Otten.

»Und wird vielleicht auch haben verhindern wollen, dass das herauskommt«, ergänzte Boris.

Der Kommissar nickte: »Eine Kollegin befragt gerade Ihren Cousin dazu.«

»Leider nicht.« Die Tür ging auf und eine junge Frau kam herein. »Die Krankenschwester hat erklärt, er sei im Moment nicht vernehmungsfähig. Der Besuch hier habe ihn schon zu sehr aufgeregt.« Otten winkte die Frau in Jeans und T-Shirt herein. Miriam erkannte sie als die Streifenpolizistin, die damals als Erste bei ihr gewesen war. Damals, als sie noch nicht wusste, dass das Unfallopfer ihr Leben auf den Kopf stellen würde.

»Hallo, was machen Sie bei der Kripo?«, fragte Miriam verwundert. »Vor ein paar Wochen haben Sie doch noch in Uniform Dienst getan.«

»Damals habe ich gerade mitten in den Prüfungen gesteckt. Und sie inzwischen bestanden«, erwiderte die junge Polizistin forsch und gab allen die Hand. Sie setzte sich den Frauen gegenüber zu Otten an den Tisch.

»Okay«, wieder das Schnipsen mit dem Kugelschreiber, »dann kommen wir im Moment nicht weiter. Bitte halten Sie sich alle zu unserer Verfügung, wir werden Sie in den nächsten Tagen noch einmal getrennt voneinander befragen müssen.«

»Bei der Polizeiarbeit kann man nicht so zartfühlend sein. Was für ein Arsch.« Miriam schaltete so aggressiv hoch, dass die Zahnräder kreischten.

»Schönen Gruß vom Getriebe«, sagte Elisabeth darauf. »Lass deine Wut jetzt nicht an dem Wagen aus, der kann nichts dafür.«

»Ich verstehe nicht, wie du so gleichmütig sein kannst. Die Bullen haben dir eben unterstellt, dass du etwas mit zwei Tötungsdelikten zu tun hast. Macht dir das überhaupt nichts aus?«

»Natürlich, aber ich kann doch nichts dagegen tun. Ist doch logisch, dass sie bei uns nach einem Motiv suchen.«

»Es tut mir so leid, ich habe nicht damit gerechnet, dass sie dich so quälen würden. Hätte ich das gewusst, hätte ich mich um einen Anwalt gekümmert.«

»Das können wir ja auch immer noch tun, wenn es nötig sein sollte. Jetzt fahren wir erst mal nach Hause.«

Schweigend fuhren sie die Landstraße entlang. Auf der Autobahn war Stau gemeldet und auf die Nervenbelastung von *Stopp and Go* wollte sie verzichten. Hildegard schlief auf der Rückbank, war auf dem Weg von der Vernehmung schon vor Müdigkeit gewankt. Boris hatte zuerst darauf bestanden, Elisabeth und Hildegard nach Mittelhof zurückzubringen, und erst nachdem Miriam versprochen hatte, heute noch nach Hause zu kommen, war er bereit gewesen, ihnen sein Auto zu leihen.

Der norddeutsche Himmel wölbte sich so sternenübersät, dass Miriam meinte, die Unendlichkeit erahnen zu können.

Elisabeth ließ das Fenster herunterfahren. Kühle Nachtluft drang herein. »Manchmal bin ich froh, dass ich bald tot sein werde. Ich habe schon so viele Menschen an den Tod verloren. Da wird die Aussicht auf den eigenen schon fast zu einem Trost. Wenn es da drüben irgendetwas gibt, werde ich alle wiedersehen, und wenn nicht, hat zumindest die Trauer und Sehnsucht ein Ende.«

»Du hast sie sehr geliebt, oder?«

»Wen, Waltraut?« Elisabeths Stimme zitterte. »Ja, natürlich.« Sie stockte. »Wo wart ihr eigentlich, nachdem ihr die Gemeinschaft verlassen habt?«

»Ich kann mich an fast nichts erinnern. Wir waren in Spanien. Das weißt du ja aus diesem Brief. Danach in Osnabrück. Aber du solltest eher mit Boris reden. Ich kann mich eigentlich nur noch ans Heim erinnern.«

»Gar nicht an deine Mutter?«

»Nur ganz wenig.«

Sie fuhren weiter, beide in ihre Gedanken an Waltraut versunken.

Elisabeth brach das Schweigen. »Weißt du, was eine meiner intensivsten Erinnerungen ist? Das war so eine Autofahrt wie diese. Keine Ahnung mehr, woher Xavier und ich den Wagen hatten, wahrscheinlich war es ein Armeejeep, denn das Verdeck war offen, aber es war auch Sommer. So heiß, dass selbst der Fahrtwind kaum Abkühlung brachte. Die Welt war prall vor Sommergerüchen, trockenes Gras, gärende Früchte, frisches Wasser. Wir kamen vom Baden an einem See, waren durchgewärmt und satt geliebt. Am Feldrand leuchteten Mohn und Kornblumen, rot und blau. Immer wenn das Leben zu schwer wird, steht gerade diese Erinnerung vor meinen Augen. So lebendig, als wäre es gestern gewesen.«

»Aber hat es dich dann nicht besonders verbittert, dass es nur eine so kurze Zeit war, die ihr zusammen hattet?«

»Manchmal. Aber damals hatten viele Menschen so schreckliche Verluste zu verwinden. Da befand ich mich in guter Gesellschaft. Letztlich war man froh, dass das Leben weiterging. Das hielt einen aufrecht.« Sie seufzte. »Manchmal erscheint es mir wie gestern und manchmal wie in einem anderen Jahrhundert.«

»Es *war* in einem anderen Jahrhundert«, warf Miriam ein.

»Wie wahr. Es ist heute so vieles anders, so vieles besser übrigens«, meinte die alte Frau. »Ihr jungen Leute solltet das schätzen. Zu meiner Zeit hätten wir nicht gewusst, ob wir die Polizeiwache als freier Mensch verlassen. Vorgeladen zu sein, konnte schon ein Todesurteil bedeuten.«

»Seid ihr deshalb alle so devot im Umgang mit Autoritäten? An deiner Stelle eben wäre ich dem Typen ins Gesicht gesprungen.«

»Wenn ich eines nie gewesen bin, dann devot. Nein, ich habe mir nur einen ausgeprägten Pragmatismus im Laufe des Lebens angewöhnt. Nur dann kämpfen, wenn man auch gewinnen kann. Was hätte ich denn da eben gewinnen sollen? Anerkennung? Pfft. Ich bin zu alt, um noch nach Anerkennung zu suchen. Jetzt, am Ende meines Lebens, weiß ich nicht mehr, ob, außer der Liebe zu anderen Menschen, eigentlich irgendetwas wirklich wichtig war.«

»Was war denn außerdem mal wichtig?«

Elisabeth überlegte, nahm die Hände wie zum Beten aneinandergelegt vor den Mund, faltete sie dann ineinander und streckte sie nach vorne gedehnt. »Ich glaube, ich wollte so eine Art Dynastie gründen.«

»Aber das dauert doch ewig, Menschen werfen ja nun nicht wie Karnickel.«

»Deshalb habe ich schon Mitte der 70er-Jahre mit künstlicher Befruchtung experimentiert. Inzwischen gibt es im Keller der Villa eine richtige Embryonenbank. Ich arbeite mit Fertilisationskliniken in den USA und in Russland zusammen. Jeder Embryo, den ich liefere, ist Rhesus-negativ, auf diese Weise wird es bald mehr Menschen dieses Blutes geben als jemals zuvor.«

Miriam runzelte die Stirn. »So etwas hätte ich mir ja schon denken können. Was nicht heißt, dass ich es verstehe. Was soll an dieser Blutgruppe besser sein?«

»Es ist nicht besser, ich denke nur, es hat einen Grund, dass diese Menschen sich so schwer mit Rhesus-positiven Partnern fortpflanzen können.«

»Und du suchst nach einer Europäischen Urrasse. Das ist ja wohl Rassismus pur. Es gibt keine reine Rasse, Großmutter, im Grunde gibt es nicht mal so etwas wie *Rasse*. Ich habe mich ja inzwischen auch ein bisschen schlaugemacht. Unsere Vorfahren stammen alle aus Afrika. Vor ungefähr 60.000 Jahren sind die Ersten von dort ausgewandert. Und alles, was früher als Rassemerkmal galt, Hautfarbe, Schädelform, Größe – das alles lässt sich durch Anpassung an die unterschiedlichen Umweltbedingungen erklären. Eine dunkle Hautfarbe schützt einfach nur gegen zu starke Sonneneinstrahlung, genauso wie ein kleiner, drahtiger Körperwuchs bei feuchtwarmem Klima vor Hitzestau. Oder ein gedrungener Körper mit ausgeprägtem Unterhautfettgewebe in sehr kalten Regionen vorm Erfrieren.«

»Das bestreite ich überhaupt nicht. Ich suche schon lange nicht mehr auf der morphologischen Ebene nach Unterschieden, sondern auf genetischer. Damit habe ich mich im Dritten Reich ja beinahe unmöglich gemacht.«

»Du hast an Blutgruppen geforscht, Großmutter. Das lässt sich ja wohl nicht vergleichen mit genetischer Forschung heutzutage.« Miriam schaltete hoch und überholte einen Lastwagen.

»Ach, Mädchen, wenn du so willst, haben wir mit den Blutgruppen methodisch vorweggenommen, was du eben als den Stein der Weisen verkauft hast, dass nämlich die äußerlichen Unterschiede manchmal weit weniger ausschlaggebend sind als die unsichtbaren.«

Miriam prüfte im Rückspiegel den Abstand zu den Lichtern hinter ihnen und scherte wieder auf die rechte Spur. »Aber deine Rhesustheorie fußt darauf, dass der Rhesus-Faktor eine biologische Barriere ist, die verhindert, dass sich Menschen mit unterschiedlichen Faktoren miteinander vermischen. Was ist das denn anderes als die Idee der Reinrassigkeit?«

»Ich bin ja auch ein Kind meiner Zeit. Aber inzwischen ist das nicht mehr entscheidend. Trotzdem ist dieses besondere Blut wichtig. Auch wenn noch niemand diesen Grund herausgefunden hat, will ich doch, dass die Menschen mit diesen Eigenschaften nicht langsam verschwinden. Und das täten sie heutzutage, weil es ja inzwischen möglich ist, die Immunreaktion zu unterdrücken. Damit werden die Positiv-Gene immer stärker. Ich glaub, dass das nicht richtig ist. Irgendwann wird sich vielleicht herausstellen, dass die Rhesus-Negativen die Einzigen sind, die immun gegen eine neue Seuche sind.«

Der Rest der Fahrt verlief in Schweigen. Elisabeth schaute aus dem Fenster und Miriam entschloss sich, bei Bünde doch auf die Autobahn zu fahren. Der Stau hatte sich augenscheinlich aufgelöst.

Vor der Villa angekommen, half Peer der Greisin aus dem Wagen. Hildegard wehrte sich gegen seine Hilfe, stieg aus und marschierte allein auf die Villa zu. Peer beugte sich zu Miriam ins Autofenster: »Das war nicht dein letzter Besuch, oder?«

Verlegen würgte Miriam den Motor ab: »Nein. Ich will doch auch Elisabeth beistehen. Außerdem muss noch mein Auto hier irgendwo sein. Ein Peugeot.«

»Ich guck nach. Wie erreiche ich dich?«

Miriam kramte in ihrer Tasche nach einer Visitenkarte und förderte ein eselohriges Exemplar der Agentur hervor: »Hier, da stehen auch meine privaten Kontaktdaten drauf.« Dann ließ sie den Motor wieder an und fuhr nach Hause.

Nie war ihr der Flur so hoch vorgekommen, so leer, so fremd. Es war, als würde sie die Wohnung zum ersten Mal sehen. Boris war hier gewesen, denn seine Jacke von eben hing am Garderobenhaken. Aber er war wohl doch noch ins GANG gefahren, er antwortete jedenfalls nicht. Todmüde schmiss Miriam ihre Tasche auf die

Kommode im Flur, streifte die Schuhe ab und schälte sich aus dem Sweatshirt. Erst heute Morgen hatte sie es in der Gemeinschaft angezogen. Unfassbar, was alles an diesem Tag passiert war, und unglaublich, dass sie sich noch auf den Beinen halten konnte. Nach einer kurzen Katzenwäsche sank sie ins Bett.

Miriam, 28. März 2006

Sie wachte von einem Sturmklingeln wieder auf. Alice stand mit einer Brötchentüte vor der Tür und strahlte. »Bist du wieder aufgetaucht! Mensch, Miriam, spurlos zu verschwinden, ist doch eigentlich meine Spezialität.«

Miriam fuhr sich durch die Haare. »Wie spät ist es überhaupt?« Musste sie nicht zur Arbeit? Sie strebte zum Telefon. »Was sag ich bloß meinem Chef?«

»Komm runter. Boris hat deinen Chef längst informiert.«

»Was hat er ihm denn gesagt?«

»Nur, dass du einen Unfall hattest und wohl auch noch die kommende Woche krankgeschrieben bist. Du hast morgen einen Termin beim Arzt. Entspann dich, ich wollte gerade in den Garten. Willst du nach dem Frühstück mit? Du kannst auch im Liegestuhl dösen, während ich buddle.«

Drei Tassen Kaffee und ein Honigbrötchen später setzten sie sich aufs Rad. Es war sonnig und warm geworden. Miriam fasste die letzten Tage zusammen und ergänzte das, was Alice nicht schon von Boris wusste.

»Deine Großmutter hat echt versucht, durch gezieltes Kreuzen bestimmter Blutgruppeneigenschaften eine vermeintliche Urrasse zurückzuzüchten? In wie vielen Jahrhunderten wollte sie denn damit fertig sein?«

»Das habe ich sie ja auch gefragt. Sie wollte mit der Gemeinschaft wohl ein breites Fundament dafür legen, dort so viele Kinder in die Welt setzen lassen wie möglich und ihnen fest einimpfen, dass sie sich nur mit der gleichen Blutgruppe fortpflanzen dürfen. Gestern hat sie mir erzählt, in den 70ern sei ihr aber klar geworden, dass die natürliche Zuchtwahl als Methode zu störanfällig sei. Damals hat sie angefangen, mit künstlicher Befruchtung zu experimentieren, also Eizellen von allen Mitgliedern der Gemeinschaft mit dort verfügbaren Spermien in vitro zu befruchten und tiefzukühlen.«

»Aber wie kann man mit künstlicher Befruchtung eine Rasse züchten?«

»Na ja, dabei wird einer Frau ja normalerweise mehr als ein Ei entnommen, das heißt, es können auch weit mehr Eier befruchtet werden. Wenn du dann dazu nimmst, dass man dieses Prozedere auch einige Mal wiederholen kann, wird deutlich, dass so einige Tiefkühl-Embryonen zu gewinnen sind, also eine Menge potenzieller neuer Menschen.«

Sie unterquerten die Eisenbahnlinie. Jetzt waren die Kleingärten nicht mehr fern.

»Sie hat also dort ein Embryonenreservoir aufgebaut. Und wen wollte sie diese Kinder austragen lassen?«

»Sie arbeitet angeblich mit Fertilisationskliniken in den USA und in Russland zusammen.«

»Ganz uneigennützig, ist klar. Ich kann mir vorstellen, dass man mit Embryonen eine Menge Geld verdienen kann. Mal abgesehen davon: Ist das überhaupt legal, einfach so befruchtete Eizellen herzustellen und aufzubewahren?« Alice stieg von ihrem Rad ab, denn das schmale Tor zu ihrer Kleingartenkolonie war in Sicht.

Miriam hatte sie immer aufgezogen, dass sie hier eine Parzelle mieten und unter die Spießer gehen wollte. Inzwischen kam sie aber oft mit. Sie hebelte das Schloss des schmalen Eingangstors auf, ließ Alice mit ihrem Rad passieren und folgte. Mit lautem Scheppern fiel das Tor wieder zu. »Elisabeth sagt Ja. Man dürfe überzählige Eizellen aufbewahren, wenn sie als Nebenprodukt einer künstlichen Befruchtung angefallen seien.«

Alice stellte ihr Rad ab, Miriam tat es ihr gleich. Sie waren an ihrem Garten angelangt. Alice nahm den Korb mit den Primeln herunter und schloss die Tür zu ihrem kleinen Gartenhäuschen auf. »Jaha, wenn! Wenn ich dich aber richtig verstanden habe, waren diese Embryonen kein Nebenprodukt, sondern Ziel der künstlichen Befruchtung. Und ich glaube, das ist in Deutschland verboten. Dafür braucht man mit Sicherheit Genehmigungen. Das hab ich in fünf Minuten im Internet recherchiert. Ich habe meinen Laptop hier. Wollte nachher noch was arbeiten.« Sie fuhr das Gerät, das auf einem aussortierten Schränkchen stand, hoch und öffnete Google.

»Kleingarten mit WLAN. Wow.« Miriam zog sich einen Stuhl neben Alice.

»Ja, von wegen Spießer. Hier kommt man besser ins Netz als zu Hause.«

»Was immer sich die alten Herren in deiner Nachbarschaft hier im Netz unbedingt ansehen müssen, ohne dass die Alte es mitbekommt.«

»Pfui, Miriam.«

Alice drehte den Bildschirm zu ihrer Freundin.

(1) Mit Freiheitsstrafe bis zu drei Jahren oder mit Geldstrafe wird bestraft, wer:
1. auf eine Frau eine fremde unbefruchtete Eizelle überträgt,
2. es unternimmt, eine Eizelle zu einem anderen Zweck künstlich zu befruchten, als eine Schwangerschaft der Frau herbeizuführen, von der die Eizelle stammt.

Alice scrollte weiter nach unten, überflog die anderen Abschnitte des Embryonenschutzgesetzes, bis sie zum zweiten Punkt kam:

(2) Ebenso wird bestraft, wer
1. künstlich bewirkt, dass eine menschliche Samenzelle in eine menschliche Eizelle eindringt, oder

2. eine menschliche Samenzelle in eine menschliche Eizelle künstlich verbringt, ohne eine Schwangerschaft der Frau herbeiführen zu wollen, von der die Eizelle stammt.

»Das ist ja wohl deutlich«, tippte Alice auf den Text, »wenn sie deiner Großmutter nachweisen können, dass die Embryonen nicht im Zuge einer künstlichen Befruchtung angefallen sind, kann sie bis zu drei Jahren verknackt werden. Vielleicht wollte dieser Manuel ja alles auffliegen lassen?«

Miriam stand auf, reckte sich und setzte sich wieder. »Wie kommst du denn darauf?«

»Wäre doch plausibel.«

»Oh bitte, Alice, sollten wir nicht die Polizei diese Arbeit machen lassen?«

»Ja, aber hat die auch alle Informationen? Weiß sie zum Beispiel von den Züchtungsideen? Du solltest den Inhalt dieser Briefe zu Protokoll geben.«

Miriam knibbelte an ihrer Nagelhaut. »Vielleicht. Aber ich käme mir dabei vor, als verriete ich meine Großmutter.«

Alice tippte »Embryonen« und »Zwillinge« bei Google ein und erhielt Vorschläge, die allesamt auf künstliche Befruchtung hinwiesen. Sie rief einen auf, der warnte, dass künstliche Befruchtung häufig auch Zwillingsschwangerschaften zur Folge habe.

»Sag mal, war mit dieser Kopplung der Zwillingspaare auch irgendeine Absicht verbunden?«

»Soweit ich das verstanden habe, nicht. Oder nur so viel, dass die Nazis auch an Zwillingen geforscht haben, und Fjodor und Michail Auschwitz nur überlebt haben, weil sie eineiige Zwillinge waren.«

»Und deine Mutter und ihre Schwester?«

»Sind halt auch Zwillinge. So was kommt vor.«

»Und die haben *ganz zufällig* ebenfalls mit diesen männlichen Zwillingspärchen Kinder gezeugt?« Alice tippte sich an den Kopf.

»Na ja, Manuel ist wohl nicht ganz so zufällig gezeugt worden, sondern ganz gezielt in vitro.«

»Wann?«

»1975.«

Alice stützte den Kopf in die Hände und fuhr mit den Schneidezähnen nachdenklich über die Fingerknöchel. Dann richtete sie sich auf und dehnte sich. »Und wann, sagst du, hat sie diesen Brief von deinem spanischen Urgroßvater erhalten?«

»1974.«

»Da war deine Mutter dort schon ein Jahr verschwunden mit euch, richtig?«

»Ja.«

»Okay, siehst du es immer noch nicht?«

»Was?«

»Die Erbschaft, mein Hase. Der Spanier wollte sein Geld seinen Enkeln und Urenkeln hinterlassen. Damit wart bestimmt ihr gemeint. Ihr wart aber nicht mehr da. Nur noch Hildegard als Enkelin. Was also her musste, war ein neuer Urenkel. Und wie bekommt man, was nicht von Natur aus geschieht?«

»Mit künstlicher Befruchtung.«

»Richtig. Ich würde an deiner Stelle noch mal im Büro deiner Großmutter schnüffeln oder mir sogar das Testament zeigen lassen. Unter Umständen ist es tatsächlich so abgefasst, dass es ohne Urenkel kein Geld gegeben hätte. Außerdem seid ihr jetzt auch erbberechtigt. Schon mal daran gedacht?«

Miriam, 29. März 2006

Elisabeth winkte mit sparsamer Geste, als Miriam aus dem Nahverkehrszug stieg. Miriam hatte versprochen, ihr zu helfen, Manuel ein paar Sachen ins Krankenhaus zu bringen, und war deshalb nach Bielefeld gefahren. Mit ihrer beigefarbenen Bundfaltenhose und einer weißen Bluse, die locker in den Bund gesteckt war, hatte sich die alte Frau richtig schick gemacht. Selbst ihre Körperhaltung war gerader als noch vorgestern. »Hallo«, gab Miriam ihr die Hand, in dem deutlichen Gefühl, dass Elisabeth niemals einen Menschen zur Begrüßung umarmen würde.

»Guten Morgen. Ich weiß gar nicht, wann ich das letzte Mal jemanden vom Bahnhof abgeholt habe. Ich glaube, damals gab es noch Dampfloks.« Elisabeth drehte sich zur Treppe um und bedeutete Miriam, sich ihr anzuschließen. »Eigenartigerweise waren direkt vor dem Bahnhof noch Parkplätze, obwohl nirgendwo sonst etwas zu bekommen war. Manchmal hat man einfach Glück.«

Miriam verzog zweifelnd das Gesicht. Parkplätze vor dem Bahnhof? Glück? Wer das glaubte.

Und richtig, als sie den Vorplatz betraten, scharten sich gerade ein paar aufgebrachte Taxifahrer und eine Politesse um das Auto. Zum Glück war der Zug pünktlich gekommen, sonst hätten sie wahrscheinlich das Auto nur noch auf dem Abschleppwagen gesehen. Das erkennbar hohe Alter ihrer Großmutter und ihre offensichtliche verzweifelte Verwirrtheit besänftigten die zu einem großen Teil ausländischen Taxifahrer. Nur die deutsche Politesse beharrte darauf, dass der Strafzettel bezahlt werden müsse. Miriam nahm das Ticket entgegen und schob sich hinter das Steuer des Opels Caravan, der noch aus den 70er-Jahren stammte. Elisabeth sah nicht aus, als fühle sie sich nach der Aufregung imstande zu fahren.

»So alt zu werden, ist kein Spaß«, war auch das Erste, was sie sagte, als Miriam sich in den Straßenverkehr eingefädelt hatte. »Man wird täglich mit etwas Neuem konfrontiert, etwas, das man nicht mehr kann oder nicht mehr weiß, und selbst wenn du noch kein Idiot bist, fühlst du dich immer häufiger wie einer und wirst auch so behandelt. Diese Menschen da draußen«, sie winkte zum Fenster heraus, »die wissen ja nicht, was ich alles kann und geleistet habe, die sehen nur jemanden, der fast mit dem Kopf wackelt und nicht weiß, dass ein freier Parkplatz vor einem Bahnhof heutzutage nicht mehr existiert. Und wenn doch, dann mit gutem Grund.« Sie seufzte schwer. »Höchstens so jemand wie Helmut Schmidt wird noch mit Respekt behandelt.«

Miriam schaltete herunter und bremste vor einer Ampel. »Wie weiter? Rechts oder links?«

»Fahr erst mal, bis du das Schild *Universität* siehst. Dann links, noch mal links bis zum Matratzen-Center an der Ecke und dann ein weiteres Mal links. Manuel wohnt in einer Einbahnstraße.«

Schweigend folgte Miriam den Anweisungen der Großmutter. Als das Schild *Universität* in Sicht kam, setzte sie den Blinker.

»Da, das Matratzen-Center.«

Miriam schaltete wieder runter.

»Dort ist Hausnummer 5«, winkte Elisabeth hektisch, »hier wohnt Manuel.«

Miriam setzte rückwärts in eine freie Parklücke vor einem Neubau, beige verputzt, jede Wohnung mit großen Fenstern und Loggia.

»Schick.«

»Ja, Manuel hat Geschmack.«

»Wie viele Schwule.« Miriam stieg aus und eilte zur Beifahrertür, um ihrer Großmutter beim Aussteigen behilflich zu sein.

»Musste das sein?«

»Was, dass ich dir helfe? Ich dachte …« Verwirrt zog Miriam den ausgestreckten Arm wieder zurück.

»Nein, das finde ich sehr nett.« Elisabeth gab ihr die Hand und Miriam zog die alte Dame aus dem Wagen. »Nein, ich meine dieses ständige Sprechen über die sexuelle Orientierung eines Menschen. Zu unserer Zeit ahnte man es auch oft. Wir sind aber diskret darüber hinweggegangen.«

»Ja, so diskret, dass Schwule im Konzentrationslager landeten«, erwiderte Miriam ärgerlich.

»Ach, Mädchen.«

Elisabeth schloss die Tür auf. Miriam folgte der alten Frau ins Haus und wartete mit ihr auf den Fahrstuhl. »Bin ich meiner Mutter eigentlich ähnlich?«

Elisabeth streifte sie mit einem flüchtigen Blick. »Nicht sehr. Sie war viel unsicherer. In deiner Art hast du viel mehr Ähnlichkeit mit Manuel, ein bisschen auch etwas von deinem Großvater.«

»Xavier?«

»Ja, Xavier.«

»Das ist ein Kompliment, oder?«

»Da sei dir mal nicht so sicher, er konnte unglaublich stur sein. Das hast du anscheinend auch von ihm geerbt.«

Oben an der Tür erwartete sie ein älterer Mann, mausblonde Haare, runder Kopf, scharfe Nasolabialfalten. Elisabeth fuhr zusammen. »Michael!«

Ihr Vater wirkte nicht sehr angenehm. Ohne sich groß mit Höflichkeitsfloskeln aufzuhalten, hatte er sie sofort an Manuels Esszimmertisch genötigt. Miriam hatte etwas gebraucht, bis sie schaltete und kapierte, wen sie da vor sich hatte. Er schien auch nicht unbedingt väterliche Gefühle für sie zu hegen, hatte sie zwar angesehen und offensichtlich gewusst, wer sie war, als Elisabeth sie mit »Miriam Maertens« vorstellte, sie aber nicht weiter beachtet. Auf Elisabeth hingegen war Michael regelrecht fixiert, behandelte sie mit einer Verächtlichkeit, die wie mühsam kaschierter Respekt wirkte. Da sie nicht angesprochen wurde, hatte sie Zeit, ihn zu betrachten. Obwohl er graublond war, erinnerte sein starres Gesicht an eine Aztekenmaske. Wahrscheinlich waren seine Vorfahren mit Dschingis Khan auf kurzbeinigen Ponys durch die Taiga geritten. Er sah für seine mindestens 60 Jahre fit und trainiert aus, hatte einen muskulösen Körper und noch volles Haar. Das würde Boris freuen. Miriam sah die Ähnlichkeit des Vaters mit dem Sohn, das breite Gesicht, die Augenfarbe. Boris hatte aber nicht diese scharfen Falten von den Nasenflügeln zum Mund und würde sie hoffentlich auch nicht bekommen, denn die gaben dem Gesicht etwas Brutales.

Vor ihnen lagen Fotos eines schlanken Teenagers, der ebenfalls eine große Ähnlichkeit mit Michael aufwies, allerdings mit lachenden großen, dunkelbraunen Augen in die Welt sah und lange blonde Locken hatte. Jedenfalls auf den ersten Fotos, die er ihnen gezeigt hatte. Darauf lagen andere Aufnahmen, da guckten dieselben Augen traurig aus einem ausgezehrten Gesicht und die Haare waren ausgefallen: Michaels jüngste Tochter in Polen war an Leukämie erkrankt und er suchte dringend Stammzellenspender. Mit der Forderung, sowohl sich als auch Boris auf eine Stammzellenverträglichkeit testen zu lassen, wurde auch sie jetzt ins Gespräch gezogen. Sie sagte »natürlich« und versprach, auch Boris dazu zu bringen, sich testen zu lassen.

»Außerdem kann ich ja wohl das Genmaterial in der Villa nutzen.« Michael hatte sich schon wieder Elisabeth zugewandt. Bitten konnte dieser Mann anscheinend nicht.

Aber Elisabeth ging darauf ein, wusste offensichtlich, dass es unmöglich war, ihn von einem einmal gefassten Vorhaben abzubringen. »Wieso sollen dir die Embryonen bei der Stammzellen-Therapie helfen?«

»Weil man pluripotente Zellen daraus züchten kann, also auch Blutzellen.«

Miriam fühlte sich überflüssig und stand auf, um in der Küche Kaffee zu machen. Ihr Blick war schon die ganze Zeit durch die Küchentür direkt auf eine richtig teure Kaffeemaschine gefallen. Dem Gespräch konnte sie auch folgen, während sie die weißen Schleiflackschränke durchstöberte.

»Es müssen eine Menge Faktoren übereinstimmen, damit die Stammzellen passen«, belehrte die Großmutter Miriams Vater.

»Glaube ich nicht. Wenn ich das richtig interpretiert habe, gibt es einen Zusammenhang zwischen Blutgruppen und der Verträglichkeit bei den Stammzellen, die Blut produzieren.«

»Du wirfst, glaube ich, Erythrozyten und Leukozyten munter durcheinander, beziehungsweise das ABo-System und HLA-Antigene, um die es bei den Leukos geht«, erklärte Elisabeth freundlich. »Blutgruppenantigene sind Eiweiße auf den Erythrozyten, bei der Leukämie geht es aber um Leukozyten. Und da gilt das, was dir Manuel sicher schon erklärt hat: Die Wahrscheinlichkeit, unter der Verwandtschaft geeignete Spender zu finden, ist sehr viel größer als bei jedem anderen Menschen auf der Welt.«

»Ja, aber du wirst doch auch befruchtete Eizellen haben, an denen Hilde oder Fjodor beteiligt waren?«

»Ja, in Gottes Namen. Aber, Michael, das ist alles so hoch kompliziert. Wie willst du denn damit etwas anfangen? Du bist doch ein Laie, hast deine Informationen wahrscheinlich aus dem Internet.«

»Ich kenne Wissenschaftler in Posen, die das ganze Equipment haben, um die Blastozytsen aufzutauen und die Zellen zu extrahieren.«

Es klingelte an der Tür. Weil die beiden am Tisch auch davon keine Notiz nahmen, öffnete Miriam von der Küche aus die Tür und sah sich Polizisten gegenüber. »Guten Tag. Wir suchen Herrn Michael Antonov.« Miriam hörte drinnen einen Stuhl über das Parkett scharren. Die Polizisten drängten in die Wohnung, ohne ihre Antwort abzuwarten. Miriam folgte ihnen.

»Michael Antonov«, sagte der ältere von beiden gerade in formellem Ton, »wir nehmen Sie fest wegen des dringenden Tatverdachts, Ihre Ehefrau Waltraut Antonov getötet zu haben.« Er bewegte sich auf Michael zu, Handschellen in den Fingern.

Miriam stellte sich neben ihren Vater. »Sollten Sie jetzt nicht sagen: *Sie haben das Recht, zu schweigen, und alles, was Sie sagen, kann gegen Sie verwendet werden*?«

Der Polizist lächelte sie an: »Das ist nur in amerikanischen Serien so …«

Miriam wunderte sich noch über die Lässigkeit der beiden Beamten, da zog Michael sie an sich und die Stimmung kippte.

Der Polizist zog seine Dienstwaffe.

»Lassen Sie die junge Frau los.«

»Sicher nicht. Ich werde nicht in den Bau gehen.«

In beschwichtigendem Ton sagte der jüngere der beiden Beamten, der sich bisher im Hintergrund gehalten hatte: »Wer spricht denn gleich von Gefängnis. Gegen Sie besteht nur ein dringender Tatverdacht. Wenn Sie den ausräumen, sind Sie innerhalb von drei Stunden wieder frei.«

»Ihr wollt mich doch verarschen.« Michael nahm Miriam in den Schwitzkasten, ging mit ihr zur Tür und griff sich den Schlüssel vom Schlüsselbrett. »Wenn ihr mir folgt, wird es gefährlich für sie.« Er schob Miriam vor die Tür und schloss die Wohnung von außen ab. »Wie gut, dass ich den Lastwagen um die Ecke geparkt habe.« Er stieß Miriam die Stufen hinunter. »Beeilung.« Es dauerte einen Moment, bis Michael auf der Beifahrerseite aufschloss. Miriam sah eine Joggerin vorbeilaufen, die aussah, als würde sie helfen, wenn man sie darum bat. Der Moment war vertan, denn Michael hievte sie hinein und schloss von außen ab, dann schob er sich auf der Fahrerseite selbst hinter das Steuer. Er startete und sie fuhren schweigend auf eine Ausfallstraße, dann durch die mit Autohäusern und Elektronikmärkten gesäumte Peripherie der Stadt. Miriam fühlte sich wie in einem Schwebezustand, seltsam unwirklich. Sie hatte keine Angst, aber auch keine Entschlusskraft. Ein Teil von ihr wollte passiv diese Fahrt hinter sich bringen, ein anderer warnte sie davor.

Als sie auf die Autobahn Richtung Paderborn fuhren, fand Miriam die Sprache wieder. »Was machst du ausgerechnet bei Manuel? Wie bist du auf ihn gekommen?«

»Per Post.«

»Das war ja eine ausführliche Antwort. Darf ich wenigstens wissen, wo du die ganzen Jahre über warst?«

»Zuerst war ich auf See.«

»Was hast du da gemacht? Du bist doch kein Matrose.«

»Ich habe im Dorf KFZ-Mechaniker gelernt, deshalb hab ich auch auf den Schiffen als Mechaniker gearbeitet.«

»Ich denke, in der Gemeinschaft haben alle nur für die Selbstversorgung …«

»Du kannst doch gar nichts über die Gemeinschaft wissen, du warst ja noch viel zu klein.«

Michael schaltete den Gang herunter, beschleunigte laut und scherte auf die linke Spur, um einen noch langsameren Lastwagen zu überholen.

Miriam blieb hartnäckig: »Du warst lange weg, wieso tauchst du plötzlich bei Manuel auf? Wie hast du ihn überhaupt gefunden?«

»Fjodor hat mir geholfen. Er hat mir von Manuel erzählt und dass er in der Zwillingsforschung tätig ist. Er hatte auch die Idee, dass wir uns für die Zwillingsstudie bewerben sollten und ich um Hilfe bitten sollte, wenn ich Manuel kennengelernt habe. Das hat ja auch gut geklappt. Nur dass Manuel plötzlich nicht mehr wiederkam.«

»Hast du dir da keine Sorgen gemacht? Ihn vermisst gemeldet zum Beispiel?«

»Sorgen gemacht schon, aber du hast ja gesehen, auf welch gutem Fuß die Polizei und ich stehen.«

»Ja, weil du meine Mutter getötet haben sollst.«

Michael sah sie unsicher von der Seite an. »Wenn ich so etwas getan hätte, würde ich die Strafe dafür akzeptieren. Vorher aber muss ich mich um das Überleben meines Kindes kümmern.«

Hieß das, er hatte sie getötet? Aber zu viele Konjunktive für ein Geständnis. Miriam entschloss sich, ihn zu unterstützen, und sei es auch nur, um hier bald rauszukommen. Das hieß noch lange nicht, dass sie ihm vertrauen musste. »Was hast du denn gedacht, als Manuel nicht wiederkam?«

»Zuerst habe ich gedacht, Autounfall. Dann, dass er zur Gemeinschaft gefahren ist. Wenn ich ehrlich sein soll, habe ich mir mehr Gedanken darüber gemacht, wie ich jetzt an das Genmaterial kommen soll, als mir um Manuel Sorgen zu machen. Außerdem bekam ich eine schwere Grippe und habe mehr tot als lebendig im Bett gelegen.«

»Du hast ihn also nicht töten wollen?«

»Nein! Warum sollte ich, er wollte mir ja helfen.«

Merkwürdige Antwort, er regte sich gar nicht auf, wirkte, als sei das Töten ansonsten schon mal eine Option. »Fjodor hat dir also von der Embryonenbank erzählt?«

»Ja.«

»Und wie hat dein Zwillingsbruder dich wiedergefunden?«

»In unserem eigentlichen Heimatort. Das heißt, da hatte ich meine Adresse hinterlassen. Ich hab nach meinen Wurzeln in der Ukraine gesucht, er hat nach seinen Wurzeln gesucht. Das kommt bei eineiigen Zwillingen schon mal vor, dass das Leben ähnliche Wege geht.«

»Wie ist das so, ein Zwilling zu sein?«

»Wie soll das sein? Du hast einen Bruder, der so aussieht wie du. Du weißt deshalb im Unterschied zu anderen Leuten, die sich nur aus dem Spiegel kennen, wie du von allen Seiten betrachtet aussiehst. Die anderen Leute suchen aber vor allem die Unterschiede. Vermutlich, damit sie einen besser unterscheiden können. Du fühlst dich ihm näher als jedem anderen Menschen, kannst ihn aber teilweise nicht leiden, weil er immer das hat, was dir nach Auskunft der anderen fehlt.«

»Ist das immer so? Bei meiner Mutter und ihrer Schwester auch?«

»Nicht ganz. Zwischen Fjodor und mir war immer Konkurrenz. Hildegard und Waltraut waren als Kinder wie ein Wesen mit zwei Körpern, die eine tat, was die andere wollte. Das heißt, Waltraut wollte und Hildegard machte mit. Immer. Sie war wie ihr Schatten. Wenn man sie etwas fragte, guckte sie zuerst zu Waltraut, wie um in ihrem Blick zu lesen, wie sie antworten sollte. Ich glaube, das lag daran, dass Hildegard als Baby fast gestorben ist.« Er wies auf das Armaturenbrett vor ihr. »Kannst du mir mal den Tabak geben?«

Miriam klaubte ein Päckchen Bantam aus der Nische zwischen Frontscheibe und Ablagefläche und reichte es ihm. Michael ließ es mit einer Hand aufklappen, klemmte es zwischen die Oberschenkel, holte mit der rechten Hand ein Blättchen aus dem Spender, gleichzeitig ein Häufchen Tabak. Er drehte beides in Windeseile und steckte das fertige Stäbchen in den Mund. Das geöffnete Päckchen Tabak hielt er ihr wieder hin. Sie rollte es zusammen und legte es zurück, während er sich die Zigarette anzündete.

»Woran ist Hildegard denn fast gestorben?«

»An Hirnhautentzündung. Sie schwebte damals wochenlang zwischen Leben und Tod. Elisabeth hatte sie schon aufgegeben, da erholte sie sich wieder dank Penicillin. Das war damals ganz neu. Das Problem aber war, dass Elisabeth den Säugling nicht mehr annehmen konnte. Sie hatte sich mit ihrem Tod abgefunden und als das Wurm dann doch weiterlebte, hatte Elisabeth keine Liebe mehr für sie.«

»Die Arme.«

»Ach was, bei uns gab es Kinder, die hatten viel Schlimmeres durchgemacht«, wehrte Michael ab, »kleine Kinder haben keine Erinnerung mehr, da sind sie sehr im Vorteil, und wenn wir Größeren damals bei jedem Mist zusammengebrochen wären, hätten wir uns ja gleich umbringen können. Außerdem hat sich Waltraut, sobald sie konnte, rührend um ihre Schwester gekümmert. Als Kinder waren die zwei ein Herz und eine Seele. Hildegard machte, was ihre Schwester ihr zeigte.«

»Und was kam dazwischen?«, fragte Miriam.

»Die Pubertät. Waltraut verliebte sich in mich. Und Hildegard auch.«

»Und du dich in beide.«

»Nein, ich mich nur in deine Mutter. Ich habe sie wirklich sehr geliebt. Trotz allem.«

Trotz allem. Das klang, als hätte er sich viel vorzuwerfen. Das klang aber nicht, als hätte er so etwas Schwerwiegendes wie einen Mord auf dem Gewissen. »Was wollte dann Hildegard von dir?«

»Na, was ihre Schwester hatte. Manchmal glaube ich, sie wollte ihre Schwester sein.«

Miriam konnte sich gut vorstellen, dass das so gewesen war. Hildegard hatte etwas so Farbloses, dass man sie ständig übersah, und wenn man sie dann doch zur Kenntnis nahm, hinterließ sie kaum einen Eindruck, wie ein Prägestempel, der nur sichtbar wurde, wenn das Licht so darauf fiel, dass Schatten ihn ausmalte. Was machte das aus einem Menschen, wenn er ein Leben aus zweiter Hand führte? Und wenn dann noch die Form wegfiel, die der eigenen Persönlichkeit erst Kontur gegeben hatte? Miriam fröstelte. Hildegard hatte die ganze Zeit vom Tod ihrer Schwester gewusst. Miriam hatte keine Ahnung, warum sie das plötzlich erkannte, aber sie war sicher. »Hast du in Polen noch mehr Kinder? Außer dieser krebskranken 17-Jährigen Tochter?«

»Ja, die sind inzwischen aber auch schon fast erwachsen, leben in Slubice.«

»Warum hast du dich in Polen niedergelassen?«

»Weil man nach Polen schon seit Beginn der 80er-Jahre kann und da war es ein bisschen näher an der damaligen UdSSR. Außerdem war ich nach der Seefahrt im Autohandel.«

Das klang, als sei er Mitglied von polnischen Autoschieberbanden gewesen. Miriam bezweifelte plötzlich, dass seine Kontaktpersonen wirklich etwas mit Containern voll befruchteter Keimzellen anfangen konnten. Sie war auch überhaupt nicht sicher, dass man diese Container einfach so aus dem Keller entfernen konnte. Die brauchten doch sicherlich Strom. Sie hatte eine ungefähre Vorstellung von zylindrischen Kesseln, die vor Kälte dampften, wenn man sie öffnete, um die Behälter mit dem eingefrorenen biologischen Gut herauszuholen. Das hatte sie schon mal im Fernsehen gesehen und sie wusste auch, dass Stickstoff für die Kühlung zuständig war. Aber ob das reichte? Was war denn los, wenn Michael feststellte, dass die Container nicht einfach so geschultert oder mit Sackkarren bewegt werden konnten?

Michael fuhr, die Zigarette in den Mundwinkel geklemmt, als sei die Autobahn ein Revier, auf dem man jeden Meter abstecken, jede Handbreit erkämpfen musste. Der Verkehr war stärker geworden und forderte anscheinend seine gesamte Konzentration. Er drängte gerade einen langsameren Ford von der linken Spur, indem er so knapp auffuhr, dass Miriam den Duftbaum am Rückspiegel baumeln sehen konnte. Kaum hatte der sich mit einem halsbrecherischen Manöver auf dem rechten Streifen in Sicherheit gebracht, setzte sich ein Mercedes vor sie. Michael fluchte und ließ den Motor röhren wie einen brünstigen Hirsch. Der Mercedes zog von dannen und Michael konkurrierte um jeden Meter mit einem Truck neben ihnen, der ihn nicht vorbeilassen wollte. Langsam gewöhnte sie sich aber an seinen Fahrstil. Sie fuhr selbst risikofreudig, hatte dabei keine Angst.

Miriam lehnte sich zurück und stemmte die Füße gegen das Armaturenbrett. Dort würden ihre Fußspuren auch keinen Unterschied mehr machen. Auf einer undefinierbaren Fettschicht klebten Tabakkrümel und Haare, die aussahen wie von einer Katze. Die Frontscheibe war von innen von einer gelben Schmierschicht überzogen. Miriam zog versuchshalber mit dem Zeigefinger über das Fenster auf der Beifahrerseite und hinterließ sofort Schlieren. Verstohlen wischte sie den Finger am Sitz ab. Hier war anscheinend schon lange nicht mehr sauber gemacht worden. Im Fußraum lagen leere Getränkedosen und ein flachgetrampelter Pizzakarton. Miriam beobachtete Michael aus dem Augenwinkel. Ihr Vater sah zwar nicht aus wie ein netter Mensch, aber ob er zu einem vorsätzlichen Mord in der Lage war? Zu einem im Affekt sicher, das sagte ihr seine eben noch bewiesene Bereitschaft, aggressiv zu reagieren, genauso wie die körperliche Kraft, die immer noch sehr präsent war. Irgendein Teil ihrer Persönlichkeit aber mochte ihn auch. Oder suchte sie so verzweifelt nach einem Vater, dass sie jeden Mistkerl akzeptieren würde?

»Der ist doch lebensmüde«, knurrte Michael. Ein BMW setzte sich direkt vor sie.

»Wieso? Der fährt nicht anders als du.«

»Hast du nicht mitgekriegt, wie der kleine Scheißkerl mich ärgert? Der überholt ständig und lässt sich immer wieder zurückfallen, um mich auszubremsen. Das hat bei Schloss Hamborn begonnen. Da hab ich ihn wohl erschreckt, als er zwischen mich und einen Tankwagen geraten ist und ich nicht abgebremst habe«, grinste Michael noch in Erinnerung an das Manöver. »Seitdem überholt er immer, um sich dann wieder zurückfallen zu lassen.«

Und tatsächlich, immer wenn sie dachte, jetzt wären sie das kleine rote Auto endlich los, scherte es wieder vor ihnen ein, nötigte sie zum Bremsen, beschleunigte wieder und war weg. Michael setzte zum Überholen des Lastwagens vor ihnen an und zog auf die linke Spur, da huschte der PKW von rechts in die Lücke, die sie gerade verlassen hatten, beschleunigte ebenfalls und bremste sie auf der Überholspur aus. Dieser Wahnsinnige musste auf dem Standstreifen gefahren sein und sich dort zurückfallen lassen haben.

»Manchmal macht er das auch ganz links«, brummte Michael. »Das merkt man daran, dass es plötzlich auf der mittleren Spur hektisch wird, weil alle dorthin wollen, weil links jemand den Verkehr blockiert.«

Erleichtert sah Miriam die Schilder nach Kassel, die auf eine andere Autobahn wiesen. Dort wären sie den lebensmüden Wichser hoffentlich endlich los. Auch Michael schien beruhigt, auf den Ausfahrtstreifen lenken zu können. Er reduzierte die Geschwindigkeit, indem er herunterschaltete, folgte dem Wegweiser zur A 44 und schaltete abermals herunter, als es auf die Rampe zur darunterliegenden Autobahn ging. Sie war sehr viel leerer als die, von der sie kamen, stellte Miriam fest. Die restliche Fahrt würde ein Spaziergang werden. Kaum hatte sie das gedacht, flog ihr Kopf nach vorne. Michael war so stark in die Eisen getreten, dass der Laster in der Kurve schwankte. Miriam sah, wie der BMW-Fahrer vor ihnen triumphierend den Mittelfinger in die Höhe stieß, und spürte, dass der Laster wie in Zeitlupe kippte. Für eine endlose Sekunde hielt Michael ihn noch auf den rechten Reifen und stemmte sich zur Tür gegen die Fallrichtung, als könnte sein Körpergewicht das Zünglein an der Waage sein. Für den Bruchteil einer Sekunde sah es sogar so aus, als könnte das klappen, da schrammte schon mit durchdringendem Kreischen das Metall auf dem Asphalt. Der Lastwagen schoss auf den Seitenstreifen und auf eine abschüssige Böschung zu. Miriam wurde sich ihres noch unversehrten Körpers bewusst und dass er gleich zerquetscht werden würde.

Völlig desorientiert wachte sie auf. Zu Hause? Nein. Gemeinschaft? Nein. Ihr Hirn scannte die Möglichkeiten und fand eine dritte Möglichkeit: Krankenhaus. Jep. Sie war im Krankenhaus, jetzt wirklich. Neben ihr ein Bett auf Rollen, hoch an der Wand ein Fernseher. Sie hatten einen Unfall gehabt. Sie erinnerte sich an die halsbrecherische Fahrt mit Michael, ihrem Vater. Wie ging es dem eigentlich? Und ihr, wie ging es ihr? Vorsichtig bewegte sie Hände und Füße. Alles noch dran. Sie fasste sich an den Hals, fühlte eine Schleudertrauma-Halskrause. In ihrem Arm steckte abermals eine Nadel mit Schlauch, der zu einem Ständer mit Plastikbehälter führte. Sie schwang ihre Beine aus dem Bett und bewegte sich mit dem Ständer zum Spiegel. Sie sah ganz normal aus, nur ein bisschen ungekämmt. Blaue Flecke an den Beinen und Armen. Sie hob das Krankenhaushemd: der Abdruck des Gurts, ganz wie erwartet. Außer ein paar Prellungen schien ihr aber nichts zu fehlen.

Sollte jetzt nicht ein Arzt kommen oder die Polizei und sie nach dem Unfallhergang befragen? Sie rollte den Ständer auf den Flur. Niemand zu sehen, nicht mal eine Krankenschwester. Gut, dann war wahrscheinlich irgendjemand im Schwesternzimmer. Die Tür da hinten rechts, aus der Licht schimmerte, war scheinbar offen. Eventuell saß da ja das Personal und wartete, bis jemand klingelte. Halb drehte sie sich wieder zurück zu ihrem Raum. Klingeln konnte sie natürlich auch. Zumal diese Krankenhaushemden am Rücken offen waren, sie spürte den Luftzug auf der Haut. Ach, Quatsch. So krank war sie ja wohl nicht. Mit der freien Hand das Hemd zusammenhaltend, ging sie auf das Licht zu. Vielleicht war sie ja auch tot, und dieses Licht, auf das man angeblich zuschritt, sah aus wie eine trübe Funzel auf einem Krankenhausflur. Sie grinste. Irgendwas mussten die ihr doch gegeben haben, dass sie auf solche Gedanken kam. Trotzdem stellte sie erleichtert fest, dass die offene Tür zu einem anderen Zimmer führte. Kein Schwesternzimmer, sondern ein Raum, ein Krankenzimmer, in dem sie Manuel erkannte, der las, den Rücken zur Tür gewandt. Wieder dieses Gefühl von Unwirklichkeit. Sie schaute sich um, erkannte den Flur wieder. Hier war sie vor ein paar Tagen als Besucher gewesen. Natürlich, sie lag genauso wie Manuel auf der Unfallstation.

Manuel drehte sich um, als sie mit dem über den Boden scharrenden Infusionsgalgen in sein Zimmer kam. »Miriam? Was machst du denn hier und in diesem Aufzug?« Er setzte sich auf.

»Oh, ich wollte heute eigentlich vollständig bekleidet und mit Elisabeth kommen, um dir Sachen zum Anziehen zu bringen. Leider hast du niemandem gesagt, dass in deiner Wohnung mein gemeingefährlicher Vater herumhängt.«

Sie setzte sich auf den Besucherstuhl, plötzlich doch ein bisschen schwach. »Gibst du mir etwas von deinem Kamillentee ab?«

»Na, aber gerne, du kannst auch noch etwas von diesen delikaten Broten haben, wenn du willst.«

»Ja, her damit, mich haben sie scheinbar auf meinem Krankenzimmer vergessen.«

Noch kauend, berichtete sie, was sich mittags in Manuels Wohnung zugetragen hatte und dass Michael mit ihr zur Gemeinschaft habe fahren wollen, um die eingefrorenen Embryonen zu klauen.

Manuel strich sich gequält über den Nacken. »Hab mir schon gedacht, dass er so einen Blödsinn vorhaben könnte, wenn er nicht weiterkommt. Und was ist mit ihm jetzt? Liegt er auch hier im Krankenhaus?«

»Ich hab nicht die leiseste Ahnung. Ich scheine ja einigermaßen mit dem Schrecken davongekommen zu sein. Ich hoffe, er hat den Unfall auch gut überstanden.«

»Du hoffst? Obwohl er dich entführt hat und unter Verdacht steht, deine Mutter ermordet zu haben?«

»Ich bin nicht sicher, dass er das hat.«

Manuel rutschte im Bett ein bisschen herunter und versuchte, an eine Kuriertasche zu kommen, die unten an der Wand lehnte. »Ich, ehrlich gesagt, auch nicht. Er ist sicher ein bisschen harsch als Typ, aber nach allem, was er mitgemacht hat …«

»… doch irgendwie fürsorglich.«

»Ja, er will sein Kind retten. Dafür würde er alles riskieren. Das nimmt einen doch wieder für ihn ein«, keuchte er, verdreht in seinem Bett hängend, und richtete sich wieder auf. »Sag mal, kannst du mir die Tasche da geben?«

Miriam reichte ihm seine Tasche. Manuel kramte darin, fand scheinbar nicht, was er suchte, packte diverse Mappen und Klarsichthüllen auf die Decke, durchsuchte alles noch mal, begann zu fluchen, zog dann aber die Kopie eines vergilbten Dokuments hervor. »Da hab ich es. Guck dir das mal an.«

Miriam nahm die Kopie zur Hand und meinte verblüfft: »Das ist die Karteikarte, die ich auf einem Foto meiner Mutter gesehen habe. Die Kennkarte aus dem Lager Bergen-Belsen, die Kinderkennkarte. Woher hast du das?«

»Diese Kopie hat mir Michael gegeben, das Original hat er deiner Mutter noch in der Gemeinschaft gegeben, um ihr zu zeigen, dass unsere Großmutter auch nicht so ein Engel war, wie er lange dachte.« Er gab ihr ein weiteres Dokument. »Das hier ist die Kopie der Liste, mit der Elisabeth ihre Kinder bei der britischen Besatzung angemeldet hat.« Er tippte erst auf das eine, dann auf das andere Blatt. »Der Name, den du da siehst, den findest du hier nämlich nicht. Unsere tolle Großmutter hat die Kinder unter falschen Namen aufgezogen und sie damit allen noch lebenden Verwandten entzogen. Das alles, um ihre verblödete Blutsfamilie zu gründen.«

»Stimmt, das steht auch in dem Brief Xaviers. Das ist hart.«

»Ja, das finde ich auch. Das wusste ich nicht, bis Michael es mir erzählt hat. Und damit wollte ich Elisabeth konfrontieren, als ich in die Gemeinschaft gefahren bin.«

»Und hast du?«

»Nee, sie war nicht da.« Er lehnte sich wieder zurück, als habe ihn die Aktion sehr angestrengt. »Ich hatte vergessen, dass Donnerstag ihr Physiotherapietag ist. Da fährt Hildegard sie immer nach Bielefeld, und abends geht sie früh schlafen und dann bewacht Hildegard sie wie der Zerberus.«

»Okay. Und wie bist du dann an dem Tag an unsere Adresse gekommen? Das war doch der Tag, an dem du bei mir vor dem Fenster überfahren wurdest.«

»Das war dann doch nicht so schwer. Ich bin, nachdem ich bei Hildegard abgeblitzt bin, ins Café im ehemaligen Männerhaus und habe eure Namen dort gegoogelt und sofort ein Bild von dir auf eurer Firmenhomepage gefunden. Ein Anruf dann bei deiner Agentur und ich hatte eure Adresse.«

Miriam nahm sich vor, mit der Praktikantin am Empfang mal ein ernstes Wort zu reden.

»Kann das jemand in der Gemeinschaft mitbekommen haben?«

»Keine Ahnung, da oben waren so einige Leute.« Er überlegte. »Veit. Der hat mir dauernd über die Schulter geschaut und eine blöde Bemerkung gemacht.«

»Was für eine?«

»Irgendwas von *hübsch geworden, die Kleine*.«

Miriam, 30. März 2006

Aus der Küche kamen Geräusche. Gott sei Dank, Boris war zu Hause. Sie ließ ihre Tasche fallen. Unfall, Krankenhaus, ein Vater, den sie bisher nicht kannte. Jetzt brauchte sie Trost. »Hey!«

»Hey«, kam es zweistimmig aus der Küche zurück, Boris' Bass und ein unbekannter Mezzosopran. Boris stand am Herd und eine blonde, auffallend gut aussehende Frau schälte Kartoffeln am Küchentisch, ein so familiäres Bild, dass sie sich plötzlich ausgeschlossen fühlte. Verlegen begrüßte Miriam ihren Bruder mit einem Schlag auf die Schulter und gab der Unbekannten die Hand.

»Miriam.«

»Katja.«

»Gibt es für mich auch etwas zu tun?«, fragte Miriam etwas zu forsch, um ihr Unbehagen zu überspielen.

»Nein, setz dich. Wir wollen dich verwöhnen«, meinte Boris und grinste ihr zu. »Geht es dir auch wirklich gut nach dem Unfall? Ich hätte dich ja besucht, nachdem sich endlich mal jemand bequemt hatte, mich zu informieren. Aber sie meinten, es ginge dir gut und du würdest schon schlafen.«

»Ja, kein Problem, ich hab nur ein paar Prellungen. Bis ich heirate, ist alles wieder gut.«

»Boris meinte, du seist vielleicht hungrig, und ich hab auf dem Weg hierhin schnell ein bisschen eingekauft. Ich hoffe, es ist dir recht.«

»Ja klar. Dann gehe ich erst mal in mein Zimmer.«

»Ach komm, ich mach dir Kaffee.« Sofort wischte er die Hände an einem Küchenhandtuch ab und öffnete die Dose mit den Kaffeepads. »Katja, du auch einen?«

»Ja, danke«, antwortete seine neue Freundin.

Miriam nervte es, dass Katja einbezogen wurde. Eigentlich war es ihr beider eingespieltes Ritual, dass Boris für sie Kaffee machte. Boris versorgte die Kaffeemaschine mit zwei Pads und Wasser, stellte sie an und ging wieder zum Herd zurück, auf dem er irgendetwas briet, zu dem er jetzt die Kartoffeln brauchte. Katja reichte ihm das Schneidebrett. Er berührte bei der Übergabe des Brettchens ihren Zeigefinger mit seinem kleinen Finger. In dieser Geste steckte so viel Zärtlichkeit, dass Miriam doch in ihr Zimmer flüchtete. Sie machte den Computer an, um ihre Mails zu checken, und holte eine Strickjacke aus dem Schrank. Das mit dieser Katja war Boris ernst. Und irgendwie war ihr Zuhause dadurch ein anderes geworden. Sie verkniff sich die Tränen, biss sich auf die Lippen, stand auf und schob die *Babyshambles* in den CD-Player. Das dünne Stimmchen von Kate Moss im Ohr, lehnte sie sich an den Fensterrahmen und betrachtete die Straße vor dem Haus. Dort hatte alles angefangen. Sie hatte Großmutter, Vater und Herkunft wiedergefunden, einen neuen Cousin und letztlich auch ihre Mutter. Aber Boris verloren. Hungrig war sie trotzdem. Sie ging zurück in die Küche. Boris hatte ihr inzwischen eine Tasse Kaffee an ihren Platz gestellt und setzte sich zu ihr, während Katja weiter am Herd werkelte.

»Otten hat übrigens angerufen.«

»Und was wollte er diesmal?«

»Mich über die Festnahme unseres Vaters in Kenntnis setzen. Der ist nach einem Check-up im Krankenhaus sofort in Untersuchungshaft überführt worden. Ein Blutfleck auf Mutters Bluse stimmt mit seiner DNS überein. So ist aus dem dringenden Tatverdacht jetzt ein veritabler Untersuchungshaftgrund geworden. Dazu kommt natürlich der aktuelle Haftgrund *Freiheitsberaubung*.«

»Was heißt das?

»Dass die Polizei ihm jetzt die Gelegenheit zum Geständnis geben und ein Motiv für den Mord an unserer Mutter nachweisen muss. Denn ein gewitzter Anwalt könnte die Blutspur allein natürlich zerpflücken. Sein Blut kann ja auch früher schon auf die Kleidung gekommen sein.« Boris schlug mit der flachen Hand auf den Tisch. »Fuck. Was ist das denn für eine Familie, wo einer den anderen umbringt.«

Katja setzte sich neben ihn. »Es ist schrecklich.«

Boris sah aus, als wollte er gleich in Tränen ausbrechen, und senkte den Kopf. »Ich hätte nicht geglaubt, dass mich das noch so sehr schockt.«

Die Kartoffeln kochten über. Miriam eilte zum Herd, nahm den Deckel herunter und schob den Topf halb von der Platte, dann regulierte sie die Temperatur nach unten. Langsam simmerten die Kartoffeln weiter. Sie ging zurück an den Tisch, sah, wie Boris seinen Kopf an den Hals seiner Freundin schmiegte und sie ihn tröstend an sich zog. Ein *Plink* in ihrem Zimmer signalisierte, dass gerade eine Mail angekommen war. Sie eilte zum Computer. Peer hatte geschrieben. Das ließ ihre Laune schlagartig steigen. Er schickte ihr ein Foto ihres Autos. Dazu schrieb er schlicht, er würde sich sehr freuen, sie wiederzusehen. Miriam stürmte zurück in die Küche.

»Also, wisst ihr was? Ich fahr nachher zu dieser unserer Familie.« Sie erzählte, was Manuel ihr im Krankenhaus anvertraut hatte und dass sie diesen Veit gerne mal kennenlernen würde.

»Das solltest du wohl erst mal der Polizei erzählen«, widersprach Boris. »Wenn einer aus der Gemeinschaft unsere Namen kannte, ist dort ja wohl auch der zu suchen, der Manuel vor unserem Haus überfahren wollte.«

Der Wind trieb Regen vor sich her. Feine Tröpfchen sprühten in ihr Gesicht. Sie eilte geduckt über die Hauptstraße des Dorfes. Boris und sie hatten sich bei Marianne, Veits Mutter, verabredet. Er hatte sie doch gefahren, ihr Auto war ja noch hier und Boris wollte außerdem heute bei der Konfrontation mit Veit dabei sein. Er saß aber noch im Auto und telefonierte mit Katja. Die Tür öffnete sich, als hätte Marianne dahinter gewartet. Sie strich sich über die Schürze und reichte Miriam die Hand. »Komm doch herein«, sagte sie und bedeutete Miriam, ihr in die Küche zu folgen. Auf dem Herd kochte etwas und ein köstlicher Geruch nach Fleisch und Gemüsebrühe erfüllte den Raum. Der Tisch war gedeckt.

»Ich habe gedacht, du und Boris, ihr beide könntet hier essen. Das habt ihr früher doch so gerne gemacht.« Marianne rückte einen Küchenstuhl für Miriam zurecht und setzte sich zu ihr. »Schon komisch. Das letzte Mal, dass du hier gegessen hast, ist mehr als 30 Jahre her.« Sie deutete mit der flachen Hand etwa einen Meter über den Fußboden. »Damals warst du ungefähr so groß. Das war in der Nacht eurer Flucht. Erinnerst du dich?«

Miriam schüttelte den Kopf. »Nicht ein bisschen. Wusstest du, dass Mama vorhatte zu verschwinden?«

Marianne nickte und senkte den Kopf. »Ja, wahrscheinlich als Einzige ... und ich war gar nicht begeistert davon. Aber verstehen konnte ich schon, dass sie wegwollte.«

»Mein Vater hat sie geschlagen.«

»Ja. Das war schlimm mit anzusehen. Aber Michael und Friedhelm ...«

»Sein Bruder, ja? Wie heißt er nun, Friedhelm oder Fjodor?«

»Bei uns hieß er Friedhelm. Friedhelm war der Freundlichere, vor Michael hatte ich immer ein bisschen Angst. Die beiden waren ja schon ein Stück älter als wir Kinder und hatten auch in den Lagern vorher viel mitgemacht. Das macht keinen besseren Menschen aus einem, schätze ich.«

»Schätzt du? Du kamst doch selbst daher?«

»Ich war ja noch ganz klein, als deine Großmutter uns da rausgeholt hat. So wenig, wie du dich an das hier erinnerst, habe ich Erinnerungen an meine allerersten Lebensjahre …«, Marianne knetete die hellblaue Tischdecke zwischen ihren Fingern, »… nicht mal an meine leibliche Mutter.« Es klopfte an der Tür. Marianne stand schwerfällig auf und stützte sich dabei keuchend am Tisch ab. Wie alt mochte sie inzwischen sein? Wenn sie 1945 drei gewesen war, war sie 1942 geboren, heute also 64. Kein Alter, um gebrechlich zu werden. Es sei denn, sie war krank. Miriam nahm sich vor, Elisabeth darauf aufmerksam zu machen. Boris' Stimme holte sie aus ihren Gedanken.

Er und Marianne kamen in die Küche herein, als seien sie alte Freunde. Er hatte den Arm um ihre Schulter gelegt. »Dein Bruder erinnert sich an das Haus«, strahlte Marianne.

Boris setzte sich wie selbstverständlich auf einen Stuhl Miriam gegenüber. »Na, Schwesterchen. Früher hättest du dort gesessen und stundenlang in deinem Kakao gerührt.«

Marianne stellte Töpfe auf den Tisch. »Essen?«

Boris nickte begeistert. Miriam wunderte sich immer wieder, wie viel ihr Bruder vertilgen konnte, ohne zuzunehmen. Und dass er jetzt schon wieder Appetit hatte. Schließlich hatten sie vor zwei Stunden erst gegessen. Der Höflichkeit halber nickte sie aber auch.

Sie aßen eine Zeit lang schweigend. Boris ließ sich noch Nachschlag geben, dann deutete er mit dem Löffel auf Miriam. »Sie gibt keine Ruhe. So war sie schon als kleines Mädchen.«

»Was meinst du damit?«

»Sie wollte unbedingt wissen, wo wir herkommen. Das hat sie hierhergeführt.«

»Du vergisst, dass mich eigentlich Manuel hierhergeführt hat«, nuschelte Miriam, auf dem Rindfleisch herumkauend, »und der wurde von Michael auf die Spur gebracht.«

Marianne sah fragend von einem zum anderen. »Ich weiß das ja schon mit Manuel, dass er bei euch angefahren wurde und er der Polizei geholfen hat, endlich Waltraut zu identifizieren. Aber was war das mit Michael?«

Boris erklärte, dass ihr Vater Manuel eingespannt habe, sie zu finden, und sich gerade herausgestellt habe, dass eine Blutspur auf Waltrauts Kleidung ihrem Vater zugeordnet werden könne, er also offensichtlich seine Frau ermordet hatte.

»Und was, wenn er nur Nasenbluten hatte?«, wandte Marianne ein.

»Deshalb ist diese Spur auch kein Beweis. Er muss schon den Mord gestehen, aber der Tatverdacht genügt, um ihn in Untersuchungshaft zu halten.«

»Er wird niemals gestehen«, kam es von der Tür.

Miriam sah einen hageren, etwa 40-jährigen Mann in der Tür stehen.

»Veit.« Seine Mutter stand auf, um für ihn einen weiteren Teller auf den Tisch zu stellen.

Der Mann blieb im Türrahmen stehen. Er war Miriam auf Anhieb unsympathisch.

»Er war's nicht.«

Boris legte seinen Löffel hin. »Woher weißt du das?«

»Ich war dabei, als er Waltraut das letzte Mal gesehen hat. Ich hab ihm gesagt, wo sie ist.« Veit wies mit dem Kinn auf seine Mutter. »Ich hab eure Telefongespräche belauscht.«

Marianne wurde blass.

»Michael hat sie damals abgefangen. Wir haben euch beobachtet, wie ihr ins Haus seid und sie allein wieder herauskam. Ich hab ihm geholfen, sie in den R4 zu schieben, der nur ein paar Meter weiter auf dem Parkplatz stand.«

»Warum hast du das gemacht?«, fragte seine Mutter entsetzt.

»Weil Michael recht hatte«, brauste ihr Sohn auf. »Ich meine, wir sehen doch, was dabei rauskommt, wenn Frauen nicht mehr auf ihre Männer angewiesen sind. Die Frauen beherrschen die Familie und wir Männer können sehen, wo wir bleiben.«

»Ach, Veit, wer die Verantwortung trägt, darf auch die Regeln aufstellen.« Mariannes Antwort wirkte gebetsmühlenhaft, als habe sie diese Diskussion schon so oft geführt, dass sie nicht mehr damit rechnete, gehört zu werden. »Wenn du nirgendwo deinen Platz findest, solltest du dich wohl mal fragen, ob es nicht daran liegt, dass du dich nicht einordnen kannst.«

»Nicht *unterordnen,* meinst du wohl, unter die Macht der Frauen.«

»Nein, *einordnen* meine ich«, antwortete seine Mutter müde. »Du bist nicht allein auf der Welt.«

Miriam griff ein: »Und was habt ihr dann mit meiner Mutter gemacht?«

»Wir sind aus der Stadt rausgefahren. Sie war so starr vor Angst, dass sie nichts gesagt hat.«

Miriam wurde schlecht bei der Vorstellung und der Mann, der erzählte, widerte sie an. Aber auch wenn es wehtat, sie musste das hören. Trotzdem fühlte sie sich unvorbereitet. Unvorbereitet, wie sie immer sein würde. So etwas wollte niemand hören. Boris schien es ähnlich zu gehen, er war käsebleich geworden, räusperte sich jetzt aber und fragte: »Wo seid ihr hingefahren?«

»Keine Ahnung, ich kenn mich in der Scheißstadt nicht aus.« Veit stieß sich vom Türrahmen ab, kam in die Küche, holte sich ein Glas aus dem Schrank, füllte es unter dem Wasserhahn und trank, bevor er weitersprach. Das Glas in der Hand, lehnte er sich an den Küchenschrank, kaum einen Meter von Boris' Stuhl entfernt.

»Wir sind stadtauswärts gefahren, auf so einer schmalen Landstraße mit vielen Kurven, an ein paar Höfen vorbei, bis dann Michael in den Wald abgebogen ist.«

»Und was wollte er von Waltraut?« Zitternd räumte Marianne die Teller zusammen und brachte sie zur Spüle.

»Was wollte er von Waltraut?«, äffte ihr Sohn sie nach. »Was wollte er wohl? Sie zurückholen natürlich.«

»Und dazu fuhr er mit ihr in den Wald?«, schnaubte Boris.

»Ich schätze, er wollte sie erst mal überreden, mit ihm nach Hause zu kommen. Da, wo das nicht jeder beobachtet.«

»Das heißt, du weißt es nicht.«

»Nein, sie sind ausgestiegen und ich hab gesehen, wie er auf sie eingeredet hat. Sie hat nicht reagiert, da hat er sie geschüttelt. Sie hing immer noch da wie ein nasser Sack.« Veit trank sein Glas leer und ließ es wieder volllaufen.

Miriam fühlte sich wie kurz vor einem Kreislaufkollaps, ihr wurde flau und kalter Schweiß brach aus. Sie beugte sich auf ihre Oberschenkel, um wieder Luft zu bekommen. Ihr Körper signalisierte deutlich, dass er genug hatte und sich das nicht weiter anhören wollte. Sie musste sich zusammenreißen, um nicht aus der Küche zu flüchten.

»Erst als er versucht hat, sie zu küssen, ist Leben in sie gekommen«, grinste Veit dreckig.

»Wie?«, fragte Boris mit rauer Stimme, stand auf und stellte sich drohend vor dem anderen Mann auf.

Abwehrend hob Veit die Hände, lachte. »Nicht, was ihr jetzt denkt. Sie hat sich gewehrt.« Mit einem Seitenblick zu Miriam sagte er: »Du bist Karateka, hab ich gehört. Eure Alte konnte sich auch wehren, sie hat Michael jedenfalls ganz schön zugesetzt. Und da hat er sie dann weiter in den Wald gezogen.«

Erst an ihrem stöhnenden Ausatmen merkte Miriam, dass sie schon einige Zeit die Luft angehalten hatte.

Veit setzte das Glas auf die Ablagefläche und machte Anstalten, den Raum zu verlassen. Boris sprang auf und packte ihn am Kragen des Polo-Shirts. Er zwang ihn auf einen Stuhl. »Du erzählst uns jetzt die Geschichte zu Ende oder du bist gleich auch tot. Hast du mich verstanden?«

»Ist ja schon gut.« Veit schüttelte Boris ab. »Da gibt

es eigentlich nicht mehr viel zu erzählen. Ich war eine halbe Stunde allein, da kam er wieder, war völlig panisch, schwang sich in den Wagen und sauste zur nächsten Telefonzelle. Von da aus hat er jemanden angerufen. Mich hat er am nächsten Bahnhof abgesetzt und seitdem hab ich ihn nicht mehr gesehen.«

Miriam, 31. März 2006, 10.00 Uhr

Stahlgrau erhob sich die Wand zwischen zwei Backsteingebäuden, winzig und wie ausgeschnitten wirkte darin eine mannshohe Tür, die jetzt geöffnet wurde. Miriam zeigte ihren Besuchsschein vor und durfte in den Hof des Gefängnisses treten. Sie folgte einem Wachmann über den asphaltierten Hof zum nächstgelegenen Eingang. Gott sei Dank hatte sie ihr Auto wieder. Peer hatte ihr gestern gezeigt, wo sie vor ihrem Treppensturz ihren Wagen hingestellt hatte. Sie hatte sich damit revanchiert, dass sie ihm alles erzählte, was sich seit ihrer letzten Begegnung ereignet hatte.

Sie trat hinter dem Wachmann in ein Backsteingebäude. Ein kurzer Flur, grünes Linoleum, links war das Besucherzimmer. Michael saß an einem langen Tisch, links neben ihm drei andere Häftlinge, rechts einer. An der anderen Seite des Tischs hockten Besucher. So wie sie sich jetzt auch vor Michael niederließ. Anders als in amerikanischen Filmen, trennte sie keine Glaswand, allerdings gab es eine

Sperrholzwand unter dem Tisch, wahrscheinlich, damit man sich nichts mit den Füßen zuschieben konnte. Stumm verschränkte Miriam die Arme vor der Brust. Schenken würde sie diesem Mann nichts. Auch wenn er ihr Vater war und um diesen Besuch gebeten hatte.

Michael lehnte sich ihr entgegen, stützte einen Arm auf den Tisch. »Glaubst du wirklich, ich hätte deine Mutter getötet?«

»Es sieht so aus.«

Michael seufzte. »Jahrelang habe ich das auch fast geglaubt. Aber ich war es nicht.«

»Warum nicht?«

»Gerade wegen dieser Blutspur, die jetzt untersucht wurde. Ich bin sicher, dass Waltraut mich nicht verletzt hat. Ich also nicht auf ihre Bluse bluten konnte.«

»Und wie kommt dann dein Blut an ihre Sachen?«

»Denk doch mal nach. Wer konnte das wohl gewesen sein?«

»Dein Bruder.«

»Fjodor, genau. Er hat als eineiiger Zwilling die gleiche DNS. Ihn hab ich damals angerufen, er solle sich um die verletzte Waltraut kümmern.«

»Warum hast du es nicht selbst getan?«

»Ich war schrecklich erschrocken über mich selbst, bin geflohen. Sie war ja nur leicht verletzt.«

Wider Willen lehnte sich Miriam jetzt doch nach vorne. »Warum sollte ausgerechnet Fjodor Waltraut töten?«

»Das weiß ich auch nicht. Vielleicht hat Waltraut ihn angegriffen, in der Annahme, er sei ich.«

»Konnte sie euch denn nicht auseinanderhalten?«

»Doch. Aber in einem dunklen Wald, verwirrt und erschöpft? Was weiß ich.« Michael drehte seinen Kopf nach links oben zum Fenster. Starrte hinaus, obwohl es dort nur rasch wandernde Wolken zu sehen gab. »Ich hab damals noch mal angerufen, weil ich wissen wollte, wie es Waltraut geht.«

»Wen hattest du am Telefon?«

»Hildegard.«

»Und die hat es dir gesagt?«

»Ja, die hat gesagt, Waltraut sei tot und es wäre besser, ich würde mich nie wieder blicken lassen.«

»Hast du dich nicht um uns gesorgt?«

»Hilde hat gesagt, ihr wäret gut aufgehoben.«

Miriam beobachtete das Paar neben sich, eine ganz junge Frau, fast noch ein Teenager, mit zum Knoten gedrehten langen, dunklen Haaren, und einen höchstens 20-jährigen jungen Mann, der seinem fast noch kindlichen Gesicht durch einen Kinnbart mehr Männlichkeit zu verleihen suchte. Saß wegen Haschischschmuggels in U-Haft, das bekam sie gerade mit. Miriam sah, wie verliebt dieses Mädchen in den Vollidioten war, und hoffte, dass sie bald merken würde, dass sie etwas Besseres verdient hatte.

»Hast du unsere Mutter eigentlich geliebt?«

»Ja, sehr.«

»Und trotzdem geschlagen.«

»Manchmal wäre es für sie halt klüger gewesen, den Mund zu halten.«

Indem sie die Beine gegen die Trennwand unter dem Tisch stemmte, rückte Miriam mit lautem Schaben vom Tisch weg.

Michael zuckte zusammen. »Nein, verstehe mich nicht falsch, ich hab sie respektiert. Sie hat immer gesagt, was sie dachte und fühlte. Aber ich war so voller Wut, dagegen wäre niemand angekommen. Und zum Schluss war sie durch meine Schläge so eingeschüchtert, dass sie keine Widerworte mehr gab.«

»Seine Frau zu schlagen – das ist echt das Letzte!«

Miriam sah für einen kurzen Augenblick Verzweiflung über das Gesicht ihres Vaters huschen. »Ich hab es gemerkt und konnte doch nicht anders. Das ist wie bei einer Sucht. Ich wollte sicher sein, wollte sie für mich allein haben und je mehr ich das wollte, desto mehr habe ich sie verloren.« Michael stützte die Ellenbogen auf und faltete die Hände vor seiner Nase.

Miriam beugte sich zu ihm. »Was ich an dieser ganzen Geschichte überhaupt nicht verstehe: Ihr habt doch eine ganze Zeit lang gut zusammengelebt. Warum hat sich das geändert?«

Michael fasste sich in den Nacken, stützte sein Kinn auf den Unterarm, sah auf die Tischplatte, verharrte einen Moment, dehnte dann die Hand noch im Nacken und sah Miriam wieder in die Augen. »Zu Beginn der 70er-Jahre kam ein israelischer Journalist zu uns, der herausbekommen hatte, dass alle Kinder, die bei uns lebten, von Elisabeth eine falsche Identität bekommen hatten.«

»Stimmt, Manuel hat mir die Dokumente gezeigt.« Ihr fiel ein, dass Xavier das auch gewusst hatte.

»Wir wussten doch nicht, dass wir falsche Namen hatten und dass mit den richtigen noch hätten Verwandte gefunden werden können. Die meisten von uns wissen es ja bis heute nicht. Als wir klein waren, war deine Großmutter für uns die Rettung. Du musst nur mal versuchen, dir vorzustellen, wie das war, im Dreck des Lagers zu leben. Obwohl der Kinderblock noch besser versorgt war als die anderen Baracken, schliefen wir ohne Decken, nur gewärmt durch die Körperwärme der anderen. Es war unfassbar schmutzig. Außerdem lebten wir immer in Angst: vor der Willkür der Prominenten, vor der SS und ihren Hunden, vor anderen Kindern.«

»Prominente?«

»Häftlinge mit besonderer Position, Kapos, Blockälteste, da waren auch ganz schöne Biester bei. Die meisten Menschen verändern sich unter solchen Bedingungen nicht gerade zum Vorteil, auch nicht die Mithäftlinge, so wenig wie die anderen Kinder. Darunter waren welche, die waren wie hungrige wilde Tiere. Die hätten jedem Kleinkind sein letztes Stück Brot weggenommen. Deshalb waren die wenigen Menschen, die nett zu uns waren, auch so wichtig.«

»Wer?«

»Auf jeden Fall Xavier, dein unglaublicher Großvater. Aber eben auch Elisabeth. Zuerst hatten wir Angst vor ihr, weil sie jeden Tag von draußen kam und so gepflegt aussah wie die SS-Leute. Aber schließlich holte sie uns auch aus dem Dreck und brachte uns in eine saubere Baracke am Rande des Lagers, ein bisschen versteckt und damit optisch geschützt. Von da an haben wir sie verehrt. Die Kleinen haben nachts sogar geflüstert, sie sei wohl ein Engel. Selbst wir Großen hätten gerne daran geglaubt, dass Gott den unschuldigen Kindern einen Engel geschickt hat.«

Miriams Haare sträubten sich. Wie groß musste die seelische Not dieser Kinder gewesen sein, dass sie sich einen Engel herbeifantasierten, um noch vertrauen zu können.

Ihr Vater nickte, als nehme er ihr Mitgefühl wahr. »Was meinst du, weshalb Elisabeth in den ersten Nachkriegsjahren eine solche Autorität aufbauen konnte? Sie hat eine Gruppe von Kindern und Jugendlichen zu einer Gemeinschaft geformt, die heutzutage eine ganze kinderpsychiatrische Einrichtung zur Verzweiflung bringen würde.«

Wider Willen musste Miriam grinsen.

Ihr Vater lächelte zurück. »Ja, und dann stell dir vor, diese Elisabeth zieht mich nach Jahrzehnten ins Vertrauen, ist unsicher und verzweifelt, bekennt, nicht ehrlich zu uns gewesen zu sein. Enthüllt mit einem Schlag ihre eigentlichen Beweggründe, sozusagen, *was unsere Welt im Innersten zusammen hält.*«

»Faust?«

»Ja, so wie der fühlte ich mich auch ein bisschen, bloß ohne um diese Erkenntnis gebeten zu haben. Das war, als würde man die Konstruktion des Universums sehen können und plötzlich feststellen, dass es nicht mehr ist als ein bedruckter Regenschirm. Verstehst du das?«

»Ich glaube schon. Das, was stabil aussah, war nur dünner Firnis.«

»Und darunter schaute plötzlich wieder die chaotische, höllische Welt hervor.« Michael drehte an seinem Ehering, schob ihn hin und her.

»Wie ist dieser Journalist denn überhaupt darauf gekommen?«

»Er war nach dem Krieg im Lager für Displaced Persons in Bergen-Hohne. Durch Zufall kam er schon damals auf die Spur dieses Betrugs, hat das aber zunächst nicht weiterverfolgt, weil er urplötzlich nach Israel ausreisen durfte. Dort arbeitete er weiter als Journalist und stieß bei einer Recherche in Haifa wohl auf einen Schwarzhandel von Militaria, nicht nur Memorabilien wie Eiserne Kreuze, sondern auch Personenkennkarten aus KZs. Selbst einige aus Bergen-Belsen hatten die Zeit überdauert, obwohl die SS noch kurz vor der Übergabe an die Briten das gesamte Archiv vernichtet hatte. Der Legende des Verkäufers nach hatte ein SS-Mann einen Kasten als Souvenir mitgehen lassen. Nach seinem Tod war seine gesamte Hinterlassenschaft an einen Trödler gelangt und der hatte die Kriegsdevotionalien gesammelt an den Militaria-Händler verkauft. Bei den Personenkennkarten waren auch drei von Elisabeths Kindern. Chaim Goldregen, so heißt er, hatte noch eine *Newsweek* mit dem Bild der Gruppe und konnte die Gesichter auf den Aufnahmen vergleichen. Außerdem besaß er eine Abschrift von Elisabeths Liste und konnte damit beweisen, dass die neuen Namen eine Fälschung waren. Als Elisabeth dann 1970 das Bundesverdienstkreuz bekommen hat, über die Gemeinschaft sogar in Israel berichtet wurde und es hieß, sie könnte in die Reihe der *Gerechten unter den Völkern* in Yad Vashem aufgenommen werden, machte er sich zum ersten Mal seit dem Zweiten Weltkrieg wieder nach Deutschland auf und konfrontierte sie mit den Beweisen.«

»Und du hast ihn vertrieben. Wie hast du das denn geschafft?«

»Der war im DP-Camp selbst in einige Unregelmäßigkeiten verstrickt. Vergiss nicht, dass ich damals schon acht Jahre alt war und sehr frühreif. Ich hatte meine Kontakte.«

»Und du konntest ihm drohen? Womit?«

»Ist egal. Schlimm war nicht, was ich in der Kriegs- und Nachkriegszeit tun musste und getan habe, um zu überleben, sondern, dass Elisabeth mich bat, daran wieder anzuknüpfen. Ich habe ja versucht, eure Mutter auf meine Seite zu ziehen, und ihr die Dokumente gegeben, die das beweisen.«

»Diese Karte und die Liste, die Manuel hat?«

»Manuel habe ich nur die Kopien gegeben, die ich damals zu meiner Absicherung gemacht habe.«

»Und die hast du dein halbes Leben lang aufbewahrt?«

»Du glaubst nicht, wie selten und kostbar damals eine Kopie war. In ganz Kassel gab es nur eine Rank-Xerox-Maschine in einem Fotogeschäft. Die Originale hat deine Mutter behalten.«

Waltraut, August 1974

Sie starb, das spürte sie. Das Blut schoss ungehindert aus der Bauchwunde, ihre Hand hatte längst keine Kraft mehr, daraufzupressen. Zuerst hatte Hilde das noch versucht, schluchzend und um Verzeihung bittend. Verzeihen sollte sie, dass Hilde ihr ein Messer in den Bauch gerammt hatte, im Handgemenge zwar, aber mit voller Wucht. So plötzlich, dass Friedhelm es nicht hatte verhindern können. Jetzt redete er auf Hildegard ein, wild gestikulierend. Sie jedoch dachte nur an ihre Kinder, allein in der Wohnung waren die beiden. Sie hatte heute Abend auch noch von außen abgeschlossen, hatte Angst gehabt, Michael könnte sie entführen. Sie traute ihm zu, auch ihre Adresse zu kennen. Angerufen hatte er sie gestern im Büro der Volkshochschule. Die Sekretärin war höchst indigniert in den Kursraum gekommen und hatte sie aufgefordert, einen Anruf entgegenzunehmen. Als sie Michaels Stimme hörte, hätte sie den Hörer am liebsten sofort wieder auf die Gabel geschmissen. Aber die Sekretärin guckte streng, deshalb hatte sie überhaupt mit ihm gesprochen. Er habe Informationen über ihren Vater in San Sebastian, versprach er ihr. Nur deshalb hatten sie sich heute verabredet.

Hier draußen im Wald hatte er ihr die Xerografie eines Briefes ihres Großvaters gezeigt.

Obwohl sie es nach dem Besuch in San Sebastian schon geahnt hatte, schockierte sie es doch, wie ihr Vater gestorben war. Sie setzte sich auf einen Findling und gab Michael den Brief zurück. »Warum hat der so lange gebraucht? Er hat ihn doch scheinbar geschrieben, als wir gerade erst weg waren?«

»Er hat ihn nicht auf die Post gegeben, sondern einem seiner Geschäftspartner in Deutschland, sagt Elisabeth, hatte wohl immer noch Angst vor Francos Zensur. Und dieser Geschäftsfreund hat den Brief fast vergessen, hat sich erst wieder dran erinnert, als er das nächste Mal in Spanien war.«

»Aber würde Mutter nicht automatisch benachrichtigt, wenn sie unter den Erben ist?«

»Ja, aber sie erbt nur, wenn sie zur Testamentseröffnung mit ihrer Tochter und mindestens einem Enkelkind in Spanien anrückt.«

»Das heißt, sie braucht mich?«

»Und ich brauche dich.«

»Mutter tut mir leid. Elfriede sagt, sie habe meinen Vater sehr geliebt.«

»Elfriede, aha. Erinnern kann ich mich an sie. Die steckt also hinter deiner Renitenz.« Michael ging hin und her.

»Nein, hinter meiner Flucht steckst du, niemand anders. Aber das ist wahrscheinlich unverständlich für dich, dass man jemanden meiden möchte, der einen gerne mal grün und blau schlägt.« Waltraut sah, wie Michael die Fäuste ballte, aber sich mühsam beherrschte. Gut, dann konnte sie vielleicht noch etwas klären, was ihr seit Langem auf der Seele lag. Sie reichte ihm die an den Rändern verkohlte Karteikarte, die ihre Freundin Marianne als Kleinkind mit kurz rasierten Haaren zeigte. Nur stand hier *de Boer* als Nachname statt *Rijkman*. »Warum hast du die mir eigentlich in der Nacht meiner Flucht noch in die Hand gedrückt?«

»Ich wollte die Saat des Zweifels säen, und wie es scheint, hat das ja auch geklappt.«

Er nahm seine Wanderung wieder auf und erzählte, dass diese Kennkarte einen Betrug beweise. Elisabeth habe sich falsche Namen ausgedacht, um die Kinder nie wieder hergeben zu müssen und sie für ihr Rückzüchtungsexperiment missbrauchen zu können.

»Du spinnst doch.«

»Ach, Waltraut, du bist doch auch lange genug da raus, um dich durch dieses ganze Geschwätz über Blut und *die draußen* nicht mehr sonderlich beeindrucken zu lassen. Diese ganze Gehirnwäsche diente nur dem wissenschaftlichen Ehrgeiz deiner Mutter, und wir, die ersten Mittelhofer, waren ihre Versuchskaninchen.« Er kam auf sie zu, hockte sich vor sie. »Ich wusste, dass du mir das damals nicht würdest glauben können, hatte aber gehofft, dass ich irgendwann mit dir darüber reden könnte. So wie jetzt.« Michael ging auf die Knie. »Du musst mit mir zurückkommen, deiner Mutter wegen. Ohne dich und die Kinder ist die Erbschaft hinfällig und deine Mutter kann einpacken. Die Gemeinschaft ist nämlich längst hoffnungslos überschuldet. Das willst du doch niemandem antun, oder?« Er umschlang ihre Unterschenkel.

Unwillkürlich zuckten die Muskeln ihrer Beine so stark, dass Michael erschrak und für einen Moment losließ. »Ich gehe nur zurück, wenn du die Gemeinschaft verlässt.« Sie versuchte aufzustehen, aber Michael packte sie nur umso fester. Wie ein Schraubstock. Das hatte er schon einmal gemacht. Dasselbe hingebungsvolle Knien und Umschlingen. Damals hatte sie auf einem Stuhl gesessen. Bis er ihr mit einem Ruck die Beine wegriss und sie mit dem Kopf so stark auf dem Boden aufschlug, dass eine böse Gehirnerschütterung die Folge war. Rasch zog sie das Springmesser, das sie schon seit Monaten bei sich trug, und hielt es ihm unter die Nase. »Lass mich sofort los.«

»Den Teufel werd' ich.« Er wand ihr das Messer aus der Hand und streifte mit der Klinge ihren Hals.

Das Blut lief sofort und Michael ließ das Messer fallen.

»Das wollte ich nicht. Zeig mal.«

»Das ist nichts, verschwinde endlich.«

Sie sprang auf, griff das Messer vom Boden und hielt ihn damit auf Abstand. Kalte Ruhe erfüllte sie.

»Aber du brauchst Hilfe!«

»Halb so wild.« Sie holte ein Taschentuch aus dem Rock, hielt es an die Wunde und zeigte ihm das Taschentuch.

»Hier, siehst du? Kaum Blut, keine Schlagader getroffen. Hau ab, sonst zeige ich dich doch noch wegen Körperverletzung an. Das mit meiner Mutter regle ich, aber nur, wenn ich dich nie wiedersehen muss.«

Michael wandte sich zum Gehen. Sie hörte seine Schritte noch lange, dann nur noch die nächtlichen Waldgeräusche. Die Dunkelheit umgab sie wie eine schützende Decke. Sie fühlte sich allein, aber nicht einsam. Wenn man so wollte, hatte sie auf einen Schlag drei Menschen verloren. Xavier, den zu finden sie immer noch gehofft hatte, Michael hoffentlich und Elisabeth, der sie sich nun nicht mehr verpflichtet fühlte. Sie konnte entscheiden, ob sie zurückging, und wenn das geschähe, dann zu ihren Bedingungen. Trotz der schmerzenden Wunde fühlte sie sich wie befreit. Sie stand auf, setzte sich aber sofort wieder. Jetzt, da sie sich entspannte und der Schock nachließ, zitterte sie am ganzen Körper. Sie ließ sich am Stein herunterrutschen und nahm ihn als Rückenlehne. Schlief ein. Hildegards Stimme hielt sie zunächst für einen Teil des Traums, bis die Schwester sie hochzog.

»Du kommst jetzt mit uns.« Waltraut dachte zunächst, Michael stünde hinter ihr, erkannte dann aber Friedhelm.

»Ich wüsste nicht, wieso.« Sie taumelte ein bisschen.

»Du gehörst zu uns. Wir brauchen dich zu Hause.«

»Ich gehöre zu meinen Kindern.«

»Deine Kinder gehören auch zu uns. Wir sind anders, Waltraut.« Hildegard fasste sie an der Schulter und schüttelte sie.

»Lass mich sofort in Ruhe.« Fast reflexartig ließ sie ihr Messer wieder aufspringen und hielt jetzt damit die Schwester auf Abstand.

Friedhelm sprang auf sie zu und packte ihren Arm, bog die Finger auf und entwand Waltrauts Hand das Messer. Die Angst setzte sämtliche Reserven frei und es gelang Waltraut, ihm das Messer wieder zu entreißen, bevor er es richtig gepackt hatte. Sie verletzte Friedhelm dabei und erschrak. Diese kurze Irritation benutzte die Schwester, um ihrerseits die Waffe an sich zu bringen. Schmerz zerriss sie, automatisch fasste sie ihren Bauch, aus dem Blut in dickem Strahl pumpte. Das alles registrierte sie wie von Weitem, sackte in sich zusammen, ahnte, dass die Aorta getroffen war. Mit jedem Blutstoß verlor sie mehr Lebenskraft.

Hilde hockte sich zu ihr, versuchte verzweifelt, die Wunde zuzuhalten, rutschte immer wieder mit ihren

Händen ab. Sprang auf, raufte sich die Haare. Friedhelm redete auf sie ein.

Waltraut verstand nichts. Die Worte verloren den Sinn. Hildegard steckte ihren Finger in die Wunde. Der Blutstrom versiegte. Trotz ihres Schmerzes beruhigte Waltraut die Hand ihrer Schwester im Inneren. Der Druck ihrer Hand tat weh und war doch willkommen. Vielleicht rettete ihr das das Leben. Wenn dieser Idiot von Friedhelm bloß mal die Beine in die Hand nehmen und einen Rettungswagen holen würde. Plötzlich fühlte sie sich Hildegard wieder nah wie damals als Kind. Sie saßen in der Küche und schmiedeten ein Komplott, um Michael mit ihrer Ähnlichkeit auszutricksen. Hildegard und sie, beide noch im Kinderdirndl, klettern mit Michael und Friedhelm im Steinbruch. Michaels Blick, ihr warmes Gefühl im Bauch, das sofort erstirbt, als sie sieht, wie Hildegard verletzt wegschaut. Onkel Johann, sie beide noch ganz klein. Er hält sie an Handgelenk und Knöchel, wirbelt sie in der Luft herum. Angst, die in Lust umschlägt. Hildegard steht daneben und wippt mit den Füßen vor Ungeduld, will auch endlich drankommen. Die Mama ist riesig. Hilde an ihrer Hand. Angst alleine, Korbgeflecht vor ihren Augen. Sie versucht zu sehen, was außerhalb ist. Mamas Geruch, Glück und Geborgenheit, eine kleine Hand an ihrem Gesicht. Eine raue Hand an ihrer Wange.

Sollte nicht langsam Hilfe da sein? Friedhelm musste vor Stunden schon gelaufen sein. Mühsam schlug sie die Augen auf. Nein, da stand er noch, redete immer noch auf Hildegard ein. Wieso konnte sie die beiden plötzlich so gut sehen? Mit letzter Willenskraft versuchte sie zurückzukommen. Sie musste Hildegard noch bitten, sich um ihre Kinder zu kümmern. Ob sie das geschafft hatte, wusste sie nicht mehr.

Manuel, 31. März 2006, 12.00 Uhr

Manuel schlich durch den Dienstbotenaufgang in den zweiten Stock hinauf. Vorsichtig öffnete er die Tür und ging auf Zehenspitzen ins Privatarchiv der Villa nahe den Dachräumen. Früher war hier das Kontor seines Großonkels und auch heute noch atmete der Raum die Atmosphäre des frühen 20. Jahrhunderts. Eine Kassettendecke aus dunklem Holz dominierte den Raum, in der Mitte des fast 100 Quadratmeter großen Saals reihten sich Schreibtische bis zum Fenster, in der Wand waren Archivschränke eingelassen. Er ging gezielt auf einen Sekretär der von einer Glaswand abgetrennten Ecke zu. Das war Hildegards Reich. Ein Besuch seiner Mutter im Krankenhaus hatte ihn misstrauisch gemacht, schon allein, dass sie kam, war eigenartig. Denn ihr Verhältnis unterkühlt zu nennen, erfasste die gegenseitige Abneigung nicht im Mindesten. Als sie dann aber nach einleitenden Höflichkeiten sofort hatte wissen wollen, was Michael ihm erzählt und ob er ihm irgendwelche Dokumente gezeigt hatte, hatte er gewusst, dass es ihr um die Kopien der Karteikarte und der Liste ging. Er vermutete inzwischen, dass *sie* ihn angefahren und fast getötet hatte. Und er wollte wissen, wieso. Er setzte sich vor den Nussbaumsekretär, klappte die Schreibplatte herunter und strich mit der Hand an der Maserung an der Seite herum, bis er eine Unebenheit spürte. Mit einem gezielten Griff ließ er eine flache Schublade herausschnellen. Wie das ging, hatte er schon als Kind herausbekommen. In der Schublade lagen wenige flache Aktendeckel. Da er wusste, wonach er suchte, hatte er es auch schnell gefunden. Die 60 Jahre alte Karteikarte, deren Kopie Michael ihm gegeben hatte und deren Original sich Michaels Worten zufolge im Besitz von Waltraut befunden hatte, lag in der zweiten Mappe.

Er tastete nach einem gebrauchten Briefumschlag in seiner Tasche, zog seine Ärmel über die Hände und steckte die Karte in den Umschlag. Vom Boden nahm er eine runde Pappkartusche, wölbte Umschlag und Karte ein bisschen nach innen, schob sie in die Rolle, verschloss sie mit einem Deckel und klappte eine weiße Röhre an der Wand neben dem Sekretär auf. Dieses Rohrpostsystem funktionierte noch und war gerade überholt worden, weil es den einfachen Transport von Archivdokumenten zur Ausstellung und zurück möglich machte. Er schob die Kartusche in die Röhre, klappte sie wieder zu und drückte auf einen Knopf. Mit Druckluft war das Dokument schneller im Dokumentationszentrum als er. Er stand auf. Dort konnte er es untersuchen und entscheiden, was er damit tun sollte. Schnell räumte er alles wieder zusammen und machte sich auf zum Dienstbotenaufgang. Mit Verwunderung registrierte er eine Nadel, die in seinen Oberarm gestochen wurde.

Miriam, 31. März 2006, 15.00 Uhr

In der Küche des GANG verteilte Katja Steaks auf zwei Teller mit grünen Bohnen, als Miriam die Tür hinter sich zufallen ließ. Katja lächelte sie kurz an, holte Rosmarinkartoffeln aus dem Backofen und gab sie zu dem Fleisch. Sie war in dieser Woche für den Koch eingesprungen, behauptete, das mache ihr Spaß. Als Studentin habe sie auch gekocht, um ihr Lotterleben zu finanzieren. Boris schob Miriam seinen gefüllten Teller über die stählerne Arbeitsplatte hin und holte für sich einen neuen aus dem Schrank. Wider Erwarten hungrig, setzte sich Miriam neben Boris auf einen Hocker und begann zu essen. Ihre Laune stieg mit jedem Happen, den sie zum Mund führte, denn das Fleisch zerging auf der Zunge und harmonierte mit den Bohnen und Kartoffeln. Den letzten Bissen noch im Mund, begann sie, von dem Besuch bei Michael zu erzählen.

»Glaubst du ihm, wenn er behauptet, er habe eure Mutter nicht getötet?«, fragte Katja ungläubig und setzte sich jetzt auch dazu.

»Eigenartigerweise ja. Vielleicht sträube ich mich auch nur, in ihm einen Mörder zu sehen. Schließlich bin ich seine Tochter.«

»Und ich sein Sohn, aber ich glaube ihm trotzdem kein Wort.« Boris zersägte sein Fleisch, als wollte er ihm wehtun.

»Es gibt doch nur seine Aussage und die von diesem Veit, die belegt, dass er damals jemanden angerufen hat.«

»Und wer sagt dir, dass er Fjodor nicht nur gebeten hat, die Tote zu verstecken? Willst du unbedingt, dass es jemand anderer war? Fühlst du dich dann besser?«

»Nein«, giftete Miriam zurück, »ich kalkuliere durchaus ein, dass er am Tod unserer Mutter schuld ist. Der Punkt ist, er fühlt sich ja selbst schuldig. Aber muss er deshalb lügen? Warum sollte er?«

»Um nicht ins Gefängnis zu müssen, du Dödel?«

Miriam schwieg beleidigt.

»Wir spekulieren hier herum, ohne eine der wichtigsten Voraussetzungen zu klären«, lenkte Katja ein, »entscheidend ist doch, ob das Blut von eineiigen Zwillingen wirklich identisch ist. Ich bin da nicht ganz sicher.«

»Wie kommst du darauf, dass das nicht so sein könnte?«

»Also wenn ich das richtig sehe, können sich auf einigen wenigen DNS-Abschnitten Änderungen ergeben, umweltbedingte, sozusagen gelernte Veränderungen in der DNS, die nicht vererbt werden«, erklärte Katja. »Dass diese aber bei einer kriminalistischen Analyse gefunden werden, wage ich zu bezweifeln. Beim genetischen Fingerabdruck werden nur wenige und auch nur sogenannte nicht codierende Chromosomenabschnitte untersucht. Die Wahrscheinlichkeit, dass sich dort diese minimalen Veränderungen des Erbgutes befinden, die bei eineiigen Zwillingen vorkommen können, ist extrem gering. Du musst dir eine Doppelhelix wie eine Kordel vorstellen, die in jedem einzelnen der 23 Chromosomenpaare aufgewickelt ist. Die zwei Fäden der Kordel bestehen aus Phosphaten und Zuckern, verbunden durch Basen. Das, was bei einem Test analysierbar ist, sind die Basenpaare, aus denen jede DNS besteht: Adenin, Cytosin, Guanin und Thymin, kurz A,C,G,T, und deren Verteilung. Sie bilden das Alphabet der DNS. Dieser Vergleich wird häufig gewählt, weil diese Buchstaben, auf Buchseiten gedruckt, weit mehr als einen Band brauchen würden, um die gesamte DNS eines Menschen abzubilden, mehr noch: Die Bücher würden ein ganzes Regal füllen. Da wird natürlich bei einem Gentest nicht Seite für Seite verglichen, sondern es werden nur einzelne Bücher hervorgeholt, darin die gleiche Seite aufgeschlagen und die gleichen zwei Sätze gegengelesen. Außerdem dürfen bei gerichtsmedizinischen Gentests keine codierenden Abschnitte untersucht werden, also Abschnitte, die Eigenschaften eines Menschen festlegen. Deshalb ist es äußerst unwahrscheinlich, dass sich die minimalen Unterschiede zwischen eineiigen Zwillingen ausgerechnet in dem Abschnitt befinden, den die Gerichtsmediziner untersuchen.«

»Woher weißt du denn das alles?«, fragte Miriam mit großen Augen.

»Katja ist Biologin«, brummte ihr Bruder, noch kauend, »sie macht aus Scheiße Gold.«

»Du Otto«, grinste Katja und wandte sich zu Miriam. »Ich arbeite mit e.coli, also mit Darmbakterien. Die sind ideale Modellorganismen. Nicht nur, weil ihr komplettes Genom in Datenbanken zugänglich ist. Diese Bakterien kommunizieren auf molekularer Ebene mit ihrer Umwelt und steuern zum Beispiel Enzyme. Sie sind perfekt, um die zellulären Stoff- und Signalflüsse zu verstehen.«

»Aha.«

Boris lachte schallend. »So ging es mir auch.«

»Wenn ich das also richtig verstanden habe, kann es durchaus sein, dass es Fjodors Blut ist, das da gefunden wurde, und man Unterschiede zu Michaels finden könnte, wenn man gezielt danach suchte. Da aber die Gentechnik noch nicht so weit ist, sitzt jetzt mein Vater in U-Haft und nicht sein Bruder.«

»So ungefähr«, bestätigte Katja. »Soll ich noch einen Kaffee kochen?«

Boris nickte.

»Sollten wir nicht Otten mitteilen, was wir inzwischen wissen?«

»Was wollt ihr mir mitteilen?« Otten kam durch die Schwingtür in die Küche, ging zum Herd und holte sich eine Rosmarinkartoffel vom Blech, guckte dann aber beschämt und fragte: »Ich durfte doch, oder?«

»Ja, natürlich«, nickte Boris, »aber wie kommst du hier schon rein?«

»Wieso? Hinten ist die Tür offen. Also, was solltest du mir mitteilen?«

Boris erzählte, was Veit ihnen heute über den Tathergang 1974 erzählt hatte und dass Michael bestritt, seine Frau ermordet zu haben. »Das heißt natürlich noch lange nicht, dass es wirklich so war.«

Otten ließ sich von Boris einen Kugelschreiber geben, notierte sich den vollen Namen des Zeugen und seine Adresse auf einem Bierdeckel und gab den Stift zurück. »Wird gleich morgen einbestellt. Wir wissen inzwischen, dass Manuel uns den anonymen Hinweis auf die Identität eurer Mutter gegeben hat. Wenn euer Vater das wusste, würde das wieder dafür sprechen, dass er ihn mundtot machen wollte.«

»Da gibt es aber auch noch ein anderes Motiv, Michael mundtot zu machen«, hob Boris an, stoppte aber, als Miriam ihn kräftig unter dem Tisch trat. Sein Kopf flog herum. »Jetzt mach aber mal 'nen Punkt, Miriam. Entscheide dich: Entweder willst du deinen Vater entlasten oder deine Großmutter schützen«, herrschte er sie an.

Otten sah neugierig zwischen den Geschwistern hin und her. »Wenn ihr diese etwas dubiosen Züchtungsideen eurer Großmutter meint, das haben wir längst recherchiert. Das ist zwar schräg und eignet sich für einen schönen, medienwirksamen Skandal, den dort sicher niemand will. Kriminell ist es aber nicht. Selbst der Embryonenhandel ist legal, weil die Geschäfte aus Tschechien abgewickelt und nach dortigem Recht behandelt werden. Für uns ist dabei nur wichtig, dass alle Spender schriftlich ihr Einverständnis erklärt haben. Und das haben sie.«

»Ist ja krass«, murmelte Katja, »das sollte ich wohl zum Thema meiner Doktorarbeit machen. Dann kriege ich sofort einen Job als Beraterin von Gentechnologiefirmen.«

»Da gibt es aber noch was.« Boris hielt kurz inne, sah Miriam prüfend an und sie nickte. Dann sollte er eben das letzte Geheimnis ihrer Großmutter auch noch enthüllen.

Statt seiner ergriff Miriam das Wort und erzählte, was aus dem Brief ihres Großvaters hervorging, Manuel angedeutet und Michael genauer beschrieben hatte: den

Identitätsbetrug an den geretteten Kindern. Otten hörte zu, machte Notizen, rieb nachdenklich seine Nase. Als sie schloss, klappte er auch das Notizbuch zu. »Das ist natürlich eine andere Nummer, das ist juristisch tatsächlich Kindesentziehung. Ich bin aber nicht sicher, ob das nicht längst verjährt ist. Euer Cousin, sagen Sie, hat nur Kopien?«

Miriam nickte.

»Damit können wir leider nichts anfangen.«

Miriam holte ihr Handy aus der Tasche, tippte Manuels Telefonnummer ein. Ausgeschaltet. Sie versuchte es im Krankenhaus, erreichte die Unfallstation, fragte nach Manuel Hofmann und hörte: »Der ist auf eigenen Wunsch entlassen worden.« Als sie wieder auflegte, sah sie, dass sie eine SMS bekommen hatte.

Manuel, 31. März 2006, 16.00 Uhr

Sein Stöhnen machte ihn wieder wach. Er wollte sich über das Gesicht fahren; aber seine Muskeln verkrampften, gestoppt von einer Fessel. Auch die Füße ließen sich nicht bewegen. Er lag auf der Seite auf schmutzigen Holzdielen. Aber das Schlimmste war: Er hatte einen Knebel im Mund, und seine Nase war schon so zugeschwollen, dass er nur noch durch das eine Nasenloch Luft bekam. Keine Panik, bloß keine Panik. Bei Panik schüttete der Körper zusammen mit Adrenalin Histamin aus. Zusammen mit seiner Allergie würde das zu noch stärkerer Schwellung der Schleimhäute führen. Er würde ersticken. Er versuchte, die Liegeposition erträglich zu machen, ohne nach vorne in den Staub zu kippen. Seine Arme waren auf dem Rücken zusammengebunden, und ihr Gewicht lag so auf dem Schultergelenk, dass er fast meinte, die Gelenkpfanne zu spüren.

Miriam, 31. März 2006, 18.00 Uhr

Peer zeigte ihr das Dokument, das er aus der Rohrpost im Dokumentationszentrum genommen hatte. Per sms hatte er ihr nur mitgeteilt, er habe etwas gefunden, das sie sicher interessieren würde. »Hast du beim letzten Mal nicht erwähnt, dass Manuel dir Kopien von Identitätskarten aus Bergen-Belsen gezeigt hat? Das hier ist wohl das Original.« Miriam nickte und betrachtete dieses Relikt einer weit zurückliegenden Vergangenheit. Peer räusperte sich. »Ich traue dir, obwohl du von draußen bist. Eigentlich darf ich euch nichts zeigen, ohne vorher mit Hildegard gesprochen zu haben. Aber Hildegard ist sowieso mit irgendwas beschäftigt und kaum ansprechbar, deshalb …« Er hob hilflos die Hände und Miriam verstand, in welch großem Loyalitätskonflikt er sich befand und dass er sich dabei für sie entschieden hatte. Ohne darüber nachzudenken, legte sie ihre Hände auf seine. Es war, als hätte sich ein Stromkreis geschlossen.

Sie konnte das Kraftfeld fast spüren, das sich zwischen ihnen aufbaute. Mit großer Mühe versuchte sie, sich wieder zu konzentrieren. »Wir müssen die Polizei anrufen. Das hier könnte ein Beweisstück sein.«

»Aber was bedeutet das für all das hier?« Peer wies mit raumgreifender Geste auf den großen Ausstellungsraum. »Bringt uns das nicht in Verruf?«

»Es ist sowieso nur noch eine Frage der Zeit, bis die Presse euch das Gesamte hier um die Ohren fliegen lässt, wenn ihr nicht langsam in die Offensive geht. Außerdem war diese Karte angeblich zuletzt im Besitz meiner Mutter. Wie kommt sie dann hierher?«

Peer wurde blass. »Du meinst …«

»Ja, wahrscheinlich haben der oder die Mörder sie hier versteckt.«

Peer schüttelte den Kopf. »In die Rohrpost gucke ich täglich mehrfach. Hier hat niemand etwas versteckt.«

»Das heißt, sie wurde gerade erst zu dir nach unten geschickt?« Sie wählte die Nummer der Polizei, ließ sich zu Kommissar Otten durchstellen. Scheinbar hatte er Spätschicht, denn er war noch im Dienst. Als Otten sich meldete, erzählte sie ihm mit knappen Worten von Peers Entdeckung und fragte, ob er nicht mit einem Durchsuchungsbeschluss vorbeikommen könnte.

»Das kann einen guten Tag dauern. Kassel ist ja auch überhaupt nicht mein Beritt. Da muss ich die Kollegen um Amtshilfe bitten.«

»Aber bedeutet, dass das Original der Karte hier ist, nicht, dass der Mörder sich auch hier befinden muss? Schließlich sagt mein Vater…«

»Eben, Ihr Vater. Habe ich Sie richtig verstanden, dass die Karte in einer Art Postfach gefunden wurde?«

Miriam bestätigte das.

»Na ja, dann wollte jemand, dass man sie findet. Das wird wohl kaum der Mörder gewesen sein. Sie sagten, sie steckte in einem Umschlag.«

»Ja.« Miriam nahm Peer den Umschlag aus der Hand. »Universität Bielefeld. Das ist doch Manuels Arbeitgeber.« Sie nahm das Handy vom Ohr. »Hast du Manuel hier gesehen?« Peer verneinte. Miriam sprach wieder in das Mobiltelefon: »Ist dann nicht Gefahr im Verzuge? Wenn er hier ist? Auf ihn ist schließlich schon mal ein Mordanschlag verübt worden.«

»Wohl kaum. Ich kann mich nur wiederholen: Ich tue, was ich kann, und Sie verschwinden dort jetzt mal.«

Miriam legte auf. »Kannst du mir zeigen, wo die Rohrpost herkam?«

»Ja, klar.« Peer brachte sie vom Dokumentationszentrum in die Villa, ging aber an der großen Treppe rechts in Richtung Küche. In einem kleinen Flur, der an den Hauswirtschaftsräumen vorbei nach draußen führte, öffnete er die Tür zu einem weiteren sehr schmalen Treppenhaus.

»Ein Dienstbotenaufgang«, bemerkte Miriam, »wie feudal.«

»Die Angestellten deines Großonkels sollten halt nicht das Familienleben stören.« Er führte sie zwei Stockwerke hinauf, öffnete auf dem letzten Treppenabsatz eine dunkle Tür mit Glaseinsatz und ließ sie eintreten. Staunend betrachtete sie das große Kontor fast unter dem Dach. Sie ging zu einem Bogenfenster und schaute auf den Vorplatz der Villa. Von hier aus konnte man beinahe das gesamte Gelände überblicken. Peer zeigte ihr, wo die Rohrpost installiert war, wandte sich dann zum Gehen. »Ich hole Elisabeth. Bevor die Polizei hier anrückt, solltest du mit deiner Großmutter sprechen, finde ich.«

Miriam blieb allein und sah sich weiter in dem Raum um. Rundherum dunkles Holz, die Kassettendecke mit matten Farben ausgemalt. Eine unglaubliche Stille. Beinahe meinte sie, hier noch Schreibfedern über die Seiten großer Kontobücher kratzen zu hören. Nein, das war nicht ihre Einbildungskraft, da war wirklich ein Schaben. Es kam aus einem in die Wand eingebauten Schrank. Sie drehte den Schlüssel und stellte fest, dass dieser Schrank eine Tür war. Dahinter lag ein weiterer Dachraum. Sie ging hinein, dem Geräusch nach. Uralte Kleider hingen auf Bügeln an einer Leine. Einen Pelzmantel sah sie, ein Kostüm mit den typischen Jackenaufschlägen der 40er-Jahre, ein Seidenkleid. Sie konnte nicht anders, als es zu berühren. Vielleicht konnte man das ja noch mal aufarbeiten. Sie hob das Kleid mit dem Bügel von der Leine und ließ es vor Schreck gleich wieder fallen. Hinter der Kleiderbarriere lag Manuel, verschnürt wie ein Paket. Er sah sie flehend an. Nein, nicht sie, sondern hinter sie.

Eine Hand hielt ihren Mund zu, jemand zwang sie mit einem Tritt in die Knie, schubste sie so nach vorne, dass ihr Kopf schmerzhaft aufschlug, riss ihre Arme hinter den Rücken und fesselte sie mit einem Griff.

»Keinen Laut oder ich tue dir richtig weh.«

Miriam erholte sich rasch von ihrem Schock und sah ihre Tante voller Verachtung an. »Und jetzt? Was meinst du, wie lange es braucht, bis uns jemand sucht?«

»Das ist mir nachgerade gleichgültig. Das hier ist für uns alle der letzte Akt. Ihr beide habt ja dafür gesorgt, dass hier alles zerstört wird.« Hildegard holte aus einem Schränkchen in der Ecke Terpentin und alte Lappen und zog aus ihrer Strickjackentasche ein Feuerzeug. »Was meinst du, wie schnell hier alles brennt.«

Miriam sah, dass das keine leere Drohung war. Trotzdem glaubte sie nicht, dass hier alles in Flammen aufgehen würde. Wahrscheinlich war das Wunschdenken, aber es half ihr, ruhig zu bleiben. »Was hat Manuel dir getan?« Sie zeigte auf ihren Cousin, der sie warnend anblickte. »Du hast ihn doch auch angefahren.«

»Er wollte Elisabeth zur Rede stellen. Wollte wissen, was mit Waltraut passiert war und warum ihre Kinder ohne Familie geblieben waren. Gott sei Dank schlief Mutti.«

»Und noch wichtiger: Mutti wusste gar nichts vom Tod ihrer Tochter!«

»Waltraut ist nicht tot.« Hildes Stimme wurde voll und weich. Ihre Züge glätteten sich. Sie sah plötzlich fast 20 Jahre jünger aus. Miriams Bauchorgane fühlten sich an, als wollten sie sich verflüssigen vor Angst. »Was ist damals im Wald …«, Miriam brach ab, ihr Herz klopfte, ihr Atem ging schneller.

Wie im Zeitraffer alterte Hildegard wieder. Ihre Stimme wurde nölig. »… damals im Wald, ja. Das war eigenartig. Wir sind sofort, nachdem Michael angerufen hatte, dorthin.«

»Wer ist *wir*?«

»Fjodor und ich. Waltraut hatte ein Messer. Als Fjodor das Messer sah, ist er im wahrsten Sinne des Wortes ausgeflippt. Ich hatte kaum registriert, dass er das Messer ergriff, da stach er schon zu.«

»Einfach so?«

»Einfach so! Und Waltraut verging vor unseren Augen. Fjodor geriet völlig außer sich. In Panik.«

»Und du?«

»Ich?« Hildegard klang erstaunt, als habe sie darüber noch nie nachgedacht. »Ich war zutiefst bestürzt, gelähmt, vernichtet … und irgendwie erleichtert.« Sie hörte dem Klang ihrer Worte nach. »Ja, erleichtert.«

Irgendetwas stimmte an der Szene nicht, die Miriam sich vorzustellen versuchte. Ein Gerangel um das Messer erschien ihr wahrscheinlicher, ein Ringen darum, die Waffe und damit die Überlegenheit in dieser Situation zu gewinnen. Aber es gab für Hildegard nur einen Grund zu lügen, nämlich dass sie den tödlichen Stoß geführt hatte.

»Du darfst nicht glauben, dass mir egal war, was mit Waltraut passiert ist. Waltraut war ja nicht nur meine Schwester, sie war mein Zwilling, als sie starb. Aber ein Zwilling lebt im zweiten weiter.« Wieder veränderte die Stimme ihr Timbre, wurde sanft.

Abermals diese Verjüngung im Zeitraffer. Fast glaubte sie, ihre Mutter vor sich zu sehen. Ihre Mutter, wie sie heute aussähe, gealtert, aber auf eine sanfte, lebendige

Weise. Irgendwie hatte Hildegard ihren toten Zwilling zu einem Teil ihrer Person gemacht und der Glaube daran verwandelte sie tatsächlich. Trotzdem war die Veränderung so verblüffend, dass Miriam sich davor hüten musste, ihre Mutter in diesem zweiten Ich zu sehen.

»Du hast dich also vorher unvollständig gefühlt?«

Zum Glück wurde Hildegard jetzt wieder zu der Frau, die sie kannte. »Ich war so eine Art Schattenmensch vorher. Nur lebendig, wenn Waltraut da war, nur fähig zu fühlen, was Waltraut vor mir gefühlt hatte.«

»Deshalb hast du dich auch in Michael verliebt, nachdem er und Waltraut ein Paar geworden waren.«

»Wahrscheinlich. Wir waren ja noch Teenager und deshalb hab ich wie ein Backfisch versucht, ihn zu verführen. Ich kann mich noch an ein Mal erinnern, da hat er mir bei den Hausaufgaben geholfen und ich hatte extra mein Dirndl angezogen, wegen des großen Ausschnitts. Damit habe ich mich immer wieder so vor ihm gebückt, dass er mir genau da hineinschauen musste. Bis er mir dann eine gescheuert hat.«

»Er hat was?«

»Er hat mir eine geklebt und gesagt, ich solle sofort mit den Mätzchen aufhören. Er war ja älter als wir. Er hat mich behandelt wie ein ungezogenes Gör – und das, obwohl er und Waltraut damals schon ein Paar waren.«

Miriam konnte sich die Demütigung vorstellen, die dahintersteckte. Kaum etwas war schlimmer, als in sexueller Hinsicht zurückgewiesen zu werden. Deshalb gab es ja die vielen Spielchen zwischen Mann und Frau, das Getändel, das sich lange den Anschein von Unverbindlichkeit gab, damit eben keine schroffe Zurückweisung nötig war. Erst wenn man sich ziemlich sicher war, dass die Liebe auch auf Gegenliebe stoßen würde, war man normalerweise bereit, deutlich zu werden. Zudem verwand eine so unsichere Persönlichkeit wie Hildegard eine solche Kränkung gewiss schlecht.

»Das war sicher schlimm.«

»Ach, Waltraut war einfach toller als ich.«

Wieder flirrte Waltraut in Hildes Antlitz auf, als sei der Geist ihrer Mutter in diesem anderen Körper gefangen. Was passierte da? Und wer sagte ihr, dass da nicht Waltraut vor ihr saß, die die ganze Zeit ihre Schwester Hildegard gespielt hatte, verrückt geworden durch den Mordversuch und den Verrat ihrer Zwillingsschwester. Nicht einmal ein Gentest könnte Gewissheit bringen.

Hildegard setzte sich jetzt neben Miriam und verschränkte die Arme vor den Knien. Unter Umständen wäre sie jetzt mit einem Tritt auszuschalten. Bei dem Versuch, ein Bein zu heben, verlor Miriam aber nur das Gleichgewicht und fiel gegen Manuel. Ihm ging es überhaupt nicht gut, das sah sie. Seine Augen waren blutunterlaufen und sein Brustkorb hob und senkte sich so schnell, als bräuchte er alle Kraft zum Atmen. »Nimm Manuel den Knebel ab. Er erstickt sonst.«

Ihre Tante richtete sie sofort wieder auf. »Ich werde gleich dafür sorgen, dass sein Leiden ein Ende hat.« Hildegard tränkte die Tücher mit Terpentin.

Reden. Weiterreden. Zeit gewinnen.

»Könntest du dein eigenes Kind töten?«

»Manuel ist auch ein Schattenmensch.«

»Was ist das denn?«

»Eigentlich ist immer ein Teil eines Zwillingspaares der Schattenmensch, der Schwächere, vom Erstgeborenen seiner Einzigartigkeit beraubt. Ich und Fjodor, wir sind beide Schattenmenschen.«

»So ein Blödsinn, jeder Mensch ist einzigartig.«

»In der Schwangerschaft habe ich das auch noch gedacht. Ich hab mir eingebildet ... Wäre Manuel Michaels Sohn gewesen ..., aber leider war er nur eine genetische Kopie. Sobald er da war, wusste ich, er war ein weiterer Schattenmensch, was umso schlimmer war, weil ihm sein Gegenstück, das Original, fehlte. Ich hatte keine Gefühle für ihn, daran habe ich es gemerkt.«

»Manuel ist in vitro entstanden, oder?«

»Ja, wir brauchten einen Urenkel wegen des Testaments. Elisabeth hat sich seiner angenommen. Das war gut für ihn, ich hätte ihn vermutlich völlig vernachlässigt. Bei mir wäre er gestorben.«

»Na ja, das soll er dann wohl auch gleich.« Und sie mit. Sie stand offenbar schon unter Schock, denn sie blieb völlig ruhig.

Hildegard lachte freudlos auf. »Es verändert den Lauf der Welt nicht, wenn Schattenmenschen sterben. Sie sind nur Reserve.«

Miriam hörte, dass hinter der Holzwand gesprochen wurde. Hildegard spannte sich und hielt ihr den Mund zu. Jetzt! Miriam warf sich mit dem Mut der Verzweiflung gegen Hildegard und brachte sie zu Fall. Einen kurzen Augenblick war ihre Tante so erschrocken, dass sie erstarrte. Ein Schlag ließ Miriams Bewusstsein schwinden.

Miriam, 31. März 2006, 20.00 Uhr

Sie erwachte, ebenfalls geknebelt und so daliegend, dass sie Manuel fast ins Gesicht atmete. Manuels Augen waren geschlossen und der Lufthauch, der aus seiner Nase kam, war kaum spürbar. Er war in großer Not, das sah man. Hildegard war nicht im Raum. Und es roch nicht nach Feuer. Wenigstens etwas. Sollte Peer sie nicht langsam suchen? Elisabeth musste doch diesen Raum kennen. Mühsam drehte sie sich vom Bauch auf den Rücken und wieder zurück, krümmte ihre Beine und schaffte es mit großer Mühe, Knie und Schultern in einen solchen Winkel zu bringen, dass sie sich abstützen und aufstehen konnte. Dabei hatte sie derart viel Staub damit aufgewirbelt, dass auch ihre Nase verstopfte. Das war das Letzte, was Manuel jetzt brauchte. Sie nahm seinen Knebel zwischen ihre Zähne und versuchte, das Tuch von seinem Gesicht zu ziehen. Es saß zu stramm und sie quälte ihn nur, wenn sie es weiter versuchte. Aber er drohte zu ersticken. Sie konnte nicht warten, bis jemand sie fand.

Sie sah sich die Dachluke genauer an. Sie war mit einem Eisenriegel gesichert, der ins Zimmer ragte, mit Aussparungen, die erlaubten, die Luke zu öffnen und in unterschiedlichen Winkeln zu arretieren. Sie schlug mit dem Kopf darunter und ging schnell in Deckung. Der Riegel sprang aus dem ersten Dorn und schepperte auf den Fensterrahmen. Vorsichtig legte sie die Schulter an sein abgerundetes Ende und schob den Riegel nach draußen. Beim Versuch, ihn in einem der äußeren

Löcher einrasten zu lassen, rutschte sie jedoch immer wieder ab und das Fenster schloss sich ein ums andere Mal. Ein Geduldsspiel, wie damals als Kind, wenn man in Schüttelspielzeugen auf schrägen Ebenen Kügelchen versenken musste, aber immer, wenn das letzte drin war, sich das erste schon wieder löste, weil der Winkel nicht mehr stimmte. Auch damals war sie hartnäckig geblieben, bis es klappte, und das war sie auch jetzt. Selbst als das Ende fast in ihrem Auge landete, versuchte sie es weiter, denn draußen hörte sie Stimmen. »Ich habe Elisabeth kaum wach bekommen. Scheinbar hat sie mehr Schlafmittel als sonst bekommen.« Peer klang vorwurfsvoll. Jemand sagte etwas, das sie nicht verstand. Peer antwortete: »Sie wollte warten, bis ich Elisabeth geholt habe, ihr Auto ist doch noch da.«

»Das ist nicht ihr Peugeot, das Auto hat ein anderes Kennzeichen«, widersprach Boris. »Was sollen wir also noch hier?«

»Okay, ich mache jetzt mal 'ne Halterabfrage.«

Oh, gut, Otten war doch gekommen. Wo war Elisabeth? Endlich schaffte sie es, den Riegel zu arretieren. Was konnte sie tun, um auf sich aufmerksam zu machen? Sie hatte nur ihre Beine. Miriam nahm Anlauf, drehte sich und trat mit einem Ushiro-Geri die Holzwand zum Dach durch, darunter sah sie Zeitungen und Holzwolle. Noch ein Tritt und ein Ziegel löste sich.

»Was war das?«, fragte Boris.

»Nichts, das Dach ist marode seit dem heftigen Hagel vor ein paar Wochen. Die Dachdecker sind zurzeit ausgebucht.« Hildegards Stimme. Sie klatschte in die

Hände. »Also, meine Herren, ich müsste mich wieder um meine Arbeit kümmern, ich habe Sie ja schon durch das gesamte Haus geführt und Peer wird Ihnen sicherlich das restliche Gelände zeigen. Sie können gerne morgen noch mit einem Durchsuchungsbeschluss wiederkommen. Mich müssen Sie aber entschuldigen.«

Miriams Adrenalinspiegel schnellte nach oben. Mit Wucht trat sie noch mal zu und wieder und wieder. Nichts löste sich und die Stimmen draußen wurden leiser. Sie fiel hin, rappelte sich mühsam wieder auf. Oh, mein Gott. Draußen fuhr ein Auto vor und die Stimmen kamen wieder näher. Eine unbekannte Stimme erklang draußen: »... Kollege aus Osnabrück hat mir ein Foto von Manuel Hofmann geschickt: Stimmt es, dass er der Sohn eines Mordopfers aus den 70er-Jahren ist?« Das war der ungepflegte Journalist, den sie auch schon gesehen hatte.

Sie hörte Hildegards Schritte im Raum nebenan. Die Tür öffnete sich. Miriam legte alle Kraft in ihren Tritt. Eine Kaskade von Ziegeln zerschellte auf dem Boden.

Peer rief: »Da oben, das muss Miriam sein!«

Hildegard betrat den Raum. Sie durfte die Tür auf keinen Fall wieder schließen. Alle anderen hielten diese Tür nur für einen Schrank. Miriam wirbelte herum und verpasste Hildegard einen Mawashi-Geri unter das Kinn. Ihre Tante ging zu Boden. Miriam wollte nachtreten, sah aber in dem Moment, dass die Tür im Begriff war, ins Schloss zu fallen.

EPILOG

Der Sarg glitt an Seilen hinab ins Grab. Obwohl sie zum Schluss so mager gewesen war, fiel es Peer, Boris und den anderen zwei Trägern offensichtlich schwer, den Eichensarg in der Balance zu halten. Hoffentlich rutschte er ihnen nicht weg. Ohne das Kind auf dem Arm wäre sie Peer zur Seite geeilt, aber Maite sprang auf ihrem Arm hoch, als sei das alles ein großer Spaß. Ein neunmonatiges Kind konnte halt noch nicht verstehen, dass so viele Menschen hier versammelt waren, weil sie Abschied nehmen wollten. Elisabeth hatte in der vergangenen Woche den letzten Atemzug getan. 98 Jahre war sie alt geworden, das war mehr, als die meisten Menschen vom Leben erwarten konnten. Mit einem leisen Rumpeln kam der Sarg heil am Boden des Grabes an.

Miriam atmete auf und drückte Marianne ihr Baby in den Arm. Gemessenen Schritts ging sie nach vorne, um Elisabeth die letzte Ehre zu erweisen. Xaviers Brief in der Hand, wandte Miriam sich an die Umstehenden und räusperte sich. »Ich will jetzt hier keine große Rede halten. Das liegt mir nicht und Elisabeth würde sich wahrscheinlich als Erste totlachen. Nur so viel: Ich habe hier den Brief meines Großvaters in der Hand. Ich werde ihn gleich zu ihr ins Grab segeln lassen, das wollte sie so. Ich glaube, dass dieser Brief, hätte sie ihn rechtzeitig bekommen, unser aller Leben verändert hätte. Ihr alle …«, sie sah, dass Marianne aufmunternd nickte, »wäret bei euren leiblichen Verwandten aufgewachsen – und mich würde es wahrscheinlich gar nicht geben, weil meine Mutter meinen Vater nicht kennengelernt hätte. Dafür würde sie heute wahrscheinlich noch leben.«

Sie sah über die Gruppe von schwarz gekleideten Menschen, die sie in den vergangenen zwei Jahren besser kennengelernt hatte. Peers Vater Frank, inzwischen 72 Jahre alt und komplett weißhaarig, reichte Peers Mutter Flora den Arm. Sie hakte sich ein. Beide machten den Eindruck eines lang verheirateten Paares. Gerrit, Floras Liebhaber der mittleren Jahre, stand am Rand, war zu einem Alkoholiker aufgedunsen.

»Wie auch immer. Es ist, wie es ist. Wir haben uns in den vergangenen zwei Jahren alle intensiv damit beschäftigt, was gewesen wäre, wie alles hätte kommen können. Und wir haben uns doch letztlich alle mit Elisabeth ausgesöhnt, glaube ich. Denn das hier ist unser Leben. Elisabeth hatte vielleicht eigenartige Gründe, diese Gemeinschaft zu verwirklichen, aber sie ist doch eine Gemeinschaft geworden, ein Zuhause. Selbst für mich, die ich immer nur Stippvisiten hier mache. Elisabeth hat etwas geschaffen, das funktioniert, Strukturen, in denen sich damals heimatlose und schwer traumatisierte Kinder gegenseitig stützen und Halt geben konnten. Ich will ihre Motive hier nicht schönreden. Sie waren anmaßend und naiv zugleich. Menschen funktionieren nicht wie eine Versuchsanordnung. Das musste sie erkennen. Aber sie hat gelernt. Ich glaube, sie ist letztlich in Frieden eingeschlafen. Ich wünsche ihr, auch wenn sie nicht religiös war, dass es einen Himmel gibt oder eine Wiedergeburt.« Sie schluckte. »Ich finde es schön, mir vorzustellen, dass sie ihren Xavier noch einmal wiedersieht und mit ihm eine zweite Chance bekommt.« Jetzt liefen ihr doch Tränen über das Gesicht und dabei hatte sie sich vorgenommen, nicht zu weinen.

Schnell nahm sie Sand mit der kleinen Schaufel auf und ließ ihn auf den dunklen Sarg rieseln. Der Brief segelte hinterher. Es verursachte ihr beinahe körperliche Schmerzen, dass er am Rand landete und damit im feuchten Erdreich. Sie tröstete sich damit, dass dieses Erdreich bald überall sein würde, und wandte sich zu Marianne, um ihr die Schaufel zu geben. Marianne drückte dem Kind ein Sträußchen mit Blumen in die Hand, nahm die kleine Schippe in die andere und wies das Baby leise an, das Sträußchen herunter in das Loch zu werfen. Maite folgte der Aufforderung mit einem lauten Juchzen. Auf die Mienen der Umstehenden stahl sich ein Lächeln.

Miriam ging zu Peer, der am anderen Ende des Grabes wartete, und schob ihre Hand in seine. So überstand sie das Defilee, das tatsächlich so funktionierte wie draußen auch. So absurd das war, alle Mitglieder der Gemeinschaft kondolierten Elisabeths einzigen leiblichen Verwandten, ihr, Boris, Manuel und selbst Maite. Elisabeth selbst hatte es so gewollt. Sie wollte ihre Beerdigung so konventionell wie nur möglich, konventioneller, als ihr Leben je gewesen war. Miriam glaubte, es ging ihr dabei um Würde, sie wollte von dieser Welt geleitet werden wie jede andere alte Frau auch.

Dass sie nicht wie jede andere war, wurde Miriam wieder bewusst, als sich die Trauergesellschaft dem Rande des Friedhofs näherte, denn dort sicherten Polizisten das Gelände und sorgten dafür, dass niemand, der nicht eine Einladung vorweisen konnte, auf das Gelände kam. Vor der Mauer wehten Transparente wie *die Negativen* oder *Reine Rasse = Bluterbe*. Dazwischen auch immer wieder Parolen, die wohl von anderen Demonstrationen der Rechten übrig geblieben waren, Schlagworte wie Überfremdung und Schmarotzer. Miriam überkam immer wieder Abscheu, wenn sie diese Ansammlung von Verirrten und Verwirrten sah. Seit Elisabeths Geschichte durch die Medien gegangen war, hatte ein Teil der Rechten sie zu ihrer Ikone erkoren. Die Presse hatte ihre Rassetheorie weidlich ausgeschlachtet und ihren Namen durch den Dreck gezogen. Das ging so weit, dass das Bundespräsidialamt prüfte, ob man ihr das Bundesverdienstkreuz wieder aberkennen solle. Als Maite geboren wurde, legte sich der Sturm zwar langsam wieder, aber Elisabeth war so schwach geworden, dass sie fast durchsichtig wirkte. Es war, als hätte sie nur noch durchgehalten, bis ihr Urenkelchen geboren wurde. Miriam war froh, dass ihre Großmutter noch miterleben konnte, dass sie zu Peer fand und dass sie sich zu einem Paar zusammenrauften. Das war allerdings immer noch nicht einfach, denn sie weigerte sich, in der Gemeinschaft zu wohnen, und Peer wollte nicht weg. Wie das weitergehen sollte, würde man sehen. Michael hatte über die internationale Stammzellenspenderdatei einen Spender für seine Tochter gefunden. Er hatte weiterhin Kontakt mit seinem Zwillingsbruder. Fjodor weigerte sich, die

Gemeinschaft je wieder zu betreten. Michael aber war häufig hier zu Gast, hielt ihr jetzt die Tür auf und geleitete sie in die Gaststätte neben dem Friedhof, in der sie den Beerdigungskaffee bestellt hatten.

Zwei Stunden später schallte immer wieder lautes Lachen durch den Saal. Der Butterkuchen auf den langen Tischen war längst verzehrt, sämtlicher Kaffee getrunken, die ersten Männer waren zu Hochprozentigem übergegangen, die Damen tranken den Himbeerwein, den die Gemeinschaft kelterte. Miriam beobachtete, wie Boris seine Freundin Katja mit den Familien bekannt machte.

Michael unterhielt sich neben ihr mit Peer. Maite schlief in ihrem Buggy und Miriam fühlte sich gelöst wie lange nicht mehr. Sie war eben von Tisch zu Tisch gegangen und hatte immer wieder Anekdoten aus Elisabeths Leben aufgeschnappt, kleine, manchmal rührende Geschichten, die bis weit in die 50er-Jahre zurückgingen. Je länger dieser Nachmittag dauerte, desto mehr spürte sie die Verbundenheit dieser Menschen untereinander. Das war bei allen Konflikten der letzten Zeit mehr, als sie erwartet hatte. Eine Zeit lang war sie wie Elisabeth der Meinung gewesen, die Gemeinschaft würde sich in alle Winde zerstreuen. Denn es war tatsächlich gelungen, noch lebende Verwandte aufzutreiben. Nur wenige Bewohner allerdings waren hier weggezogen, die neuen Cousinen und Cousins waren eine Bereicherung, blieben aber freundliche Fremde. Miriam hatte Monate gebraucht, um die Verwandtschaftsbeziehungen hier wenigstens einigermaßen auf die Reihe zu kriegen. Die meisten der Ursprungsgruppe aus Bergen-Belsen waren noch am Leben. Sie waren heute alte Frauen und Männer. Obwohl die Jüngsten von ihnen noch keine 70 waren, sah niemand von ihnen so aus wie Gleichaltrige draußen. Vor allem die Frauen nicht. Hier hatte jede Frau mindestens vier Kinder und Dutzende Enkel und Urenkel. Sie waren alle würdige Matronen. Die Männer waren fast alle hager.

Das war das, was Miriam an dieser Gemeinschaft nicht mochte. Sie wollte nicht werden wie diese Frauen, die nichts anderes waren als Mütter. Das schreckte sie ab, deshalb wollte sie hier nicht wohnen und deshalb war es mit Peer auch schwierig, zumal immer die Gefahr bestand, dass er sich eine andere der großen Gruppe von Verehrerinnen hier suchte. Das war aber kein Grund, ihr Leben aufzugeben, eher im Gegenteil. Trotzdem liebte sie ihn sehr und fühlte sich selten wohler, als wenn sie mit ihm zusammen war. In dieser Spannung und unter dem Druck, sich entscheiden zu müssen, lebte sie nun schon seit zwei Jahren. Heute hatte sie zum ersten Mal das Gefühl, nicht entscheiden zu müssen.

Ab und zu besuchte sie Hildegard in der forensischen Psychiatrie. Und manchmal machte sie sich vor, sie besuche dort ihre Mutter.

ENDE

Weitere Romane finden Sie auf den folgenden Seiten und im Internet: www.gmeiner-verlag.de

K. Hanke / C. Kröger
Heidegrab
978-3-8392-1597-5

»Katharina von Hagemanns neuer Fall lässt in die Abgründe menschlicher Seelen blicken, grausam spannend bis zum Schluss.«

Mitten in den Vorbereitungen für das Lüneburger Stadtfest muss Katharina von Hagemann sich mit grausigen Funden auseinandersetzen: Menschliche Körperteile werden in und um Lüneburg entdeckt. Wer treibt hier sein sadistisches Spiel? Wird in der sonst so idyllischen Hansestadt jemand qualvoll zu Tode gefoltert? Ein Zufall bringt die Kommissarin auf eine verstörende Spur und lässt sie die verworrenen Zusammenhänge hinter diesem brutalen Fall erahnen. Doch kann sie ihn auch aufklären?